À la lueur de la lune rousse

SHANNON DRAKE

À la lueur de la lune rousse

Traduit de l'américain
par Dany Osborne

J'AI LU

Titre original :

BENEATH A BLOOD RED MOON
Zebra Books, New York

Prologue

La Nouvelle-Orléans, 1840

— Il n'y a aucun problème avec le comte DeVereaux, déclara fermement Magdalena.

Les pieds solidement posés sur le parquet, le dos bien droit, la jeune fille était assise sur le sofa du grand salon de la demeure familiale, une imposante bâtisse ceinturée d'une véranda à colonnes, typique des maisons de planteurs de La Nouvelle-Orléans.

Jason Montgomery regarda sa fille unique, soupira puis secoua la tête avec tristesse. Il détestait lui faire de la peine, mais comment l'éviter ?

La voir si belle avec sa somptueuse chevelure sombre illuminée d'une mèche rouge feu ramassée en un lourd chignon sur la nuque, ses quelques bouclettes rebelles sur le front, lui serra la gorge. Tout à coup, il eut peur et frissonna : elle allait gâcher sa vie s'il n'intervenait pas ! Il devait se montrer ferme.

Sa seule enfant... De tout temps, il avait été enclin à l'indulgence vis-à-vis d'elle, voire complaisant, ce qui n'entamait en rien sa lucidité de père et d'homme : elle était vraiment belle. Son visage, sa silhouette possédaient une perfection presque irréelle. Sa peau avait la douceur et le grain sans défaut de l'albâtre poli, ses prunelles la couleur de l'ambre. Magdalena était dotée d'une classe innée, d'une volonté de fer et d'une intelligence hors du commun. Elle bénéficiait de surcroît de la grâce d'une gazelle : le moindre de ses mouvements était naturellement élégant et lorsqu'elle se décontractait, elle devenait douce, tendre, faisant montre d'une séduction empreinte de la naïveté des jeunes filles de son âge.

Tout le problème venait de là : elle était jeune, impressionnable et passionnée.

Il lui avait cependant appris à être forte. Son héritière se montrerait digne de Jason Montgomery, le souverain d'un petit royaume, celui de cette plantation de Louisiane. Tous les hommes de cet État, d'ascendance française ou anglaise et désormais citoyens américains, le respectaient car il était sage, éduqué et puissant. Il avait fait tout ce qui était en son pouvoir pour façonner sa fille à son image.

Et voilà que maintenant, elle usait à son encontre des armes qu'il lui avait données !

— Tu n'aimes pas le comte parce qu'il est français, l'accusa tranquillement Magdalena.

— Ce n'est pas parce qu'il est français que je n'aime pas le comte. C'est parce qu'il est…

Jason s'interrompit juste à temps. À aucun prix Magdalena ne devait s'imaginer qu'il perdait l'esprit, ce qui eût été le cas s'il s'était expliqué. Il tenait à ce qu'elle respecte ses opinions sans les discuter et se plie à son autorité parce qu'il était son père.

— J'ai choisi de vivre ici, reprit-il, où la majorité de mes associés sont français.

Oui, il avait choisi cet endroit pour cette raison. La population de l'État se composait de descendants des anciennes colonies ; parmi eux figuraient des Français, des Anglais, des hommes et des femmes venus des îles, les créoles. Des sang-mêlé, certains âgés, à la peau café au lait, d'autres, jeunes, des beautés sombres dotées de certains pouvoirs… qui savaient tout du monde des ténèbres.

Il leva son poing serré et l'agita devant sa fille.

— Je suis ton père ! Tu ne reverras pas Alec DeVereaux. J'ai décidé que tu épouserais Robert Canady, et c'est ce que tu feras dans les prochains mois. Dès que les détails de la cérémonie seront réglés !

— Non ! s'écria Magdalena en se levant.

La passion et la colère brûlaient dans ses yeux. La beauté et la grâce de ses mouvements n'étaient jamais aussi évidentes que lorsqu'elle était ainsi furieuse.

— Je ne le ferai pas, père. Je... je...

Soudain, elle tremblait, sanglotait...

— Tu ne m'avais jamais traitée ainsi ! Tu m'as appris à réfléchir et à...

— Mais tu ne réfléchis pas ! Si tu te donnais la peine de le faire ne fût-ce qu'une seconde, tu te poserais des questions sur DeVereaux ! Tu demanderais à rencontrer ses parents, tu chercherais des preuves de ce qu'il prétend être ! Tu t'efforcerais de savoir d'où il vient !

— Papa, tu t'exprimes comme un benêt arrogant ! Mais écoute-toi donc ! Tu m'as dit qu'ici c'étaient les États-Unis d'Amérique ! Dans ce pays, on ne fait ni la révérence à des rois et à des reines, ni de courbettes à des altesses. Un homme peut y forger sa propre destinée...

— ... et les filles sottes s'y pâment devant d'énigmatiques hommes aux titres ronflants !

— Je ne suis pas sotte, papa. Je ne me suis jamais pâmée devant quiconque et les titres ne m'ont jamais impressionnée. Pourquoi serait-ce le cas ? Après tout, on appelle mon père le baron du Bayou, et ça me suffit.

Magdalena venait de s'exprimer sur un ton primesautier. Elle redevint sérieuse.

— Tu ne connais pas DeVereaux, papa. Alec est si clair, si net ! Il a ouvert pour moi une porte sur le monde. Il me permet de voir très loin, m'aide à comprendre l'Histoire, les événements passés et à venir… et je suis amoureuse de lui parce qu'il…

— Non, Magdalena !

— Si. Je suis amoureuse de lui parce qu'il est brave, infiniment sérieux quand il le faut et fier, tendre…

— Il fait ce qu'il faut pour te séduire.

— C'est un honnête homme, papa. Il souhaite m'épouser.

— Jamais ! cria Jason. Jamais, m'entends-tu ? Jamais !

Il marqua un temps, puis appela :

— Tyrone ? Accompagnez ma fille jusqu'à sa chambre. Et qu'elle n'en sorte pas !

Le serviteur qui allait et venait dans le vestibule sans perdre un mot de la dispute était un Noir extraordinaire, né dans le bayou, et affranchi. Ses parents avaient émigré des îles, et ses ancêtres étaient originaires du sud de l'Afrique. Il mesurait près de deux mètres et, de la tête aux pieds, n'était qu'une masse compacte de muscles luisants.

Il s'approcha de Magdalena, l'air triste.

— Je suis désolé, mademoiselle.

La jeune fille regarda le beau visage à l'expression navrée du bras droit de son père. Le seul défaut de Tyrone, estimait-elle, était son absolue loyauté envers Jason Montgomery. Si elle se rebellait, il la porterait jusqu'à sa chambre.

Elle se retourna vers son père sans parvenir à croire qu'il puisse se montrer aussi intransigeant, aussi haineux vis-à-vis de l'homme qu'elle aimait.

— Pas de rois, pas de reines, père ! Nul devoir d'obéissance à des hommes ou des femmes qui se piqueraient de nous donner des ordres ! Ici, c'est l'Amérique. Personne ne me fera baisser la tête.

Cela dit, elle pivota sur ses talons et se dirigea vers l'escalier d'une démarche empreinte d'orgueil, suivie de Tyrone.

— Magdalena ! la rappela Jason.

Jason Montgomery… Elle le considérait comme son meilleur, son plus cher ami.

Elle se retourna.

— Et l'amour, ma chérie, qu'en fais-tu ? N'accepterais-tu pas de te soumettre à la volonté d'un père si elle n'a que l'amour pour origine ?

— Je t'aimerai aussi longtemps que je vivrai, papa, mais il existe des amours autres que l'amour filial. Et c'est pour ces amours-là que je dois te défier.

— D'ici à deux mois, tu seras mariée à Robert Canady.

— Non, père.

— Si, mon enfant.

Magdalena releva un sourcil avec élégance.

— Comptes-tu m'enfermer dans ma chambre jusque-là ?

— Ma fille, aussi sûr que chaque soir tomberont les ténèbres, je le ferai, je te le jure !

Magdalena continua à fixer son père, implacablement digne.

— Ne m'appelle plus « ma fille », lâcha-t-elle à mi-voix avant de recommencer à gravir les marches.

Cette fois, elle ne regarda pas derrière elle. Il lui semblait que son cœur se fissurait. Elle aimait tant son père… cet homme grand et mince à la barbe poivre et sel… Il avait toujours été là pour elle, la grondant parfois mais la plupart du temps gentil, adorant son domaine et ses livres plus encore, consacrant des heures et des heures à l'étude. Des amis lui rendaient souvent visite, certains d'entre eux amusants, d'autres carrément excentriques, et il s'enfermait avec eux dans la bibliothèque. Tous ces personnages étaient aimables avec Magdalena, et enclins à l'étudier comme ils étudiaient les vieux documents. Depuis toujours, ils lui prodiguaient de la chaleur humaine, peut-être par mimétisme avec l'adoration que lui vouait son père. Celui-ci et ses amis l'avaient encouragée à apprendre à réfléchir, à décider par elle-même.

Et voilà que tout à coup elle se sentait au bord des larmes.

Les autres pères choisissaient les maris de leurs filles, mais pas Jason ! Pas cet homme qui depuis qu'elle était enfant agissait à la fois comme un parent et un ami. Pas celui qui représentait tout pour elle !

Comment se faisait-il que soudain il ne comprît plus ? Lui-même avait connu l'amour, autrefois. Il lui avait si souvent parlé de sa mère... Avec tant d'intensité et de passion qu'elle parvenait à restituer le passé. Jason avait adoré Marie d'Arbanville, une Française, une vraie Parisienne. Il l'avait enlevée et amenée chez lui, pour l'installer à La Nouvelle-Orléans. Sans doute avait-il élu cette ville, supposait Magdalena, parce que la jeune épousée s'y sentirait presque chez elle.

Tout cela semblait n'avoir plus d'importance, désormais. Si Jason avait aimé, il l'avait oublié.

Comme elle-même oubliait avoir eu un penchant pour Robert Canady... Le cœur battant soudain à tout rompre, elle songea à ce bel homme, un jeune veuf doté d'une moustache blonde, d'une chevelure rousse bouclée et de sublimes yeux bleus. Charmant, réfléchi, parfois trop sérieux, elle l'aimait beaucoup. Elle l'avait presque aimé tout court et aurait pu l'épouser. Celui auquel l'avait promise son père aurait été son mari sans qu'elle en souffrît, si un autre n'avait pas surgi dans sa vie.

Oui, elle serait devenue Mme Canady.

Mais il n'en était plus question maintenant.

Alec DeVereaux l'avait émue, remuée jusqu'au plus profond d'elle-même en lui murmurant à l'oreille. Il l'avait bouleversée avec la sensualité de son regard, lui avait fait entrevoir un amour qui la transporterait.

Depuis son arrivée à La Nouvelle-Orléans, depuis qu'ils avaient dansé ensemble au bal du gouverneur, ri, plaisanté, badiné, elle savait qu'il n'y aurait que lui dans sa vie.

Personne d'autre n'avait ces prunelles de feu, cette capacité à lui chuchoter des mots qui l'embrasaient, lui donnaient si faim de lui.

Tremblante, elle entra dans sa chambre, referma la porte et s'y adossa. Elle avait dit à Alec qu'elle le rejoindrait ce soir, qu'elle traverserait le bayou, courrait si vite vers lui dans la nuit qu'elle volerait presque.

Elle irait le retrouver comme promis.

Son regard balaya la pièce, s'arrêta sur le balcon.

Il fallait se hâter.

Ouvrant son lit, elle créa sous les draps une forme humaine avec les oreillers et les couvertures, puis revint vers la porte sur la pointe des pieds pour écouter. Elle perçut un léger mouvement : Tyrone s'appuyait au mur, dans le couloir. Sans doute allait-il rester là toute la nuit pour la garder.

Elle décrocha sa cape de velours de la patère puis se dirigea sans bruit vers la porte-fenêtre donnant sur le balcon.

« Magdalena ! »

Elle se figea... c'était comme si Alec avait chuchoté son prénom d'une voix enrouée de désir, comme s'il se trouvait tout près d'elle et l'appelait.

La brise nocturne souleva sa chevelure et la soie bleue de sa robe.

« J'arrive, mon amour. »

Elle se pencha par-dessus la rambarde de fer forgé du balcon et attrapa l'une des branches d'un vieux chêne, celle qui lui avait si souvent servi quand, enfant, elle s'échappait pendant la nuit. Eh bien, elle allait à nouveau l'utiliser.

C'est sans difficulté qu'elle descendit le long du vénérable arbre puis sauta par terre. Par la fenêtre du salon elle aperçut son père assis devant la cheminée, tête penchée en avant, épaules voûtées ; il était manifestement malheureux. Cela lui fit mal : elle l'aimait tant. Mais...

« Mon amour... Mon amour... »

Le murmure, de nouveau. Comme une caresse dans son esprit.

Elle tourna le dos à la maison et se hâta en silence vers les écuries. Une fois à l'intérieur, elle sella Démon, son étalon favori, et le sortit de son box en le tenant par la bride.

Les nuages se dissipèrent. La lune était pleine, ce soir. Elle montait doucement dans le ciel de velours noir, légèrement voilée d'une brume rougeâtre presque irréelle. Peut-être le signe annonciateur d'une tempête, mais le spectacle était superbe. Un peu effrayant aussi : on eût dit la lune baignée de sang.

À bonne distance de chez elle, Magdalena se raisonna : aucune peur ne pouvait altérer son amour. Dès qu'il aurait compris à quel point elle aimait Alec et appris qu'elle avait compromis son honneur avec lui, son père serait condamné à se résigner. Il accepterait leur mariage.

Elle se mit en selle puis poussa Démon au galop à travers champs. À l'approche des marécages, elle le remit au trot, veillant à ce qu'il suive bien la rive. Elle connaissait parfaitement le chemin à emprunter. Le bayou près duquel elle était née n'avait pas de secrets pour elle et ne l'effrayait pas. Elle ne craignait pas davantage les créatures nocturnes.

Alors que Démon paraissait trotter sur des sabots ailés, Magdalena avait l'impression d'être guidée par la lune rouge. Elle se désolait encore pour son père en atteignant Stone Manor, la vieille demeure acquise par Alec à son arrivée à La Nouvelle-Orléans. Dans l'éclat rougeâtre de la lune, la maison semblait incandescente. Les hautes colonnes du perron, d'ordinaire blanches, étaient cramoisies, striées de traînées couleur de sang. La fumée qui s'échappait de la cheminée était constellée d'étincelles écarlates.

Il l'attendait…

Oui, il l'attendait…

Debout devant la fenêtre de sa chambre, Alec DeVereaux éprouva une soudaine impatience qui rigidifia son corps. Puis il frissonna et se mit à transpirer.

Cela faisait une éternité qu'il l'attendait. Il avait su qu'il l'aimerait à la seconde où il l'avait vue, alors qu'elle riait loin de lui, à l'autre bout de la salle de bal. Plus tard dans la soirée, il avait posé ses mains sur elle, la tenant contre lui pendant qu'ils dansaient, et il avait eu envie d'elle. Follement, passionnément. Un besoin si ardent qu'il excédait le simple désir.

Oui, il avait eu envie d'elle, au point de passer des nuits blanches. Il aurait pu la prendre, la posséder tout de suite : il était devenu maître dans l'art de la séduction.

Mais il fallait au préalable qu'elle lui rende son amour.

Alors il avait attendu.

Jusqu'à ce soir.

Ce soir, enfin !

Elle arrivait. Voilà qu'elle apparaissait dans le clair de lune, chevauchant Démon, son étalon couleur de ténèbres. Elle levait les yeux vers la maison et il brûlait d'impatience de caresser son visage.

Le cheval noir traversa la pelouse trop haute, galopant droit vers la bâtisse. Fasciné, Alec ne la quitta pas du regard quand elle mit pied à terre. Il l'entendit parler à Thomas, sous la véranda, puis perçut le son léger de ses pas lorsqu'elle gravit l'escalier.

Quand il ouvrit la porte de sa chambre, elle était là. Il leva la main pour la toucher et repoussa sa capuche, dévoilant sa chevelure.

— Tu es venue… murmura-t-il en reculant.

Il l'entraîna dans son domaine. Sa main dans la sienne lui semblait si petite, délicate, élégante.

Il lui retira sa cape qu'il laissa choir sur le parquet et dévora Magdalena du regard, détaillant sa silhouette svelte, la finesse de son cou, la naissance de ses seins, la grâce de ses mouvements quand elle pivota pour se diriger vers les flammes qui s'élevaient dans la cheminée de marbre.

Elle tendit les mains vers la source de chaleur. Il la rejoignit et la prit par les épaules, en un geste à la fois possessif et tendre. Le parfum de sa chevelure le grisait.

— Où ton père pense-t-il que tu es ?

— Au lit, profondément endormie.

Il distingua la veine qui palpitait sur sa gorge ; il l'effleura d'un baiser.

Elle se retourna prestement vers lui.

— Alec, je ne pouvais lui mentir plus longtemps ! s'exclama-t-elle avec fougue. Nous nous sommes disputés et…

— C'est bien.

— Je lui ai dit que nous voulions nous marier.

— J'en suis heureux, ma beauté.

Elle soupira puis l'entoura de ses bras.

— Il doit s'incliner. Parce que je t'aime.

— Vraiment ? Es-tu sûre de m'aimer ? Tu n'imagines pas combien cela compte pour moi. Tu ne peux pas en avoir la moindre idée.

Désorientée comme il lui arrivait parfois de l'être avec Alec, elle s'écarta de lui et le regarda. Mon Dieu ! quel homme extraordinaire ! Haute stature, impressionnante carrure, taille fine et hanches étroites, cheveux aile de corbeau, yeux de jais, mâchoire volontaire... Toutes les femmes qui avaient dansé avec lui en Louisiane le considéraient comme le plus dangereux séducteur qu'elles eussent jamais vu.

Son père avait dit vrai : elle en savait peu sur lui, seulement ce qu'il lui avait dit, une grande partie de sa famille avait péri lors de la Révolution française, mais certains membres en avaient réchappé, bravant la menace de la guillotine. Lui-même avait participé à la bataille de La Nouvelle-Orléans. Il n'était qu'un gamin à l'époque, un fuyard à la solde du pirate Jean Lafitte. Il avait beaucoup voyagé, s'était battu en duel à l'épée et au pistolet, gagnant une réputation de tireur d'élite.

Pour Magdalena, tout ce qu'il était, tout ce qu'il avait accompli faisait de lui un homme magnifique.

Il s'éloigna tout à coup d'elle pour se diriger vers une petite table sur laquelle se trouvaient une bouteille de vin et deux verres. Il les remplit, lui tournant le dos.

Elle en profita pour examiner la chambre, son domaine privé.

La courtepointe de satin noir avait été repoussée au pied du lit. Sa couleur contrastait avec le blanc immaculé des draps. Plusieurs oreillers jonchaient la partie haute de la couche. Dans un seau d'argent sur la table de nuit refroidissait une bouteille. Du champagne, supposa Magdalena. Du champagne français.

Il n'essayait pas de lui cacher pourquoi il lui avait demandé de venir : il portait une robe d'intérieur noire serrée à la taille d'un lien de satin rouge. Elle doutait qu'il eût gardé d'autres vêtements dessous.

Toutefois, il se maintenait à bonne distance d'elle...

— Peut-être ton père a-t-il raison, Magdalena... Peut-être ne devrais-tu pas m'aimer.

— Toi, m'aimes-tu ? chuchota-t-elle.

Il se retourna et déclara d'un ton empreint de solennité :

— Je t'aime de tout mon cœur. Je t'aimerai toute... Non, je t'aimerai éternellement.

— Dans ce cas, rien ne pourrait m'empêcher de t'aimer.

— Eh bien... Et si j'étais un monstre ?

— Parce que tu es français ?

Il eut un petit sourire et elle se sentit fondre.

— Non, Magdalena. Parce que je suis un être des ténèbres. J'erre dans la nuit... J'ai déjà tué...

— Maints hommes ont déjà tué ! coupa-t-elle.

De nouveau, il eut ce sourire ambigu. Ses yeux étaient dardés dans ceux de Magdalena, qui avait l'impression que le feu qui en émanait la brûlait jusqu'au fond de l'âme et portait son sang à l'ébullition. Elle se sentait vulnérable, affamée et... délectable. Elle voulait cet homme comme jamais elle n'avait rien voulu de toute son existence et le désirait si ardemment qu'elle en avait mal. Il fallait qu'il la touche, pose ses mains sur son corps, ses lèvres sur les siennes, puis qu'il embrasse jusqu'à la plus infime parcelle de sa peau. Elle le voulait en elle, ne plus faire qu'un avec lui.

Elle respirait avec peine. Du bout de la langue, elle s'humecta les lèvres. Comme animés d'une volonté propre, ses doigts montèrent vers les boutons de sa robe et commencèrent à les détacher.

— Ma belle amie... Ma petite chérie... susurra Alec.

Un souffle qui se mua en léger son flotta dans l'air puis se posa sur Magdalena et l'enveloppa, brume rougie par le reflet des flammes, blanchie par instants, au gré du clair de lune.

— Tu serais bien incapable de voir le Mal s'il se dressait en face de toi... ajouta Alec dans un chuchotis.

— Je sais qu'il n'y a pas de mal en toi.

Bouton après bouton, elle se délivra de son corsage, puis laissa tomber le vêtement de brocart sur le sol.

Frissonnante, en corset et jupon, elle resta debout devant Alec. La brume rouge agissait sur elle comme un baume apaisant. Elle avait l'impression de l'entendre murmurer et éprouvait le besoin de la sentir courir sur sa peau, tout comme elle avait besoin du regard d'Alec sur elle.

« Tu ne réfléchis pas », lui avait dit son père.

En effet, elle ne réfléchissait pas, mais elle n'avait pas pour autant perdu sa capacité d'analyse : Alec lui semblait bien étrange, ce soir, comme tenté de la repousser. Pourtant, cela ne la gênait pas. Elle connaissait la différence entre le Bien et le Mal et, Dieu lui vienne en aide, elle aspirait au Mal.

Aimer à ce point pouvait-il être mal ? se demandait-elle tout de même.

Alec traversa la pièce et vint placer un calice d'argent rempli de vin entre ses doigts. Qu'il soit soudain si près d'elle lui permit de lire un infini tourment dans ses yeux, mais aussi une passion dévorante.

Il baissa la tête et une mèche sombre tomba sur son front. Les yeux rivés aux siens, elle porta la coupe à ses lèvres et but. La brise enfla soudain, formant dans la pièce des spirales écarlates, des vagues rouges.

— Que se passerait-il si j'étais le Mal incarné, Magdalena ?

— Tu ne l'es pas.

— Je n'ai jamais voulu l'être.

La brume s'éleva. Le calice avait disparu de sa main, constata-t-elle. Elle ne se rappelait pas l'avoir posé sur la table, pas plus qu'elle ne se rappelait s'être défaite de ses sous-vêtements… Elle cilla en se rendant compte de sa nudité. Seuls les lambeaux de brume l'habillaient de voiles mouvants et vaporeux.

Il tendit les mains vers elle, sans détacher son regard couleur de nuit du sien.

Elle désirait cet homme depuis le premier instant, mais ignorait d'où lui venait cette folle attirance. Maintenant, elle savait. Un corps de dieu grec, aux muscles durs sous une peau de satin, des épaules d'athlète… et un sexe dressé, frémissant, symbole de la virilité absolue… qu'elle ne parvenait plus à quitter des yeux alors que la brise s'amplifiait encore.

— Cela m'est égal, ce que tu peux être ! Cela m'est égal !

— Je pourrais te faire souffrir.

— J'ai déjà l'impression d'être au bord de l'agonie…

Elle était sincère. Il lui semblait ne pas pouvoir en supporter davantage. L'attente devenait au-dessus de ses forces, elle la vivait comme un supplice.

Se jetant dans les bras d'Alec, elle l'étreignit et pressa sa bouche contre la sienne. Jusque-là, elle avait donné si peu de baisers… cependant, elle en était assez experte pour forcer des lèvres réticentes, faire naître l'excitation du bout de la langue.

Il la souleva dans ses bras en sachant qu'il venait de perdre le combat qu'il livrait contre lui-même.

Il lui rendit son baiser, fouillant sa bouche avec fièvre, autorisant toutes les ardeurs à sa langue, jusqu'à ce qu'il ait fait du feu qui couvait dans le corps de Magdalena un brasier que lui seul éteindrait. Puis il avança vers le lit et, alors qu'il la portait, elle songea qu'il se mouvait dans un silence absolu, comme la nuit lorsqu'elle tombe, douceur sombre et veloutée.

Il la déposa sur les draps. Sous son dos, elle sentait leur fraîcheur et sur son ventre la chaleur du corps ensorcelant de cet homme. Elle baissa les paupières quand il posa les mains sur elle, quand ses doigts se livrèrent sur sa peau à une danse érotique qui lui arracha de petits cris. La moiteur qui s'échappait d'elle, telle une sève, attisait le désir d'Alec, elle s'en rendait compte. Son sexe se pressait contre son ventre palpitant. Elle entendait son cœur battre si fort qu'elle le croyait sur le point de se briser et celui d'Alec lui faisait écho. La brume rouge les effleurait, ondoyait autour d'eux. Les seins douloureux, durcis, Magdalena oscillait avec délices sous les coups de langue et les petites morsures que leur infligeait Alec.

Elle s'arqua lorsqu'il insinua ses doigts en elle.

Il avait basculé sur le côté et se tenait plaqué contre son flanc, en appui sur un coude. Sa paume caressait son mont de Vénus, déclenchant des sensations ensorcelantes. Les jambes ouvertes, elle lui offrait son intimité sans retenue, ahanant à chaque vague de plaisir, des vagues qui la submergeaient, refluaient et se renouvelaient sans cesse.

— Peux-tu m'aimer? Peux-tu aimer une bête ? lui demanda-t-il soudain.

Elle dut attendre que cède le raz-de-marée de la jouissance, qu'il la dépose sur une plage calme, avant de répondre :

— Ô mon Dieu, mais pourquoi ne me crois-tu pas? Je t'aime! Je n'aime pas une bête, mais un homme! Un homme qui sait me faire rire, me fait me sentir vivante et avide de désir à un point que j'ignorais qu'il pût être atteint! J'aime un homme qui a eu une existence riche, qui s'est battu, qui a appris. Un homme qui commande, écoute, qui est fort et tendre. Je t'aime, Alec.

Pourquoi lui posait-il ces questions ? Magdalena ne comprenait pas. Elle le voulait, voulait de la brume rouge et que soit tenue la promesse de l'extase qu'il lui avait fait entrevoir.

Elle aspirait à le serrer dans ses bras, à chasser la douleur qu'elle lisait dans ses yeux, à lui assurer que...

— Une bête, répéta-t-il. Je ne sais même pas si Dieu se souvient que j'existe.

Elle attira son visage vers le sien, chercha sa bouche et le fit taire d'un baiser enfiévré. Puis elle amena sa main sous son sein gauche, pour que la communion entre leurs deux cœurs s'intensifie.

— Dieu a appris l'amour aux humains, et je t'aime. Il n'existe aucun mal que je ne puisse anéantir.

— Magdalena...

— Une bête... Pourquoi donc te qualifies-tu de bête ?

— Un vampire, assena avec autorité Charles Godwin, le professeur d'allemand.

Il était venu ce soir-là à la Maison Montgomery avec Gene Courtemanch, le vieux médecin créole, et le jeune Robert Canady, qui aimait follement la superbe fille de Jason Montgomery.

Pour Canady, tout cela était nouveau, et il écoutait avec scepticisme. Dans le passé, les puissances des ténèbres avaient torturé Godwin et Courtemanch. Des années auparavant, ils avaient organisé une milice de surveillance avec Jason Montgomery. La belle Marie Laveau était morte depuis longtemps, mais les forces occultes demeuraient, et cela ne changerait jamais. Magdalena avait toujours été en danger.

— Oui, un vampire, c'est ce que je crois, dit Jason d'un ton empreint de douleur.

Il avait envoyé chercher ses amis dès que Magdalena s'était retirée dans sa chambre. Sachant que le Mal rôdait, il n'avait jamais relâché sa vigilance et, avec le concours de Godwin et Courtemanch, restait sur le qui-vive en permanence. Tous trois avaient prié pour que rien n'advienne, et voilà que maintenant, hélas ! leurs pires craintes s'avéraient.

— Nous devons le trouver dès l'aube, dit Courtemanch. Ainsi, peut-être étalerons-nous la vérité au grand jour.

— Messieurs, lança fermement Robert Canady, je ne peux cautionner l'action inconsidérée et folle que vous projetez ! Nous serons tous pendus haut et court ! Même si je suis prêt à donner ma vie pour votre fille, Jason, je préférerais que mon sacrifice serve à quelque chose ! Le comte est un nouvel arrivant. Il est mystérieux, dites-vous. Soit. Mais il s'est conduit jusqu'ici en parfait gentilhomme et...

— Seriez-vous sot, jeune homme ? rugit Godwin.

L'homme à la moustache et aux cheveux blancs éructait de fureur.

— Ce comte vous arrache la femme que vous aimez ! ajouta-t-il.

Robert laissa échapper un lourd soupir.

— J'aime Magdalena, oui, Dieu m'en est témoin. Mais je ne puis assassiner un homme parce que lui aussi l'aime, et que cet amour semble payé de retour.

— Ne comprenez-vous donc pas... commençait Jason quand des pas lourds et précipités résonnèrent dans l'escalier.

Tyrone fit irruption dans le salon.

— Monsieur Montgomery ! Monsieur Montgomery ! Elle s'est jouée de nous !

— Comment cela, elle s'est jouée de nous ?

— La forme couchée dans son lit, ce sont ses oreillers et ses couvertures... Elle, elle est partie.

— Quoi ? Partie ?

— On y va ! hurla Godwin. Tyrone, il faut y aller. Apporte les épées, les pieux, vite ! Avec l'aide de Dieu, nous arriverons à temps !

— Messieurs, intervint de nouveau Canady, même si elle a choisi cet homme, nous ne pouvons commettre un assassinat !

Personne ne semblait l'entendre, constata-t-il avec horreur. Ces trois vieux fous ne se rendaient-ils donc pas compte de la monstruosité qu'ils s'apprêtaient à commettre ? S'il en était un parmi eux qui se sentait atrocement trahi, c'était lui ! Il aimait Magdalena, elle devait devenir sa femme et il souffrait comme un damné.

Mais elle lui préférait le Français. Elle aimait le Français !

— Sacrebleu, Robert, vous ne voyez donc rien ?

— J'entends délirer de vieux messieurs qui...

— Ce que vous devez voir, c'est la lune, la brume rouge ! Avez-vous levé les yeux ? Le ciel pleure des larmes de sang, mais vous ne comprenez rien !

— Vous le devriez pourtant, assena Godwin.

— Oh oui ! Pour l'amour du Ciel, vous le devriez, renchérit Courtemanch.

— Il est... commença Jason.

— ... un vampire, acheva Courtemanch. Au nom de tous les saints, entendez-moi ! L'amant de Magdalena est un vampire !

Son amant se dressa au-dessus d'elle, tellement beau, tellement puissant, viril... Dans ses prunelles couleur de nuit luisait un étrange feu.

— Un vampire, chuchota-t-il.

Magdalena sourit, puis secoua la tête.

— Non. Quelqu'un t'a amené à croire que tu étais le Mal.

— Je suis une créature des ténèbres.

Elle se sentit trembler : Alec la regardait avec tant de gravité…

— Peut-être l'amour pourrait-il me libérer. C'est ce que dit la légende, c'est ce qui est gravé sur une très ancienne pierre tombale, celle de la sépulture d'une créature comme moi… Or, je t'aime de tout mon être. J'ai patienté un siècle avant d'entendre ton doux murmure, avant de goûter ce bonheur. Mais j'ai si peur que la légende ne soit qu'un mensonge ! J'ai si peur de te faire souffrir !

Magdalena s'assit et posa l'index en travers des lèvres de son bien-aimé.

— Cesse de dire des sottises. Tu ne peux pas être le Mal, tu ne le peux pas ! D'ailleurs, c'est bien simple, je ne le croirai jamais.

Elle le poussa sur le côté, se mit à genoux sur le lit et se pressa contre son torse, lui dévora le visage de baisers, la gorge, la poitrine. Du bout des doigts, elle caressa sa peau satinée… jusqu'à ce qu'il geigne et l'étreigne de toutes ses forces.

— Magdalena, je suis porteur du feu de l'enfer, de la damnation…

— Eh bien, donne-les-moi, mon amour, parce que je ne te quitterai pas. Personne ne m'enlèvera à toi. Peu m'importe ce qu'il adviendra…

C'était vrai. Peu lui importait. Le monde n'existait plus pour elle. Il se limitait à Alec, à l'univers de sensualité dont il lui avait ouvert la divine porte.

— Embrasse-moi, murmura-t-elle.

Il obéit avec avidité, fouillant la chevelure de Magdalena de ses doigts fébriles, puis sa bouche se détacha de celle de la jeune femme pour glisser vers sa gorge.

Magdalena se sentait monter vers l'extase et brûlait de découvrir l'instant magique quand elle sursauta légèrement, étonnée : elle percevait le contact des dents d'Alec sur son cou.

Une sensation de piqûre... Une infime et brève douleur...

Un spasme de plaisir d'une puissance inouïe se confondit avec la douleur. Son corps tout entier vibrait, chaviré de bonheur. La jouissance... c'était donc cela...

Elle ouvrit les yeux et regarda par la fenêtre les cieux de velours noir sur lesquels passaient de translucides nuages rouges. Tout à coup, elle crut voir des étoiles filantes, des comètes... puis tout devint sombre. Le phénomène ne dura que quelques secondes. Les étoiles revinrent et, avec elles, la jouissance et cette douleur... cette si délicieuse douleur...

Alec était en elle, possédait sa chair et son âme. Buvait son sang, sa vie. Il lui avait dit être un vampire.

Un vampire...

Elle sut soudain que si elle touchait sa gorge, ses doigts seraient maculés de sang. Cependant, il n'était pas le Mal ! Son cœur se refusait à le croire. Si Alec avait dit vrai, elle n'aurait pas éprouvé une telle exaltation des sens.

Il lui sembla qu'elle allait mourir de plaisir.

— Je t'aime, Alec.

Il releva la tête, la fixa de ses yeux d'ébène polie animés d'une lueur incandescente. Éperdue de bonheur, elle détailla son visage si parfait, commença à répondre au sourire qui naissait sur ses lèvres, un sourire tellement empreint d'érotisme...

Soudain, il s'effondra sur elle.

Pourquoi Alec était-il tout à coup immobile, lourd ?

Magdalena le repoussa doucement mais il ne bougea pas et resta allongé, face contre le matelas.

Elle découvrit alors le pieu enfoncé dans son dos, tellement profondément que la pointe devait sortir de sa poitrine.

Un éclair d'acier s'éleva puis s'abattit sur sa nuque, là où elle aimait tant nouer ses doigts... Avec un bruit sourd, le corps d'Alec tomba sur le parquet.

— Vampire ! hurla quelqu'un.

Magdalena hurla en retour, un cri venu du fond de ses entrailles. La lame frappait et frappait encore...

Seigneur ! Ils le décapitaient !

Instinctivement, elle ferma les yeux. Le sang d'Alec coulait sur elle, chaud, épais. Elle recommença à crier.

On écarta le corps d'elle. Instantanément, elle rampa jusqu'à la tête du lit et se recroquevilla contre le bois, incrédule, en hurlant comme une possédée. Son père ! C'était son père qui était là ! Accompagné de ses amis, le frêle Courtemanch et Godwin aux cheveux de neige... Robert Canady se trouvait là aussi. L'air grave, triste, la fixant d'un regard débordant d'amour, il vint vers elle, bras ouverts.

Un cauchemar. Bien sûr, il s'agissait de cela. Elle ne pouvait être en train de vivre cette abomination.

Mais alors, comment se faisait-il que le sang de son amant coulât sur elle, se mêlant au sien qui s'échappait de sa gorge ? Peut-être la scène à laquelle elle assistait était-elle trop horrible pour atteindre sa conscience... Elle rêvait.

Pourtant, le sang... Il existait vraiment.

Mon Dieu ! La mort d'Alec était réelle.

Robert l'enveloppa de ses bras, la serra contre lui en prononçant son prénom comme une litanie. Magdalena avait froid, tremblait, mais ne voulait pas de son réconfort. Elle voulait continuer à hurler.

Robert resserra son étreinte.

— Maintenant, elle est un vampire elle aussi ! s'exclama Godwin, les mains toujours crispées sur son épée.

— Laissez-la tranquille ! ordonna Robert. Au nom du Ciel, souhaitez-vous lui faire encore plus de mal ?

Sa voix était un grondement féroce, autoritaire.

— Elle est ma fille, elle est vivante et elle n'est pas un vampire ! rétorqua Jason. Je peux l'aider ! La soulager !

La... soulager ?

Non. Rien ni personne ne la soulagerait, songea Magdalena dans un éclair de lucidité. Après cette nuit, plus rien ne serait jamais pareil. Elle avait connu l'amour, et voilà que ces hommes qualifiaient son amant de monstre. Son Alec, qui gisait inerte à quelques mètres d'elle, couvert de sang, la tête coupée. Et Courtemanch comme Godwin voulaient se servir du pieu et de l'épée contre elle.

Cela lui importait-il ? Elle n'en savait trop rien. Elle avait vécu des moments tellement magiques... et celui qui avait créé la magie était mort.

Qu'ils la tuent ! La vie ne l'intéressait plus.

D'ailleurs, elle la fuyait, cette vie : elle s'en allait avec son sang qui coulait de son cou. Elle se sentait devenir de plus en plus faible et aspirait à la mort pour être délivrée de cette agonie du cœur bien pire que tous les châtiments corporels.

Elle essaya de se libérer des bras de Robert, de s'approcher une dernière fois de son aimé, mais son père s'interposa.

— Non, Magdalena. Ne regarde pas.

Mais elle regarda quand même. Mon Dieu ! Le corps d'Alec... il avait disparu. Il n'y avait plus de corps, plus de sang. Là où était étendu son amant quelques instants plus tôt, le parquet semblait s'être consumé ; ne restaient que des cendres formant le dessin d'une silhouette humaine.

Magdalena se remit à hurler.

Puis, peu à peu, son cri s'amenuisa, s'éteignit, emportant le monde avec lui.

— Elle est morte ! Elle va devenir l'une de ces créatures ! assena Godwin.

— Mais non ! Elle dort, corrigea Jason.

— Oui, du sommeil de la mort.

— Elle dort ! tonna Robert Canady.

— Le sommeil de la vie, assura Jason. Elle est mon enfant, ma chair, mon sang et je la sauverai, dit-il en prenant sa fille dans ses bras.

Il l'emporta, l'éloignant de tous, même de Robert et sortit du manoir blanc que l'étrange clair de lune teintait de rouge. Il trébucha, faillit tomber, se rattrapa et reprit sa marche. La couleur rouge de la lune semblait se dissiper. Il leva les yeux et se rendit compte que le ciel pâlissait. L'aube pointait.

Le soleil ! La lumière du jour revenait !

Il se mit à courir, portant toujours sa fille.

Magdalena était étendue dans un monde déroutant, fait de glace et de ténèbres. Il fallait qu'elle s'efforce de chasser la sensation de froid, d'obscurité qui l'enveloppait comme un linceul, elle le savait. Des gens l'appelaient, mais leurs voix paraissaient si lointaines... Elle entrevoyait un rayon lumineux, si loin lui aussi... Elle ne pouvait l'atteindre.

On la portait, se rendit-elle compte.

Crier... Courir vers la lumière...

Impossible.

Qu'on la laisse partir ! supplia-t-elle *in petto*.

Sa prière muette se perdit dans l'immensité des ténèbres, le vide, la solitude... l'univers au-delà de la mort.

De nouveau, elle éprouva une sensation très étrange : elle avait l'impression que le froid ne la fuirait jamais et pourtant, elle percevait comme de la chaleur autour d'elle. Les ténèbres semblaient tout à coup différentes, des ombres grises atténuaient leur noirceur.

Du temps… Elle avait besoin de temps…

Il y eut d'autres ombres, de la lumière, puis il fit encore noir… Les ombres revinrent, alternant sans répit avec la lumière et l'obscurité.

Il y eut les nuits, qui succédèrent aux nuits.

Puis elle sentit les mains de son père et sut qu'il était auprès d'elle. Un liquide chaud coulait dans sa gorge ; peu à peu, elle déglutissait et se ressaisissait. La réalité reprenait ses droits.

Le temps passa. Elle recouvra des forces, parvint à redresser la tête et à serrer la tasse entre ses doigts, à toucher ceux de son père. Elle était couchée dans son lit, dans sa chambre, son domaine apaisant et rassérénant. Les flammes des bougies dansaient doucement devant ses yeux, leur faible lueur ne les blessait pas. Elle buvait, encore et encore, incapable de déterminer ce que son père lui donnait, mais elle se rendait compte que cela l'aidait, l'arrachait au froid qui l'avait paralysée jusqu'aux os.

Enfin, elle reprit ses esprits et posa des questions.

— Qu'est-ce, père ? Que suis-je en train de boire ?

— Du sang, répondit Jason d'un ton égal.

Elle renversa la tête sur son oreiller et pleura. Sans larmes.

— Oh ! père, pour l'amour de Dieu…

— Non, ma chérie. Pour l'amour de mon enfant. Chut ! Dors, maintenant.

Elle referma les yeux et s'enfonça dans une détresse pire que la mort. Cependant, comme l'avait ordonné son père, elle s'endormit.

Le cœur lourd, Jason quitta sa chaise et remonta les couvertures sous le menton de sa fille : elle avait tellement besoin de chaleur !

Il descendit au rez-de-chaussée où ses amis l'attendaient et alla s'appuyer au manteau de bois sculpté de la cheminée : il éprouvait le besoin de se soutenir à quelque chose pour supporter les regards inquisiteurs de ses amis.

C'est soigneusement qu'il choisit ses mots avant de les prononcer.

— Je crois qu'elle va vivre.

Il s'interrompit, hésitant. Mon Dieu ! Pourvu qu'il prononce les bonnes paroles…

— … elle va vivre, et je pense qu'elle va avoir un enfant.

1

— Oh ! bon sang... gémit Jack Delaney avant de se détourner du cadavre et de choir, le teint soudain verdâtre, dans les bras de son coéquipier.

Jack était un jeune flic de vingt-cinq ans, un grand et beau garçon aux cheveux blond-roux et aux yeux noisette.

— Le bleu a le cœur sensible, dit Sean en soutenant son nouveau partenaire.

Les jambes flageolantes, Jack se laissa aller contre le policier qui le dépassait d'une tête. Athlète quadragénaire à la carrure impressionnante, aux cheveux aile de corbeau et aux yeux bleu indigo, Sean montrait rarement ses émotions. Il ne leur lâchait la bride que lors de ses séances d'entraînement à la salle de sport.

Jack respira à petits coups, heureux de pouvoir se ménager cette pause. Il puisait sa force en Sean, soulagé qu'il l'eût soutenu sans se moquer de lui : sa protection lors de son accès de faiblesse lui épargnerait les sarcasmes de ses collègues.

— Je vais bien, Sean.

— OK. Venez ici, les gars. Delaney doit commencer à poser des questions dans le voisinage. Assurons-nous que nous avons assez d'hommes pour ratisser les rues environnantes. Quelqu'un a peut-être vu quelque chose.

Sean s'assura du regard que son coéquipier prenait sa place dans le rang de policiers en ciré qui verrouillaient le périmètre autour de la ruelle où avait été trouvé le corps. Les lieux étaient maintenant balisés d'une bande de plastique jaune.

Jack était arrivé sur la scène du crime quelques instants avant Sean et il avait failli tourner de l'œil en découvrant le cadavre. Récemment muté à la brigade des homicides, il n'avait derrière lui que quelques années d'expérience dans la police. Comme il était d'origine irlandaise, le chef Daniels l'avait mis en équipe avec Sean à cause de son nom : il fallait mettre les « Mick », c'est-à-dire les Irlandais, ensemble.

Sean ne reniait pas ses racines irlandaises, elles existaient probablement encore dans un coin perdu de l'île, mais les Canady avaient émigré à La Nouvelle-Orléans deux siècles plus tôt. Sean était le fruit de ces mélanges de races qui avaient fait la ville. Il avait du sang français, anglais, cajun et Dieu savait quoi encore. Peut-être quelques gouttes des Caraïbes. Aucune importance. Pour sa hiérarchie, il était irlandais d'abord, et il aimait beaucoup Jack Delaney. Le chef Daniels appréciait Sean Canady ; il lui avait donc affecté le nouveau par gentillesse.

— Laissez passer le bleu ! cria quelqu'un.

Jack se retrouva aussitôt de l'autre côté du ruban après avoir répété qu'il se sentait bien. Sean le suivit du regard. Quoi que prétende le petit, il allait être malade…

— Ça va être dur, tu sais, dit un autre policier à Jack.

Soulagé, Sean soupira : les collègues iraient doucement, seraient sympas avec Jack. Une chance pour lui, car ses débuts à la Crim' allaient être difficiles : après un meurtre, un joli cadavre, ça n'existait pas. Quoique, parfois, il y en eût de pires que d'autres…

Il s'approcha de Pierre LePont qui, penché sur le corps, l'étudiait. Il s'accroupit à côté du médecin légiste qui examinait les doigts du mort.

À la différence de Jack, Sean avait appris à supporter le spectacle de cadavres. Il en avait tellement vu... Des noyés remontés du Mississippi, qui n'avaient pratiquement plus rien d'humain... Des morts récents, tués peu auparavant, dont le sang se répandait sur le pavé de la rue... De pauvres dépouilles dissimulées qu'on ne découvrait qu'à cause de l'odeur de putréfaction... D'autres qui étaient si bien cachées qu'on n'en retrouvait que les squelettes...

Oui, il en avait vu un nombre incalculable, mais celui-là avait quelque chose de particulièrement bizarre.

L'homme n'était pas mort depuis longtemps : impossible de passer à côté sans le voir, si près de Bourbon Street, quand la journée était bien entamée : il était plus de 9 heures. L'homme avait dû être tué juste avant l'aube. Des SDF dormaient dans la rue. Dans l'obscurité, personne n'avait remarqué le cadavre mais, dès le soleil levé, les appels avaient afflué au quartier général de la police.

Ce cadavre-là était vraiment spécial, se dit Sean : pas de sang sur le sol ni sur la façade de la boutique devant laquelle il gisait. Il n'était pas livide, mais grisâtre et ses yeux ouverts exprimaient encore une terreur absolue. Ils fixaient le vide, et cela donnait à Sean l'envie de se retourner pour regarder ce qui suscitait un tel effroi.

— Mon Dieu ! souffla-t-il.

— Ouais. Et tu veux savoir ce qu'il y a de drôle ? demanda Pierre LePont.

— Parce qu'il y a quelque chose de drôle ?

— Drôle dans le sens de bizarre. Il n'y a pas trace de bagarre. Le type a eu si peur qu'il en est peut-être mort. On en saura un peu plus après les examens à la morgue, mais *a priori* je dirais que ce mec n'a pas levé le petit doigt contre son agresseur.

— Tu penses qu'il est mort de trouille ?

— Un arrêt cardiaque est possible, mais ce n'est pas le cas.

— Alors ? Où a été porté le coup fatal ? À la gorge ? Je vois une blessure.

Toutefois, un décès par blessure à la gorge impliquait du sang ; or, il n'y en avait nulle part.

Sean le fit remarquer au légiste.

— Pas de sang, effectivement, confirma ce dernier. Et la blessure à la gorge est plus importante qu'elle n'en a l'air : le type a été décapité.

Pierre LePont montra comment la tête était détachée du cou.

Sean sentit son estomac se rebeller, mais il sortit son carnet de notes sans sourciller.

— Quel âge, d'après toi, Pierre ? Presque la trentaine, non ?

Mike Hayes, un policier en uniforme, s'approcha.

— Il s'appelait Anthony Beale, lieutenant Canady. Né à La Nouvelle-Orléans. Il est fiché. Des peccadilles. Cinq arrestations pour vol, une pour violation de propriété et une autre pour proxénétisme. Il a fait huit mois de taule pour l'un des vols. Pas de source de revenus officielle, mais il semblait bien s'en sortir, si on se fie à son costard Armani.

— Armani ? répéta Sean.

Rares étaient les SDF en costume Armani.

— Chouette costard, lâcha Pierre.

— Hé ! Sean, j'ai besoin de prendre d'autres clichés ! dit Bill Smith, le photographe de la brigade.

Obligeamment, Sean et Pierre reculèrent.

Pendant que le photographe officiait, Sean balaya la rue du regard. Elle faisait partie d'un secteur très respectable du vieux quartier français... dans la mesure où l'on considérait qu'une rue abritant des douzaines de sex-shops fût respectable. Quoique, dans ce coin, les bâtiments renfermaient résidences et sociétés commerciales. Deux hôtels de luxe se trouvaient au bout de la rue, face à face. Le long des trottoirs s'ouvraient des boutiques d'antiquaires, de cadeaux, de souvenirs, toutes avec de belles vitrines alléchantes pour le chaland.

Il fit un pas en arrière et examina les premiers étages des bâtiments. Bureaux, studios de danse, salles de gymnastique, salon de bronzage artificiel…

Les immeubles affichaient tous le style qui avait rendu célèbre le Vieux Carré dans le monde entier. Fenêtres en ogive, balcons de fer forgé, fines colonnades et arcs-boutants.

Il rabaissa son regard vers le cadavre. La Nouvelle-Orléans, *sa* ville. Il était né là, dans l'un des plus beaux hôtels particuliers, sa mère ayant jugé inélégant de s'alarmer dès ses premières contractions. Il avait fait ses études ici, puis essayé de découvrir le vaste monde. Un jour, il était revenu. Cet endroit avait quelque chose de spécial : il était *sien*. Non qu'il fût sûr, au contraire. La Nouvelle-Orléans était mauvaise et trop clinquante. La beauté, le jazz, les eaux glauques du Mississippi symbolisaient sa nature profonde. On y mangeait le meilleur plat du monde : les écrevisses à l'étouffée. Dans cette ville, les histoires de vaudou, de fantômes et autres demeuraient d'actualité.

En entrant dans l'ère moderne, La Nouvelle-Orléans avait rencontré les mêmes maux que les autres cités : drogue, crime, sans-abri, inflation, chômage. Certains l'appelaient la ville des perversions, des damnés. Peut-être l'était-elle, mais pour Sean, elle était *sa* ville, *sa* ville des damnés. Tout ce qu'il pourrait accomplir pour l'arracher aux griffes de l'enfer, il l'accomplirait.

Anthony Beale, petit escroc minable, proxénète prospère, avait affronté un adversaire trop fort pour lui. Beale… un sale type qui avait fini salement.

— Ça me rappelle la macchabée du cimetière, remarqua Pierre LePont.

Sean avait eu la même pensée.

— Un cadavre de femme, dit-il, taillé en pièces...

Même réduite à cette image simple et crue, la description de la morte était très largement en dessous de la réalité.

— ... Jane Doe, acheva Sean.

Sexe féminin, type européen, entre vingt-cinq et trente ans. Un mètre soixante-cinq, soixante-deux kilos, découverte dans l'un des cimetières en surélévation à l'extérieur du quartier français la semaine précédente. Elle gisait sur la dalle d'une tombe, nue, éventrée comme si un nouveau Jack l'Éventreur s'était acharné sur elle. Des morceaux de corps et ses organes avaient été soigneusement retirés de sa dépouille par le tueur et posés à côté.

Ce meurtre avait mis la cité en émoi. C'était le sujet de conversation numéro un des habitants comme des touristes. Rien de plus normal : un assassinat de ce genre, sans aucun suspect, amenait les gens à de sombres spéculations et induisait la peur.

— Lardée de je ne sais combien de coups de lame, poursuivit le légiste, et pratiquement pas de sang.

— Décapitée, elle aussi, continua Sean. Peut-être y a-t-il un rapport...

— Une prostituée et un maquereau. Faut espérer qu'il n'y a en ville qu'un seul tueur assez immonde pour se livrer à des pratiques de cette sorte... Laisse-moi emmener notre nouveau client à la morgue. Là-bas, je verrai ce que je peux trouver d'autre.

— Jane Doe est toujours au frigo ?

— Oui. Elle est toujours parmi nous.

— Pourquoi on ne jetterait pas un nouveau coup d'œil à son cadavre ? Ça pourrait être utile d'être deux à réfléchir.

— D'accord. Mais je peux d'ores et déjà te dire un truc.

— Quoi ?

— Notre tueur est gaucher.

— Hein ?

— Le tueur de Jane Doe et d'Anthony Beale est gaucher. Tu vois dans quel sens la gorge a été coupée ? Il s'est servi d'un couteau à la lame extrêmement affûtée et ce avec une force impressionnante. Crois-moi, ça n'est pas facile de séparer une tête humaine du corps.

— Ça fait plaisir à entendre.

Pierre LePont se releva. Sean l'imita puis revint vers ses hommes.

— Messieurs, avez-vous terminé ? Pouvons-nous embarquer la victime ?

Tous acquiescèrent, y compris le photographe.

— Pierre, il est à toi, lança Sean au légiste.

LePont donna des ordres à ses assistants. On lui apporta un grand sac en plastique.

— Accorde-moi quelques heures, Sean, et passe me voir après. Je te mettrai au courant de ce que j'aurai trouvé.

— Merci, Pierre.

— Pfff… Des jours comme celui-là me comblent de bonheur d'être photographe, remarqua Bill avec amertume.

— Tu as fait de jolies photos ? s'enquit Sean.

— Les photos me hantent… Elles restent avec moi en permanence… Je me réveille la nuit et je les vois… Mais je me console en me disant que je n'ai pas à chercher le jobard qui a fait ça…

— Un jobard ? Je n'avais pas envisagé que le tueur en soit un.

— Quoi ? Tu imagines quelqu'un de normal faisant un truc pareil ?

— Oui. Mon instinct me dit que le type est juste tombé sur plus fort que lui et qu'il s'est laissé faire. La tête a sans doute été coupée après la mort. La manière de procéder de l'assassin est très méthodique. Couper une tête n'est pas facile, Pierre me l'a appris, et la tête du type n'était pas simplement et grossièrement tranchée. Ce Beale a été proprement décapité. Il n'y a pas de sang, alors qu'on aurait dû en trouver une mare. L'hypothèse la plus logique, c'est que le meurtre a eu lieu ailleurs et qu'on a transporté le corps ici ensuite. Pour revenir à la tête, elle a été sectionnée et reposée à sa place si habilement que dans un premier temps je ne me suis pas rendu compte qu'elle était détachée. Il a fallu que Pierre me le montre en la déplaçant. Tout ça a une raison d'être, et a été fait avec méthode.

— Les jobards peuvent agir avec méthode et être mus par des raisons, tu me l'as dit toi-même. Tu as appris ça quand tu étudiais les tueurs en série à l'académie du FBI, à Quantico, tu l'as oublié, Sean ?

— Non, mais nous n'avons rien pour chercher quelqu'un de bien précis. En tout cas, pas un vampire assoiffé de sang ou l'un des monstres qui, si on en croit la rumeur publique, hantent la ville.

— C'est quand même affolant, ce meurtre… commenta Bill. Juste à côté de Bourbon Street !

Il secoua la tête avec incrédulité avant de poursuivre dans un murmure :

— La fille dans le cimetière… Elle aussi avait la tête tranchée.

— Oui.

— Tu te rappelles, Sean ? On dit que Jack l'Éventreur avait une technique très méthodique pour couper ses victimes en morceaux.

— Les tueurs en série peuvent être classifiés soit comme extrêmement minutieux, soit désorganisés, ou appartenir aux deux catégories. Un assassinat qui évoque une exécution est habituellement bien préparé, très net. Donner la mort est le but. Pour quelques tueurs, ce sont les préliminaires avant la mort qui comptent le plus. Les morceaux de corps laissés par Jack l'Éventreur avaient du sang. Pas tous, mais certains.

— Comme je le disais, remarqua Bill, prendre des photos est plus facile que chasser le jobard. Mais... faudrait que tu attrapes vite celui-là, mon vieux. Ma femme est morte de trouille. Tu as vu les gros titres des journaux ? Pas seulement le *Times/Picayune*, les autres aussi, ailleurs. Le meurtre du cimetière est tellement sensationnel, avec sa mise en scène, qu'on en parle dans tout le pays.

Sean exhala un long soupir. Oui, il savait. Le meurtre du cimetière était horrible, spectaculaire et, il devait le reconnaître, tout à fait dans le style de Jack l'Éventreur. Tout le monde allait voir dans ce fait divers un acte d'une sauvagerie effrayante. Ce que ne verraient pas les gens, c'était que la police n'avait pas la moindre piste à suivre. La fille ne s'était pas débattue, sous ses ongles ne se trouvait pas la moindre parcelle de peau de l'assassin, pas davantage de cheveux, de poils ou de fibres. On n'avait rien trouvé sur le cadavre. La victime avait eu des relations sexuelles avant de mourir, mais pas sous la contrainte. Le sperme recueilli ne servait à rien si on ne pouvait le comparer à celui d'aucun suspect fiché. Des tests d'ADN allaient être réalisés par le laboratoire du FBI, mais les résultats n'arriveraient pas avant des jours, voire des semaines. D'ici à ce que la science permette de le coincer, l'assassin pourrait s'en donner à cœur joie.

Les empreintes sur la tombe, il y en avait des centaines, ainsi que des traces de pas autour. Rien d'utilisable, donc, excepté un cadavre pathétique sans identité.

— Un tueur en série, comme tu le disais, suggéra Bill.

Sean se sentait mal à l'aise. Oui, il craignait d'avoir affaire à un tueur en série. Il rectifia néanmoins :

— Je n'ai pas exactement dit cela, Bill. Nous n'avons encore aucune idée précise.

Point de départ : deux corps décapités. Une connexion entre les deux affaires était plus que probable.

— Pas d'idée précise, Sean ? Voilà qui ne me ravit pas des masses.

— Attendons que Pierre nous ait donné quelques renseignements.

— Sean, tu n'es pas un flic qui fonctionne selon des méthodes, mais à l'instinct. C'est pour ça que tu es un bon flic. Tu sais déjà que ces deux meurtres sont très spéciaux.

— Il va falloir faire très attention à ce qu'on révélera à la presse, sinon les scribouillards de La Nouvelle-Orléans vont en faire leurs choux gras.

Jack apparut derrière Bill.

— Ah ! voilà mon petit gars. Je vais le prendre sous mon aile et nous allons faire du porte-à-porte en quête d'un témoin. À plus tard, Bill. Et n'oublie pas : profil bas, hein ?

— Sûr.

Sean s'éloigna, accompagné de Jack qui, bien qu'il fût encore pâle, semblait s'être ressaisi. Maintenant, il avait l'air embarrassé.

— Ce sont les yeux, tu comprends, Sean… Je l'ai regardé droit dans les yeux, et j'ai eu l'impression que si je me retournais, je découvrirais ce qu'il avait vu… Que le monstre qui lui avait fait ça m'apparaîtrait.

— Jack, j'ai vu je ne sais combien de cadavres, et je dois admettre que celui-là est particulièrement horrible.

Un temps, puis :

— Tu as obtenu des informations, dans la rue ?

— Je ne suis peut-être pas très bon devant un cadavre, mais j'ai quand même découvert un truc qui pourrait t'intéresser. Si c'était le cas, je retrouverais un peu de ma dignité…

— Pas la peine : tu ne l'as pas perdue. Alors ? Qu'est-ce que tu as trouvé ?

— Suis-moi.

Curieux et plein d'espoir, Sean obéit.

Maggie Montgomery regardait par la fenêtre de son bureau, au premier étage. De là, elle voyait la partie de la rue que la police avait fermée d'une bande jaune, ainsi que les douzaines de policiers, habitants de la ville et touristes qui allaient et venaient à l'intérieur et en dehors du périmètre sécurisé.

Un petit frisson lui courut le long du dos. La Nouvelle-Orléans n'était pas une ville sûre, loin de là. Surtout pas le Vieux Carré. Mais ce qui s'était passé ce matin était très différent des exactions habituelles. Les vols faisaient partie de la norme : hôteliers et commerçants prévenaient les touristes : qu'ils n'empruntent pas telle ou telle rue, ne s'aventurent pas ici ou là à la nuit tombée et qu'ils restent vigilants. La Nouvelle-Orléans n'était pas passée au travers de la vague qui submergeait le pays : la drogue. La prostitution prospérait ouvertement. De plus, au fil des années, la région avait connu des meurtres étranges, reliés aux pratiques occultes.

Mais ce qui s'était passé ce matin…

— C'est un corps ! s'écria Angie Taylor, l'assistante de Maggie.

Dans sa voix vibraient excitation et fascination.

— Un corps assassiné ! précisa-t-elle d'un ton emphatique en posant devant sa patronne un café au fort arôme de chicorée.

Belle, grande et solidement charpentée, cascade de cheveux noirs, yeux profonds et sensuels et portant toujours des talons aiguilles, Angie était l'énergie incarnée. Descendante de Cajuns, elle adorait la vie et, en sus d'être l'assistante la plus compétente qui fût, elle était la meilleure amie de Maggie.

— C'est le deuxième meurtre, Angie.

Les yeux plissés, elle essayait de voir à travers la foule, mais même placée comme elle l'était au-dessus de la rue, la scène demeurait indistincte. Le cadavre se trouvait désormais dans un grand sac sur un chariot que l'on faisait rouler vers l'ambulance qui l'emmènerait à la morgue.

La foule commençait à se disperser. Les policiers et toutes les équipes techniques qui les accompagnaient restaient sur place, fouillant le secteur à la recherche d'indices.

— La rumeur court déjà, dit Angie. Le corps a été décapité.

Maggie ressentit de nouveau un désagréable frisson.

— Le corps... Homme ou femme ?

— Un homme. Un proxénète, si j'en crois ce que disent les gens au café La Petite Fleur.

Situé au rez-de-chaussée de l'immeuble voisin, ce café était très pratique pour Maggie et Angie. Récemment ouvert, il était tenu par un couple de créoles dont les origines familiales remontaient à la fondation de la ville. Les beignets et le café au lait qu'on y servait étaient fabuleux.

— L'homme était jeune et plutôt mignon, poursuivit Angie. Il paraît que c'était un proxénète.

— Ça n'a rien à voir avec le meurtre qui a eu droit à je ne sais combien de pages dans le journal la semaine dernière ? La fille au cimetière ?

— Non. Le corps de l'homme n'était pas mutilé, seulement décapité.

— Oh ! Seulement décapité... murmura Maggie.

— Je suppose que c'est très moche, n'est-ce pas ? Je comparais avec la morte du cimetière dont la description était... Bref... Pauvre petite ! Un ange déchu. Et maintenant, ce type, qui vivait de la souffrance d'autrui...

— Angie, je ne pense pas que toutes les prostituées souffrent, lâcha sèchement Maggie. Il y en a qui choisissent ce... métier parce qu'il rapporte beaucoup de fric. Certaines de ces femmes ont fait de belles carrières dans les médias en devenant tenancières de bordels chics.

Angie fronça le nez.

— On ne peut pas aller au lit avec des mecs poilus, dégoûtants, obèses sans souffrir ! Pour moi, le type qui a été tué la nuit dernière, ou à un autre moment, avait comme gagne-pain la vente de chair féminine. Je n'arrive pas à trouver quelque chose de plus méprisable ! Ce type était mauvais ! Il lui est arrivé malheur ? Eh bien, c'est juste que le Mal frappe les mauvais ! Ce n'est pas juste qu'il touche de pauvres filles comme celle du cimetière ! Le Mal va au Mal, Maggie, tu ne le penses pas ?

— Non, ça ne fonctionne pas ainsi. Pas toujours, en tout cas. Angie, si tu as des rêves de monde meilleur, oublie-les. Le monde parfait, ça n'existe pas, sinon il n'y aurait pas de gentilles personnes infirmes et clouées dans des fauteuils roulants ! Ni de bébés qui meurent du SIDA.

Angie soupira, manifestement énervée.

— Je ne partage pas ce point de vue. Je trouve que ça colle bien quand un mauvais truc arrive à une personne mauvaise.

Maggie ne put retenir un sourire.

— Et si ce type n'était pas aussi mauvais que tu l'imagines ? Peut-être a-t-il été un enfant maltraité, peut-être a-t-on abusé de lui... Peut-être a-t-il souffert par les femmes...

— Oh ! Maggie, il était mauvais ! Il obligeait des femmes à se prostituer pour gagner son fric ! Voilà !

— Très bien. Il n'a pas d'excuses, c'est ton point de vue. Mais...

— Mais quoi ?

— Nous avons deux personnes décapitées en une semaine...

— Et alors ? Tu penses que le tueur est le même ? La première victime était une femme, elle a été éviscérée, on lui a coupé la tête... La deuxième était un homme, qu'on a laissé intact. Lui, on s'est contenté de le décapiter.

— Angie, attends... La décapitation n'est pas si habituelle que ça. C'est quelque chose d'effrayant. La Nouvelle-Orléans va devenir folle. Les touristes vont fuir, si la police n'arrête pas quelqu'un rapidement.

— La police est là, et ça ne fait pas partir les touristes, loin de là. Ils sont agglutinés dans la boutique, en bas. Je pense qu'au contraire ça va faire marcher le commerce.

— Mmm. Si Allie et Gema ont besoin d'un coup de main, qu'elles nous appellent, dit Maggie en s'éloignant de la fenêtre.

Elle revint vers son bureau et se laissa tomber dans son fauteuil à roulettes.

Allie et Gema s'occupaient de la partie vente dans l'entreprise de Maggie dont la famille se consacrait au commerce depuis des lustres. Les Montgomery s'étaient lancés dans les affaires avant la guerre civile. Les femmes Montgomery confectionnaient alors de superbes robes de bal, puis avaient étendu leur activité aux accessoires de soirée. Maggie en dessinait toujours mais, ces dernières années, elle s'était mise à créer des vêtements pour la journée et de la lingerie. Elle suivait son temps, s'était-elle dit.

Ses modèles étaient exclusifs et réalisés sur commande. Parallèlement, elle avait ouvert une boutique où les clientes trouvaient des vêtements, des dessous et même des bijoux uniques. Elle les exposait avec l'aide d'Allie dans la vitrine donnant sur la rue. Ses bureaux occupaient le premier étage, le deuxième étant consacré à la fabrication. L'immeuble avait plus de cent cinquante ans, une architecture d'un charme fou, et un intérieur suffisamment modernisé pour le rendre confortable et pratique, tout en laissant intact le caractère séduisant du bâtiment.

Cissy Spillane, l'hôtesse, une grande et mince quarteronne au visage fin, frappa doucement au battant ouvert de la porte de Maggie.

— Maggie, il y a deux policiers en bas. Ils voudraient te parler.

— À moi ?

— Oui. Ils m'ont aussi posé quelques questions, et ils aimeraient interroger Angie, mais c'est surtout toi qui sembles les intéresser.

— Pourquoi ?

— Parce que tu es la propriétaire de l'immeuble. Enfin, c'est ce que je crois.

Maggie jeta un coup d'œil à sa montre pour se donner une contenance. Elle se sentait mal à l'aise, un état inhabituel chez elle, et cela la troublait.

— J'ai un rendez-vous à 10 heures, Cissy. Avec Mme Rochfort, précisa-t-elle.

— Alors tu as le temps de parler aux policiers.

Pas de prétexte, donc, pour se dérober aux questions... De toute façon, à quoi bon atermoyer ? Si elle refusait de les recevoir, les flics reviendraient, animés des pires soupçons et munis d'un mandat de perquisition.

— Bien. Fais-les entrer, Cissy.

La jeune femme sortit du bureau. Quelques instants plus tard, elle était de retour, flanquée de deux policiers en civil. Maggie quitta son fauteuil et contourna son imposant bureau de chêne, tout en détaillant les deux hommes.

Un tandem plutôt impressionnant…

Le plus jeune était grand, bien bâti, roux avec des yeux noisette. Charmant. Il sourit fugacement. Avait-il une petite amie ou une épouse qui s'inquiétait pour lui lorsqu'il était en mission ? se demanda Maggie.

Le deuxième évoquait un vétéran. Il était bien plus âgé que son collègue… et incroyablement séduisant. À tel point que le cœur de Maggie manqua quelques battements. Il lui rendit son regard sans ciller, et elle frémit sous le laser des yeux d'un bleu irréel.

Haute taille, carrure large, cheveux très sombres, tempes poivre et sel… Sourcils bien dessinés, formant deux arcs sombres… peau bronzée… fines rides au coin de la bouche et légères pattes-d'oie. Ces marques du temps accentuaient le caractère d'un visage qui ne pouvait laisser indifférent : il était plus rude que beau, mais magnifiquement sculpté. Ses traits étaient… comment qualifier cela ? Fluides… Oui, c'était l'adjectif adéquat. Et il y avait quelque chose de très sensuel dans ses yeux et sa bouche. Une impression de force, de pouvoir, de volonté, se dégageait de cet homme.

Maggie y était infiniment sensible : ce policier… il était irrésistible !

— Mademoiselle Montgomery ?

Oh ! la voix… Grave et puissante…

Maggie déglutit avec peine.

— Oui, c'est moi. En quoi puis-je vous être utile ?

L'homme aux yeux bleus ne répondit pas. Ce fut le jeune qui s'avança.

— Je suis Jack Delaney, mademoiselle Montgomery, commença le policier roux tout en tendant la main. Voici mon coéquipier, Sean Canady. Nous avons…

— Canady ? coupa Maggie.

Elle ramena son regard sur l'homme le plus âgé. Il hocha la tête, sourit… Un merveilleux sourire, incroyablement lumineux dans ce visage bronzé, qui ajoutait encore à la sensualité de ses traits.

— Un bien vieux nom, je sais, dit-il. Tout comme le vôtre, mademoiselle.

— N'y a-t-il pas une statue de l'un de vos ancêtres, à un carrefour pas très loin d'ici ?

— Mon arrière-arrière-grand-père, je crois. Un autre Sean. Il a formé un régiment de cavalerie pour le Sud et conduit pas mal de vaillantes charges contre les Yankees. C'est en tout cas ce qui est écrit sur la plaque rivée au socle.

— Mais oui ! J'ai entendu nombre d'histoires sur lui ! Il se déplaçait d'un champ de bataille à l'autre à la vitesse de la lumière, dit-on.

Canady sourit.

— Je suis ravi de faire votre connaissance : Magdalena était aux côtés de mon aïeul lorsqu'il a défendu sa ville.

— Tout a commencé à cette époque-là, oui.

— Euh… je… je suis navré de vous interrompre, coupa Jack Delaney, mais nous sommes ici pour vous poser quelques questions, mademoiselle.

— D'accord. Voulez-vous vous asseoir ? Puis-je vous offrir un café ?

— Non, dit Sean.

— Oui, lança Jack à la même seconde.

Puis il regarda son partenaire. Bien qu'il se fût présenté en premier, il était patent que le supérieur était le plus âgé des deux.

Cependant, en homme qui n'avait rien à prouver et ne semblait guère accorder d'attention au protocole ou à l'autorité, Sean Canady rectifia immédiatement sa réponse.

— Sûr, du café nous ferait du bien.

Maggie appuya sur le bouton de l'interphone et demanda à Cissy d'apporter du café. Puis elle s'assit et posa la main sur l'accoudoir de son fauteuil victorien richement capitonné. Les deux hommes se posèrent sur des sièges face à elle, de l'autre côté du bureau.

— Vous êtes là pour travailler, messieurs, je présume ?

Elle essayait de regarder alternativement Delaney et Canady, mais son regard revenait obstinément sur ce dernier.

Finalement, il se riva dans les yeux bleus.

L'impression d'avoir été jaugée en quelques secondes traversa Maggie. Cet homme s'était fait son opinion sur son apparence, sa façon de bouger, de s'exprimer, et il avait enregistré jusqu'au plus infime détail.

— Savez-vous qu'il y a eu un autre meurtre ? lui demanda Jack Delaney.

Elle se tourna avec peine vers lui.

— Un autre meurtre ? Je ne voudrais pas insulter la police de La Nouvelle-Orléans, messieurs, mais il me semble qu'il y a pas mal de meurtres chaque année dans cette ville.

— C'est malheureusement exact, confirma Sean après avoir lancé un coup d'œil irrité à son collègue. Je vais formuler la question autrement : étiez-vous au courant qu'un cadavre a été découvert dans la rue à deux pâtés de maisons d'ici ?

— Oui. Un homme jeune. Proxénète. Du moins est-ce ce qui se raconte au café à côté.

— On parle à point de café ! Puis-je entrer ? demanda Cissy en poussant la porte du pied.

— Oui. Pose le plateau sur le bureau.

Cissy s'exécuta et les deux policiers se servirent. Café noir pour Sean, avec un nuage de lait pour Jack.

Que Sean le prenne noir et fort n'étonna pas Maggie. Cet homme carburait à la caféine. Il ne l'adoucissait ni avec du lait ni avec du sucre. Il était du genre à ne pas perdre une seconde à savourer le breuvage en mangeant un beignet. En cas d'urgence, il devait sortir de chez lui sa tasse dans une main, un muffin dans l'autre. Un jour, Jack Delaney l'imiterait. L'expérience lui apprendrait à faire vite. Pour le moment, il n'avait pas dû hanter les rues aussi souvent et longtemps que Sean Canady.

Celui-ci la fixait, se rendit-elle compte. Que pensait-il ? Essayait-il d'imaginer la vie qu'elle menait... comme elle tentait d'imaginer la sienne ?

Cette idée la mit mal à l'aise. Que voyait-il ? Qu'elle respirait trop vite ? Bon sang, il était vraiment le genre de mâle capable de déclencher ce phénomène chez une femme. Sans doute était-il parfaitement conscient de son sex-appeal.

Un sex-appeal qui émouvait Maggie profondément : elle ressentait une attirance si puissante qu'elle en avait presque mal.

Dire qu'en plus cet homme s'appelait Canady...

Elle croisa les mains sur son bureau. Que lui arrivait-il ? Elle était une adulte, voyons, pas une collégienne !

— Messieurs, je suis au courant, pour le corps retrouvé près d'ici ce matin.

— Un homme fiché comme proxénète et petit malfrat, ajouta Jack.

— Oui, j'ai entendu ça aussi.

— Ah bon ? fit Sean.

Maggie haussa les épaules.

— Vous savez à quel point les nouvelles circulent vite. Nous avons un café juste à côté, je vous l'ai dit. Mon amie Cissy et moi avons même parlé des possibles connexions entre l'homme et la pauvre fille découverte dans le cimetière, la semaine dernière.

— Nous y réfléchissons également, dit Jack.

— Bien. En quoi puis-je donc vous aider ? Pourquoi êtes-vous venus ici ?

Sean se pencha en avant, et elle eut la sensation d'être transpercée par le regard bleu.

— Parce que, mademoiselle Montgomery… C'est bien « Mademoiselle », n'est-ce pas ?

Elle hocha la tête.

— Mademoiselle, nous sommes ici parce que, et c'est vraiment étrange, le corps semble ne pas contenir de sang, dit Jack.

— Mais… continua Sean sans cesser de la fixer, nous avons trouvé des traces de sang… de simples et infimes taches… qui conduisaient ici. Jusqu'à l'entrée de Montgomery's Enterprises.

2

— Alors, ça, c'est vraiment une belle femme ! commenta Jack en quittant le bâtiment.

Sean émit un vague grognement. Non qu'il ne fût pas d'accord avec Jack : Maggie Montgomery était plus que belle. Grande, mince, dotée de seins voluptueux, d'une taille fine et de hanches propres à enflammer l'esprit de n'importe quel homme... Elle avait aussi de longues jambes de danseuse, une luxuriante et très sexy chevelure auburn, et des yeux d'ambre pétillant d'intelligence. Ses mouvements pleins d'assurance n'étaient que grâce et la fragrance d'un parfum sensuel émanait de sa personne avec provocation.

Dès l'instant où il avait posé le regard sur elle, il avait pensé qu'elle était la femme la plus extraordinaire qu'il eût jamais vue. Elle avait une allure à couper le souffle.

Pourtant, tout en la détaillant, il avait réussi à ne pas oublier le cadavre. Bizarre... Cette femme avait quelque chose de spécial. Quelque chose qui stimulait les instincts primitifs du mâle.

— Elle est superbe, énonça Jack, arrachant Sean à ses réflexions.

Sean grogna de nouveau.

— Incroyablement belle. Un fantasme vivant. Une star de cinéma, un modèle sur un piédestal. Mieux, même, la reine des pages centrales de...

— Jack, les gouttes de sang nous ont amenés droit chez elle, coupa Sean.

— Elle possède sa propre entreprise, poursuivit Jack imperturbablement. Une très grosse boîte. Elle doit être riche comme Crésus. Tu as vu ce qu'il y a en vitrine ?

— Elle a une fortune familiale, Jack. Le nom de Montgomery remonte à très, très loin.

— Une fortune familiale… Je me demande si elle est plus près de mon âge que du tien. Remarque, ça n'a pas beaucoup d'importance… Je me demande aussi si elle accepterait d'avoir un petit ami flic. Pas moi, bien sûr que non. N'empêche, elle me fait littéralement baver. Pendant qu'on lui parlait, je craignais que ma langue se déroule jusqu'au sol. Mais c'était toi qu'elle observait. Quel que soit son âge, on dirait qu'elle préfère les types mûrs. Oh ! ne me regarde pas comme ça… Quarante ans, ce n'est pas vieux. Et je n'ai pas du tout eu l'impression que, moi, je l'intéressais.

— Jack, elle pourrait être suspectée de meurtre.

— Tu plaisantes ? Elle mesure… combien ? Disons un mètre soixante-huit à tout casser et elle pèse au max soixante-deux kilos… Elle est tout en finesse mais, bon sang, quel look ! Ses jambes, ouah ! J'ai toujours aimé les longues jambes, et les siennes sont… Pfff… Tu crois qu'elle fait de la gym ? Si elle en fait, je me demande dans quel club. Ça me botterait de la voir en tenue de sport…

— Jack, je te répète qu'elle est peut-être notre suspect !

— Arrête ! Tu imagines cet archétype de grâce pure découpant un cadavre en morceaux pour les disperser ensuite autour d'une tombe ?

— Nous n'avons pas établi de lien précis entre les deux meurtres. Nous avons trouvé un mort ce matin, et une piste formée de traces de sang qui va du cadavre jusque chez cette femme.

— Plusieurs douzaines de personnes bossent dans ce bâtiment, Sean. Nous avons des techniciens qui cherchent d'autres taches de sang dans sa boîte, elle le sait, et ça ne semble pas la perturber du tout. Et même si nos gars trouvent du sang à l'intérieur du bâtiment, ça ne fera pas d'elle la tueuse. C'est une hypothèse absurde ! Je n'ai pas autant d'expérience que toi, mais je sais quand même qu'il faut une sacrée puissance physique pour couper une tête. Et puis, si le type a été tué ailleurs et traîné sur le trottoir, il faudrait qu'elle ait une force phénoménale pour le faire ! Vidé de son sang ou pas, le corps n'était pas léger.

— Donc, si elle ne l'a pas tué, elle cache peut-être la personne qui l'a fait.

— Un psychopathe pourrait avoir liquidé le type et s'être servi du bâtiment Montgomery pour filer discrètement.

— Tu as employé le conditionnel, Jack. Nous allons traquer le moindre indice. Deux meurtres similaires en quelques jours... La presse va nous massacrer.

— Des corps décapités... Je reconnais que c'est assez inhabituel, même pour La Nouvelle-Orléans. Mais Maggie est innocente.

— Maggie ?

— Mlle Montgomery. Maggie est un prénom qui lui va bien.

— Et elle est chaleureuse, ouverte et douce, c'est ça ?

— Oh ! vas-y, sois cynique...

— Jack, je t'imagine en train de dire au chef : « Monsieur, la femme est innocente ! Regardez donc ses grands yeux dorés et ses jambes interminables, et vous serez à la minute persuadé de son innocence. »

— Et toi, tu n'as fait que la regarder dans les yeux, hein ?

— Exactement.

Sean marqua un temps, poussa un soupir, puis compléta :

— C'est faux. Je l'ai bien observée. Il me semble qu'elle a des seins fabuleux, aussi, quoique, à cause de cette tenue stricte qu'elle portait, je n'en sois pas certain...

— Doux Jésus ! Tu es aveugle... se récria Jack.

— Non. Blasé.

— Tu as trop longtemps patrouillé dans les rues, assena Jack en riant. Ton âge commence à se faire sentir.

— Oui, peut-être suis-je trop vieux, accorda Sean.

Jack reprit son sérieux pour demander :

— Et maintenant ? Qu'est-ce qu'on fait ?

— Nous mettons sur pied des équipes et nous organisons une réunion, en espérant que les gars sur le terrain auront dégoté quelque chose. Puis nous irons voir Pierre, toujours pleins d'espoir : peut-être nous donnera-t-il du grain à moudre. Ensuite, et ça c'est vraiment le cauchemar, nous serons obligés de tenir une conférence de presse.

— Ouais. Et la presse demandera nos têtes...

Jack disait vrai, songea Sean. Les journalistes exigeraient que la police soit châtiée si elle ne trouvait pas rapidement le coupable.

Qu'un meurtre ait eu lieu si près du bâtiment perturbait quelques employés de Maggie mais, curieusement, cela laissait la plupart de glace.

Elle avait convoqué son personnel dans la boutique à 17 heures, heure à laquelle nombre d'entre eux quittaient le travail et où le magasin fermait. Elle s'organisa pour que ceux qui habitaient le Vieux

Carré et rentraient chez eux à pied le fassent à deux. Quant aux résidents extérieurs à la partie ancienne de la ville qui venaient en voiture, elle les fit escorter jusqu'à leurs véhicules. Ne resta avec elle que son duo d'amies que les événements ne bouleversaient manifestement pas.

— Ma chérie, lui dit Cissy, je ne fréquente ni les putains ni les maquereaux. Je n'oublie néanmoins pas que nous sommes à La Nouvelle-Orléans, alors je reste en alerte; j'ai le nez propre et je marche dans les bonnes rues. Maintenant, si les dealers et les souteneurs de cette ville ont envie de se décapiter les uns les autres, je dirai que c'est super. Bon, Maggie, tu viens écouter l'orchestre de Dean avec nous, ce soir?

Dean, vingt-cinq ans, fils de Chance Lebrow, l'un des rares employés de sexe masculin et contrôleur du département couture, jouait de la trompette ainsi que d'une douzaine d'autres instruments. Son diplôme d'architecture de l'université de New York en main, il était rentré à La Nouvelle-Orléans. Le soir, il jouait du jazz dans l'un des plus populaires clubs de Bourbon Street.

— Je ne sais pas si je viendrai, Cissy. Je ne suis pas tellement d'humeur à sortir.

— Oh! Tu ne vas quand même pas te laisser abattre par le meurtre d'un maquereau!

— Ce n'est pas le meurtre du proxénète qui me dérange, mais le fait qu'il ait été tué si près de chez moi. Te rends-tu compte que des gouttes de son sang balisaient un chemin jusqu'à ma porte?

— Les flics m'ont dit qu'ils n'avaient pas trouvé la moindre trace de sang à l'intérieur du bâtiment.

— Cissy sait de quoi elle parle, intervint Angie. Elle a passé la journée à flirter avec un jeune et bel adonis.

— Un flic? Tu as flirté avec un flic, Cissy? s'enquit Maggie, étonnée.

— Tu as quelque chose contre les flics ?

— Seulement occasionnellement.

— Ah bon. Parce que ce que dit Angie est vrai : celui-là était vraiment un adonis. Costaud, grand, ce qui n'est pas évident pour une femme comme moi qui mesure près d'un mètre quatre-vingts ! Ce type est tellement grand que si je sors avec lui, je pourrai mettre des talons.

— Épouse-le et faites des enfants. Si ce sont des filles, vous créerez une race d'amazones, lança Angie.

— Ton adonis, il est blanc ou noir ? demanda Maggie.

— Noir, ma chérie. La seule espèce d'homme valable. Ce n'était pas ton lieutenant.

— « Mon » lieutenant ?

— Le plus joli mec blanc que j'aie jamais vu.

— Un inspecteur de la Criminelle qui fouine chez moi n'est pas un joli mec blanc. C'est un casse-pieds.

Maggie s'interrompit et sourit.

— Je suis contente que ton adonis soit venu, Cissy. Finalement, il sortira peut-être quelque chose de bon de cette sale journée. Il t'a invitée ?

— Lui, non, mais elle, si, et en quatrième vitesse, en plus ! Cissy lui a proposé un rendez-vous avant même de savoir s'il parlait anglais, remarqua Angie.

— Ah bon ? C'est vrai, Cissy ?

— Je lui ai seulement dit qu'après des heures passées à chercher des indices qui n'existaient pas il pourrait apprécier une soirée à écouter du jazz. Alors si tu veux voir cet adonis, Maggie, tu ferais bien de venir avec nous au club ce soir.

Maggie hésita. Depuis le matin, elle était entourée de gens, et la visite des policiers l'avait exaspérée. Ces gouttelettes de sang qui conduisaient à sa porte la troublaient. Les flics n'allaient pas la lâcher. Elle s'attendait à du harcèlement dans les jours à venir.

Elle éprouvait donc le besoin, pour se ressaisir et remettre ses pensées en ordre, d'un peu de solitude.

— Nous ne te donnerons pas une chance de te défiler, lui dit Angie. Nous allons partir directement d'ici.

— Je ne suis vraiment pas d'humeur… Et puis je ne suis pas habillée pour sortir dans un club de jazz.

— C'est l'été. Les touristes se baladent dans toute la ville en T-shirts minables et bermudas effrangés, et tu t'inquiètes de ta tenue ?

— Cissy a raison, approuva Angie. Et en plus, ton argumentation ne tient pas : tu peux prendre des vêtements sur n'importe quel portant.

— D'autant, ajouta Cissy, que ces derniers temps, le truc tendance, c'est d'aller dans les clubs tout nu, avec seulement une chaîne autour de la taille, et de n'être remarqué par personne.

— Maggie nue et remarquée par personne ? lança Angie. Impossible.

Se rendant compte que ses deux amies ne renonceraient pas, Maggie rendit les armes.

— OK, OK, je viens ! Ce sera bien d'écouter Dean jouer.

— À la bonne heure… Je me change d'abord, dit Angie. Puis-je utiliser ta douche, Maggie ?

Maggie disposait d'une salle de bains jouxtant son bureau. Une extravagance, jugeait-elle, mais elle l'aimait, cette pièce luxueuse avec baignoire de marbre à remous, une douche séparée dans une cabine de verre et un lavabo encastré dans un immense plan du même marbre que la baignoire. Le blanc de la pierre se reflétait sur la laque brillante rouge, noire et dorée des murs. Des rideaux de délicate dentelle vénitienne occultaient les fenêtres donnant sur le jardin à l'arrière du bâtiment.

— Cissy, si tu projetais aussi de partir directement d'ici, tu peux te doucher après Angie.

— Pas question. Je passerai en troisième position : si on te laisse la dernière place, tu trouveras un truc à faire *in extremis* pour prétexter que tu ne peux pas nous accompagner.

Cissy se retourna et examina la robe noire sans manches toute simple exposée sur un mannequin.

— Voilà qui sera parfait.

— Pour toi ou pour moi ? demanda Maggie en riant.

— Chérie, je suis déjà parfaite en noir… grâce à ma couleur naturelle, alors pas la peine d'en rajouter. Cette robe est pour toi et tu le sais.

— Évidemment. Je ne dessine que des modèles qui me plaisent.

— Le noir te va divinement. Sur ta peau d'albâtre, et avec tes cheveux, ça fera une symphonie en noir et blanc illuminée de feu.

— Bon sang, si les hommes savaient faire de pareils compliments… dit Angie d'un ton rêveur. Quelquefois, nous sommes obligées de nous admirer nous-mêmes.

— Puisque nous sommes toutes si belles, occupons-nous de réserver pour dîner.

— Je m'en charge, dit Cissy. Maggie, Angie, allez vous préparer.

Maggie s'aperçut qu'elle avait faim et s'en étonna : un souteneur, un voyou, avait été assassiné à deux pas de sa porte et malgré cela, son estomac se rappelait à son souvenir.

— Dîner dehors sera super, dit-elle. Une sortie sympa. Nous oublierons toute cette histoire de…

— … cadavres, acheva Angie.

— Euh… Oui. Nous oublierons les cadavres, confirma Maggie.

Pierre LePont exerçait son métier depuis plus de vingt ans. Sean connaissait nombre de médecins légistes, hommes comme femmes, qui prisaient l'humour noir. Pierre, lui, n'en faisait pas. Il ne déjeunait pas sur une table de dissection non plus. Il respectait les défunts, et ceux qui travaillaient avec lui se sentaient parfois honteux de leurs plaisanteries vaseuses.

La mort était parfois une humiliation. De son vivant, Anthony Beale avait peut-être été fort, inquiétant et fier dans son costume Armani. Maintenant, son corps nu et d'un blanc plâtreux gisait sur une table d'acier, et sa tête était enfermée dans un conteneur posé sur une paillasse.

En dépit de l'énorme quantité d'antiseptique utilisée à la morgue, une odeur planait. La mort avait beau être aseptisée, cela ne changeait rien : elle demeurait la mort.

— Qu'est-ce que tu as pour moi, Pierre ? demanda Sean tout en tournant autour de la table pour examiner la chair blanchâtre de la pauvre dépouille.

Le spectacle était étrange. La peau de Beale était en pire état que celle des noyés du Mississippi retrouvés après des jours dans l'eau.

— Pas beaucoup de sang, dit Pierre, les bras croisés sur la poitrine, le regard rivé sur le corps.

Beale avait été autopsié et recousu ; il était prêt à être renfermé dans son tiroir. Avec toutes ses sutures, surtout celle en Y sur la poitrine, il évoquait le monstre de Frankenstein.

— Il a donc été tué ailleurs et déplacé, dit Sean.

— Je n'en suis pas sûr.

— Qu'est-ce que tu penses ?

— Qu'il ne lui reste que quelques gouttes de sang dans les veines. C'est pour ça qu'il est si blanc.

— Oui, mais il a été décapité, Pierre. Le sang a pu jaillir hors des artères à ce moment-là... Sauf s'il a été décapité *post mortem*.

— Je crois que la blessure à la gorge lui a été fatale. Ou alors qu'il a succombé à un arrêt cardiaque et qu'on l'a décapité ensuite, mais j'en doute : le cœur ne semble pas avoir souffert.

— Il a donc été assassiné quelque part. Et de la façon dont on abat les animaux. Pendu et vidé de son sang, avant d'être amené là où on l'a trouvé.

— Mmm. Scénario qui tient la route. J'ai jeté un nouveau coup d'œil à la morte sans nom, celle du cimetière. Elle non plus n'avait plus de sang.

— On dirait qu'on a affaire à une sorte de meurtre rituel... Un truc de culte vaudou ou quelque chose comme ça. Le but de ces meurtres, c'était peut-être le sang. L'autopsie t'a appris autre chose ?

— Pas vraiment. Que le tueur était gaucher, mais ça on le savait déjà, et qu'il était doté d'une force phénoménale.

— C'est nécessairement un homme ?

— Sean, ce genre de question n'est pas politiquement correcte.

— Oh ! allez...

— Disons un homme ou une femme à la force d'Hercule. *A priori*, je dirais qu'il s'agit d'un homme, mais on ne peut être sûr de rien, de nos jours. Les rapports sur l'ADN nous en apprendront peut-être davantage. Et l'ordinateur travaille. Qui sait si nous n'allons pas, grâce à la technique, tomber sur des crimes similaires commis ailleurs ?

— Pierre, les résultats des analyses d'ADN mettent des semaines à arriver !

Sean s'approcha du corps et regarda le cou, là où la tête aurait dû être. Après une hésitation, il refoula le malaise qui le gagnait et se pencha sur la gorge béante du mort.

— Qu'est-ce que c'est, Pierre ?

— Quoi ?

— Cette perforation, là ?

Il montrait un point juste à côté de l'endroit où la tête avait été sectionnée d'un coup net et précis. Pierre l'examina.

— Eh bien... je ne l'affirmerais pas... les chairs sont tellement traumatisées... mais cette perforation évoque une morsure. Qu'on lui aurait infligée juste avant qu'il meure, ou dans les instants qui ont suivi.

— Une morsure ? Faite par une créature à une seule dent ? Ça pourrait être un chien ?

— Je ne sais pas. La décapitation, même si elle a été réalisée avec maestria, a esquinté toutes les chairs de part et d'autre de la coupure. Je parle d'une morsure, mais sans la moindre conviction. Ce qui me fait penser à ça, c'est cette histoire de meurtre rituel. À moins que tout cela ne soit l'œuvre d'un maniaque. Veux-tu revoir la morte du cimetière ?

Non, Sean n'y tenait pas du tout, mais il se rendait compte qu'il lui fallait absolument la revoir.

Il accompagna son hochement de tête d'un profond soupir.

— C'est bien que ton nouveau coéquipier ne soit pas avec toi, Sean. Au fait, où est-il ? Tu lui épargnes le difficile examen des cadavres ?

— Je l'ai chargé d'un autre truc presque aussi pénible.

— C'est-à-dire ?

— Organiser la conférence de presse.

— Oh ! la la ! Effectivement, c'est très dur. Pauvre gosse. C'est comme si tu livrais un jeune martyr aux lions.

— Il faudrait que j'aille le retrouver avant qu'il n'ait été dévoré vivant. Ne me montre que la tête et le cou de la fille. Ça suffira.

Sean savait que la jeune morte avait été recousue, que sa tête était de nouveau reliée à son cou, mais qu'à côté d'elle la fiancée de Frankenstein aurait remporté un prix de beauté.

Pierre retira le drap qui la recouvrait.

Sean s'efforça de prendre mentalement de la distance avant d'étudier froidement les tristes restes de la jeune fille.

— Regarde, Pierre… Cette marque à la gorge… On dirait la même que celle qu'a Beale.

— Possible. Et je dois admettre que je ne l'avais pas remarquée avant.

— Parce que nous n'avions pas d'autre marque avec laquelle la comparer, lui rappela Sean. Et puis, quand tu l'as récupérée, elle était en plusieurs morceaux. Tu as dû voir ce trou mais tu l'as associé aux marques dues à la décapitation. Le couteau a peut-être dévié et laissé cette lésion.

— Non, impossible. Elle n'a pas été tuée avec un couteau à la lame émoussée, au contraire : il était parfaitement affûté. Une grande lame longue d'à peu près vingt-trois centimètres.

Un temps, puis :

— Je vais analyser les tissus autour de la marque.

De nouveau, une pause, avant de poursuivre :

— Je suis désolé de n'avoir pas de réponses plus précises à te fournir.

— Tu m'en as déjà donné une.

— Laquelle ?

— Tu m'as permis de comprendre que nous avions affaire à un tueur en série. Et maintenant…

— Maintenant ?

— Il faut parler à la presse, dit Sean sombrement.

— Content que ce soit à toi de t'y coller… Va vite sortir le petit des griffes des fauves.

— Ils viseront la gorge, eux aussi.

— C'est ce que font les lions, les tigres, les ours… Les chiens aussi, parfois. Il y a pas mal de chiens entraînés au combat, par ici, dit Pierre tout en fixant la marque sur le cou de la jeune fille. Et… un chat ? Une chauve-souris ? Un rat ? Cette morsure, ça n'en est peut-être même pas une... Nous l'avons vue parce que nous nous raccrochons à n'importe quel indice. Mais... Bien, vas-y, Sean. Et bonne chance. Je te tiendrai au courant.

— OK. Merci, toubib.

Sean quitta la morgue, se rendit au poste et fit son rapport au chef Daniels, un homme qui accomplissait scrupuleusement son devoir et que ses subordonnés appelaient tout simplement « Chef ». Jamais Daniels n'avait léché les bottes de quiconque ni fait de politique. Il avait atteint un poste en haut de l'échelle grâce à sa capacité de travail et à son honnêteté. Depuis des années, Sean était heureux de servir sa ville sous les ordres de cet homme. Jamais il n'hésitait à lui demander conseil. Quand le chef faisait des reproches à l'un de ses hommes, ces reproches étaient mérités. Un flic corrompu n'avait aucune chance face à lui : il pouvait s'attendre au pire. La Nouvelle-Orléans était une ville dure et Daniels un flic dur.

— Sean, dis-moi où on en est. Ce que nous avons et ce qui nous manque.

— Nous avons, je pense, un tueur en série monstrueux. Ce qui nous manque, ce sont des indices qui pourraient nous conduire à lui.

Sean était assis face à son chef dans le bureau de ce dernier.

— Vu l'état des corps, poursuivit-il, je crois que nous avons affaire à l'adepte d'un culte quelconque ou à un psychopathe profond.

— OK. Je suis au courant de tout pour le corps du cimetière. Parle-moi de l'autre.

Sean s'exécuta et Daniels écouta avec gravité. Il savait son lieutenant très au fait des techniques du FBI, mises au point dans les années 1970 et qui permettaient d'établir des profils types de tueurs en série. Ces techniques s'étaient affinées avec le temps et Sean se tenait au courant des dernières études réalisées par les criminologues.

Une équipe serait formée, Sean en prendrait la tête.

— Nous ne sommes pas sûrs d'avoir affaire à un tueur en série, mais tout ça y ressemble diablement, dit le chef. Je vais discuter avec les politiciens de la ville et de l'État, mais dans la mesure où tu vas diriger l'équipe lancée sur l'enquête, tu te chargeras des journalistes. Je sais que ton bleu est déjà aux prises avec eux. Va lui donner un coup de main. S'il survit à l'épreuve, il sera assez bon pour intégrer l'équipe de choc.

— J'y cours.

Quelques minutes plus tard, Sean rejoignait Jack, qui avait manifestement ferraillé vaillamment avec les représentants des médias. Les questions formulées sur le mode du hurlement fusaient néanmoins encore de tous les points de la salle de conférences et Jack commençait à paraître frustré de n'avoir pas satisfait son auditoire.

Sean prit place à la tribune.

— Mesdames, messieurs, Jack Delaney vous a tout dit. Nous n'avons aucun suspect pour le moment, mais nous disposons d'excellents services de police et des meilleurs scientifiques qui soient. Dès que nous en saurons davantage, vous en saurez également davantage. Pour le moment…

— Que compte faire la police pour nous protéger ? cria une journaliste.

— Tout ce qui est en son pouvoir, madame. Nous allons doubler les patrouilles en ville et le gouverneur a demandé des unités de la garde nationale. Mais vous devez être conscients que dans toute grande cité, les gens doivent se comporter intelligemment. Fuyez les ruelles sombres, soyez prudents quand vous rentrez tard… N'oubliez pas non plus que les deux victimes vivaient en marge de la société. Leurs sources de revenus étaient illégales. Cependant, dans la mesure où nous ne savons pas encore ce que cela implique, nous conseillons aux honnêtes citoyens d'agir comme je l'ai dit : avec vigilance et prudence. Qu'ils se méfient des inconnus et...

— Ah ! bravo ! Des inconnus ? Dans une ville touristique ? demanda un reporter âgé du *Times/Picayune*. Et nos employés d'hôtels, de restaurants ? Comment vont-ils se débrouiller pour ne pas côtoyer des inconnus ?

— Ils se serviront au mieux de leur sagacité et de leurs instincts. Ils ouvriront l'œil en permanence et nous rapporteront tout élément anormal. Maintenant, plus de questions, je vous prie. Merci à tous.

Sean pivota sur ses talons et poussa Jack hors de la salle. Des policiers en uniforme en refermèrent les portes derrière eux, leur offrant une chance d'échapper à la meute.

Les journalistes étaient vraiment des fauves, songea Sean. Ils l'auraient volontiers dévoré après n'avoir fait qu'une bouchée de Jack.

— Oh ! bon sang... s'exclama celui-ci, je ne suis pas du tout sûr qu'être ton coéquipier soit une bonne chose ! Alors... qu'est-ce qu'on fait, maintenant ?

— Moi, je vais briefer les gars de l'équipe de nuit et puis je rentre chez moi.

— Ça fait plaisir d'entendre que tu peux dîner tranquillement puis dormir en paix.

— Je ne ferai probablement ni l'un ni l'autre. Je vais garder un œil ouvert, comme les chats. Mais l'équipe qui nous relaie est bonne. Les gars me contacteront s'ils ont besoin de moi. Normal. Si je peux être utile, je le serai.

Tout à coup, un sourire apparut sur les lèvres de Jack.

— Je sais ce que tu pourrais faire, si tu voulais.
— Et c'est ?
— Tu connais un collègue du nom de Mike Astin ?
Sean hocha la tête : comment ne pas connaître Astin ? Colosse calme à l'intelligence brillante, il avait joué un an comme footballeur professionnel, puis s'était esquinté un genou, ce qui avait mis fin à sa carrière. Comme depuis toujours il avait envie d'être flic, il avait intégré les forces spéciales. Un atout pour l'équipe.
— Je sais qui c'est.
— Eh bien, nous pourrions aller le retrouver dans un club de jazz.
— Un club de jazz ?
— Oui. Tu sais, ce genre d'endroit où les gens boivent un verre en écoutant de la musique...
— Merde, Jack, le dernier truc dont j'aie envie, c'est...
— Écoute-moi. Astin a rendez-vous avec cette superbe grande Noire qui est hôtesse chez Montgomery. Ne sommes-nous pas censés essayer d'en apprendre un maximum sur les employés de cette boîte ?
Sean ouvrit la bouche, la referma. Puis il leva les mains, les laissa retomber et commença à rire.
— Mon Dieu, oui, j'aime le jazz. Et ça fait cent mille ans que je n'ai pas écouté de la bonne musique.
Jack sentit une expression satisfaite se peindre sur son visage : son coéquipier, le lieutenant Canady, avait veillé sur lui toute la journée, lui avait sauvé la peau lors de la conférence de presse au moment où les questions devenaient dures, cruelles et tombaient en rafales. Il avait maintenant une opportunité de le payer de retour pour toute l'aide qu'il lui avait apportée et allait lui offrir une agréable soirée en remerciement.

— Je vais passer chez moi pour faire un brin de toilette, dit-il, mais tu vas venir nous retrouver, Mike et moi, OK ?

— Ouais, ouais. Sur Bourbon Street, dans une heure, assura Sean en s'éloignant.

Jack le suivit du regard en souriant.

Finalement, le tandem ne se dissociait pas pour la nuit.

C'est à Paris, peu de temps après avoir goûté du sang pour la première fois, qu'elle rencontra Lucian.

Il lui enseigna les règles.

Cette nuit-là, elle ne comprit pas ce qu'il se passait. Elle s'imagina en train de rêver. Il ne pouvait s'agir que d'un rêve, un épouvantable cauchemar.

Elle n'était arrivée que récemment à Paris, où son père l'avait envoyée en exil. Évidemment, après son histoire avec Alec et les conséquences qui en découlaient, il n'y avait d'autre issue que d'expatrier en Europe une héritière américaine bien née.

Dans cette belle vieille ville, elle était une étrangère. Il était donc normal que son sommeil soit perturbé.

Et qu'elle rêve.

Il lui semblait qu'un vent furieux, animé d'une force démoniaque, tournoyait autour d'elle. La terre tremblait, craquait. Un univers de ténèbres la cernait.

Elle sentait qu'elle luttait contre les puissances qui l'assaillaient. Claquant des dents, allongée et immobile, elle résistait, mais le vent et les forces de la nuit l'emportaient. Tout à coup, elle volait, n'avait d'autre choix que de planer à travers le temps et l'espace.

Puis tout s'apaisa. L'obscurité ne se dissipa pas tout de suite ; une lueur rouge et ivoire la perça lentement, changeant le noir en ombre grise. Maintenant, se rendit-elle compte, elle se trouvait sur une base ferme : un tapis de fourrure devant un feu de cheminée, dans la clarté rougeâtre des flammes.

Confuse et désorientée, elle regarda autour d'elle.

Cette chambre n'était pas la sienne, mais celle de quelqu'un d'autre. Près de la cheminée, elle voyait un lit aux montants richement sculptés, recouvert d'une courtepointe de satin noir. À côté, un bureau, un miroir pivotant et une table de toilette.

Elle déplaça son regard et découvrit devant le foyer un homme dans un fauteuil à haut dossier. Bien qu'il fût assis, elle se rendit compte qu'il était grand, large d'épaules. Majestueux dans sa posture ; arrogant et sûr de lui. Sa chevelure noire lui tombait aux épaules. La clarté rouge orangée des flammes éclairait ses traits : durs, sévères, et en même temps étonnamment séduisants.

Il était effrayant aussi, décida-t-elle après avoir observé ses yeux : ils auraient dû être marron, ce marron chaud et sombre, presque noir, typique des créoles de sa chère ville natale.

Or, ils n'étaient pas marron.

Ils étaient aussi rouges que les flammes de l'enfer.

Elle s'assit, pivota sur la fourrure en cherchant à croiser le regard de l'homme, tout en se raisonnant : allons, il ne s'agissait que d'un rêve.

Non. Un cauchemar. C'était le diable qui se tenait là !

Il se leva, souriant. Un sourire de satisfaction, comme s'il savait combien elle avait peur et s'en réjouissait.

Elle se contraignit à rester assise, le dos bien droit, soutenant le regard de l'homme, le défiant. Après tout, en songe, on pouvait bien défier le diable en personne !

Il portait une chemise blanche aux manches à ruchés, largement échancrée, un pantalon noir près du corps qui dessinait les muscles puissants de ses jambes et de hautes bottes luisantes.

Pas de barbe ni de moustache qui auraient dissimulé son visage sévère à la bouche sensuelle dont les lèvres se relevaient sur un sourire moqueur.

Il se leva, marcha vers elle, tourna autour d'elle... Le sourire adoucissait la dureté de ses yeux, qui maintenant étaient aussi sombres qu'ils devaient l'être. Il l'examinait comme si elle était un cadeau inattendu. Un nouvel animal de compagnie, ou un cheval de course de grand prix.

— Oh ! mademoiselle, vous êtes vraiment exceptionnelle ! Une créature hors normes. Je l'avais entendu dire. Alec était fou de vous, mais Alec est mort, et vous êtes désormais parmi nous. Prétendument enceinte ! Comme c'est amusant ! Votre père vous a envoyée à Paris. C'est un homme très avisé. Vous voyez, je sais tout de vous. Mais, et vous, ma chérie, savez-vous qui je suis ?

Sa voix grave, virile, lui faisait l'effet d'une caresse, d'un souffle d'air chaud. L'homme murmurait et ce murmure pénétrait jusqu'au fond de son âme.

— Qui vous êtes... Le diable ?

Il éclata de rire.

— Je suis Lucian.

— Le diable.

Il secoua la tête, hilare.

— Lucian DeVeau.

Il s'immobilisa soudain devant elle.

— Lucian DeVeau, répéta-t-il.

— Le diable !

Il lui prit les mains et la força à se relever. Elle essaya en vain de se libérer de son emprise ; elle avait l'impression que ses os se seraient brisés avant qu'elle n'ait réussi à se dégager. Jamais elle n'avait senti une telle force physique.

Il souriait toujours ironiquement.

— Je ne suis pas le diable, mais le roi. Votre roi. Le roi de vos semblables.

Elle secoua la tête avec véhémence.

— C'est faux. Vous êtes un personnage dans un cauchemar. Mes semblables, dites-vous ? Mais quels semblables ? C'est absurde ! Vous vous trompez, je ne suis pas...

Il éclata de rire et elle eut la sensation d'être cernée par sa force. La puissance de l'air et du vent, des ténèbres. Celle de cette étrange tempête qui l'avait emportée, et qui émanait de cet homme, exsudait de toute sa personne : de ses bras, ses yeux, son rire. Oh ! ce rire... Il faisait partie intégrante de la tempête qui l'avait balayée comme un fétu de paille et jetée à terre.

— Vous niez, évidemment. C'est tellement agréable, mon petit amour, quand les bons et les innocents sont corrompus ! Mais vous n'êtes plus tout à fait innocente, n'est-ce pas ? Songez à ce pauvre idiot dont vous êtes tombée amoureuse... Pauvre Alec ! Il croyait en ces vieilles légendes. Il pensait que son amour sauverait son âme ! Hélas ! votre père l'a tué. Au nom, justement, de l'amour ! Quelle ironie... Et maintenant, vous voilà ici, parmi nous. L'une des nôtres. Mon sujet à moi, le roi.

— C'est un cauchemar. Vous n'êtes qu'un cauchemar. Je vais me réveiller et...

— Oh ! que non, ma douce ! Mettez-vous bien cela dans la tête : votre vie est désormais un cauchemar et vous allez la vivre. En m'écoutant, en apprenant, parce que je suis votre roi. Vous avez besoin de moi. Curieusement, vous découvrirez que je suis un souverain juste.

— Laissez-moi partir...

Elle commença à lutter pour s'arracher à sa poigne.

— Pfff… Vous n'avez pas de force. Votre force viendra avec le temps et de l'entraînement. Si l'âme a été volée, l'esprit demeure. Le pouvoir de l'esprit… c'est cela qui est efficient. Tenez compte de mes conseils. Je n'ai eu personne d'aussi séduisant que vous depuis une éternité. Je prendrai un plaisir infini à vous prodiguer mon enseignement. Et vous à m'écouter. Vous êtes mienne, mademoiselle. Et vous serez attentive et prudente. Car peu sont enclins à enseigner. Je ne suis d'ordinaire pas aussi généreux, mais avec vous, je vais l'être parce que vous êtes exceptionnelle. Vous allez entendre nombre d'informations. La plupart d'entre elles feront partie des mythes. D'autres que moi vous en parleront, mais ne leur accordez aucun crédit. En revanche, ce que je vous dirai devra être pris en compte. Par exemple, que le soleil ne vous tuera pas, mais qu'à la lumière du jour votre force ne sera pas à son zénith. Vous serez active dans la journée et cependant bien plus puissante dès le crépuscule. Le vin vous paraîtra doux, vous pourrez être blessée et guérir spontanément, mais si votre blessure est grave, vous mettrez longtemps à vous en remettre. Des années, des décennies peut-être. Vous pourrez mourir, mais seulement si vous êtes décapitée ou si votre cœur est transpercé.

— Quelle horreur… je ne veux plus écouter.

— Vous allez écouter et vous rappeler. J'enseigne les règles et ceux de notre race survivent parce que je les fais scrupuleusement et intelligemment appliquer. Comprenez-vous cela ? Un seul mot compte : les règles.

— Je n'y comprends goutte. Je vais me réveiller et…

— Non. Écoutez maintenant le plus important : vous prendrez vos repas avec la plus grande prudence.

— Pardon ?

— Allons ! Quoi que vous prétendiez, vous comprenez chaque mot que je prononce. Pour la plupart d'entre nous, tuer une fois lors de la pleine lune est suffisant. Si vous voulez vivre en paix et éviter les mortels chasseurs, choisissez des proies en dehors du système. Des marginaux, des criminels, des prostituées et... Oh ! n'ayez pas cet air horrifié ! Je suppose que nous avons quelques créatures d'une haute moralité parmi nous. Elles choisissent leurs proies dans les prisons. Imitez-les si vous avez un problème d'éthique. Et ensuite... disposez les restes avec soin et méthode. C'est très important. Décapitez vos victimes ou mordez-les aux artères, sinon vous aurez à répondre de vos actes devant des tribunaux et encourrez des sentences de mort énoncées par vos pairs. Eh oui, il y a des lois chez les nôtres, pour garantir notre survie. Et notre justice est rapide. Alors faites attention.

Une pause, puis :

— Vous n'êtes supposée engendrer que deux êtres de notre espèce par siècle.

— J'en ai assez ! Je veux m'en aller !

— Vous n'irez nulle part.

Elle eut de nouveau l'impression de voler. La tempête la charriait, la soulevait. Elle lévitait au-dessus de la couverture de fourrure, le souffle coupé, paralysée. Il se tenait au-dessus d'elle, ne la touchait pas, et pourtant elle se sentait dirigée, à la merci de sa volonté.

Éperdue, elle le vit se défaire de ses vêtements. Ils disparaissaient les uns après les autres, révélant une peau satinée de laquelle émanait une chaleur torride. L'effarant feu qui brûlait dans ses prunelles se répandait dans son corps.

Elle cria, se révolta, le griffa et il rit, tout en lui arrachant sa robe, toujours sans la toucher. Elle sentit venir la reddition ; il lui imposait ses exigences et elle se pliait à sa loi. Ses yeux ordonnaient, et elle obéissait. Sa chair capitulait.

Bientôt, il se lassa de la lutte : il lui ordonna de s'apaiser et de s'étendre. L'esprit en furie, elle s'allongea toutefois et se figea. Le feu des yeux marron lui faisait mal, son esprit regimbait toujours, mais elle ne bougeait plus. Elle devait se résigner à sa vulnérabilité, à sa nudité.

Dans un ultime sursaut de rébellion, elle tendit les bras. Elle était tellement en rage qu'elle aurait voulu le tuer !

À cet instant, la chaleur coula en elle comme un fleuve de lave, s'insinua dans ses bras, ses mains. Au lieu de le frapper, elle se mit à le caresser. Elle percevait son murmure à la fois envoûtant, excitant et dominateur.

Il pressa sa bouche sur sa peau nue, la titilla du bout d'une langue brûlante, qui osa s'aventurer jusque dans les recoins les plus secrets, les plus intimes de son corps.

De toute son âme, de tout son cœur, elle s'opposait à lui, tout en sachant le combat perdu d'avance.

Plus tard, elle comprit qu'il pouvait l'obliger à éprouver ce qu'il désirait. Elle chavirait de plaisir car tel était son bon vouloir; elle n'était plus qu'une chose entre ses mains. Il l'ensorcelait, la subjuguait, lui donnait faim de lui, une faim dévorante, et faisait d'elle une bête de sexe, une odalisque sensuelle.

Une fois, une seule, auparavant, elle avait aimé, été aimée. Elle avait alors éprouvé des sensations enivrantes. Belles.

Ce qu'elle ressentait maintenant rendait pâle, fade, la jouissance avec Alec.

Comment Lucian avait-il pu la manœuvrer aussi aisément ? Il avait réussi à se faire désirer d'elle. Pour s'amuser. Un jeu dont il savourait le gain, allongé contre son flanc, lui caressant les cheveux.

— Tu es exquise. Je suis désolé, pour le... départ de ton amant. Celui qui a fait de toi ce que tu es, et qui a péri. Pauvre Alec ! Comment a-t-il pu ainsi se leurrer, s'imaginer que l'amour le libérerait ? Pauvre garçon, tellement pieux, à la moralité tellement élevée... Il croyait en la vie, la musique, la poésie... et les légendes. La Belle et la Bête. Une Bête qui pouvait se métamorphoser si l'amour était assez fort. Vraiment, ma chérie, si cette impression était mienne, je voudrais aimer aussi. Mais qui sait ? Peut-être pourrais-je apprendre...

— Moi, je ne pourrai jamais vous aimer !

— Ah ! voilà qui est parfait, parce que je m'en fiche comme d'une guigne, et que je détiens le pouvoir. De plus, une seule amante ne me suffit pas, bien que vous m'amusiez, m'enchantiez, même. Chaque fois que je vous ferai demander, il faudra m'obéir.

— J'apprendrai le pouvoir !

Il rit.

Puis la toucha de nouveau.

Elle frémit.

— Ma chérie, le pouvoir, c'est moi qui le détiens, murmura-t-il.

Ses paupières se soulevèrent lentement. Elle se trouvait dans son lit et entendait les cloches de Paris sonner l'heure.

Quel macabre cauchemar ! Quelle nuit épuisante ! Le rêve avait été trop réaliste.

Lorsqu'elle se redressa pour se lever, elle se rendit compte que sa robe était en lambeaux. Elle se mit à trembler et des larmes envahirent ses yeux. Ô mon Dieu ! non, ce ne pouvait être vrai...

Elle se rallongea et s'abandonna au désespoir, sanglotant, gémissant sur son sort.

Enfin, longtemps après, à bout de larmes, elle se leva et regarda la lumière du jour.

Plus jamais elle ne pleurerait. Elle s'inclinait : Lucian détenait le pouvoir.

Pour le moment.

Elle le surpasserait.

3

Angie, Cissy et Maggie dînèrent dans un nouveau restaurant à proximité du club de jazz.

Alors que ses deux amies prenaient un café espresso, Maggie alla aux toilettes. De retour, en traversant la partie bar de l'établissement, elle s'arrêta devant le téléviseur placé à l'extrémité de l'élégant comptoir de chêne. L'appareil devait d'ordinaire être branché sur une chaîne de sports, mais ce soir il retransmettait en boucle le bulletin d'informations locales de 18 heures. Elle vit les deux policiers qui s'étaient présentés à son bureau, Delaney et Canady. Ils tenaient une conférence de presse, face à des journalistes agités et agressifs.

Une ombre apparut soudain sur l'écran du téléviseur. Quelqu'un de très grand s'était placé derrière elle, comprit Maggie. Elle se retourna et découvrit Sean Canady. Il s'était changé et portait maintenant une veste classique à fines rayures sur une chemise de soie grise à col ouvert.

— Comment étais-je ? demanda-t-il d'un ton las.

Maggie le fixa un moment avant de répondre.

— Très bien. Vous vous êtes exprimé avec calme et assurance. Si les gens vous ont bien écouté et suivent vos conseils, ils ne devraient pas avoir de problèmes jusqu'à ce que la police arrête le tueur.

— Oh... Est-ce un compliment, ou vous moquez-vous de moi ? dit Sean en souriant légèrement.

Au lieu de répondre, Maggie lui posa une question.

— M'avez-vous suivie ici ?

Le sourire de Sean s'élargit et elle se sentit fondre. Il avait une fossette sur la joue droite et fleurait bon l'eau de toilette…

Elle déglutit avec peine. Il fallait qu'elle se détourne de cet homme et…

— Non, je ne vous ai pas suivie, mademoiselle Montgomery, mais je comptais bien vous suivre au club de jazz tout à côté. Je suis donc venu dîner au restaurant le plus proche.

— Ah ! Vous savez, je n'ai tué ni le proxénète ni la jeune fille…

— Vous ai-je accusée ?

— Vous m'avez interrogée, cet après-midi, et vous avez fouillé mon immeuble.

— Il ne fallait pas m'y autoriser.

— Vous seriez revenu avec un mandat de perquisition.

— Exact.

— Donc, vous persistez dans l'idée que, grâce à moi, vous arrêterez le coupable rapidement ?

Cette fois, ce fut Sean qui s'abstint de répondre. Il y eut un silence, qu'il rompit en suggérant :

— Permettez-moi de vous offrir un verre.

— Vous pensez que si vous me faites boire, je relâcherai mon attention et vous avouerai ma culpabilité ?

Il se mit à rire puis héla le barman. Il consulta Maggie du regard. Elle accepta un verre de vin, il commanda un cocktail pour lui.

— Êtes-vous autorisé à consommer de l'alcool en service ?

— Je ne suis pas en service.

— Oh ?

— Oh.

— Pourtant, vous m'avez suivie.

Il hocha la tête, l'air amusé.

— Vous ne projetez pas de m'arrêter ce soir, alors ?

— Vous savez pertinemment que nous n'avons rien trouvé dans votre immeuble.

— On me l'a dit. Les gouttes de sang s'arrêtaient à la porte de service.

— C'est quand même étrange, ne croyez-vous pas ?

— Des choses étranges, ça ne manque pas. Mais apparemment, vous supposez qu'il y a un rapport entre moi et ces gouttes de sang. C'est pour cela que je vous le redemande : projetez-vous de m'arrêter ?

Il haussa les épaules, puis montra d'un mouvement du menton le verre de vin qu'elle tenait.

— Vous êtes droitière, manifestement.

— Et alors ?

— Le tueur est gaucher.

— Je pourrais être ambidextre.

— Effectivement. Combien pesez-vous ?

— Quoi ?

Sean rit sous cape, émettant un son profond, aux tonalités riches et sensuelles, qui fit à Maggie autant d'effet que s'il lui avait effleuré la peau d'une caresse. Elle se hâta d'avaler une gorgée de vin pour chasser son trouble : ce type était un flic, et il était en pleine enquête.

— Le tueur est très fort physiquement, reprit-il.

— Comme vous ?

Il resta silencieux, les sourcils soudain relevés en accent circonflexe, l'ombre d'un sourire de nouveau sur les lèvres.

— Vous n'avez pas l'air assez balèze pour avoir commis ces meurtres, dit-il après un temps.

— Il ne faut pas se fier aux apparences...

— C'est vrai.

— Alors ?
— Alors, quoi ?
— Pourquoi me suivez-vous ?
— Je ne sais pas vraiment. Vous êtes une femme qui intrigue.
— Ah. Qui intrigue.
— Oui. Et vous avez une sacrée présence.
— Eh bien… Une présence ?
— D'accord, mademoiselle Montgomery. Je comprends : vous allez à la pêche aux compliments. Alors, voilà : vous êtes belle. Vous êtes une femme superbe.
— Lieutenant, avez-vous le droit de flirter avec des suspects ?
— Je ne vous suspecte pas de meurtre.
— Ah ! Et de quoi me suspectez-vous ?
— Je soupçonne quelqu'un dans votre immeuble de savoir quelque chose. Tous les gens qui sont dedans sont vos employés. Vous les connaissez tous. Peut-être êtes-vous au courant de quelque chose et refusez-vous de l'admettre. Ou bien savez-vous quelque chose sans en être consciente.
— Oh ! lieutenant, quel délicieux badinage… Dire qu'un moment j'ai vraiment cru que vous étiez collé à mes basques pour mon sex-appeal…
Maggie pivota sur ses talons, prête à s'éloigner, mais Sean posa la main sur son épaule, la clouant sur place. Il riva dans les siens des yeux qui avaient pris une teinte cobalt.
— Ne jouez pas les naïves, mademoiselle Montgomery. Vous savez très bien que vous avez un sacré sex-appeal.
Elle essaya de se débarrasser de la main qui la retenait.
— Arrêtons de jouer, Canady.
— Je ne joue pas. Je désire vous connaître.
— Et si, moi, je n'ai pas envie de vous connaître ?

— Oh ! Dans ce cas, que diriez-vous de simplement coucher avec moi ?

— Quoi ? s'exclama Maggie, stupéfaite et indignée.

Le sourire réapparut, ironique, mais elle sentit que cette ironie était dirigée contre lui-même.

— Désolé. Je n'ai pas pu m'en empêcher. Naturellement, je plaisantais. Écoutez, vous étiez indignée que je vous suive en tant que flic. Je vous ai dit ce qu'il en était à ce sujet, puis pourquoi je vous suivais : vous êtes tellement attirante que je ne peux pas résister. Nos familles ont un passé commun. Alors donnez-moi une chance. Finissez votre verre et permettez-moi de m'asseoir près de vous au club de jazz.

— Vous savez ce qui ne tourne pas rond chez vous, Canady ?

— Oh ! pas mal de choses… En auriez-vous une en particulier à sortir du lot ?

Maggie aurait voulu ne pas sourire, encore moins se sentir aussi fascinée par cet homme, ni être tentée de combler les vœux qu'il avait formulés sous forme de boutade…

En dépit de sa volonté, elle ne put se retenir de sourire.

— Vous êtes dangereux.

— Dans quel sens ?

— Vous cherchez je ne sais quoi.

— Je cherche beaucoup de choses.

— Vous êtes exaspérant.

— Ça coule de source.

— Eh bien… dans la mesure où mes amies viennent juste de commander le dessert…

— … et que mes amis viennent juste de les rejoindre, notez-le.

Maggie regarda derrière elle et découvrit, incrédule, l'adonis de Cissy, un superbe colosse couleur ébène, et Jack Delaney, qui s'asseyait à côté d'Angie.

— Ils forment deux jolis couples, vous ne trouvez pas, mademoiselle Montgomery ?

— On dirait une descente de police...

— Mon ami noir s'appelle Mike, poursuivit Sean, imperturbable. Quant à Jack, vous l'avez déjà rencontré. Ce sont des policiers, et ceux qui les craignent sont ceux qui ont quelque chose à se reprocher. Est-ce votre cas ?

— Je vous ai dit que je n'avais tué ni le souteneur ni la fille.

— Je sais. Je me demande seulement ce que vous me cachez. Bon, alors ? Vous sortez avec moi ou non ?

— Je suis déjà dehors.

— Mais vous ne voudriez pas être la cinquième roue du carrosse, n'est-ce pas ?

— Je suis très indépendante.

— Regardez-les ! Ils nous fixent. Ils se désolent pour nous, ne le voyez-vous pas ? Nous ferions mieux d'aller les retrouver.

— Et vous appelleriez ça « sortir ensemble ».

— Rien ne nous empêcherait de nous éclipser. Habitez-vous la plantation Montgomery ?

— J'y passe un moment de temps à autre. J'ai un logement dans l'immeuble de ma société.

Qu'elle aurait dû réintégrer sans tarder ! L'ennui, c'était que Canady l'intéressait de plus en plus.

— N'existe-t-il pas également une plantation Canady ?

Il hocha la tête.

— Si, mais elle n'a plus rien de commun avec ce qu'elle était autrefois, j'en ai peur. Elle est toujours au même endroit, en bordure du Mississippi, mais il y a un Burger King à côté. Les dimensions du domaine se sont réduites comme peau de chagrin. Il ne reste que quelques hectares. La maison est quand même belle. C'est dur de la maintenir en état.

Heureusement, ma jeune sœur a épousé un architecte. Nous bénéficions donc de bons ouvriers qui nous font des prix de faveur, « nous » étant mon père et moi.

— Votre père vit encore ? Quelle chance vous avez !

— Oh ! Votre famille est donc...

— Disparue. Les Montgomery n'ont jamais été très prolifiques.

— Quel dommage...

— Pourquoi ?

— Parce que vous êtes vraiment ravissante. On aurait dû vous cloner, créer toute une lignée à votre image.

— Quel hommage ! dit Maggie d'un ton ironique.

— Mmm... J'ai l'impression de ne prononcer que des paroles qui vous déplaisent.

— Vous êtes bien un flic.

— Oui, mais vous êtes innocente, ne l'oubliez pas.

— C'est très difficile de cerner ce que vous voulez, Canady.

— Je me montre pourtant parfaitement honnête. Un vrai livre ouvert ! Mais vous, vous êtes méfiante. Ce que je veux, c'est penser que vous me parlerez sincèrement si vous avez le moindre renseignement.

— Si j'apprends quoi que ce soit, je vous le ferai savoir.

— Bien. Maintenant, est-ce qu'on peut rejoindre les autres ?

— Euh... Oui.

— Vous avez donc décidé de passer la soirée avec moi, OK. De coucher avec moi éventuellement aussi. Vais-je être obligé de vous faire la cour, de vous noyer sous les compliments pour vous amener au lit ?

— Canady, ne sous-estimez ni ne surestimez ma naïveté. Je suis une grande fille et je me connais très bien. Je n'ai rien contre le fait de faire l'amour avec un homme séduisant... si j'estime qu'il l'est, et au moment que je choisirai.

Là-dessus, elle planta Sean devant le bar et se dirigea vers sa table.

L'inconnue du cimetière avait été tuée un mercredi, Anthony Beale un vendredi. La ville était en effervescence mais, le samedi matin, les journaux ne descendaient pas la police en flammes comme Sean le craignait.

Au lieu de cela, les chroniques mettaient l'accent sur les turpitudes de La Nouvelle-Orléans, citant nombre d'anciens meurtres d'une nature étrange. La ville avait toujours été très spéciale. Des prêtresses vaudou avaient pratiqué ici, et pratiquaient encore. Les rites occultes perduraient, des gens qui se prenaient pour des extraterrestres ou des vampires hantaient les rues et des criminels se cachaient sous les costumes de Mardi gras depuis des décennies. Marie Laveau, la plus célèbre des prêtresses vaudou, avait habité La Nouvelle-Orléans.

Un long éditorial suivait l'article sur Marie Laveau, suggérant un nettoyage complet de la cité.

Sans doute était-ce une excellente idée, songea Sean, mais plus facile à dire qu'à faire.

Installé dans la salle du petit déjeuner d'Oakville, la maison de la plantation familiale, il réfléchissait tout en buvant son café.

Sa soirée du vendredi s'était finalement muée en quelque chose qui ressemblait à un « rendez-vous ». Maggie Montgomery s'était montrée charmante et charmeuse, amusante. Avec elle, il avait écouté du bon jazz, dansé, aussi. Puis il l'avait raccompagnée devant son immeuble et quittée sur une poignée de main.

Très bien. Il n'avait rien précipité, même si Maggie était la femme la plus sexy qu'il eût jamais rencontrée. Il avait contenu ses émotions et, sur le pas de sa porte, souriant avec décontraction, de l'air de celui qui pourrait patienter une éternité avant de la déshabiller, il lui avait dit bonsoir. Ensuite, il avait roulé une bonne heure avant de décider de venir dormir à la plantation, où il avait pris une longue douche froide afin de chasser l'exaltant souvenir de Maggie Montgomery gravé dans sa peau.

La plantation, autrefois, était qualifiée de ferme. À cette époque-là, certains domaines étaient modestes, d'autres de taille impressionnante. Oakville se situait entre les deux.

La charpente de la maison et les boiseries n'avaient rien d'un chef-d'œuvre, mais Sean savait que les membres de la famille auraient préféré se faire hacher menu plutôt que de laisser quiconque en changer une seule pièce. Bâtie au début des années 1800, Oakville était typique de cette période : grande véranda sur laquelle s'ouvraient au rez-de-chaussée la cuisine, la salle à manger, le salon et la bibliothèque, et cinq chambres à l'étage. L'une d'elles était celle de son père, qui n'avait pas modifié d'un iota la décoration depuis la mort de sa femme cinq ans plus tôt. Deux autres servaient de chambres d'amis. Il y avait aussi l'ancienne chambre de Sean, laissée en l'état depuis son départ pour le collège. Seule celle de sa sœur gardait une âme, demeurait le domaine privé de la jeune femme. Mary Canady O'Niall était mariée et mère depuis huit ans, et vivait dans une superbe demeure de Garden District, mais cela ne l'empêchait pas, à chacun de ses passages à Oakville, d'ajouter aux murs un poster ou deux, comme au temps de son adolescence.

Sean savait son père heureux que ses deux enfants viennent encore à la plantation.

Pour la première fois depuis des lustres, quelques centaines de mètres carrés de terre étaient de nouveau cultivés : son père possédait maintenant un florissant potager, et il était fier de préparer des omelettes aux tomates et aux oignons de son jardin.

Ici, le café était un vrai délice. Bess Smith, la nounou de Sean, le préparait. Elle s'occupait désormais de la maison, où elle venait trois fois par semaine. Sean adorait prendre le café et déguster une omelette en lisant le journal, comme ce matin où son père lui faisait face, l'observant en hochant la tête. À soixante-dix ans, Daniel Canady portait beau et était aussi droit et solide qu'une colonne de marbre. De lui Sean tenait ses yeux bleus.

Grâce aux investissements avisés de Daniel, la fortune familiale se portait plutôt bien, même si par vocation le père de Sean était historien et non financier. Ancien universitaire, il rédigeait encore des ouvrages historiques mais avait su enseigner à son fils comment bien gérer son argent, une excellente initiative dans la mesure où le salaire d'un policier n'était pas mirobolant.

— Tu laisses ces meurtres prendre trop de place dans ton esprit, fiston.

Sean posa son journal.

— Papa, il s'agit de gens qui ont été décapités.

— La décapitation est un moyen radical pour s'assurer que l'on a bien donné la mort, remarqua Daniel. N'oublie pas que nous sommes à La Nouvelle-Orléans, la ville des pirates autrefois, du culte du vaudou, des zombis et des vampires de nos jours encore. Tout ça dure depuis deux siècles. Quand j'étais gosse, sur le chemin de l'école, je jouais au foot avec des ossements sortis de vieilles tombes. Ici, tout peut arriver. Tout est déjà arrivé, d'ailleurs.

— Je sais, papa. Mais le problème, c'est que je suis responsable de cette enquête. Toute la ville a les yeux rivés sur moi et le gouverneur m'appelle tous les jours. Il faut que j'arrête le tueur.

— Sean, tu es peut-être le responsable de cette enquête, mais tu n'es pas le seul policier de La Nouvelle-Orléans. Tu as de bons collègues, une aide compétente.

Daniel s'interrompit, le temps d'avaler une gorgée de café, puis reprit :

— C'est malheureux, mais nous sommes dans une ville où il s'est passé des choses terribles. L'affaire de la maison Lalaurie… Cette femme et son médecin de mari gardaient une foule d'esclaves enchaînés aux murs et se livraient à toutes sortes d'expérimentations soi-disant médicales sur ces pauvres bougres. Ils les torturaient, les tuaient… Leurs monstruosités n'ont été découvertes qu'à l'occasion d'un incendie, quand les pompiers sont intervenus. Horrifiés, ils ont appelé la police, mais entre-temps, les Lalaurie avaient filé. Leur maison existe toujours, dans le quartier français. Et puis il y a eu cette véritable boucherie, dans la maison dite du « Sultan », où le Turc et sa famille au grand complet ont été retrouvés coupés en morceaux. Ensuite, vers la fin des années 1920, nous avons eu le meurtrier à la hache. Et je suis au regret de devoir dire que la liste ne s'arrête pas là.

— Le passé est le passé, papa. Oui, c'étaient des faits divers horribles. Mais je suis responsable d'un de la même eau maintenant, et je n'ai pas l'ombre d'une piste.

— Et les nouvelles techniques scientifiques ?

— Pas d'aide à en attendre pour l'instant. Les résultats mettent un temps infini à arriver. Et de toute façon, aucun miracle dû au modernisme ne remplacera des preuves flagrantes pour coincer un suspect.

— Sean, à quoi bon te taper la tête contre les murs ? Tant de coupables ne sont jamais pris…

— Ce type-là, je l'aurai. Ici, c'est ma ville et je ne tolérerai pas que quiconque tronçonne des gens et s'en sorte impunément.

Daniel sourit :

— Voilà l'ange vengeur... Tu sais quelque chose qui ne serait pas dans les journaux ?

Sean parla des gouttes de sang qui formaient un tracé jusqu'à l'immeuble de Montgomery's Enterprises et des investigations qui s'étaient ensuivies.

— Ainsi, tu as rencontré Mlle Montgomery, dit son père lorsqu'il eut terminé.

— Oui. Elle a coopéré.

— Et c'est tout ? Tu as fouillé l'immeuble et ça se limite à ça ?

Sean baissa la tête, mal à l'aise. Il avait vécu huit ans avec une jeune femme, Sophie Holloway. Ravissante, douce, vive ; élue Princesse du Mardi gras. Ils s'étaient connus lorsqu'ils étaient très jeunes, disputés, rabibochés plusieurs fois. Finalement, ils avaient décidé de se marier.

Puis Sophie avait appris qu'elle souffrait d'un cancer de l'utérus et, immédiatement, elle avait rompu leurs fiançailles. En dépit de tous ses efforts, Sean n'avait pu la convaincre de l'épouser, d'être sa femme le temps qui lui restait sur cette terre.

Elle était morte six ans plus tôt.

Sean avait des petites amies, il aimait les femmes, le sexe, qu'il considérait comme aussi nécessaire que l'air que l'on respire, mais vivre avec une autre femme lui paraissait au-dessus de ses forces. Quant à se marier... Son père craignait qu'il ne reste célibataire à vie et mette de ce fait un point final à la lignée des Canady.

— J'ai fouillé l'immeuble, avec la permission de Mlle Montgomery. Et puis... je l'ai rencontrée dans un club de jazz, hier soir, et nous avons bavardé. Pourquoi ces questions ?

— Oh ! simple curiosité...
— C'est ça. Seulement de la curiosité, hein ?
— Sincèrement, oui. Si tu consultes les archives de la famille Canady et que tu remontes très loin dans le passé, tu trouveras un Canady fiancé à une Montgomery. Le mariage n'a pas eu lieu. La demoiselle Montgomery en question a été envoyée en Europe par son père et, quelques années plus tard, une autre demoiselle Montgomery en est revenue : sa fille. Aucune des femmes de cette famille n'a pris le nom de son mari. De génération en génération, il semblerait qu'il n'y ait que des filles, qui gardent toutes leur patronyme de naissance.
— C'est bizarre, ça.
— De nos jours, c'est fréquent, surtout quand les femmes travaillent. Mais les Montgomery ont toujours été des gens étranges.
— C'est-à-dire ?
— Eh bien, les femmes partent pour l'Europe pour y mettre au monde leur bébé, invariablement des filles, qu'elles envoient à l'âge adulte aux États-Unis pour qu'elles s'y installent et gagnent de l'argent. Toutes jusqu'ici ont fait fructifier la fortune familiale. Quoi qu'il en soit, il y a eu d'intéressants rapports entre nos deux familles au cours des années. Je te montrerai les archives. Que tu fréquentes une fille Montgomery ne me gênerait pas. Ses ancêtres ont été des femmes fascinantes. Celle d'aujourd'hui est célibataire ?
— Oui.
— Elle te plaît ?
— Oui, concéda Sean après un temps : il avait noté l'expression pleine d'espoir de son père.
— Tu l'as invitée à sortir ?
— Oui.
— Et elle a accepté ?
— Pas exactement.

Daniel se mit à pianoter du bout des doigts sur le dessus de la table.

— Tu sais, fiston, la plantation Montgomery n'est pas loin d'ici. Tu pourrais y faire un saut.

— Maggie Montgomery n'y est pas. Je l'ai laissée dans le Vieux Carré, hier soir.

— On ne sait jamais... Va faire un tour à la plantation quand même.

— J'ai du boulot.

— C'est le week-end, fiston.

— Les assassins se fichent du week-end. Ils n'ont pas des horaires de bureau, et les flics non plus, du coup.

— Passe à la plantation. Quand tu entreras dans le bâtiment, jette un coup d'œil au grand tableau, dans la cage d'escalier. Tu y verras l'une des ancêtres de la demoiselle. La ressemblance est sidérante. Et si la propriétaire des lieux est là, tu pourrais l'inviter à un barbecue ce soir.

— Maggie est en ville. Mais en rentrant, je ferai peut-être un détour par la plantation, OK.

— Si cette jeune femme est au domaine, convie-la à dîner, Sean.

— Je...

— Que sais-tu d'elle ? Est-ce qu'elle aime la bonne viande ? Est-elle végétarienne ? C'est à la mode.

— Je ne sais pas ce qu'elle aime : hier soir, elle semble s'être contentée d'un peu de vin et d'un espresso. Mais si je la trouve à la plantation, je l'inviterai à dîner. Tu es content ?

— Oui. Sois convaincant, fiston.

Sean s'étonna un peu : ainsi, son père pensait qu'il devait se montrer convaincant pour qu'une femme accepte de dîner avec lui ? D'ordinaire, il n'avait aucun problème dans ce genre de situation et Daniel le savait. Alors ?

Alors… Maggie Montgomery était certainement spéciale et Daniel ne l'ignorait pas.

Tout à coup, Sean se surprit à avoir vraiment envie de la revoir.

La boutique ouvrait à 10 heures, mais Allie Bouchet avait à cœur d'être toujours là à 9 h 30. Elle préparait le café et faisait un peu de rangement ; elle était extrêmement fière de la boutique.

À l'approche de la cinquantaine, Allie était très séduisante. Veuve depuis quatre ans, elle embellissait d'un rinçage argent ses cheveux devenus blancs prématurément, leur conférant ainsi un gris lumineux identique à celui de ses yeux. Mince et fraîche grâce à un mode de vie tout en modération, elle avait reçu une excellente éducation et demeurait une grande dame.

L'apparition soudaine d'un homme assis sur l'angle du bureau de chêne la fit sursauter. Tant de désinvolture la choqua, mais ses bonnes manières l'emportèrent sur sa contrariété.

— Eh bien, monsieur, on peut dire que vous m'avez surprise ! La boutique n'est pas encore ouverte… En principe je n'oublie jamais de fermer la porte à clé derrière moi pendant que je mets de l'ordre dans le magasin. Je devais avoir la tête ailleurs, ce matin… mais je vous souhaite néanmoins la bienvenue.

— Je suis désolé de vous avoir fait peur, madame.

La voix profonde aux accents traînants et sensuels la rendit nerveuse.

L'homme était jeune, dans la trentaine, habillé d'un pantalon et d'un chandail noirs.

Allie leva le regard vers son visage. Peau très blanche, cheveux blonds et yeux étranges, noirs avec des reflets dorés. Des yeux hypnotiques de… de serpent.

Il était décidément très séduisant, en dépit de ses traits durs.

— Pourrais-je vous offrir un café ? Mon associée, Mme Gema Grayson, ne va pas tarder à arriver. L'une de nous vous aidera à trouver ce qui vous intéresse.

Il sourit, un sourire aguicheur, sans prononcer un mot, et Allie eut l'impression d'une invite. Qu'elle avait envie d'accepter.

Elle s'empressa de refouler son élan : cet homme avait quinze ans de moins qu'elle, voyons !

— Du café, ce serait très bien, dit-il.

— Je sélectionne les espèces de café que j'achète, expliqua-t-elle en s'activant devant le percolateur, soulagée d'avoir quelque chose à faire, une raison de tourner le dos à l'homme.

Elle remplit finalement une tasse et pivota sur ses talons.

Il se tenait juste derrière elle. Elle ne l'avait pas entendu marcher ; pas le moindre chuintement de semelle sur le sol, pas de déplacement d'air… Il était grand. Un géant, lui sembla-t-il, à l'allure de panthère noire. Le sourire était toujours là, engageant, enjôleur, et la façon dont il la fixait la paralysait.

Un vrai démon, se dit-elle.

Il prit la tasse.

— Madame, je ne suis pas venu pour faire des emplettes. Je voulais voir Mlle Montgomery. Viendra-t-elle, aujourd'hui ?

— Oh non ! Mlle Montgomery prend ses week-ends, sauf pendant la période de Mardi gras.

— Je suis navré de ne pas la rencontrer.

— Elle sera là lundi.

Il se trouvait maintenant près d'Allie à la toucher. Les troublants yeux de reptile étaient dardés sur elle et pourtant, elle trouvait cette proximité plaisante.

— Je regrette que vous ayez perdu votre temps, monsieur.

La tasse était vide. Quand avait-il bu le café ? Il plaça le petit récipient de porcelaine dans les mains d'Allie.

— Je n'ai pas perdu mon temps : j'ai fait votre connaissance.

Elle eut du mal à prendre sa respiration. C'était comme si tout à coup un corset lui enserrait la poitrine.

— Monsieur, vous êtes un flatteur.

Il sourit encore, puis se dirigea vers la porte. Allie se sentait tellement troublée qu'elle ne pensa pas à le suivre pour tourner la clé derrière lui. Au lieu de cela, elle revint à son café, amusée de son propre comportement. Vieille bête ! s'admonesta-t-elle. Bouleversée par un jeunot ! Quelle excuse pouvait-elle se trouver pour avoir chaviré face à cet homme ? Eh bien, il était poli, charmeur et... Il était de nouveau là ! Juste devant elle ! Tout sourires, les yeux rivés dans les siens.

— Mais, monsieur, pourquoi...

— Une dernière chose. Je suis revenu pour une dernière chose, dit-il de sa voix de velours.

Et il la toucha.

4

La plantation Montgomery était un superbe exemple de l'architecture en vogue avant la guerre de Sécession.

Tout en suivant la grande allée menant à la maison, Sean admirait celle-ci, manifestement bâtie pour une fortune en un temps où la vie était douce.

À vue d'œil, il estima sa superficie habitable à neuf cents mètres carrés. Par un escalier semi-circulaire, on accédait à une imposante véranda soutenue par de hautes colonnes. Celle-ci entourait la maison jusqu'au premier étage. Autrefois, les gens fuyaient la chaleur estivale de Louisiane en ouvrant grandes les fenêtres de leurs chambres qui donnaient sur cette véranda, afin de laisser entrer la brise du fleuve. Au clair de lune, ils prenaient l'air sur l'immense balcon ceinturant la demeure.

Sean n'avait aucune idée des dimensions actuelles du domaine, mais il voyait une pelouse soignée, une allée gravillonnée impeccable et une façade et des volets en excellent état et repeints de frais.

Un monde, par rapport à Oakville. Mais il y avait toujours eu de l'argent chez les Montgomery.

Il ne s'attendait pas à trouver Maggie ici, mais cela ne l'empêcha pas de gravir les marches du perron et de sonner à la porte : la curiosité l'animait. Une gouvernante à demeure devait prendre soin de la maison. On allait lui ouvrir ; une femme à l'aspect sinistre répondrait à son coup de sonnette, il n'en doutait pas. Son physique évoquerait sans doute celui de l'un des membres de la famille Addams...

Pas du tout.

La femme qui lui ouvrit avait la cinquantaine accorte, était tout en rondeurs et vêtue d'une robe à fleurs et d'un petit tablier à fronces. Il attendait Morticia Addams et faisait face à la femme du Père Noël !

— Bonjour. Je m'appelle Sean Canady et je cherche Mlle Montgomery. Serait-elle ici, par hasard ?

Il accompagna sa déclaration de son sourire le plus chaleureux. Même si Maggie n'était pas là, il espérait bien visiter la maison.

— Entrez donc, monsieur Canady : il fait tellement chaud ! Notre nouveau système de climatisation est une pure merveille.

La femme recula et Sean pénétra dans le vestibule.

Bon sang, cette maison était vraiment spectaculaire ! Un vaste hall avec des pièces s'ouvrant à droite et à gauche ; au centre, un escalier monumental à double révolution conduisant à l'étage. Au mur principal, une fresque ancienne, à l'huile, antérieure à la guerre civile et, de part et d'autre de la peinture, des fenêtres à vitraux plombés au travers desquelles s'infiltrait un soleil métamorphosé en un extraordinaire kaléidoscope de couleurs.

— Eh bien ! s'exclama Sean.

— N'est-ce pas charmant ?

— Oh oui, madame, ça l'est !

— Je suis Peggy, monsieur. Par ici, je vous prie. Et admirez.

Sean s'avança, les yeux fixés sur le tableau. Un portrait de femme, une femme d'une rare beauté. Ses cheveux auburn relevés en chignon, à l'exception d'une boucle à la naissance du cou, elle portait une robe du soir de velours bleu foncé à l'ample jupe. L'auteur du tableau avait su restituer sa beauté mais aussi laisser transparaître son âme. Cette femme était élégante, et dans ses yeux on discernait une innocence mêlée de sagesse.

Ce tableau était à couper le souffle, songea Sean. Plus que cela, même. Après l'avoir vu une fois, on ne pouvait l'oublier.

Parce que Maggie Montgomery était la copie conforme de la femme en robe du soir.

— Magdalena, entendit-il quelqu'un dire à voix basse.

Sean se retourna d'une pièce. La gouvernante avait quitté le vestibule et Maggie Montgomery se tenait devant lui.

Il sentit son cœur battre la chamade. Comment avait-il pu se laisser prendre ainsi au dépourvu ? Il avait passé des années dans la police, dans l'armée auparavant, on lui avait appris à être en permanence sur le qui-vive, et voilà qu'il n'était plus capable d'entendre quelqu'un entrer… Non, sa capacité de perception n'était pas amoindrie : simplement, Maggie s'était déplacée aussi silencieusement qu'un nuage de fumée.

Et elle lui souriait, manifestement ravie de l'avoir surpris.

— Eh bien, lieutenant, quel est le problème ? Je suppose que vous êtes venu me voir…

— J'espérais vous voir, oui, mais je ne pensais pas que vous seriez là.

— Vous auriez pu appeler. Nous avons le téléphone, vous savez.

— Et le numéro est dans l'annuaire ?

— Vous êtes policier. Vous ne devez pas avoir grand mal à trouver un numéro sur liste rouge.

— Je voulais vous voir, répéta Sean, désorienté.

— Moi, ou la maison ?

— La maison est époustouflante.
— Merci.
— Vous l'êtes plus encore.
— Décidément, lieutenant, vous êtes passé maître dans l'art de la flatterie.

Elle s'interrompit et le détailla de son regard couleur d'ambre que marquaient par instants des reflets d'or. Puis elle croisa les bras sur sa poitrine et il l'observa en retour.

Simple robe de jersey noir, sandales de la même teinte, cheveux attachés en queue-de-cheval... Elle paraissait jeune, innocente, et plutôt à l'aise.

— Vous êtes venu fouiller dans ma vie privée, ma maison, mon passé, pour essayer de découvrir si je ne suis pas coupable du meurtre d'un proxénète et d'une putain. Est-ce là une procédure légale, lieutenant ? D'autant que vous maniez admirablement le compliment...

Il éclata de rire, émerveillé qu'une femme aussi belle puisse être si circonspecte, et convaincu qu'aucun homme l'ayant vue ne pourrait en vouloir une autre.

— Je ne dispose d'aucun élément susceptible de vous impliquer dans ces meurtres. Je suis là parce que mon père a insisté pour que je vienne. Il brûle d'impatience de vous rencontrer.
— Ah bon ?
— Oakville n'est pas loin d'ici.
— Je sais.
— Je suis très fier que vous ayez entendu parler de la vieille maison Canady, même si elle n'est pas aussi somptueuse que la maison Montgomery, loin s'en faut.
— D'après ce que j'ai entendu dire, Oakville est une merveille sur le plan du bois travaillé. On dit aussi que des générations de Canady l'ont amoureusement entretenue. À mon avis, lorsque vous

parlez d'Oakville, monsieur Canady, vous êtes trop modeste.

— J'aime la maison. Elle a un caractère bien à elle. Mais…

Il tendit l'index vers le tableau.

— … nous n'avons rien de semblable chez nous.

Maggie s'avança à travers le vestibule. Sean aperçut une porte ouverte derrière elle, celle par laquelle elle était entrée. La bibliothèque, conclut-il après avoir aperçu des rayonnages.

Elle s'arrêta à côté de lui et leva les yeux vers le tableau.

— Voici Magdalena. Elle a aimé l'homme qu'il ne fallait pas et est morte jeune.

— C'est triste.

— Extrêmement.

Elle se tourna vers lui, le regard brillant d'humour.

— On l'a envoyée en Europe pour qu'elle y donne le jour à un enfant illégitime. Dieu merci, si j'en crois ce que l'on raconte, le monde a une immense capacité d'absolution envers les péchés des riches.

— Pauvre petite. Elle semble tellement vulnérable…

— Elle l'était.

— Ah bon ? Vous la connaissez bien ?

— Je me base sur les archives familiales. Magdalena a eu une très malheureuse histoire. Elle est tombée amoureuse d'un Français, un homme dont sa famille ne voulait pas. La famille, et avec elle un Canady ami, a tué l'amant français. Il a toutefois eu une revanche posthume puisque Magdalena était enceinte. Portait son enfant, comme on disait à l'époque. Elle ne pouvait donc décemment faire le mariage que son père avait prévu pour elle.

— Je suis heureux que ce Français ait été là…

— Pardon ?

— Eh bien, il fait partie de vos ancêtres, n'est-ce pas ? Sans lui, vous n'existeriez pas.

— Des compliments, de nouveau...

— Excusez-moi. Je crois que je suis obsédé.

— Vraiment ?

— Sûr.

— Vous avez envie de coucher avec moi ?

Elle le défiait, se dit-il en reculant, les bras croisés sur la poitrine.

Il la regarda de la tête aux pieds puis lâcha :

— Oui.

— Monsieur Canady, si nous vivions à l'époque de Magdalena, je vous aurais souffleté et demandé de ne plus jamais fouler le sol de ma maison !

— Oh ! mais j'aurais peut-être été le soupirant idéal ! Et si Magdalena avait eu envie de faire l'amour avec moi, elle l'aurait fait... Parce que c'est ce qui lui a valu tous ses ennuis, n'est-ce pas ? Elle n'a pas hésité une seconde, en un temps où les jeunes filles restaient pures jusqu'aux noces.

— Elle a couché avec un Français séducteur comme eux seuls savent l'être. Les Canady sont de souche irlandaise.

— Effectivement. Et Dieu sait quoi d'autre... Un peu cajun, aussi, avec un zeste d'Espagnol. Il n'y a plus que des sang-mêlé, chez les Canady. En toute honnêteté je me devais de vous le dire.

— Pourquoi donc ?

— Il vaut mieux que vous sachiez exactement avec qui vous allez faire l'amour, non ?

— Je crois que je pourrais interpréter vos paroles comme du harcèlement.

— Le croyez-vous vraiment ?

— Monsieur Canady, essayez-vous de m'arracher des informations en me séduisant ?

— Non. Si des informations doivent sortir, ce sera parfait. Mais j'essaie de vous séduire parce que...

Sean s'arrêta. Il se sentait tout à coup incapable de poursuivre ce badinage sur le ton de la plaisanterie.

— ... parce que depuis que je vous ai rencontrée, je suis en effervescence.

Elle baissa la tête et riva les yeux sur ses mains croisées. Il sembla à Sean qu'elle avait frissonné.

— Eh bien, monsieur Canady... Aimeriez-vous du thé glacé ? De la limonade ? Une bière ? Peggy sera enchantée de nous servir sur la véranda. La vue y est magnifique. Il n'y a que le fleuve. Pas de Burger King à proximité.

— Du thé glacé, merci.

— Venez avec moi. Nous allons monter sur le balcon du premier étage.

Il la suivit alors qu'elle se dirigeait vers l'escalier. Sean gravissait les marches quand, très étonné, il se sentit pris d'une soudaine faiblesse. Maggie s'en rendit compte, s'arrêta et se retourna.

— Quelque chose ne va pas ?

Il secoua la tête ; l'étrange sensation était déjà passée. N'empêche, il s'inquiétait : jamais il n'avait rien éprouvé de tel auparavant, comme si toute vie s'était brutalement retirée de son corps.

— On aurait dit que... commença Maggie.

Puis elle s'interrompit.

— On aurait dit que quoi ? la relança Sean.

— Oh ! que... Bon sang, il fait tellement chaud dehors et frais dedans... Le contraste brutal, et puis quelquefois il y a dans l'air, aux abords de l'escalier surtout, un...

— Je vais bien, coupa sèchement Sean.

Elle leva les mains.

— OK. Je n'insiste pas.

Tout en reprenant son ascension, Sean se traita de tous les noms. Quel imbécile ! Le premier adolescent venu savait qu'il ne fallait pas parler sèchement à une fille qu'on essayait d'emballer !

Maggie le conduisit dans une pièce ravissante aux murs décorés de tableaux, des paysages à l'huile qui devaient valoir une fortune. Un coin fumeur était aménagé près d'un bureau de teck et une bibliothèque regorgeant de livres occupait toute une paroi. En façade s'ouvraient des portes-fenêtres donnant sur la véranda. Entrouvertes, elles laissaient passer une brise qui soulevait les rideaux de voile imprimé de roses à moitié tirés seulement, de manière à ne pas cacher la vue.

— Venez, dit Maggie en s'avançant vers la véranda.

Il la suivit, songeant qu'elle était la reine de cet endroit. Si jeune, elle régnait sur une grosse entreprise et un domaine impressionnant.

La véranda dominait une pelouse soigneusement entretenue qui descendait en pente douce jusqu'au fleuve. Des chaises longues en osier flanquaient une table à thé roulante. Maggie s'assit sur celle où était posé le dernier livre de John Grisham. Elle étendit ses longues jambes nues et bronzées. Sean l'imita. Quelques instants plus tard, Peggy apparut, radieuse, chargée d'un plateau de sandwiches.

— Elle est charmante, remarqua Sean lorsqu'elle se fut retirée.

— À quoi vous attendiez-vous ? Quel genre de gouvernante pensiez-vous que j'avais ? Le fantôme de Peter Lorre quand il jouait Igor, le valet de Frankenstein ?

— À vrai dire, je songeais plutôt à Lurch, de la Famille Addams, avoua Sean en souriant.

La proximité du fleuve rafraîchissait la brise. Sean se sentait bien. Il ne prenait pas souvent le temps de s'asseoir et de se relaxer. Il travaillait trop, et faisait la bringue avec ses collègues quand il sortait.

— Peggy est un don du ciel, dit Maggie. Je l'adore.

— Elle est depuis longtemps avec vous ?

— Quand elle était jeune, elle travaillait pour ma mère. Puis ma mère a fait comme toutes les femmes Montgomery : elle est partie pour Paris, où elle est restée quelques années… Il y a sept ans que je suis rentrée… et Peggy est avec moi depuis. Elle fait tout marcher à la baguette, ici. Même quand je pars en voyage, elle s'occupe de tout.

— Elle habite donc la maison ?

— Qui formule ces questions, monsieur Canady ? Un homme qui s'intéresse à moi ou un flic ? demanda Maggie d'un ton amusé. Vous pensez que Peggy aurait pu me voir rentrer couverte de sang, une hache ou un sabre à la main ? Ou bien vous craignez qu'elle n'interrompe un moment d'intimité ?

Sean s'accorda un bref instant de réflexion avant de décider de jouer la décontraction.

— Peut-être mes questions sont-elles à double sens… Mais peut-être aussi sont-elles très simples et dénuées d'arrière-pensées. Quand je vois la taille de cette maison, je m'émerveille qu'une seule femme puisse la faire tourner.

— Peggy a sa propre maison. Une ancienne remise à diligences que nous avons transformée. Elle habite donc sur la propriété mais a une vie privée. Et elle n'est pas seule pour s'occuper de la maison. Deux jeunes filles lui prêtent la main de 9 heures à 17 heures, du lundi au vendredi. Autre chose, lieutenant ? Je vous promets de faire de mon mieux pour vous répondre.

— Vos parents sont morts…

— Oui. Quant à vous, vous avez mentionné votre père. Je présume qu'il est donc vivant. Et votre mère ?

— Décédée il y a cinq ans. Votre père… Il avait pris le nom de Montgomery ?

— Oui.

— Les hommes, dans votre famille, semblent compter pour des prunes.

— Vous êtes dur !

— Eh bien, mais si votre père a…

— Je l'aimais, coupa Maggie. C'était un père fantastique ! Il est parti, mais au terme d'une belle et longue vie. Et le vôtre, que fait-il ?

— Il était professeur d'histoire à l'université de Louisiane. Maintenant, il lit, jardine, et me tanne en permanence.

— Pourquoi donc ?

— Il pense que je devrais être marié et avoir des enfants.

— Ah. Vous êtes fils unique ?

— Non, j'ai une sœur, mariée et mère de famille, ce qui aggrave mon cas.

— Pourquoi n'êtes-vous pas marié ?

— J'ai failli l'être.

— Et ?

— Et elle est morte.

— Oh… Je suis désolée.

— Moi aussi, même si tout cela remonte à six ans, maintenant.

— Mais votre père n'a pas renoncé. Il vous a donc envoyé ici… Quel dommage !

— Pourquoi ?

— Parce que je ne suis pas du genre qui épouse.

— Oh ?

Sean regardait Maggie. Un sourire flottait sur ses lèvres et ses yeux scintillaient. Le soleil jouait sur la peau brune de ses jambes, parsemait ses cheveux de paillettes dorées. Qu'elle était belle… et tellement sexy ! Au point de le bouleverser.

— Je suis une femme d'affaires, lieutenant.

— C'est aussi bien : je ne suis pas disposé à renoncer au nom de Canady pour adopter celui de Montgomery.

— Ah bon.

Il lui sembla discerner une lueur de colère dans les yeux d'ambre.

— En ce qui me concerne, l'hypothèse d'un mariage est définitivement exclue, lieutenant. Votre père sera déçu.

Un temps, puis :

— Et vous ?

Il leva les mains et les tourna, paumes vers le ciel.

— Je ne sais pas. Coucherez-vous avec moi ?

— Je ne sais pas non plus. Mais ce que je sais, c'est que vous devriez y réfléchir à deux fois avant de faire une telle proposition.

— Pour quelle raison ?

— Eh bien, parce que je pourrais concevoir la prochaine héritière Montgomery, et ce sans la bénédiction de l'Église !

Sean se pencha vers elle, riva ses yeux aux siens.

— Maggie, quelle saveur aurait la vie si elle ne comportait pas de risques ?

Elle éclata de rire et Sean se sentit humilié. Il faudrait qu'il n'oublie pas de remercier son père de l'avoir obligé à venir ici !

À regret, il se leva. Deux meurtres demeuraient non élucidés ; il devait aller travailler.

Maggie se leva à son tour. Il franchit la courte distance qui le séparait d'elle et lui prit les mains.

— Viendrez-vous dîner ?

— Chez vous ? Pour y faire la connaissance de votre papa ?

Il hocha la tête. Ils étaient vraiment très proches l'un de l'autre, au point qu'il sentait le souffle doux de sa respiration sur son visage, la chaleur de son corps, la fragrance délicate de son parfum.

Il n'avait pas prévu la suite, pas envisagé que la situation puisse évoluer dans ce sens… Il se surprit lui-même lorsqu'il inclina la tête, lorsque sa bouche rencontra celle de Maggie.

Le baiser fut tout d'abord à peine esquissé… avant de se faire profond, ardent, voluptueux.

Évidemment. Il aurait dû prévoir qu'il lui serait impossible de se satisfaire d'un simple effleurement de cette bouche pulpeuse…

Il eut l'impression que ses lèvres se fondaient dans celles de Maggie. Une vague de désir sauvage le submergea. Il souhaitait davantage, il ne voulait pas s'en tenir là. Sa langue s'activait fébrilement, se gorgeant de saveurs enivrantes. Il enlaça la jeune femme, la pressa contre lui, lui faisant prendre la mesure de son ardeur.

Elle ne regimbait pas, loin de là. Sa langue répondait avec passion, son corps souple jouait, se moulant au sien.

En quelques secondes, il la déshabillerait, laisserait choir ses vêtements sur le sol et…

Il se recula brutalement.

Elle fit de même dans l'instant.

Il la regarda, vit ses lèvres enflammées, gonflées. Elle y porta des doigts tremblants tout en le fixant, mais ses yeux n'exprimaient aucun reproche; elle ne paraissait pas en colère.

Seulement perturbée.

Il comprit soudain qu'elle était vulnérable, que sous sa classe, son aisance, restait encore de l'innocence.

Cette découverte acheva de l'émouvoir, de le pousser encore plus vers elle.

Grand Dieu… Il était en train de tomber amoureux !

Non. De brûler de désir, rectifia-t-il.

Il s'éclaircit la gorge tout en reculant un peu plus.

— Puis-je venir vous chercher à 19 heures ?

— Je… je ne sais pas si…

— Pas de problème. 19 h 30 ?

Maggie leva les sourcils, battit des cils puis sourit, mais Sean se rendit compte qu'elle réfléchissait intensément, comme si elle hésitait à propos d'une très personnelle et très importante décision.

— Entendu. 19 h 30.

— Parfait.

— J'ai hâte de rencontrer votre papa.

Il pivota sur ses talons, pressé de s'en aller... de peur qu'elle ne change d'avis.

19 h 30. Un dîner.

Ensuite, il coucherait avec elle.

En 1860, la vie reprit son rythme normal à la vieille plantation Montgomery. L'héritière était revenue d'Europe. On l'appelait Meg. C'était une belle femme, sophistiquée, sûre d'elle et sereine.

Être à La Nouvelle-Orléans enchantait Meg. Cependant, elle était arrivée au beau milieu d'une tempête des esprits : les gens raisonnables s'efforçaient de garder l'État de Louisiane en ordre, mais ils étaient une minorité et la guerre menaçait. La plupart des planteurs étaient furieux contre le Nord. Des milices se formaient et la Louisiane devint vite célèbre pour ses régiments de zouaves de couleur. Hommes et jeunes gens criaient leur certitude de faire rendre gorge aux Yankees en quelques semaines.

M. Sean Canady doutait de la victoire.

Dès son retour d'Europe, Meg avait rencontré Sean, le fils que Robert avait eu avec sa première femme, Deirdre. Sean possédait un domaine en bordure du fleuve, très près du sien. Il était donc normal qu'il vienne chez elle présenter ses condoléances pour la mort de son grand-père Jason Montgomery, et souhaiter la bienvenue à l'héritière. L'homme était charmant, mais Meg n'eut pas le coup de foudre. Connaissant Rome, Paris, Londres,

Madrid, elle ne se laissait pas facilement impressionner. Ce ne fut qu'après le départ de Sean qu'elle se rendit compte qu'elle avait envie de le revoir : pour entendre de nouveau sa voix grave, écouter les idées qu'il énonçait, particulièrement celles concernant son scepticisme quant à une victoire éclair sur le Nord.

La pendaison pour insurrection de John Brown déclencha la fureur de la plupart des Nordistes et l'exaltation des Sudistes : après tout, cet homme avait voulu armer des esclaves pour qu'ils tuent leurs maîtres dans leurs lits, en sus d'avoir assassiné de sang-froid dans le Kansas et au Nebraska.

Sean, lui, n'était jamais furieux ni exalté. Il considérait la situation avec gravité. Oui, John Brown avait mérité la mort. Toutefois, ce qui s'était passé était une tragédie américaine car la guerre approchait à grands pas. Trop de Sudistes ne se rendaient pas compte qu'ils n'avaient aucune industrie dans le Sud alors que le Nord disposait d'usines où fabriquer des armes.

Lors de chacune de leurs discussions, Meg sentait grandir son amour pour Sean. Elle aimait ses yeux clairs, ses cheveux sombres, son allure, son rire mais, plus encore, elle l'aimait pour son esprit, son intelligence, la sincérité de ses sentiments pour autrui.

Il lui demanda de l'épouser.

Elle refusa. Elle ne pouvait se marier ; elle ne faisait pas partie des femmes qui épousent... mais Sean l'enchantait. Il lui disait qu'il patienterait. Meg lui répétait qu'elle ne se marierait pas, et pourtant, peu à peu, elle dut admettre qu'il n'y en aurait jamais d'autre que lui.

— Je ne peux pas t'épouser, lui disait-elle chaque fois qu'il réitérait sa demande.

— Si, tu le feras un jour.

Les jeunes Sudistes se réunissaient lors de bals ou de garden-parties ; Meg et Sean s'y rendaient ensemble. Ce fut à l'élégante maison Wynn, dans le quartier français, que Meg vit Aaron Carter pour la première fois.

Elle trouva ce lointain cousin de la défunte Mme Wynn séduisant, avec sa haute taille, ses cheveux blonds et ses yeux sombres, mais ne lui accorda qu'une attention polie : elle n'avait d'yeux que pour Sean.

Lorsqu'ils furent tous autour de la table où l'on servait le punch, Aaron s'approcha d'elle.

— Mademoiselle Montgomery, vous êtes charmante. M'autoriseriez-vous à vous faire un brin de cour ?

— Monsieur, sachez que je suis engagée auprès d'un autre.

— Ah oui. Canady.

— Il y a tant de jeunes filles libres, ici... Vous n'aurez aucun mal à...

— C'est vous que je veux, coupa Carter.

— Je vous ai dit que...

— Peu me chaut ce que vous m'avez dit. Je sais qui vous êtes, et vous et moi sommes de la même race. Vous serez mienne.

Meg se sentit furieuse et très déterminée.

— Monsieur, je ne sais à quoi vous faites allusion. Nous n'avons rien en commun. Allez donc... au diable.

Lorsqu'elle se détourna pour s'éloigner, une force sidérante la retint. Alors, elle sut, comprit qui il était.

— Nous ne nous ressemblons pas, monsieur ! Ici, c'est ma ville. Peut-être vivriez-vous plus heureux ailleurs !

— Je vous préviens, mademoiselle Montgomery...

— Non, c'est moi qui vous préviens : quittez La

Nouvelle-Orléans. Il n'y a pas de place pour vous dans cette cité.

— Je déduis de cette remarque que vous considérez La Nouvelle-Orléans comme votre territoire.

— C'est la terre de ma famille. Vous n'imaginez pas avec quelle énergie je pourrais défendre ce que j'ai de plus sacré.

— J'imagine autre chose : que vous êtes la préférée des hommes en bien des lieux.

— Je ne comprends pas ce que…

— Lucian, mademoiselle. Vous faites partie de ses favorites, mais sa protection ne peut plus s'exercer ici. La mienne, en revanche, si.

— Je n'ai nul besoin de votre protection. Je suis pratiquement fiancée à M. Canady !

— Pratiquement seulement. Il n'est pas un homme aussi efficace que moi.

— Dieu merci, il ne vous ressemble en rien.

— Soyez prudente, ma beauté. Songez aux règles.

— Je les respecte. Je suis vigilante, et je ne dérange personne.

— Vous êtes splendide. Un très excitant challenge. Vos intérêts sont ailleurs ? Je vais remédier à cela.

— Monsieur, vous commencez à devenir pesant. Ne sous-estimez pas mon pouvoir. Je peux vous détruire !

Il s'inclina profondément devant elle en souriant.

Meg serra les dents. Des êtres comme Carter, elle en avait rencontré d'autres au cours de ses voyages. Aucun ne l'avait jamais menacée. Certains étaient parfois devenus ses amis, grâce aux règles qui leur permettaient de rester en vie : ils devaient se respecter les uns les autres.

Après un dernier coup d'œil à Carter, elle s'éloigna et rejoignit Sean dans la salle de bal où elle dansa avec lui, tout en surveillant discrètement Aaron Carter. Au moment de dire au revoir à leur hôte, elle croisa son regard une ultime fois à travers la salle. De nouveau, Carter la salua en s'inclinant.

— Que se passe-t-il ? lui demanda Sean. Tu me sembles bien lointaine.

Elle se tourna vers lui et lui sourit.

— C'est fini.

Aaron Carter était parti, s'aperçut-elle. Elle soupira de soulagement : il l'avait crue, n'avait pas mis sa force en doute, et choisi la fuite. Merci, mon Dieu... songea-t-elle tout en se demandant si le Seigneur l'entendait encore.

La vie était un tourment permanent. Nul n'était besoin de créatures comme Carter pour la rendre plus difficile.

Cette nuit-là, Lilly Wynn se réveilla. Il lui semblait avoir entendu murmurer son prénom... Le son flottait dans l'air, comme si cette belle nuit d'hiver l'appelait.

C'était lui qui l'appelait, elle le savait. Il lui avait dit qu'il viendrait, lors du bal. Il lui était apparenté, songea-t-elle, amusée. Quelle importance ? Un parent éloigné...

Lorsqu'elle l'avait averti, pour son père, il avait répondu que M. Wynn ne saurait rien de sa visite. Quel homme réservé, romantique et beau ! songea-t-elle avec ravissement.

Elle se fit plus attentive : non, elle ne se trompait pas, elle entendait bien son nom.

Lilly sortit de son lit et eut l'impression que l'air se drapait autour d'elle en une étrange et sensuelle étreinte. Une envie folle de courir jusqu'au jardin et de danser dans la clarté magique des étoiles et de la lune s'empara d'elle. Elle avait dix-huit ans, l'âge qui convenait pour un mariage. Pourvu que son père ne s'oppose pas à cette union... Il était tellement strict !

L'amant de ses rêves allait venir, la toucher, l'amener à ressentir plus intensément la magie de la nuit.

Le jardin des Wynn était très vaste. Des tables et des chaises de fer forgé étaient disposées le long des allées dallées. L'eau des fontaines chantait. Tout au fond du parc se trouvaient les tombes richement décorées et les mausolées de la famille Wynn. Lilly ne leur prêta aucune attention : elle les avait vus toute sa vie. Ce qui l'attirait, c'étaient la lune et les étoiles.

Ses cheveux blonds soyeux formaient un voile sur ses épaules. Elle marchait d'un pas ferme quand elle s'immobilisa soudain, effrayée : derrière elle, il y avait… quelque chose.

Elle se retourna, ne vit rien… chercha la maison du regard; elle paraissait très loin.

Puis elle se remit en marche et aperçut les ombres. Que se passait-il? Elles semblaient tout à coup animées. On aurait dit qu'elles dansaient au milieu des tombes, plongeant dans le noir les visages des anges, des madones. Elles se contorsionnaient, ployaient sur elles-mêmes…

Lilly eut peur. Papa! Il fallait qu'elle revienne à la maison, vers papa!

Elle pivota sur ses talons… et buta contre un homme. Il posa sur elle des yeux luisants, enflammés. Une subite chaleur monta en elle, mais elle était encore trop effrayée pour parler.

— Ma petite beauté… entendit-elle.

Elle aurait voulu éprouver de nouveau cette exquise sensation sensuelle suscitée par la brise, mais son effroi gâchait l'enchantement.

— Ma petite…

Il lui retira sa chemise de nuit. Nue dans le clair de lune, elle le fixait, terrorisée, paralysée par ses yeux de feu. Il fit glisser ses mains le long de son corps tremblant, les insinua entre ses cuisses, les ramena vers ses seins, sa gorge.

— Je... je dois rentrer... bredouilla-t-elle.

— Bien sûr.

Tout à coup, il était nu lui aussi, se rendit-elle compte.

Il recula et elle en profita pour s'élancer, courir...

Une entité ténébreuse la poursuivait. Elle percevait un souffle sur sa nuque, comme si les ombres et le Mal la suivaient de près, la touchaient.

L'effroi la tenaillait et, en même temps, le désir. Le Mal était si tentant... Ce souffle qui la caressait, il était érotique, brûlant. Un incendie qui grondait jusqu'au fond de son âme.

Mon Dieu ! ces fantasmes... Elle leur laissait trop de champ libre...

Lilly tourna la tête, voulut crier, mais aucun son ne franchit ses lèvres.

Il l'attira à lui, la prit, et la chaleur de son sang se répandit entre eux. Le froid de l'hiver se mua alors en brasier de l'enfer.

1861 arriva et la Louisiane fit sécession contre l'Union.

Sean fit irruption chez Meg dans un état d'agitation indescriptible. Les servantes s'éclipsèrent en hâte, et il resta seul avec la jeune femme, devant le somptueux escalier du vestibule. La passion qui l'animait était tellement violente que Meg se sentit mal à l'aise.

— Je dois partir, lui annonça-t-il.

Disposant d'argent, il avait formé un régiment de cavalerie dont il allait prendre la tête. Il doutait que cette guerre fût juste et que le Sud l'emporterait, mais il se battrait avec les Confédérés parce qu'il était chez lui, parmi les siens.

— Je dois partir, répéta-t-il, mais, mon Dieu, je t'aime tant... Épouse-moi, Meg.

— Je ne peux pas, souffla-t-elle, le cœur brisé.

Il secoua la tête, visiblement frustré et furieux. Puis il la prit dans ses bras et l'embrassa passionnément, dévorant sa bouche. Il lui arracha ses vêtements, les jeta sur les marches de l'escalier. Ses baisers se firent enfiévrés et elle y répondit avec la même folle ferveur, lui griffant le dos. Il eut l'impression qu'elle le mordait à la base du cou.

Elle sentait le tapis persan de l'escalier lui râper les reins, le bois des marches la blessait mais, emportée par l'excitation, elle n'y attachait aucune importance.

Sean lui fit l'amour avec une exaltation proche du désespoir et, lorsqu'il s'apaisa enfin, il la découvrit en larmes. Entre deux sanglots, elle lui murmura qu'elle l'aimait mais ne pouvait l'épouser. Lorsqu'il lui demanda pourquoi, elle lui dit que s'ils survivaient tous deux à la guerre, elle lui expliquerait alors. Peu importait le mariage, elle l'attendrait et l'aimerait jusqu'à la fin des temps. Cela devait suffire, comme serment, estimait-elle.

Non, lui répondit-il. Cela ne suffisait pas.

Mais il n'obtiendrait pas davantage, il s'en rendait compte.

Il lui fit l'amour une nouvelle fois, plus doucement, plus tendrement, puis s'en fut.

5

Sean lut et relut le rapport de police : le lundi matin, il se réunissait avec les hommes de la brigade criminelle et voulait être certain, avant de les rencontrer, de n'avoir rien laissé de côté, manqué aucun détail des investigations.

Un couple de touristes avait découvert le corps de la jeune fille inconnue au cimetière. Tous deux étaient très secoués par ce qu'ils avaient vu.

Pierre LePont, le médecin légiste, avait noté un élément intéressant : l'inconnue gisait sur la tombe comme sur un lit et son cadavre avait été mis en scène exactement comme celui de la cinquième victime de Jack l'Éventreur, Mary Kelly. Les mutilations étaient également les mêmes.

Les photos avaient de quoi rendre malade le plus aguerri des flics. Le couple de touristes, horrifié, ne s'était pas attardé auprès du corps. Ceux qui l'avaient eu sous les yeux étaient donc peu nombreux, en dehors du couple : des policiers et le meurtrier, ou les meurtriers... Dans la presse, on avait parlé de la décapitation mais pas des mutilations. Par bonheur, les touristes venaient de l'État d'Alaska, qu'ils avaient regagné dare-dare, après avoir émis le souhait que leur nom ne soit pas communiqué aux médias. Une chance : la plupart des gens tenaient à être sur le devant de la scène, lors de semblables événements.

Sean reprit le rapport de Pierre.

Les multiples mutilations semblaient toutes postérieures à la mort. Il avait assisté à l'autopsie, passé la main dans les cheveux de la jeune fille. Quelle énigme ! Une fille taillée en pièces et un proxénète décapité mais intact, à l'exception de sa tête coupée. Le tueur ne mutilait-il que les femmes, ou bien y avait-il plusieurs fous à La Nouvelle-Orléans ?

Il déconnecta l'ordinateur. À quoi bon chercher des assassinats similaires dans tout le pays ? Il en trouverait trop. Après avoir envoyé une demande d'information à la centrale, il avait reçu tant de réponses qu'il lui semblait que les fichiers se dérouleraient à l'infini.

Probablement avait-il mal formulé sa demande. Des meurtres vieux de plus d'un siècle apparaissaient dans la liste, y compris ceux de Jack l'Éventreur, de l'homme à la hache de La Nouvelle-Orléans, de Jeffrey Dahmer et de Ted Bundy. Trop vieux, tout ça. Il fallait qu'il sélectionne les meurtres non élucidés des dernières années.

— Vaudou... Vaudou... s'écria Jack en entrant dans le bureau, une pile de journaux à la main.

— Tu lis la presse ? s'enquit Sean.

— Oui.

— Moi aussi. Et je trouve que les journalistes ont plutôt été sympas avec nous jusqu'à maintenant. Que fais-tu ici un samedi matin ? Je ne t'ai pas demandé de venir.

— Je savais que tu serais là. Alors, que penses-tu de ma théorie du vaudou ?

— Eh bien... Laisse-moi réfléchir.

Sean fit basculer sa chaise sur ses pieds arrière et commença à se balancer.

— Voyons... Il y a quelques siècles, des trafiquants ont amené ici des esclaves d'Afrique. Ces malheureux pratiquaient une religion à laquelle ils n'ont pas renoncé une fois sur notre sol. Le serpent occupe une grande importance dans leurs rites. Ses adeptes se réfèrent à lui comme étant le Grand Zombi. Ils se servaient du vaudou contre leurs maîtres. Et puis Marie Laveau est arrivée et a fait de cette croyance un business. Elle tenait un salon de coiffure et s'est servie de la rumeur publique pour faire courir le bruit qu'elle connaissait les secrets et les désirs de ses clients, et pouvait absolument tout « voir ». De nos jours, le vaudou est toujours l'une des plus importantes sources de revenus du Vieux Carré et des siphonnés se livrent à des cérémonies dans le bayou, la nuit. Satisfait, Jack ? J'en sais assez ?

— D'accord, d'accord. Fiche-toi de moi, mais j'ai lu pas mal de trucs.

Sean regarda son collègue. Non, il ne se moquait pas de lui. Le vaudou était susceptible de pousser au meurtre. Il influençait ceux qui avaient des tendances homicides. Les gris-gris, la magie vaudou donnaient la possibilité d'évacuer la colère et accroissaient prétendument la puissance de l'esprit.

— Dans les années 1800, dit Jack, la pratique du vaudou était l'apanage des esclaves. Ils faisaient des célébrations pas mal alcoolisées. Ils buvaient du tafia et s'adonnaient à la magie noire. Les sacrifices faisaient partie du rite.

— Je sais. Boire le sang d'un enfant ou d'un chat noir était censé intensifier les pouvoirs. Mais n'importe qui peut faire n'importe quoi au nom de la religion. Songe aux monstruosités de l'Inquisition. Tu as fait du bon travail, Jack. C'est bien d'avoir fouillé dans les archives, trouvé d'anciens et effroyables crimes demeurés impunis. D'avoir épluché le dossier de Jack l'Éventreur. Celui qui se cachait sous ce nom n'a jamais été identifié. Sans lui, une visite nocturne de Londres ne serait pas excitante… mais nous sommes à La Nouvelle-Orléans, dans le présent.

— J'ai effectivement trouvé pas mal de choses sur l'Éventreur.

— Tu ne penses toutefois pas que nous ayons affaire à un imitateur de ce mystérieux monsieur.

— Notre inconnue du cimetière a été mutilée de la même façon que la cinquième victime de l'Éventreur. À mon avis, celui qui l'a tuée savait exactement comment se présentait le cadavre de Mary Kelly après son… intervention. Il avait du temps devant lui, alors il s'est amusé. Il a reproduit le *modus operandi*, pour nous obliger à aller regarder les archives. Dans une si grande ville pluriethnique, il n'est pas étonnant que, pour se faire remarquer, un assassin recherche le sensationnel. Ce type ne se contentera pas de quelques lignes dans le journal. Il veut les gros titres à la une. Donc, il fait ce qu'il faut pour les avoir.

— Jack, je pense que tu vas devenir un superflic de la Criminelle.

— Merci.

— Résumons : notre tueur veut nous égarer, joue à de petits jeux avec nous, nous met les nerfs à fleur de peau. Nous ignorons quand et où il frappera encore. Pour l'instant, nous avons de la chance que peu d'éléments concernant les circonstances de la mort de l'inconnue et du proxénète aient transpiré dans la presse.

— Et surtout que rien n'ait filtré à propos de cette si excitante personne qui…

— Jack, tu parles de Maggie Montgomery, là ?

— Oui. Personne en dehors de la police ne sait qu'il y avait ces gouttes de sang qui conduisaient à sa porte.

— Et s'arrêtaient devant.

— Oui. N'empêche qu'elles conduisaient là.

— Mmm. Jack, dans tout ce que tu as étudié concernant le vaudou, as-tu lu quelque chose à propos de corps vidés de leur sang ?

— Des histoires genre Dracula ?

— Oui. Des buveurs de sang.

— Pfff… Le dernier Mardi gras, nous avons eu droit à une avalanche de vampires. Des douzaines d'hommes et de femmes en chemise blanche et grande cape noire. Dotés de crocs, bien sûr.

Jack prit un air songeur avant de poursuivre :

— Quand j'étais gosse, j'étais fana de films, de livres et de BD d'horreur. Tout ce qui avait trait aux vampires, aux fantômes, aux momies et tout le reste me fascinait.

— Maggie Montgomery, où la situerais-tu dans ta bibliothèque idéale ?

— Euh… Dans les pages centrales de *Playboy*.

Sean émit un grognement.

— Tu sais, reprit Jack, j'ai passé un super-moment, au club de jazz, l'autre soir. Et puis le matin, quand je me suis réveillé, je me sentais coupable : deux meurtres à élucider et pendant ce temps, je prends du bon temps à écouter de la musique…

— Mon petit gars, si tu envisages de rester à la Crim', il te faudra apprendre à vivre normalement en dépit de ton boulot. Pierre se débrouille pour le faire malgré ce qu'il voit tous les jours. Nous sommes le seul espoir de justice pour les victimes. Pierre les fait parler à sa manière, et nous leur rendons justice.

— C'est bien, ça. Une pensée très positive. Non que je me sente vraiment mal pour cet Anthony Beale… À mon avis, en ce qui le concerne, justice a déjà été rendue. Mais notre petite inconnue du cimetière…

— Tu as trouvé quelque chose sur son passé ?

— Oui. La pauvre gosse devait se débrouiller pour sortir du trou. Peut-être essayait-elle seulement de gagner de quoi manger.

— Tu as l'âme sensible, Jack. Fais gaffe.

Jack hocha la tête d'un air grave, puis sourit.

— Exact. Et toi, tu as un côté lascif… Tu vas revoir Mlle Montgomery ?

— Elle va venir dîner chez moi ce soir.

— Tu rigoles ? Hé ! je peux venir ? Je resterai avec ton père pendant qu'il la mettra sur le gril.

— Il ne la mettra pas sur le gril. Elle n'est pas sous mandat d'arrêt.

— Mais si, il la mettra sur le gril ! Il va la tester parce qu'il essaie de te coller avec une femme qui serait plus qu'une passade.

— C'est une suspecte et, non, tu ne peux pas venir.

— Et si j'amenais son amie ?

— La petite créole ?

— Oui. Angie. Elle est l'une des meilleures copines de Maggie, elle a les clés de l'immeuble de Montgomery's Enterprises et connaît probablement mieux ta petite amie que n'importe qui.

Sean décida de ne pas relever le « petite amie ».

— Tu crois, Jack ?

— J'en suis certain.

— Tu penses qu'elle viendrait ?

— Oui.

Jack croisa les bras sur sa poitrine et toisa Sean avec un sourire fat.

— Certains d'entre nous, quand ils rencontrent des femmes, savent exactement ce qu'ils font.

— Tu as déjà couché avec elle ?

— Non, mais j'ai dormi sur son divan. Alors ? Puis-je amener Angie à ce dîner ?

Sean hésitait. La soirée pourrait se révéler intéressante… Maggie Montgomery était leur seule piste, une piste très ténue.

Il ne voulait pas qu'elle sache qu'il la considérait comme une piste. Si elle était mêlée aux deux meurtres, c'était à son insu. Le tueur s'était peut-être servi de son immeuble à deux issues sans qu'elle le sache et, *a fortiori*, sans son consentement.

Mais plus il désirait ardemment qu'elle n'ait rien à voir avec cette affaire, plus il avait l'impression que, d'une façon ou d'une autre, elle était impliquée.

Or, il n'avait pas de preuves…

Seulement son instinct qui tirait la sonnette d'alarme.

Il fallait à tout prix qu'il devienne l'un de ses proches. Là aussi, d'une façon ou d'une autre.

Il fallait qu'il sache.

— OK. Amène Angie. 19 h 30. Mon père fera un barbecue sur la pelouse, alors assure-toi que ta belle n'est pas végétarienne.

Gema Grayson appela Maggie à midi.

La trentaine, mariée et heureuse, mère de deux enfants, elle formait avec Allie un formidable tandem de vendeuses et elles étaient les meilleures amies du monde. Allie à la pâleur de lune et Gema couleur d'ébène… Allie occupait une très grande place dans le cœur de Gema, orpheline de mère à dix ans.

Lorsqu'elle téléphona à Maggie, Gema essaya de ne pas trop laisser transparaître son inquiétude.

— Maggie, j'ai horreur de te déranger un samedi, mais je me fais du souci.

— À quel sujet ?

— Allie. Elle n'est pas là.

— Elle n'est pas venue au magasin ?

— En fait, si, elle est venue : le café était prêt à mon arrivée et tout était en ordre. La porte n'était pas fermée à clé. J'ai tout d'abord pensé qu'elle avait fait un saut à la pâtisserie pour acheter des croissants, mais apparemment ce n'était pas le cas.

— Tu as téléphoné chez elle ?

— Oui. Ça ne répond pas.

— Et... à la police ?

— Oui. On m'a répondu qu'on n'allait pas ouvrir un dossier pour une femme qui n'a disparu que depuis quelques heures.

— As-tu précisé qu'un meurtre avait été commis à côté de l'immeuble il y a quelques heures ?

— Je l'ai fait. Sans résultat.

— Gema, ne te bile pas. Je vais joindre le policier qui est venu hier. Pour toi, tout va bien ?

— Oui, pas de problème.

— Tu es très occupée ?

— Il y a du monde, mais je suis contente d'être occupée. Comme ça, je gamberge moins.

— Je téléphone au lieutenant Canady et j'arrive.

— Oh ! Maggie, je suis navrée. Tu n'as pas à...

— Je ne fais rien d'autre que me prélasser au soleil sur la terrasse. Je connais Allie. Quoi que dise la police, si elle n'est pas venue travailler, c'est que quelque chose ne va pas.

— Je t'attends, alors. Merci, Maggie.

— Je ne serai pas longue.

Maggie raccrocha puis resta figée devant l'appareil, en proie à une peur sourde. Elle inspira profondément pour se décontracter, tout en se demandant si elle ne s'apprêtait pas à commettre une grosse bêtise en appelant Sean.

Sa carte se trouvait dans son sac. Elle l'en sortit, fixa quelques instants le numéro imprimé dessus puis le composa.

Sean décrocha à la première sonnerie.

— Sean ?

— Maggie... Mademoiselle Montgomery ?

— Maggie, je vous en prie. Sean, je suis désolée de vous déranger, mais il semblerait que l'une de mes employées ait... disparu. Depuis quelques heures seulement, mais c'est une personne sur laquelle on peut compter. S'en aller sans rien dire, ce n'est pas son genre... Je m'inquiète. Pourriez-vous venir me retrouver à la boutique ?

— J'arrive.

La tonalité résonna à l'oreille de Maggie. Sean avait raccroché.

Elle prévint Peggy qu'elle quittait la maison, puis se chaussa, prit son sac et sortit.

Gema essayait de discuter normalement avec une adolescente qui cherchait une robe de soirée. Tout en parlant, elle regardait sans cesse la porte.

En voyant le grand et beau policier de la veille suivi d'un jeune agent franchir le seuil, elle se détendit un peu. Elle s'excusa auprès de sa cliente, lui demanda si elle pouvait revenir le lundi ou le mardi lorsque Mlle Montgomery serait là puis s'avança vers le lieutenant Canady.

— Maggie vous a appelé ! Merci d'être venu. Je sais que d'ordinaire vous ne bougez pas pour une disparition qui ne remonte qu'à quelques heures, mais si vous connaissiez Allie...

— Nous ne bougeons effectivement pas parce que la plupart du temps ces personnes réapparaissent rapidement.

Il s'exprimait en souriant et Gema fut très sensible à son regard à la fois sévère et rassurant. Cet homme possédait une étrange force intérieure, songea-t-elle. Il faisait parfaitement la différence entre le Bien et le Mal et cette connaissance venait du plus profond de son âme.

— Merci tout de même, lieutenant.

— Mon coéquipier va recueillir des renseignements sur votre amie et ensuite nous ouvrirons un dossier.

— Je ne voudrais pas que vous fassiez quoi que ce soit susceptible de vous créer des ennuis.

— L'un des petits avantages du statut de policier sous-payé et débordé de boulot, c'est qu'on peut déroger aux règles quand on en a envie.

Tout de suite, Gema se sentit mieux, d'autant que Maggie n'allait plus tarder à arriver.

Sean se tourna vers le jeune homme qui l'accompagnait.

— Jack, l'opérateur radio attend dans la voiture. Va voir s'il a trouvé l'adresse d'Allie.

— C'est comme si c'était fait.

Le jeune homme ressortit de la boutique.

— Bien. À nous, Gema. Voulez-vous prendre le temps d'aller boire quelque chose qui vous calmerait ? Du thé ? Un café au lait ? Avec un peu de Valium ?

— Non. Je garde le magasin. Et puis, de toute façon, je suis trop nerveuse. Rien ne me calmerait.

— Parlons d'Allie, alors. J'ai discuté avec elle hier. C'est une femme charmante, très séduisante. Extrêmement ouverte. J'imagine qu'elle est une excellente vendeuse.

— Elle est merveilleuse ! Elle adore notre ligne de vêtements, mais ce n'est pas un scoop : nous l'aimons toutes. Maggie a tellement de talent !

— Ça saute aux yeux, dit Sean à voix basse tout en regardant autour de lui.

Maggie savait indéniablement comment tailler une robe, une chemise, une jupe ou une veste en fonction d'une morphologie féminine.

— Gema, votre amie et collègue n'est jamais arrivée en retard, c'est ça ?

— Non, et pas plus aujourd'hui que d'habitude. Elle est arrivée à l'heure : j'ai des preuves de son passage, affirma Gema en montrant la cafetière. Elle avait préparé le café. On en offre aux clientes.

Elles ne viennent pas seulement faire des achats ; il y a une vraie relation entre elles et les vendeuses. D'ailleurs, tous les guides touristiques l'ont remarqué et mentionnent la boutique.

— Une excellente chose. Revenons à Allie. Elle a apparemment fait du café, dites-vous.

— Oui. Ouvert les portes et fait du café. Qui d'autre qu'elle l'aurait pu ?

— Sans doute personne. Ce que je disais n'était qu'une manière d'éliminer le « apparemment ». Je ne m'intéresse qu'aux faits avérés.

— Oh ! je vois et...

Gema s'interrompit et poussa un petit cri. Ses yeux écarquillés étaient dirigés vers l'entrée du magasin. Sean se retourna.

Pressée et manifestement agitée, Allie gravissait deux à deux les marches du perron.

— Ô mon Dieu ! Allie... Je me suis affolée !

Allie prit sa collègue dans ses bras, l'étreignit brièvement puis la repoussa.

— Je comprends, Gema, et je suis très embarrassée. Mais... tu as appelé la police ?

— Mais où étais-tu ? demanda Gema.

À cet instant, vêtue d'une robe noire et de sandales de même couleur, Maggie Montgomery entra.

— Oh ! Allie, tu es là !

— Maggie, pardonne-moi...

Maintenant, c'était Maggie qui serrait son employée contre elle, l'embrassait...

— Lieutenant Canady, est-ce vous qui l'avez retrouvée ? s'enquit Maggie.

Sans attendre de réponse, elle enchaîna :

— Dieu merci, il ne t'est rien arrivé, Allie.

— Je vais très bien. J'allais expliquer ce qui s'est passé. Je suis confuse que la police se soit dérangée à cause de moi quand elle a de si graves problèmes à régler dans cette ville.

— Nous vous écoutons, dit Sean.

— Je pense que j'aurais dû attendre un peu avant de vous appeler, lieutenant, remarqua Maggie. Mais soyez indulgent... nous sommes sous pression : un homme a été assassiné à deux pas d'ici.

— Et mon explication est tellement dénuée de sens ! s'exclama Allie.

— Nous sommes néanmoins prêts à l'entendre, repartit Sean.

— Eh bien... Oh ! quelle histoire ! L'explication, c'est que... je n'ai pas d'explication. Je me rappelle m'être trouvée ici, avoir préparé du café, ensuite je suis sortie pour aller acheter des croissants... et ensuite... La dernière chose dont je me souvienne, c'était que je me trouvais dans le square à regarder un jongleur. Maggie, je crois que je deviens sénile ! Tu devrais me fiche à la porte : je perds la mémoire !

— Je ne vais certainement pas te renvoyer, Allie.

— Ô mon Dieu ! Merci, ma chérie... Jamais une chose pareille ne m'était arrivée auparavant et je ne comprends pas ce qui a pu déclencher ce passage à vide.

— Êtes-vous sûre d'aller bien, maintenant ? demanda Sean.

— Elle en a l'air, assura Gema.

— Nous devrions vous conduire à l'hôpital, dit Sean.

— À l'hôpital ! s'écria Allie en regardant Gema d'un air alarmé.

Gema se hâta de la rassurer d'un sourire, mais Maggie intervint.

— Écoute, Allie, tu t'es peut-être cogné la tête et... Enfin, il vaudrait mieux vérifier si...

— L'hôpital ? Pour m'entendre dire que j'ai un début d'Alzheimer ? coupa Allie.

— Vous n'êtes pas vieille du tout, affirma Sean.

Allie lui décocha un regard empreint de reconnaissance.

— Le problème, c'est que je ne sais pas… commençait-elle quand Maggie l'interrompit.

— Allie, je t'en prie, laisse-nous te conduire à l'hôpital. Je ne vais pas te renvoyer, je te le répète, et je suis absolument convaincue que tu n'es pas sénile, OK ? Mais je suis inquiète et j'aimerais m'assurer que tu vas bien.

— Ça… ça m'ennuie de laisser Gema seule au magasin.

— Je m'en sortirai très bien, dit Gema.

Sean se tourna vers son jeune collègue.

— Jack, nous allons emmener Allie faire un contrôle.

— D'accord, dit Maggie. Je viens aussi. Gema, tu vas appeler Angie ou Cissy. Euh… non. Je m'occupe d'Angie. Elle m'a téléphoné juste au moment où je quittais la maison. Elle doit passer la soirée chez moi, et il faudra que je repasse par ici pour récupérer ma voiture.

— En route, lança Sean.

Quelques minutes plus tard, les deux policiers, Maggie et Allie roulaient vers l'hôpital.

Soulagée, Gema se remit au travail.

La nuit tombait à 20 heures. L'heure du crime, l'heure préférée des cinglés, songea Bessie Girou. Pire que minuit.

Mais elle était habituée aux cinglés. Heureusement, la plupart du temps, elle tombait sur des gens normaux. Elle travaillait pour Mamie Johnson, la tenancière d'un bar-restaurant de Prince Street, un endroit correct qui figurait sur tous les guides touristiques bien que Mamie procurât quelques services sous le manteau aux clients qui savaient poser la bonne question. Bessie traitait avec ceux qui payaient en liquide. Pour ceux-là, pas de sexe à la va-vite au fond d'une ruelle. Quoique... elle faisait en sorte que ses passes se déroulent en quatrième vitesse, mais dans un hôtel de moyenne gamme ou dans des meublés. Des endroits spartiates et propres, où elle exerçait sans vraiment penser à ce qu'elle faisait.

Le plus souvent, les types voulaient du sexe normal ou du sexe oral. Ou les deux. Bessie s'en fichait, pourvu que les clients se lavent avant. Il y avait belle lurette qu'elle ne trouvait plus répugnant de prendre le pénis d'étrangers dans sa bouche. Elle n'y prêtait plus attention.

De temps à autre, elle tombait sur un mec marié qui payait pour qu'elle s'amuse sous ses yeux avec sa femme ou sa maîtresse. Le mec ne les touchait pas et prenait son plaisir seul en regardant le spectacle. Bessie aimait bien ça, d'autant que les femmes veillaient à leur hygiène intime davantage que les hommes. Elle considérait son activité comme un travail infiniment mieux payé qu'un emploi de serveuse ou de secrétaire.

Cependant, il lui arrivait de tomber sur de vrais fêlés qui lui demandaient de mettre des menottes, de leur fouetter les fesses ou de les appeler Papa. D'autres voulaient lui donner la fessée.

Certains clubs de La Nouvelle-Orléans offraient toutes les possibilités; ceux qui aimaient le sexe vraiment hard savaient où aller.

Le job de Bessie était beaucoup plus classique. Oui, elle travaillait. Elle avait un enfant de quatre ans à charge, le résultat de son seul vrai amour. Une idylle de rêve au début, qui avait tourné au cauchemar. Quand son amant l'avait abandonnée, elle s'était dit qu'elle n'oublierait jamais la leçon, sévèrement apprise. Sans un sou, elle n'avait trouvé comme gagne-pain que de se vendre. Elle adorait

Isaac, son gamin. En s'organisant bien et en mettant de l'argent de côté, elle serait probablement en mesure de laisser tomber la prostitution et de regagner l'Iowa avant que son fils ne soit en âge de comprendre comment elle gagnait sa vie.

Ce soir, elle se sentait vraiment fatiguée, au point d'envisager d'appeler Mamie et de lui dire qu'elle était malade. Malheureusement, Mamie était rancunière. Si Bessie lui faisait faux bond, la prochaine fois qu'un client plein aux as franchirait la porte du bar, elle l'orienterait vers une autre fille de la boîte.

Bessie avait donc accepté d'aller retrouver le type.

Tout en marchant d'un pas pressé vers l'hôtel, elle leva les yeux. La lune était haute et le ciel bizarre, ce soir. Rouge sang, aurait-on dit. Le client serait un cinglé, à coup sûr. Et merde...

Heureusement, en principe, les cinglés payaient bien. Cher.

Lorsqu'elle entra dans l'hôtel, le ciel était toujours rouge. Les accents d'une trompette résonnaient dans la rue. Plus l'heure avançait, plus la musique devenait forte dans le quartier. Les gens arrivaient-ils à dormir, dans cet hôtel ?

Elle traversa le vestibule. Le réceptionniste ne leva même pas les yeux. Ou il ne l'avait pas entendue, ou il se fichait totalement de qui faisait quoi dans l'établissement.

Selon les instructions de Mamie, elle se dirigea vers la chambre 8 et poussa la porte. Il faisait presque noir, à l'intérieur. Elle tendait la main vers le commutateur lorsqu'une voix rauque lança :

— Laissez ça !

— Hé ! mais on n'y voit rien !

— La fenêtre donne assez de lumière.

— Chéri, ne sois pas aussi timide. Je suis ici pour te faire rêver, et ça m'est égal que tu sois beau ou moche.

Elle s'étonna d'avoir envie de découvrir le visage du type à la voix tellement super.

Il se déplaça légèrement. Sa silhouette se découpa en ombre chinoise sur la fenêtre ; il était grand, mince, et semblait parfaitement normal.

— Avance-toi, lui dit-il. Place-toi de façon que je te voie.

Après avoir posé son sac par terre, elle obéit et mit en évidence son corps bien fait de petite brune aux jolis seins et à la chute de reins bien ferme.

L'homme se trouvait de nouveau dans l'ombre. La lumière de l'extérieur était maintenant sur elle, celle de cet étrange ciel rouge mêlée de l'éclat des douzaines de néons de la rue.

— Bien. Montre-m'en davantage.

— Bien sûr, chéri, bien sûr.

Elle aimait l'allure du type, oh oui ! Ses intonations aussi. Il n'était peut-être pas si mauvais que ça, après tout. Et puis, il exsudait la sensualité. Il était même dangereusement sexy. Bon sang, elle n'avait pas éprouvé une telle émotion face à un client depuis une éternité.

Elle portait un chemisier, une jupe courte, un porte-jarretelles, des bas et des talons aiguilles.

Lentement, elle déboutonna le chemisier. Elle devait être sacrément chouette, dans ce drôle d'éclairage et... Allons, il ne s'agissait que de boulot, se morigéna-t-elle. Son travail passait avant toute autre considération.

— Chéri, débarrassons-nous de la partie administrative tout de suite, d'accord ? Un simple coup, c'est cent billets. Le double si un petit coup de langue te tente. Et s'il y a autre chose...

— Bébé, je peux te dire que je suis un mec qui y va direct, OK ?

Elle se déshabilla lentement, avec ce qu'elle estimait être un art consommé ; elle aurait fait une bonne strip-teaseuse. Alors qu'elle se redressait après avoir ôté ses bas, elle sursauta : il se trouvait juste derrière elle ! Et il posait ses mains sur son ventre, ses seins, sa gorge... la caressait...

Pendant quelques instants, Bessie ferma les yeux. Elle faisait l'amour. Enfin, presque. Elle se livrait à tant de relations sexuelles chaque jour qu'elle en avait quasiment oublié ce qu'était faire l'amour.

Soudain, l'homme bougea. Brutalement. Il lui arracha son slip tout en lui embrassant voracement le dos. Ses mains se firent sauvages, la couchèrent sur le sol.

Il la pénétra.

Elle se contorsionnait, tressautait, avide de lui, aspirant à ce qu'il lui donne davantage de plaisir.

Un éclair de lucidité traversa alors son esprit : elle n'était qu'une putain ! Une professionnelle ! Et voilà qu'elle se découvrait pantelante de bonheur, qu'elle jouissait !

Les lèvres de l'homme couraient sur sa gorge, déclenchant des sensations délicieuses, à peine rompues, le temps d'un battement de cœur, par une petite douleur à la naissance du cou.

Il continua à l'embrasser tout en allant et venant en elle. Elle sentait un liquide chaud couler le long de son dos. C'était délicieux... se dit-elle en gémissant.

Puis elle huma une odeur en même temps qu'elle eut la sensation d'être... collante.

Elle comprit alors d'où venait l'odeur, la nature du liquide gluant.

Du sang ! Son propre sang ! Il l'aspirait, vidant ses veines, suçant comme il aurait sucé un cornet de glace.

Elle éprouvait une telle euphorie que, sur le moment, elle ne s'inquiéta pas. De toute façon, elle ne ressentait aucune douleur...

Mais il y avait tant de sang...

Elle s'affola soudain, voulut crier.

Elle n'avait plus de voix, plus de forces. Et lui, il riait, un rire rauque…

Il ouvrit la bouche et elle vit un éclat blanc.

Puis il recommença à l'embrasser et, pendant une seconde, elle se rendit compte que du sang coulait de sa gorge à gros bouillons… et qu'il le buvait avidement.

Enfin, grâce au ciel, elle ne sut plus rien.

6

Sean était à la fois touché et intrigué par le comportement de Maggie vis-à-vis d'Allie. Même après que les médecins eurent assuré qu'elle allait bien, et qu'Allie eut affirmé que c'était vrai, Maggie insista pour que son employée soit mise sous surveillance toute la nuit.

Selon le Dr Garcia, Allie avait été victime d'un coup de soleil. L'idée de la garder en observation jusqu'au lendemain lui sembla sage. Il ajouta que, dans la mesure où elle avait eu une perte de mémoire, un rendez-vous avec un spécialiste s'imposait.

Après avoir longuement scruté Allie et enfin apparemment rassurée, Maggie accepta que Sean et Jack la raccompagnent à la boutique. Une fois dans la voiture, elle s'excusa auprès de Sean.

— Je suis navrée de vous avoir dérangé. Je comprends maintenant pourquoi la police exige un délai avant d'ouvrir un dossier pour personne disparue : vous avez perdu votre temps pour quelqu'un qui n'a eu qu'un méchant coup de soleil !

— Pas de problème.

— Mais vous vous occupez de deux cas autrement sérieux. Deux meurtres. Et il y en a je ne sais combien d'autres à La Nouvelle-Orléans.

— Il y en a, oui, mais Jack et moi avons été affectés à l'enquête des deux que vous connaissez. La brigade a mis d'autres inspecteurs sur les cas moins graves.

— Ce que Sean veut dire, corrigea Jack, c'est que nous n'avons aucun indice, alors autant passer notre temps à vous harceler… En plus, on nous paie des heures supplémentaires. Donc, on se consacre à vous et… Vous savez quoi, mademoiselle Montgomery ?

— Non, quoi ?

— Je me suis invité à dîner chez Sean ce soir, et votre amie Angie m'accompagnera.

— Oh ! c'est vrai ? C'est bien. Mais elle ne m'en a rien dit.

Sean se tourna vers Maggie.

— Ça vous dirait de venir à la maison maintenant ?

— Eh bien… Non. Il fait chaud. Je vais prendre une douche et puis je m'habillerai pour ce soir. Je porterai un jean : les moustiques aiment la viande eux aussi.

— Comme vous voudrez.

Sean déposa la jeune femme devant la boutique et la suivit du regard jusqu'à ce qu'elle ait disparu à l'intérieur.

Dès son arrivée, Maggie s'empressa d'informer Gema du sort d'Allie. Gema parut soulagée, d'autant que Maggie semblait décidée à rester avec elle jusqu'à la fermeture du magasin.

Pendant que les deux femmes discutaient à l'intérieur, Sean, dans sa voiture, les observait à travers la vitrine.

— Qu'est-ce que tu attends ? demanda Jack. Qu'espères-tu voir ?

— Je ne sais pas. Je n'en sais rien du tout, mais…

— Mais… Qu'y a-t-il ? Ton fameux instinct te turlupine ?

— Oui. Oui, c'est ça, répondit Jack en démarrant.

Son instinct… Jack avait raison : il agissait en fonction des avertissements qu'il en recevait et qui tous en ce moment concernaient Maggie Montgomery. Il était un bon flic; il passerait donc le plus de temps possible avec Maggie Montgomery.

Le dîner se révéla délicieux.

À son arrivée, Maggie constata qu'effectivement Jack s'était invité et avait amené Angie. Quant à Sean, peut-être pour reconstituer le groupe de la veille au club de jazz, il avait convié le grand et superbe Noir, Mike Astin, et Cissy. Une vraie réunion amicale qui mettait Maggie très à l'aise, mais elle se demandait si Sean l'avait organisée pour avoir deux policiers supplémentaires à disposition.

Le père de Sean était un homme aussi grand et solide que son fils. Seule différence, quelques rides qui marquaient son visage et des cheveux gris. Daniel Canady avait lui aussi invité une amie, Anne-Marie Huntington, la cinquantaine, mince et jolie. Une femme très sereine, qualité fort agréable aux yeux de Maggie. Libraire, passionnée de littérature classique comme moderne, elle avait tout pour séduire un universitaire de l'envergure de Daniel.

— Je dois reconnaître, Maggie, que j'ai sauté sur l'occasion de faire votre connaissance, dit Anne-Marie.

Les deux femmes étaient assises de part et d'autre de la table de jardin, sur la pelouse d'Oakville.

— Oh ! ne croyez pas que je m'ennuie le samedi soir en tête à tête avec Daniel... mais j'ai dans ma boutique tellement d'archives concernant votre famille que j'avais très envie de vous rencontrer.

Maggie sourit pour cacher un léger malaise : quel genre d'archives sur les Montgomery Anne-Marie possédait-elle à la librairie ?

— Je tiens un magasin dans le quartier français, Anne-Marie. Vous auriez pu entrer et vous présenter.

— Oh non... Je ne pouvais pas faire une chose pareille ! Je viens d'une vieille famille du Sud et ma mère m'aurait tapé sur les doigts avec une règle si je m'étais permis d'entrer n'importe où et de me présenter pour satisfaire ma curiosité ! J'ai grandi depuis, bien sûr, mais on n'oublie pas ce qui vous a été répété à l'envi par une maman.

— Eh bien, nous nous connaissons, désormais. Sachez que vous serez la bienvenue à ma boutique quand il vous plaira d'en pousser la porte : vous apprécierez peut-être mes créations. Et puis, je possède des carnets de croquis vieux de plusieurs décennies, des magazines de mode des années 1800…

— J'aimerais bien être invité moi aussi ! s'exclama Daniel Canady qui venait de s'approcher.

— Vous l'êtes.

— Mon Dieu ! Il est capable de me demander de lui fournir un mandat de perquisition pour avoir le droit de fouiller dans tous ces vieux papiers ! gémit Sean en posant sur la table un grand plat de côtelettes, de poulet, de hamburgers et de saucisses grillés.

— Pfff… Les enfants… Qu'est-ce qu'ils peuvent être pénibles, parfois ! lança Daniel à l'adresse de Maggie en accompagnant sa remarque d'un clin d'œil.

— Je vais à la cuisine chercher les salades, dit Anne-Marie.

— Je vous donne un coup de main.

Maggie se leva et suivit la libraire. Lorsqu'elles revinrent, les bras chargés de saladiers, Cissy et Angie étaient assises. Elles se chargèrent du service.

Le soleil était couché et pourtant Oakville semblait miraculeusement épargnée par les insectes.

Maggie leva les yeux vers le ciel. La lune était pleine et d'une étrange couleur rouge. Elle en fit la réflexion et Daniel expliqua que le phénomène était dû au coucher tardif du soleil d'été. Sean lui rétorqua que ce n'étaient là que supputations et les deux hommes se mirent à discuter avec animation et chaleur.

Père et fils entretenaient une étroite relation, songea Maggie avec une pointe de nostalgie. Ce genre d'amour lui manquait.

À aucun instant, la conversation ne dériva sur les meurtres. Tous les invités complimentèrent Daniel pour la perfection de son barbecue.

— Dieu merci, Maggie, vous n'êtes pas du genre étique et cherchant à le rester !

— Papa, je t'en prie !

— Je dis ce que je pense, à savoir que Maggie a des rondeurs là où il faut. Je sais que nombre d'Américains devraient restreindre leur consommation de viande, mais de là à ne pas en manger du tout, non. L'homme est un carnivore. Il suffit de regarder nos dents pour le comprendre. Mais de nos jours les jeunes femmes sont obsédées par leur régime alimentaire. Je craignais que vous soyez végétarienne, Maggie.

— Oh non ! J'adore la viande.

— Voilà qui est bien, et bon pour vous.

Le repas s'achevait quand les insectes se manifestèrent. Le dessert, une crème brûlée faite par Anne-Marie, et le café furent donc servis à l'intérieur, dans la bibliothèque.

La pièce était vaste et admirablement ornée de boiseries sculptées. Sean s'assit à côté de Maggie, une tasse de café très fort à la main.

Maggie s'étonnait de se sentir si bien auprès de cet homme. Être avec Sean lui semblait naturel et réconfortant. Un grisant parfum d'eau de toilette émanait de sa personne. Ses vêtements, un jean près du corps et un débardeur, mettaient en valeur sa silhouette. Plus elle le regardait, plus elle s'affolait du désir qui grondait en elle. À chaque contact de son genou ou de son épaule avec les siens, elle s'embrasait davantage. Pour ne rien arranger, quand ses yeux bleus se posaient sur elle, ils lui semblaient brillants de désir.

Elle déglutit avec peine et se détourna vers le bureau sur lequel Daniel avait placé de vieux livres sur la Louisiane et La Nouvelle-Orléans.

— Voilà, fiston. Je ne pense pas que des drames de l'ancien temps t'apportent du plaisir, mais il y a là-dedans toute l'histoire du tueur à la hache. Treize victimes ! La police n'a jamais percé le mystère de son identité.

— La police, à l'époque, ne disposait pas des moyens scientifiques que nous avons maintenant.

Daniel secoua la tête.

— Certains crimes ne sont jamais élucidés, fils, tu le sais bien. Au cours de ta carrière, tu as ouvert des dossiers d'enquête que tu n'as jamais pu refermer. Cela prend parfois bien du temps d'attraper les coupables. Des semaines, des mois, voire des années...

— Dans le cas de nos deux meurtres, nous avons intérêt à trouver la solution au plus vite, remarqua Jack.

— Sinon, les bons citoyens de La Nouvelle-Orléans vont nous tomber dessus, ajouta Mike.

— Il existe toutes sortes de crimes, poursuivit Daniel. Pas seulement de sang. Ainsi, en 1860, les Yankees ont placé à la tête de la ville un homme qui est resté fameux sous le nom de Beast Butler, la Bête. Il a instauré la loi martiale dans la cité et, comme les dames de La Nouvelle-Orléans ne se montraient guère amicales avec l'occupant, allant même jusqu'à cracher sur des soldats nordistes quand elles en croisaient dans la rue ou refusant de marcher sur le même trottoir qu'eux, Beast Butler a décrété que toute femme sudiste devait être considérée comme une prostituée et traitée comme telle.

— Voilà qui était sacrément dur, commenta Angie.

— L'un des soldats de Butler a pris l'ordre à la lettre. Probablement déjà coupable de plusieurs viols, il s'est attaqué à une jeune fille, Sandra Hill, qui s'est tant et tant débattue qu'il l'a tuée.

— Il a été exécuté dans l'heure, j'espère ? demanda Cissy.

— Pas du tout. Il a été arrêté, oui, mais l'enquête a conclu que Sandra était une femme de petite vertu et qu'elle avait aguiché les soldats. Son meurtrier a donc seulement eu un blâme. Seulement, et c'est là que nous avons affaire à un grave problème moral, les bons citoyens de La Nouvelle-Orléans se sont débrouillés pour s'introduire dans la pièce où le soldat était détenu et le lendemain matin, on l'a trouvé décapité avec le sabre dérobé à son garde endormi.

Daniel marqua un temps, regarda ses auditeurs un à un, puis reprit :

— Ma question est la suivante : était-ce un meurtre ou une façon de rendre la justice ?

— C'est effectivement une excellente question, dit Sean.

— Qui ne cesse d'être d'actualité : songez à l'application de la peine de mort dans ce pays... Commettons-nous des assassinats, ou rendons-nous justice ?

— Attendez, monsieur Canady, intervint Cissy. Les citoyens qui ont exécuté le soldat, les a-t-on identifiés ?

— Jamais. Ceux qui étaient au courant à La Nouvelle-Orléans n'ont pas pipé mot.

— Et Beast Butler, qu'est-il devenu ?

— Il a été muté. Mais nous avons des cas plus intéressants que celui-là dans cette ville, Maggie. Dans l'un d'eux, un membre de votre famille est impliqué.

Sean se tourna vers Maggie.

— Vous voyez de quoi il s'agit ?

Maggie hocha la tête en souriant à Daniel. Dans la pièce, la clarté était faible ; seule une lampe posée sur le bureau était allumée. Par les fenêtres encadrées de rideaux gracieusement drapés, le ciel nocturne se parait de rouge sombre.

Tous les yeux étaient rivés sur elle, réalisa Maggie.

— L'un de mes arrière-arrière-grands-pères, je crois qu'il s'appelait Jason, a été accusé d'avoir assassiné un aristocrate français. Il pensait, semble-t-il, que cet homme était un vampire.

— L'a-t-il vraiment tué ? demanda Jack.

— Je n'en suis pas sûre. Quoi qu'il en soit, mon aïeul était très riche, très puissant dans la communauté. S'il a vraiment tué cet homme, il a été assez malin pour faire disparaître le corps.

— On n'a jamais rien pu prouver à l'encontre de Jason Montgomery, précisa Daniel. Ce que l'on sait, c'est que cet aristocrate français poursuivait sa fille Magdalena de ses assiduités.

— La femme du tableau dans l'escalier ! s'exclama Sean.

— Exactement, confirma Maggie.

— Magdalena a été envoyée en Europe immédiatement après cette affaire et y a mis au monde un enfant, continua Daniel. Enfin, c'est ce que l'on raconte.

— Il existe une possibilité que l'aristocrate soit lui aussi reparti en Europe et y ait retrouvé Magdalena, dit sèchement Maggie.

— C'est une intéressante histoire, remarqua Anne-Marie. Le jeune amant tué par le père de la jeune beauté... laquelle s'en va, un voyage sans retour, parce que, peut-être, elle ne peut pardonner à son père d'avoir supprimé celui qu'elle aimait...

— Cette histoire comporte un autre élément, reprit Daniel. Savez-vous, Maggie, que Jason Montgomery voulait que sa fille Magdalena épouse un Canady ?

— C'est une bonne chose qu'elle ne l'ait pas fait : nous aurions alors été parents, Maggie et moi, dit Sean.

Son père leva la main.

— La même situation s'est reproduite pendant la guerre de Sécession. Un Canady, celui dont nous connaissons tous la statue dans le square, a été fou amoureux d'une héritière Montgomery. Elle l'adorait aussi. L'histoire a donc suivi son chemin.

— Et qu'est-il arrivé ?

— Ce Canady a monté une armée avec ses propres fonds, il s'est vaillamment battu et a été tué en défendant La Nouvelle-Orléans.

— Comme c'est triste ! commenta Cissy.

— Et bizarre ! s'exclama Angie. Sean, Maggie, finalement, êtes-vous parents ?

— Non ! protesta Maggie. Le Sean de la statue avait été marié avant de rencontrer Mlle Montgomery. Sa femme était morte de la variole ; ils avaient eu un fils ensemble.

Le silence s'était installé dans la pièce quand, soudain, une rafale de vent s'engouffra par la fenêtre ouverte, faisant tomber par terre l'un des livres de Daniel. Tous sursautèrent, à l'exception de Sean.

Maggie sentit ses doigts se nouer aux siens et les serrer. Il laissa sa main sur le genou de la jeune femme. L'instant de surprise passé, les autres éclatèrent de rire en se rendant compte qu'ils se comportaient comme des enfants rassemblés autour d'un feu de camp auxquels on raconterait des histoires de fantômes.

— Maggie, je ne me doutais pas que ta famille était intéressante à ce point ! s'écria Cissy.

— Toutes les familles le sont. Mais comme les Montgomery n'ont jamais quitté La Nouvelle-Orléans, il est normal de découvrir des squelettes dans leurs placards.

— Mademoiselle Cissy Spillane, lança Daniel, l'une de vos ancêtres était très proche de la vieille reine du vaudou, Marie Laveau.

— Je suis au courant. Elle espionnait pour le compte de Marie. Tout savoir sur les gens lui donnait du pouvoir, expliqua Cissy. L'une de mes lointaines aïeules dansait avec le Grand Zombi, avec des serpents… Elle avait beaucoup d'adeptes. Il paraît qu'elle avait lancé un sort à un homme et qu'il en est mort. Marie a failli être pendue… mais elle a juré ne pas croire au vaudou, alors les juges l'ont acquittée. Sans ça, je ne serais pas là. L'homme qu'elle a épousé ensuite faisait partie de ceux qui avaient témoigné en sa faveur.

— Ah ! enfin une jolie histoire romantique ! dit Maggie.

— Les femmes Montgomery me semblent extrêmement romantiques aussi, remarqua Sean.

— Leur fréquentation n'a pas réussi aux Canady, objecta Jack.

— Je vais quand même tenter ma chance, repartit Sean en regardant Maggie.

Troublée, elle lui sourit.

Lorsque Sean raccompagna Maggie chez elle, elle lui proposa de prendre un verre qu'il hésita à accepter car elle semblait mal à l'aise. Tenait-elle vraiment à ce qu'il dise oui ?

Il se décida et la suivit à travers la maison jusqu'à ce qui avait été une salle à manger traditionnelle, une vaste pièce transformée en cuisine ultramoderne. Tout le long des fenêtres courait un banc garni de coussins aux housses jaunes taillées dans la même somptueuse étoffe que les rideaux. Des ustensiles de cuivre étincelant étaient accrochés au-dessus des plans de travail. La pièce était chaleureuse et aurait fait la fierté de n'importe quelle maîtresse de maison.

Un ancien billot de boucher au bois poli faisait office de table. Maggie offrit une chaise à Sean puis se mit à fouiller dans le réfrigérateur et les placards.

— Même si votre père nous a concocté un vrai festin, je devrais vous offrir quelque chose à manger, lieutenant.

— Maggie, je vous en prie, appelez-moi Sean.

— Entendu. Je disais donc que… Ah ! du raisin ? Des biscuits ? Avec un café ? À moins que vous ne préfériez un café au lait ? J'en fais de l'excellent. Non. Je vais plutôt vous concocter ma spécialité.

Elle était penchée en avant, la tête dans le réfrigérateur. Sean se leva, se plaça derrière elle et lui enserra la taille de ses mains. Il la sentit se crisper. Pendant quelques instants, il eut l'impression de percevoir la chaleur d'un feu qui courait dans le corps de la jeune femme.

Il retira ses mains mais ne recula pas.

Elle prit des verres sur une étagère, puis une bouteille d'une liqueur appelée kahlùa. Elle en versa une rasade dans chaque verre.

— Pourriez-vous me passer le lait, Sean ?

Il s'exécuta, attendit qu'elle ait préparé les cocktails et l'attrapa par la main pour l'attirer contre lui.

Ses doigts se glissèrent dans les cheveux sombres, caressèrent la nuque, se firent autoritaires, amenant le visage vers le sien. Il prit sa bouche, goûta les saveurs du cocktail qu'elle avait bu tout en se pressant contre elle, lui faisant sentir le désir qui l'animait. Elle mollissait entre ses bras, lui rendant son baiser avec passion.

Il s'enhardit, fouillant sa bouche d'une langue ardente, avec tant de volupté qu'elle se mit à frissonner. Il insinua ses doigts dans la ceinture du jean et en détacha le bouton avant de faire coulisser la fermeture Éclair.

Immédiatement, elle recula.

— Je crois que vous devriez vous en aller, maintenant.

Il ne la brusqua pas, n'insista pas, mais lui demanda :

— Pourquoi devrais-je partir ?

Elle leva les yeux. Étonné, il vit qu'ils brillaient de larmes.

— Jack vous a averti : les femmes Montgomery portent malheur aux hommes Canady.

— Je suis désolé pour mes ancêtres, mais ça ne m'empêchera pas de tenter ma chance.

— Vous avez tort. Vous en demandez trop.

Elle s'écarta carrément de lui et sortit de la cuisine. Il la suivit tandis qu'elle traversait la maison. Près de la porte, elle s'arrêta.

— Vous pouvez trouver votre chemin tout seul, dit-elle avant de se diriger vers l'escalier qu'elle commença à monter.

Pendant quelques instants, il resta immobile, puis s'écria avec colère :

— Non !

Il la rattrapa à mi-chemin des marches, l'agrippa par les épaules.

— Non ! Il se passe quelque chose de spécial entre nous, et je ne vais pas vous permettre de tout fiche en l'air sous prétexte que je suis un flic !

Maggie essaya de se libérer de son emprise, mais il tint bon. Elle leva alors sur lui des yeux brillants de colère. De douleur aussi.

— Ce n'est pas…

Il ne la laissa pas achever sa phrase. Il l'embrassa de nouveau, avec une frénésie brûlante. Et, de nouveau, il la sentit fondre. Sans perdre une seconde, il tira avantage de la situation, déboutonnant son chemisier, dégrafant son soutien-gorge… Les seins ronds jaillirent. Il les recueillit dans ses mains, baissa la tête pour en titiller les pointes du bout de la langue tout en s'activant sur le jean. Il réussit à le faire glisser le long de ses hanches, emportant au passage une arachnéenne culotte de dentelle.

L'idée qu'elle n'avait pas fait l'amour depuis longtemps le traversa car, en dépit de ses protestations, elle vibrait d'excitation.

Il détacha sa bouche de ses lèvres brûlantes et, prestement, la souleva dans ses bras, la porta jusqu'au palier, où il acheva de la déshabiller, laissant tomber ses vêtements sur le tapis persan avant de la coucher dessus. Il s'étendit à son tour, puis la regarda.

Mon Dieu ! Qu'elle était belle ! Taille fine, ventre plat, hanches rondes et jambes interminables… Et ses seins… Oh ! ses seins… Des globes parfaits aux pointes roses dressées… qui semblaient appeler sa langue.

Il se hissa au-dessus d'elle, en appui sur les coudes, et reprit la ronde des baisers… mais cette fois il ne les concentrait plus sur sa bouche. Il y avait tant d'endroits délicieux sur cette peau de nacre… Ses mains découvraient avec extase les contours de ce corps de rêve, ses doigts déclenchaient des sensations qui la faisaient vibrer… Elle oscillait sous lui, gémissant, criant quand il l'amenait à la jouissance.

N'y tenant plus, il se défit en hâte de son pantalon puis pesa sur elle. Immédiatement, elle enroula les jambes autour de sa taille, le guidant en elle, exaltant son désir jusqu'à un paroxysme qu'il n'avait jamais connu jusqu'à ce jour.

Il bougea, lentement d'abord, mais sa volonté céda. Il se sentit aspiré par un cyclone de volupté, emporté par sa sidérante puissance. Incapable de se dominer, il la combla de sa semence, feulant comme un fauve, le cœur battant à tout rompre.

Et soudain, il fut à bout de forces ; il avait atteint les sommets de la félicité et redescendait doucement sur terre. Il roula sur le côté, le souffle court, et posa la main sur le ventre encore palpitant de Maggie.

N'avait-elle pas froid ? Il lui avait fait l'amour sans qu'elle soit vraiment d'accord… et ce sur un palier, à même le sol.

Il la regarda.

Elle paraissait ébahie, comme un enfant qui aurait découvert un secret fabuleux jusque-là apanage des adultes. Le sexe était donc aussi bouleversant ? semblait-elle demander. Ses yeux scintillaient, une fine couche de transpiration faisait briller sa peau… Il se gorgea du spectacle de la perfection de ses formes, du triangle de son mont de Vénus… et sentit le désir monter de nouveau en lui.

— Je ne sais pas s'il faut que je crie « Hourra ! » ou que je te dise que je suis désolé, Maggie.

À son grand soulagement, elle lui sourit, puis lui pinça la joue en murmurant :

— Hourra !

— Oh… Bien, dit-il dans un chuchotis.

Un immense bien-être s'installait dans son esprit.

— C'est moi qui finalement dis « Hourra ! ». À toi de déclencher tes propres « hourra », mon cher. Quand tu voudras !

Il se mit à rire, l'attira contre lui.

— Ce ne sera pas difficile. Il me suffit de poser les yeux sur toi, de te toucher…

— Tu sais, j'ai une chambre.

— Oh ! navré… la moquette est rugueuse, c'est ça ?

— Oh oui !

Il se mit debout, se rajusta pour ne pas se prendre les pieds dans son jean en marchant, puis se pencha et la souleva, tout en remerciant intérieurement la police de faire en sorte que ses hommes restent en forme.

Maggie dans les bras, il reprit l'ascension de l'escalier jusqu'au deuxième palier.

— Quelle direction ? s'enquit-il lorsqu'il l'atteignit.

Elle pointa l'index vers la partie gauche de la maison.

— Deuxième porte à droite dans le couloir.

Quelques instants plus tard, il poussait ladite porte.

La lune rouge éclairait la pièce. Il distingua les meubles contre les murs, une petite table devant l'une des fenêtres et un immense lit contre la cloison du fond.

D'une main, il repoussa la courtepointe de satin, déposa sa douce charge entre les draps, puis se dévêtit sous le regard de Maggie. Enfin nu, il s'allongea auprès d'elle et s'enflamma à la seconde. Les baisers succédaient aux baisers, les caresses aux caresses... Jamais il n'avait ressenti un désir aussi dévorant. Et pourtant, découvrit-il lorsqu'elle referma ses mains autour de son sexe, il n'était pas arrivé au bout de l'excitation. Il ferma les yeux, rejeta la tête en arrière et geignit quand elle se laissa glisser le long de son flanc, pour poser sa tête sur son ventre et octroyer toutes les libertés à sa langue. Il émit un long râle puis la fit basculer sur le dos.

De nouveau, il pesa sur elle, vint en elle. Elle lui embrassait l'épaule, la léchait à petits coups, lui griffait le dos.

Ses dents piquaient sa chair et il criait de plaisir.

Ils passèrent une nuit de folie, alternant les moments de repos et les ébats les plus torrides. Rien ne semblait pouvoir calmer leur ardeur.

Enfin, bras et jambes emmêlés, ne formant qu'un seul corps, ils s'endormirent.

Lorsque Sean se réveilla, Maggie n'était plus là.

Il se leva, enfila son jean et appela la jeune femme. En vain.

Comme elle ne lui répondait pas, il partit à sa recherche dans la maison, remarquant au passage qu'elle avait récupéré ses vêtements sur le palier. Il leva les yeux vers le magnifique portrait de Magdalena. Ainsi, la première fois, ils avaient fait l'amour sous ce tableau.

Pourvu que l'ancêtre de Maggie ait approuvé, se dit-il tout en décochant un petit salut à l'aïeule immortalisée.

— C'est peut-être ridicule, mais, voyez-vous, madame, je suis amoureux... lança-t-il avant de courir vers la cuisine.

Du café frais attendait, mais Maggie n'était pas là. Il jeta un coup d'œil par la fenêtre donnant sur l'arrière de la maison et la vit enfin. Assise au bord du fleuve, vêtue d'une robe longue sans manches. Le tissu voletait autour d'elle, soulevé par la brise. Les cheveux en liberté sur les épaules, elle buvait une tasse de café tout en fixant l'eau d'un air songeur.

Il sortit et traversa la pelouse.

— Maggie ?

Elle se tourna vers lui, un sourire aux lèvres, mais une expression navrée sur le visage.

— Qu'est-ce qui ne va pas ?

— Rien de spécial. C'est juste que...

— Maggie, si tu es en train de te dire que les Montgomery ont jeté un sort aux Canady, je t'en prie, enlève-toi ça de l'esprit !

Elle ramena son regard sur le fleuve.

— J'ai seulement peur que nous ayons précipité les choses. Je crois que je dois prendre un peu de recul. Je... j'aimerais bien que tu t'en ailles, maintenant.

Après la nuit qu'ils avaient passée, c'était bien là la dernière réflexion à laquelle Sean s'attendait.

— Mais enfin, Maggie...

— S'il te plaît, Sean. J'ai besoin d'espace.

Il hocha la tête, stupéfait de se sentir si profondément blessé... et très mécontent. Décidément, il faisait montre d'une immaturité désolante.

— OK. J'ai compris. Tout ça n'était qu'une histoire de sexe ? Eh bien, merci pour la sacrément bonne partie de jambes en l'air et...

— Sean, arrête. Ne me rends pas les choses plus difficiles.

— J'aurai sans doute à t'appeler pour les besoins de l'enquête. N'oublions pas que les taches de sang menaient à ta porte... Bien. Merci pour cette excellente nuit. Si jamais tu as envie de remettre ça, passe-moi un coup de fil. Si je suis libre, on s'amusera de nouveau.

Là-dessus, il pivota sur ses talons.

— Sean... eut-il l'impression d'entendre alors qu'il s'éloignait.

Il ne s'agissait que d'un murmure... que son ego de mâle se refusa à écouter.

Il continua à marcher.

1862

Le capitaine Sean Canady était perplexe, en colère et au bord du malaise.

La guerre était une chose, le meurtre en était une autre !

Oui, la guerre était laide. Du sang, des balles, des chairs déchiquetées... Un tragique gâchis de vies humaines, de jeunesse, de beauté. Les cris des blessés, des mourants... C'était épouvantable, hideux.

Et pourtant, moins effrayant que ce qui était arrivé récemment.

L'Union entendait bien prendre La Nouvelle-Orléans. Le Mississippi était comme une grande artère traversant le Sud, prodiguant le sang nécessaire à la vie sur son passage, apportant la nourriture aux populations, aux soldats. Des médicaments aussi, et des armes.

La Nouvelle-Orléans se trouvait près de l'embouchure du grand fleuve. Prendre La Nouvelle-Orléans signifiait pour le Nord briser la colonne vertébrale du Sud : le blocage de la circulation fluviale paralyserait les Confédérés.

C'était une perspective effrayante qui était en train de se réaliser. La plupart des combats se déroulaient sur l'eau et les Sudistes se battaient vaillamment contre les forces de l'Union, mais il y avait maintenant aussi des escadrons sur terre.

Sean songeait qu'il ne s'était acharné à survivre que dans un seul but : voler quelques heures à la guerre pour aller les passer auprès de celle qu'il aimait... Elle lui parlait, le comprenait, semblait posséder toute la sagesse du monde. Lorsqu'il repartait, elle pleurait en silence, n'essayant jamais de le retenir.

Il ne lui avait pas caché la chute imminente de La Nouvelle-Orléans. Quand il avait vu la jeune femme, il avait vidé son cœur, lui révélant que la ville allait tomber. Il lui avait aussi raconté l'horreur des meurtres : ces derniers mois, chaque fois que ses hommes avaient pu approcher leurs blessés, ils les avaient retrouvés morts, mutilés à coups de sabre.

— J'ai essayé de découvrir ce qui se passait... lui expliqua-t-il.

Il était allongé auprès d'elle, les yeux rivés au plafond. Elle lui prodiguait ses encouragements, son réconfort.

— Ce pauvre gamin... Il a eu juste le temps de me dire : « Le colonel est venu... » avant de rendre l'âme. Le Dr Jenkins, le chirurgien de notre compagnie, m'a dit que des atrocités similaires avaient été commises sur l'aile gauche du secteur des combats. Il pense que nous avons en notre sein un traître fanatique, un officier de haut rang qui serait à la solde des Nordistes. Elijah Wynn, l'ami de mon père, m'a rapporté que lui aussi avait eu vent d'histoires semblables à proximité d'autres champs de bataille. Quelqu'un assassine nos garçons. Ô mon Dieu! si tu savais ce qu'il leur fait...

— Allons, Sean, allons... tais-toi, maintenant, lui dit-elle en le serrant contre elle. Mon amour, il faut que tu sois prudent et...

— Il faut que je découvre ce qui se passe. Mes hommes acceptent de mourir pour une cause. Je ne veux pas qu'ils soient assassinés. Mais sois tranquille, je serai prudent. Je veux vivre. Pour nous.

Au moment de l'embrasser pour lui dire au revoir, Sean prit soudain peur pour elle.

— Tu devrais te réfugier en ville.

— Je crains que les Yankees n'y arrivent avant moi.

— Il y a de braves gens, parmi eux, tu sais.

— Je sais. Mais je suis une fille du Sud amoureuse d'un garçon du Sud.

— Promets-moi de faire attention, de ne pas te laisser prendre par surprise si le carnage se rapproche.

— Je te le promets, mon amour.

Elle lui rendit son baiser et lui dit qu'elle veillerait sur lui. Il s'écarta d'elle, interdit.

— Quoi?

— Tu habites mon cœur en permanence, mon chéri.

Le crépuscule.

Une pâle clarté s'évanouissant sous l'horizon, lentement remplacée par l'obscurité, effaçait peu à peu les étranges lueurs qui coloraient encore le ciel. Rose pastel, jaune tendre mais aussi rouge écarlate comme le sang qui coulait sur le sol et empourprait l'eau des rivières.

La bataille avait été menée avec courage et vaillance et elle s'était achevée sur le repli des troupes yankees. Avec l'aide de Dieu, songeait Sean, peut-être parviendrait-il à sauver ses blessés.

Il galopait devant l'ambulance qui allait de champ en champ à la recherche des survivants pour les ramasser et les conduire dans une église convertie en hôpital de fortune.

Découvrant un groupe de corps, Sean arrêta son cheval et mit pied à terre.

Seigneur ! Morts. Tous morts.

Pas au combat.

Assassinés.

Il se remit en selle et repartit au galop. Soudain, dans l'ombre, il distingua un mouvement, une silhouette.

Puis il entendit un cri et comprit : le tueur se déplaçait au milieu des blessés.

— Non, sale bâtard ! cria-t-il.

Il sortit son sabre du fourreau et s'élança vers l'homme dressé, le sabre levé haut, prêt à frapper un soldat à terre qui hurlait de terreur.

Sean se rua sur l'assassin qui se retourna pour lui faire face, préférant se défendre plutôt qu'abattre le malheureux qui gisait sur le sol. Les lames se heurtèrent avec tant de force que Sean faillit être désarçonné. Il fit reculer le cheval puis le poussa de nouveau en avant, sabre pointé sur l'homme... qu'il reconnut.

Elijah Wynn ! Le plus vieil ami de son père !

Il retint son bras, hésitant à assener le coup fatal.

— Allez, viens, Sean, affronte-moi ! le défia Wynn.

Sean comprit qu'il avait affaire à un assassin de la pire espèce, un tueur de sang-froid. Mon Dieu...

Une fureur mêlée de chagrin monta en lui alors qu'il fixait Wynn. Comment cet homme avec lequel il avait sympathisé, qui avait pleuré avec lui tant de pertes humaines, pouvait-il le trahir aussi atrocement ?

— Monsieur, que vous arrive-t-il ? Quelle est cette folie ? Vous êtes un chef ! Pas un exécuteur ! Au nom du Ciel, dites-moi pourquoi vous faites cela ! Qu'est-ce qui vous a rendu aussi cruel ?

— Ce sont des démons, des monstres, ne le savez-vous pas ?

— Ce sont des soldats qui se battent pour une noble cause ! Et vous les assassinez ! Mon Dieu, mais vous êtes dément, monsieur !

— Il ne s'agit pas d'assassinats mais d'actes destinés à nous sauver, à sauver l'humanité ! Ces garçons ne sont que des suppôts de l'enfer, les bâtards des putains adeptes du vaudou ! Ils doivent mourir. L'un d'eux a séduit ma Lilly et elle a péri, emportée par le mauvais mal ! Il l'avait contaminée ! Maintenant, il doit mourir !

La pauvre Lilly était morte peu après Noël, et Elijah en avait perdu l'esprit.

— Vous ne retrouverez jamais celui qui a séduit votre fille, monsieur ! Vous ne pouvez tuer tous ces soldats dans l'espoir de faire payer celui qui a rendu Lilly malade ! Ces malheureux jeunes gens ne sont pas des monstres ! Nous faisons la guerre, nous nous battons pour notre pays !

Wynn secoua tristement la tête, puis se retourna vers le soldat.

— L'un d'entre eux est un monstre. Je le sais, je l'ai vu. Hélas ! je n'ai pu discerner son visage. Il… il m'a touché, et m'a ainsi communiqué sa force. Je dois me servir de cette force pour le détruire avant qu'il ne me détruise.

Il releva le sabre.

— Non ! hurla Sean en se jetant sur lui.

Sean avait participé à des dizaines de combats, s'était battu au pistolet, à l'arme blanche, à mains nues. Avec succès. La guerre avait fait de lui un expert ; il savait donner la mort. L'emporter sur Elijah, un homme plus âgé que lui d'une vingtaine d'années, serait aisé, se dit-il.

Cependant, c'était compter sans la démence qui animait l'homme et décuplait ses forces.

Il eut soudain une chance d'abattre son adversaire d'un coup de sabre droit au cœur mais ne la saisit pas. Probablement, au fond de lui, ne croyait-il pas Wynn déterminé à le tuer : celui-ci connaissait le fils de son ami Canady depuis trop longtemps. Jamais il n'aurait le courage de le faire passer de vie à trépas…

Et lui non plus ne commettrait pas cet acte épouvantable, songea Sean. D'une certaine manière, il accordait des circonstances atténuantes à son adversaire : il était devenu fou par amour pour sa fille. Le neutraliser, voilà ce qu'il convenait de faire, et ensuite l'amener aux autorités, qui le feraient passer en cour martiale.

Sean tenta de projeter Wynn à terre, mais ce dernier esquiva habilement et le repoussa avec une énergie sidérante avant de laisser tomber son sabre et de sortir son pistolet.

— Par tous les saints, Elijah, non ! Vous serez damné !

De nouveau, il se précipita sur Wynn, déterminé à le désarmer. Il y eut une détonation et une balle se logea dans le ventre de Sean, déclenchant dans l'instant toutes les souffrances de l'enfer.

Sean s'efforça pourtant de rester debout, priant pour que le projectile n'ait touché aucun organe vital. Il avait promis à son aimée de rester en vie… Puis ses jambes se dérobèrent sous lui. Il chancela et s'effondra, sentant brusquement une brise glaciale courir sur son corps. L'air froid semblait s'être mué en voile qui l'enveloppait, les voiles de la Dame blanche de la légende… Wynn, qui s'apprêtait à couper le fil de sa vie d'un coup de sabre, fut brusquement écarté de lui.

Sean n'en croyait pas ses yeux : quelqu'un se battait avec Wynn, mais il ne voyait pas qui. Le monde autour de lui semblait n'être formé que de brume grise et il se sentait trop faible pour accommoder sa vision… Finalement, il y parvint et se dit qu'il délirait déjà car, non, il ne pouvait s'agir de Meg… Sa Meg chérie ne pouvait lutter à mort avec Elijah Wynn !

Grand Dieu, si, c'était elle !

La volonté de Sean eut raison de sa faiblesse. Il réussit à se remettre debout, à faire deux pas, avant de s'abattre sur Wynn. Il serra ses mains sur la gorge du colonel et, mû par l'énergie du désespoir, parvint à le séparer de Meg.

Ce faisant, il ressentit un choc dans le dos, aussi violent que s'il venait d'être foudroyé. Dans l'instant, il eut l'impression d'être aussi puissant que le feu céleste. Il se retourna. Un autre homme se trouvait là, au milieu de la mêlée ; il essayait d'arrêter Meg, de la jeter à terre.

Et Wynn se relevait ! Non content de n'être pas mort, il semblait déborder d'une force renouvelée !

L'inconnu se saisit de Meg. Sean se propulsa sur lui mais l'homme se débarrassa de lui comme d'un fétu de paille. Sean tomba, sa tête heurta une pierre et un rideau noir descendit sur ses yeux.

Aveuglé, réduit à l'impuissance, il ne put qu'écouter et il entendit des bruits effroyables : ceux d'une lutte sans merci. Puis il perçut des grognements, et ce qui évoquait un liquide bouillonnant… Comme si quelqu'un se vidait de son sang.

Le rideau noir disparut enfin et, de nouveau, il vit. Un visage… Penché sur lui.

Ce n'était pas celui de Meg, mais celui de l'homme.

— Vous êtes difficile à tuer, Canady ! Même à moitié mort, vous essayez encore de vous battre avec moi ! Mais ne vous illusionnez pas : vous ne survivrez pas.

L'homme sortit un poignard de sa vareuse. Sean eut le temps de prendre le sien, d'entailler de la chair, mais trop tard : l'inconnu venait de lui enfoncer la lame jusqu'à la garde dans la poitrine.

Il chercha Meg du regard, sans s'attarder sur le corps de l'homme qui avait basculé à côté de lui. Il souffrait comme un damné mais s'évertuait à fouiller la semi-obscurité des yeux. Meg… sa chère Meg… Ô mon Dieu… où était-elle ?

Le vent sembla tout à coup se mettre à crier de colère. Il y eut une rafale et Sean, incrédule, se rendit compte que ses tournoiements emportaient l'homme… Était-il mort ? Oh ! quelle importance, dans la mesure où seule comptait Meg…

Il ne la reverrait pas. Les doigts de glace de la mort le frôlaient ; il était aspiré vers un abîme d'où jamais il ne reviendrait, mais la descente était longue, lente, douloureuse… Pourquoi mettait-il tant de temps à rendre le dernier soupir ?

Une caresse. Douce, tendre… Qui lui caressait le visage ? Il souleva les paupières. Meg était là, le prenait dans ses bras, le serrait contre elle ! Sa bien-aimée Meg, dont les prunelles paraissaient incandescentes, pleurait. L'anxiété marquait ses magnifiques traits.

— Sean, mon amour, il faut que je trouve un chirurgien !

— Non, ma chérie, il est trop tard… Sauve-toi, car moi je ne puis plus te protéger.

— Je vais bien.

— Meg, il y a un autre assassin et…

— Je ne risque rien. Il faut un chirurgien.

— Non. Garde-moi contre toi, réchauffe-moi et dis-moi que tu m'aimes. Que tu m'aurais épousé, que tu ne cesseras jamais de m'aimer.

— Oui, Sean, oui. Je t'aimerai toujours.

À grand-peine, il souleva la tête, quémandant un

baiser. Elle le lui donna et, lorsque leurs lèvres se séparèrent, Sean était parti.

Meg éclata en sanglots : elle était arrivée trop tard.

Autour d'eux, la terre était jonchée de cadavres. Des voix résonnaient dans le lointain ; les infirmiers de Sean essayant de trouver des blessés. Ils étaient si nombreux... et sillonner le champ de bataille prendrait tellement de temps aux infirmiers... Épuisée, tremblante, Meg regarda le corps de Sean qui baignait dans une mare de sang. Lorsqu'elle releva les yeux, elle le vit.

Il était là ! Debout et triomphant, couvert du sang que le poignard de Sean avait fait couler.

Aaron Carter.

Avec d'infinies précautions, elle posa le cadavre de Sean à côté d'elle et se leva.

— Tu n'es qu'un salaud !

— Ma douce, ne t'avais-je pas dit que tu serais mienne ? Toi et moi, nous sommes les mêmes. Tu finiras par le comprendre.

— Je trouverai le moyen de te détruire ! Je t'avais ordonné de partir et tu as séduit cette innocente jeune fille, tu as fait en sorte qu'elle meure lentement dans d'atroces souffrances ! Son père en a perdu la raison ! Et toi, qu'as-tu fait alors ? Tu as bu un peu de son sang, tu as donné à ce pauvre homme une force surhumaine et tu l'as poussé à commettre des meurtres ! Tu lui as insufflé la conviction qu'il rendrait la justice s'il tuait ces soldats ! Alors que le coupable, c'était toi !

— Mais séduire les innocents est dans la nature de la Bête, ma chère ! repartit l'homme d'un ton amusé.

— Je vais te tuer ! rugit Meg en se jetant sur lui.

Sa puissance physique était soudain celle d'un grand fauve. Elle déchiqueta l'homme, arrachant les chairs, brisant les os.

— Salope !

Le vent gronda, s'amplifia. Consciente de l'arrivée de forces bien supérieures aux siennes comme à celles de Carter, Meg recula. Elle alla s'agenouiller brièvement auprès de Sean puis se releva et gagna un gros chêne épargné par les coups de canon de la bataille. Elle se tapit derrière le tronc et attendit, horrifiée de sentir l'âcre odeur du sang, celui des combattants et celui qu'elle avait elle-même fait couler. L'odeur de la mort…

Le vent se fit tornade furieuse, secouant le feuillage de l'arbre à l'arracher, résonnant dans l'âme de Meg comme des coups de tonnerre.

L'heure du jugement avait sonné, songea-t-elle en fermant les yeux.

Lorsqu'elle les rouvrit, Lucian était là. Il balaya du regard les corps sans vie des soldats, de Sean, celui d'Elijah Wynn puis s'arrêta sur Carter.

— Eh bien, eh bien… qu'avons-nous là ?

— Une traîtresse ! s'écria Carter. Elle m'a molesté ! Il faut la châtier ! Elle ne se plie pas aux lois de ceux de notre espèce ; elle est dangereuse. Elle va nous exterminer les uns après les autres !

— Ah ! fit Lucian en examinant les dommages infligés par Meg au corps de Carter.

— Vous représentez la loi, reprit ce dernier. Rendez justice. Donnez-moi cette femme et je lui infligerai la punition qu'elle mérite.

Lucian regarda Meg, un sourcil relevé, un petit sourire aux lèvres.

— Que s'est-il passé ici ? demanda-t-il avant de s'approcher de Wynn, qu'il souleva par la gorge aussi aisément que s'il s'était agi d'une plume.

Puis il se tourna vers Meg, qui était de nouveau agenouillée auprès de Sean. Son sourire s'effaça.

— La bonté se paie, le mal aussi, n'est-ce pas ? C'est la leçon que nous inflige la vie. Meg, ma pauvre Meg… peut-être auras-tu appris qu'il ne faut pas donner son amour aux mortels. Tu as oublié qui tu es, Meg Montgomery, ce que tu es : la fille des forces des ténèbres, la fille du péché.

La jeune femme vit les traits de Lucian se durcir. Il allait se montrer cruel, elle le pressentait, pour bien lui faire comprendre qu'elle s'était rendue malheureuse elle-même.

— Par pitié, ma chérie, apprends donc à terminer tes repas ! lança-t-il.

Sur ces mots, il saisit Wynn, le secoua comme il l'eût fait d'une poupée de chiffon et, d'un seul geste précis, sépara la tête du corps. Puis il laissa retomber l'homme décapité sur le sol.

— Cet homme n'était pas mon... repas ! protesta Meg, mais le jouet d'Aaron Carter ! Son champ d'expérimentation de la cruauté !

En quelques phrases rapides, elle expliqua à Lucian ce qu'avait fait Carter à la fille de Wynn, et ensuite à celui-ci.

— Aaron Carter... Cette créature est un monstre de la pire espèce ! Une abomination vivante parmi les nôtres ! conclut-elle.

— Ma chérie, cette créature n'est pas la mienne. L'ennui, c'est qu'il est effectivement des nôtres or, tu connais les règles : nous ne nous entre-tuons pas.

— Je n'ai pas voulu le tuer !

Lucian se tourna vers Carter.

— D'après ce que j'ai entendu dire, le colonel Wynn avait une fille ravissante.

— Oh oui... Délicieuse !

— Et elle est désormais parmi nous.

— Oui ! s'écria Meg. Et tu as laissé faire cela, Lucian !

— Ma douce, tu as oublié que chacun de nous peut choisir à sa guise la personne qui profitera de notre merveilleux cadeau...

— Mais Carter a séduit la fille unique de cet homme et a transformé le père en assassin. Il est devenu un dément qui tuait ses propres soldats !

— Ce dément a aussi tué ton précieux amant mortel. Je crains que ce ne soit pas un crime contre notre espèce. Nous avons édicté des lois qui nous permettent de survivre. Elles ne concernent pas les mortels, qui appartiennent à une espèce où les êtres mauvais sont légion. Nous parvenons à exister à leurs côtés, mais notre loi dit que nous ne devons ni cohabiter ni fraterniser avec eux. Ma beauté, réfléchis donc à cela… Ton bel et bon capitaine Canady a trépassé alors que tu aurais pu le sauver.

— Je doute que rendre la vie comme nous savons le faire soit un bienfait.

— Dommage que tu aies réagi ainsi, ma chérie. Quel superbe couple vous auriez formé ! Toi qui crois si fort en les pouvoirs de l'âme, et lui qui avait un sens moral rare… Vous auriez réalisé des merveilles au cours de cette guerre. Vous auriez même pu intégrer la Mission chrétienne !

Lucian s'interrompit et son expression retrouva son sérieux. Il tendit la main à Meg.

— Allons, viens avec moi.

— Non ! rugit Carter. Vous allez lui pardonner, la réconforter… Elle m'a blessé : il faut qu'elle veille sur moi. Elle m'appartient. Elle me doit…

— Tu as eu tort de venir ici, Carter. Elle est chez elle. Va-t'en. Le temps guérira tes blessures.

— Vous la prenez parce que vous vous en arrogez le droit. Vous êtes souverain, vous pouvez faire ce que bon vous semble, argua Carter.

— Oui, et je le ferai, riposta Lucian. J'ai tous les pouvoirs, dont celui de te détruire. Alors pars, je te l'ordonne.

— Lucian ne sera pas toujours avec toi, lança Carter à Meg. J'accroîtrai ma force, mes pouvoirs… Tu n'as pas fini d'entendre parler de moi. Le jour venu, ma beauté, tu paieras !

— Pars en Europe, Carter. La saison de débauche a commencé sur la Côte d'Azur. Va, avant que je n'oublie nos règles !

Carter laissa échapper un soupir de fureur qui évoquait le sifflement d'un serpent puis il disparut.

— Viens, Meg, dit Lucian en tendant la main à la jeune femme.

— Non.

Interdit, il garda le silence quelques instants. Pourquoi se montrait-elle aussi têtue ? Probablement parce qu'elle était malheureuse, et déçue : elle avait exigé de Carter qu'il s'en aille et cru qu'il s'était exécuté. Elle s'était imaginée détentrice d'un pouvoir supérieur à celui qui était réellement le sien. Toutefois, elle pouvait se battre contre Carter et peut-être l'emporter, mais pas contre Lucian, le roi de leur espèce. Il lui avait prodigué son enseignement, avait été son mentor et demeurait plus fort qu'elle.

— Allons, ma chérie, viens.

Cette fois, elle accepta la main offerte.

Elle ne détestait pas Lucian ; il ne ressemblait en rien à Carter. En dépit de ses sarcasmes, il la respectait pour avoir refusé de transformer l'homme qu'elle aimait en un des leurs. Mais à cause de ce refus, cet homme, elle l'avait perdu.

Maintenant, elle se refusait à abandonner ses pauvres restes.

— Je ne veux pas partir.

— Viens.

— Je ne le laisserai pas.

— Il est mort.

— Crois-tu que je ne le sache pas, Lucian ? Je veux le veiller !

— Très bien, pathétique petite fille : pleure ton amant. Ensuite, tu me reviendras. Parce que je suis ton roi et que, ne t'en déplaise, tu es un petit animal sensuel qui a besoin de moi.

— Tu ne comprends rien à l'amour ! s'écria-t-elle, furieuse.

— Tu parles d'amour mais tu joues avec le feu. Sais-tu que j'aurais dû te donner à Carter ? Il avait raison de te réclamer : tu n'as pas respecté nos règles. Garde-toi bien d'en bafouer d'autres, sinon tu souffriras des conséquences.

— Tout cela parce que je me refuse à toi et que je préférerais mourir ?

Tandis qu'elle attendait la réponse, elle lut sur le visage de Lucian colère et souffrance.

— Sois prudente, ma chérie. Ne me pousse pas trop loin. Je pourrais te damner et te faire vivre une existence si longue que tu te traînerais à mes pieds pour implorer mon pardon.

Meg s'adossa au tronc du chêne et laissa les larmes qu'elle retenait jusque-là couler sur ses joues. Elle ferma les yeux. Le vent se remit à souffler et l'odeur putride du champ de bataille sanglant envahit ses narines.

Lorsqu'elle rouvrit les yeux, Aaron Carter n'était plus là. Il avait capitulé, songea-t-elle avec soulagement.

Lucian aussi s'en était allé, après l'avoir âprement défendue. Peut-être ne l'absoudrait-il pas, mais quelle importance ? Aucune, puisque Sean était mort.

7

Le troisième cadavre ne fut découvert que le jeudi.

D'après Pierre LePont, la victime était morte depuis environ une semaine.

— Des nuits de trois quarts et pleine lune, commenta le légiste.

Sean se rappela ces nuits étranges éclairées d'une clarté rougeâtre. La femme avait été trouvée dans le bayou, cette fois. L'eau et les animaux sauvages avaient eu le temps de faire des ravages sur son corps. Certaines parties manquaient et ne seraient probablement jamais récupérées. Le buste était apparu à la surface de l'eau le matin, la tête en début d'après-midi. Le visage de la pauvre fille était tellement gonflé et abîmé par des morsures qu'il n'avait quasiment plus rien d'humain. Une épreuve pour Jack, qui après avoir insisté pour venir à la morgue, n'avait tenu le coup que dix minutes avant d'aller vomir.

Pierre expliqua que les marques sur le cou indiquaient la même méthode de décapitation que pour les victimes précédentes. Il énumérait pour Sean les différentes mutilations infligées quand Jack revint.

— Oh ! bon sang ! bredouilla Jack. Nous avons vraiment un foutu cinglé sur les bras.

— Vraiment jobard, oui. Hors norme, confirma le légiste.

Sean hocha la tête, en proie à un début de malaise. Le lundi, il avait accru le nombre d'hommes affectés aux équipes de recherches. Deux agents du FBI s'étaient joints à eux, un profileur et un expert en indices, mais aucun des deux ne s'était avéré utile : les pistes se révélaient inexistantes, y compris celle aboutissant chez Maggie Montgomery qui avait été une nouvelle fois interrogée, tout comme ses employés, sans résultat.

De toute façon, le nouveau meurtre réduisait à néant la bien ténue piste Montgomery's Enterprises : la victime était une prostituée, mère d'un enfant. Sa disparition avait été signalée par sa voisine qui gardait son petit garçon de quatre ans et s'était alarmée lorsqu'elle n'était pas venue le chercher comme prévu le vendredi précédent.

Elle s'appelait Bessie, la jeune prostituée, et visait la clientèle haut de gamme, d'après ce qu'avait appris Sean. Elle essayait de se faire un pécule comme call-girl et non en faisant des passes à trois sous.

Cependant, ce n'était pas son dernier client qui avait payé cher, mais elle.

— Tu n'as rien d'autre à m'apprendre, Pierre ? demanda Sean. Tu as procédé aux prélèvements classiques sur le cadavre, mais ça ne donnera sans doute rien. Tout ce que nous avons de concret, c'est le sperme prélevé sur les trois femmes.

Pierre secoua la tête tout en remontant le drap sur le corps. Sean se tourna alors vers Jack.

— Je veux que tous les gars se regroupent. Plus personne dans les rues. Nous allons essayer de garder le contrôle sur cette affaire, mais il n'y a aucun moyen de laisser la presse en dehors. Il va falloir que nous soyons tous très prudents quand nous parlerons. Je veux aussi une réunion avec les agents qui travaillent sous couverture dans le quartier français.

Trouve-moi le nom de toutes les tenancières, de tous les souteneurs et de quiconque fournit des services de sexe ou d'*escort girls*.

— C'est comme si c'était fait, dit Jack, visiblement heureux d'avoir une raison de quitter la morgue. Sur quoi tu vas te mettre, Sean ?

— L'interrogatoire de tout le voisinage de la fille. Peut-être un petit bout d'information a-t-il été laissé de côté... Et pendant que j'y serai, je relèverai toutes les infractions aux bonnes mœurs et à ces activités qui font florès dans notre bonne ville.

— Amuse-toi bien ! lança Pierre.

— Ouais, merci.

Jeanne Montaine, la voisine de Bessie, était une ravissante brunette qui pleurait sincèrement son amie, se dit Sean.

Après avoir expliqué au petit garçon de quatre ans que sa maman avait été appelée au ciel où elle serait très heureuse, elle l'avait envoyé regarder une vidéo de Disney. Maintenant, seule avec Sean, elle fumait nerveusement.

— Mon Dieu ! J'aimerais tellement vous aider ! Comment un être humain peut-il commettre des atrocités pareilles ? Pauvre Bessie... et pauvre petit Isaac. Je sais que des gens penseront que Bessie n'était qu'une putain et qu'elle n'a eu que ce qu'elle méritait, mais c'est faux : elle se battait pour mettre de l'argent de côté. Elle rêvait de partir d'ici, d'aller dans une petite ville tranquille à la campagne pour se bâtir une nouvelle existence. On pouvait la juger immorale, mais moi je n'ai jamais vu une mère qui aime autant son petit que Bessie aimait Isaac.

— Mademoiselle Montaine, je ne juge pas Bessie, assura Sean.

La jolie brune lui sourit.

— Merci. Vous savez, je compte demander la garde d'Isaac.

— S'il y a quoi que ce soit que je puisse faire pour vous donner un coup de main, appelez-moi. Mais dans l'immédiat, ce qui compte, c'est de retrouver son assassin. Pensez-vous à quoi que ce soit susceptible de me mettre sur une piste ?

Jeanne réfléchit quelques instants puis secoua la tête d'un air navré.

— Non, je ne vois pas grand-chose. Bessie travaillait pour quelqu'un, mais son nom m'échappe. Je ne sais pas non plus où elle devait rencontrer son client. Elle m'a juste téléphoné pour me prévenir qu'elle serait en retard. Ça m'était égal : j'adore garder Isaac. Mais quand elle n'est pas rentrée, j'ai compris qu'il y avait un problème : jamais elle n'aurait abandonné son fils, vous comprenez.

— Rien d'autre ?

— Non.

— Voici ma carte. Si un détail vous revient, appelez-moi. Il y a trois numéros : mon bureau, mon domicile et mon portable.

Sean s'apprêtait à se retirer quand Bessie s'exclama :

— Attendez !

— Oui ?

— Un truc me revient, lieutenant ! Les clients de Bessie lui étaient envoyés par une femme qui tient un restaurant.

Le pouls de Sean s'accéléra : une information ! Enfin !

— Quand Bessie m'a confié Isaac, elle m'a dit qu'« elle » avait tout organisé, qu'en principe elle serait de retour vers minuit mais que quand « elle » arrangeait un rendez-vous, pas mal de contretemps pouvaient arriver. Des… surprises, si vous voyez ce que je veux dire.

— Le nom de cette femme ?

— Bessie disait « Mamie » en parlant d'elle.

— Mademoiselle Montaine, je suis si content que pour un peu, je vous embrasserais !

— Je vous en prie ! fit Jeanne en souriant.

Sean lui effleura le front du bout des lèvres.

— J'ai enfin une porte entrouverte, mademoiselle Montaine. Merci. Je vous tiendrai au courant.

Il quitta l'appartement et appela Jack de la voiture pour lui rapporter son entretien avec Jeanne Montaine.

— Tu as fait mieux que moi, Sean : tu n'as pas idée du nombre de souteneurs qu'il y a dans cette ville ! Je commençais à désespérer.

— Laisse tomber tes maquereaux et fonce au Bon Marché, un restaurant créole de Prince Street. Arrête Mamie Johnson.

— Sean, il me faut un chef d'accusation !

— Complicité de meurtre fera l'affaire.

— OK.

Trente minutes plus tard, Mamie Johnson, une grande femme à la peau cuivrée, était assise dans un bureau avec Sean, Jack et Gyn Elfin, l'une des deux femmes de la brigade de recherches. Gyn lut ses droits à l'élégante tenancière, qui ne paraissait pas le moins du monde inquiète. Mieux, elle semblait tout à fait disposée à parler : sans doute avait-elle compris que les policiers ne l'interrogeaient pas dans le but de fourrer leur nez dans ses petites affaires. De toute façon, elle gérait une boîte « propre », pas un bouge.

— Bessie était une amie, dit-elle, et je lui envoyais toujours des clients d'un bon niveau.

— Vous lui avez arrangé un rendez-vous pour vendredi soir.

— Oui.

— Et qui était ce... gentilhomme avec lequel vous l'avez mise en contact ?

— Un homme grand et séduisant, bien habillé, qui embaumait l'eau de toilette. Je ne l'avais jamais vu avant. Dans mon restaurant, il a commandé les plats les plus chers du menu : steak au poivre et gratin de homard, et une bouteille de vin d'un millésime inouï : elle avait cent ans ! Je suis allée lui parler et au bout d'un moment, il m'a demandé si je connaissais quelqu'un qui lui tiendrait compagnie. J'ai bien compris ce qu'il voulait. Je lui ai donc indiqué l'endroit où se rendre et l'heure à laquelle il devait y aller.

— Quel endroit ?

— Hôtel Blue Pontchartrain, chambre 8. À deux blocs de mon établissement.

— Madame, je vais vous mettre à contribution. Un dessinateur va venir vous voir et, avec votre aide, il établira un portrait-robot de cet homme.

— D'accord.

— Jack, prends des hommes et fonce à l'hôtel Pontchartrain. Je vais rester avec Mme Johnson.

Dès le début, elle avait appris bien des choses sur elle-même et sur les autres : certains êtres étaient bons, d'autres mauvais, mais personne n'était tout noir ou tout blanc. La composition du monde se situait dans une gamme de gris. Elle ne vivait pas dans un univers ténébreux mais grisâtre. Autrefois, il y avait très longtemps de cela...

Elle s'était réveillée affamée, au point d'en avoir mal, comme si des griffes lui ravageaient l'estomac. Elle regarda par la fenêtre ; il faisait nuit et, naturellement, elle ne pourrait se rendormir.

Que d'efforts elle s'était imposés pour refréner son besoin de nourriture ! Cela faisait des semaines qu'elle n'avait mangé autre chose qu'un rat de temps à autre. Avec répulsion, parce qu'elle ne parvenait plus à combattre le froid engendré par le jeûne. Puis il y avait eu la morgue... Cependant, au cours des jours derniers, elle ne s'était autorisé aucune alimentation.

Pour quel résultat ? De la souffrance et l'impression d'agoniser...

Ce soir, la lune était pleine. L'heure du chasseur avait sonné.

Elle sortit et erra dans les rues de Paris, qui semblaient bien vides. Toutefois, sur les quais de la Seine, il y avait des prostituées et leurs clients potentiels : des ivrognes, des dockers, quelques aristocrates aspirant à s'encanailler, des étudiants... Elle percevait tant de battements de pouls autour d'elle ! Les hommes ralentissaient en la croisant. Une femme seule, c'était ce qu'ils cherchaient alors qu'elle n'était intéressée que par ce qui coulait dans leurs veines. Elle rivait les yeux sur leur gorge et frémissait de désir en distinguant leurs carotides palpitantes.

Mais elle ne tuerait pas ! Non, elle ne pouvait faire cela !

Elle se rendit donc à la morgue. Hélas ! aucun cadavre frais ne s'y trouvait. Son père lui avait appris qu'elle ne serait pas malade en buvant le sang d'un mort, à condition qu'il ait trépassé récemment.

Son père... Il avait fait son éducation après s'être renseigné sur ce qu'elle était devenue, défiant ses amis qui lui disaient qu'il eût mieux valu qu'elle meure. Lui, il voulait qu'elle vive et refusait de l'écouter quand elle lui assurait préférer la mort. Le suicide était un péché, lui rétorquait-il. Et alors ? lui lançait-elle. Elle était déjà en enfer !

Cela, son père se refusait à l'admettre. Selon lui, seule l'âme pouvait connaître la damnation. Elle n'avait commis aucun péché, lui affirmait-il, à part aimer. Comment Dieu aurait-il pu ne pas l'absoudre ?

Oui, elle avait appris bien des choses grâce à son père, mais il ne l'avait pas préparée à affronter la faim.

Une femme l'appela, lui offrant de se joindre à elle, à son groupe de putains.

— Non, mon amie, ne m'invite pas. J'aurais trop peur de montrer à une femme mon étrange façon de donner du plaisir…

Elle repéra un clochard ivre mort allongé dans un coin et se précipita vers lui. Son pouls battait si vivement qu'elle en eut les larmes aux yeux, la salive à la bouche, mais le pauvre hère saoul était tellement pathétique que…

— Holà ! En voilà une ! Allez, ma belle, égaie la soirée du vieux François ! s'écria l'ivrogne en se réveillant brusquement.

Il l'avait agrippée par le bras.

— Lâchez-moi !

— J'aurai ton amour et ta bourse, ma jolie.

— Et moi, qu'aurai-je en échange ?

— La vie sauve.

Quoi ? Il la menaçait ? Essayait de l'attirer à lui pour la violer ? Elle était maintenant contre sa poitrine, subjuguée par la veine qui battait sur son cou. Incapable de bloquer le processus, elle laissa ses crocs jaillir, perçut le geignement du clochard lorsqu'elle les planta dans sa gorge. Elle faillit s'apitoyer sur le sort de l'homme, mais la compassion n'était pas assez puissante pour l'arrêter. Elle mordait avidement quand elle sentit soudain l'odeur d'ail. Instantanément, la nausée monta en elle ; repoussant violemment le clochard, elle s'enfuit en courant.

Elle ne s'arrêta qu'à la sortie de la ville, dans un pré où paissaient des vaches. Leurs grands yeux innocents l'émurent et elle hésita. Pas très longtemps. Juste le temps de se rendre compte que le pré jouxtait un abattoir. Elle choisit l'une des vaches et lui caressa le flanc. Oh ! ces immenses yeux bruns... Elle les fixa et, lentement, l'animal baissa ses paupières frangées de longs cils. Bien. La paix habitait désormais la pauvre bête.

Alors elle mordit et but, avidement, pendant ce qui lui parut durer une éternité. Lorsqu'elle s'arrêta, elle s'aperçut qu'elle était couverte de sang.

— Voilà qui est ravissant ! Vraiment ravissant.

Manifestement réjoui, Lucian, parfait dans son habit de soirée, portant un haut-de-forme et une ample cape retenue aux épaules par deux clips, la contemplait.

— La morgue était vide ? demanda-t-il d'un ton ironique.

Elle se redressa, consciente d'avoir le visage ruisselant de sang.

— Oui, confirma-t-elle.

— Et tu as encore faim.

— Non.

C'était un mensonge ; elle n'était pas rassasiée.

— Viens avec moi.

— Non.

Sans tenir compte de la réponse négative, Lucian l'entraîna jusqu'à une mare où elle se lava. Pendant qu'elle se nettoyait, elle entendit des sons sourds : Lucian décapitait la bête dont elle avait bu le sang.

Il la rejoignit enfin et l'enveloppa dans sa cape.

— J'ai failli tuer un ivrogne, ce soir, Lucian.

— Tu ne l'as pas fait, dit-il en l'enlaçant.

Puis il lui parla de la prison, des condamnés qui allaient être guillotinés... Jean LeBeau, assassin de treize femmes, Hector Roderigo, un Espagnol meurtrier de son épouse... Ils étaient condamnés à mort et apprécieraient une fin plus douce que celle infligée par le couperet.

— D'accord, Lucian. Je prends Roderigo.

— Tes baisers lui seront plus agréables que le tranchant d'une lame.

Là-dessus, Lucian s'en fut.

Elle se concentra et entendit Roderigo prier la Sainte Vierge, pleurer sa femme, supplier pour qu'on ne voie pas sa peur quand il serait face à la guillotine.

Elle alla donc voir Roderigo et l'apaisa avec force caresses et baisers, le rasséréna en lui affirmant qu'il existait une vie après la mort, que Dieu lui pardonnerait.

Puis elle but son sang.

Maggie ne se rendit compte qu'elle avait été d'humeur morose toute la semaine que lorsque Cissy et Angie lui en firent la réflexion le vendredi, à l'heure de fermeture de la boutique.

— On n'a pas parlé du dîner de ce soir, Maggie, dit Angie.

— Tu voulais aller dîner quelque part ? demanda Maggie.

— Non, j'ai un rendez-vous.

— Je suis contente pour toi. Tu vas voir le flic ?

— Oui.

— Madame la patronne, j'aimerais bien te tenir compagnie pour t'aider à retrouver le sourire, mais moi aussi j'ai un rendez-vous, annonça Cissy.

— Je suis contente pour toi aussi. J'imagine que tu vas également retrouver un flic ?

— Exact. L'adonis.

— Attendez, je ne comprends pas… Si vous êtes prises toutes les deux, pourquoi me parlez-vous du dîner ?

— Parce que, mademoiselle Montgomery, tu devrais t'occuper davantage de ton lieutenant ! lança Angie.

Maggie était assise derrière son bureau dont elle tapota nerveusement le plateau du bout de son stylo. Ses amies avaient raison, elle aurait dû se préoccuper de Sean. Elle s'en était abstenue par peur de trop s'impliquer dans une relation avec un Canady, policier de surcroît.

Le problème, c'est que cette peur ne l'avait pas empêchée d'être mélancolique toute la semaine, ni de ressentir un désir lancinant pour Sean. Seule dans son lit la nuit, elle revivait avec peine et frustration les moments où il l'avait touchée. Elle avait envisagé de faire de nouveau l'amour avec lui, tout en se traitant de folle inconséquente. Il n'était pas question qu'elle se lance dans une aventure juste sexuelle, d'autant que celle-ci ne se limiterait pas à des ébats enivrants. Entre elle et Sean, il y avait davantage qu'une attirance physique. Quelque chose de profond, qui ne demandait qu'à émerger.

Elle l'avait pourtant rejeté, cet homme qui lui plaisait tant, et maintenant, elle broyait du noir. Tant pis. Elle ne voulait pas d'une liaison. Malheureusement, dès l'instant où il avait posé les yeux sur elle, elle s'était sentie liée à lui.

— Revenons au dîner de ce soir, Maggie, reprit Cissy. Angie et moi aimerions que tu te joignes à nous. Ça te remonterait le moral.

— Non, vraiment. N'insistez pas : je sais parfaitement ce que je fais.

— Faux, repartit Angie.

— Bon. Je ne le sais pas, d'accord. Eh bien, laisse-moi vivre en paix avec mes mauvaises analyses, dit Maggie en se levant.

Elle passa devant les deux jeunes femmes, traversa le vestibule et se dirigea vers l'escalier en colimaçon qui permettait de descendre à la boutique. Un coup d'œil à sa montre lui indiqua qu'il était 19 h 30. La boutique était vide mais Gema et Allie n'avaient pas encore fermé la porte. Penchée sur des registres, Allie rangeait les fiches de la recette du jour.

— Comment te sens-tu, Allie ? s'enquit Maggie.

— En pleine forme. Je suis tellement contente d'avoir travaillé hier et aujourd'hui... Je me sens tout à fait normale, et c'est un sacré soulagement.

— Moi aussi, je suis contente que tu sois en forme. Mais la journée a été longue, Allie. Pourquoi ne rentres-tu pas chez toi ? Je finirai le classement.

— Oh ! merci, Maggie ! J'attends un ami à dîner. Gema va me raccompagner.

— Allez-y. Je n'ai rien de spécial à faire ce soir, alors filez, les filles. Pour une fois, c'est moi qui fermerai. Ce ne sera que justice : d'habitude, je pars avant vous.

Après l'avoir encore remerciée, Gema et Allie s'en furent. Maggie s'installa derrière le comptoir et se plongea dans les papiers. Elle essayait de déchiffrer un bon peu lisible quand elle perçut le léger tintement de la clochette au-dessus de la porte.

— Désolée, le magasin est fermé et...

Elle leva la tête et s'interrompit : un homme de haute taille à la stature impressionnante se tenait sur le seuil. De beaux traits classiques, mais des yeux étranges, d'un doré qui rappelait celui de l'iris des serpents. L'homme était séduisant, sexy et... Seigneur !

Le souffle soudain bloqué dans la poitrine, elle abandonna ses dossiers.

— Salut, Maggie ! Tu n'as pas l'air ravie de retrouver un vieil ami. Je t'avais pourtant prévenue que j'étais en ville : je suis passé voir la charmante vieille dame, l'autre jour. Elle ne t'en a rien dit ?

— Non. Elle a eu un trou de mémoire. Elle a passé la nuit à l'hôpital.

Maggie déglutit avec peine, la bouche brusquement sèche.

— Désolé d'apprendre ça. Elle était vraiment adorable.

— Tu ne lui as rien fait, n'est-ce pas ?

— Non, Maggie. Pour rien au monde je n'aurais fait du mal à cette délicate personne. Je me suis simplement promené avec elle puis je l'ai ramenée ici après lui avoir fait un petit tour de passe-passe pour effacer notre rencontre de sa mémoire.

La peur et la colère agitaient Maggie, mais elle n'en laissa rien paraître.

— Merci, se borna-t-elle à dire.

— Tu n'as pas à me remercier.

— Tu n'es cependant pas venu à La Nouvelle-Orléans pour faire montre de gentillesse avec de vieilles dames ; d'ailleurs Allie n'est pas si vieille que ça.

— Des dames mûres, alors, ma douce.

Il baissa les yeux sur ses ongles brillants, manucurés, et les observa pendant quelques instants avant de poursuivre :

— Non, je ne suis pas venu pour cela, d'autant qu'en cette saison les stations de ski suisses sont merveilleuses.

— Alors pourquoi es-tu ici ?

En deux enjambées, il fut contre le comptoir pardessus lequel il se pencha en souriant.

— Je suis venu en souvenir du bon vieux temps, dit-il à mi-voix.

Il tendit la main et effleura la joue de Maggie.

— Je pense à toi, Maggie. Je ne voudrais pas qu'il t'arrive malheur.

— Tout est fini entre nous depuis une éternité !

— C'est ce que tu crois. Mais le futur existe, tu sais.

— Non.

— Puisque tu es aussi butée, je m'en vais.

Il allait tourner les talons quand elle le retint d'un cri.

— Attends !

Il s'immobilisa et croisa les bras sur la poitrine. Un sourire satisfait de chat repu se dessina sur ses lèvres.

— Oui, Maggie ?

— Je veux savoir pourquoi tu es là. Ne me dis pas que tu songes à...

Elle n'acheva pas mais il comprit.

— Non, Maggie, je ne te dirai pas cela. Je n'envisage pas de te reprendre.

— Alors, Lucian ?

Le sourire s'évanouit. Il darda ses yeux d'or dans ceux de la jeune femme qui tressaillit. Il l'aimait, mais à sa manière, songea-t-elle.

— Je suis venu t'avertir, Maggie, énonça-t-il doucement.

Lorsque Angie et Cissy descendirent, Maggie était de nouveau seule, le regard fixé sur la porte.

— Ça va ? lui demanda Angie.

Maggie hocha la tête sans détourner son regard.

— Tu es seule ? Il m'avait semblé entendre parler.

— Un client de dernière minute. Il vient de sortir.

Angie se précipita sur le seuil.

— Je l'aperçois qui s'éloigne. Ouah ! Quel supermec ! Pour qui voulait-il faire des achats ?

— Pour sa dernière petite amie en date, je suppose, ou pour la femme qu'il aime vraiment. Sauf qu'il n'a en définitive rien pris.

— Ah bon. Tu es sûre que tu ne veux pas venir avec nous ?

— Est-ce que... Sean sera avec ses collègues ?

— Non, ma chérie. Navrée.

— Dans ce cas, je vais sans doute être des vôtres. Je ne resterai pas longtemps. Juste le temps de manger un petit quelque chose.

— Super ! Ta présence nous égaiera, Cissy et moi, parce que nos copains les flics seront probablement grognons. Tu n'as pas entendu les informations, n'est-ce pas ? Un autre cadavre a été découvert.

— Oh !

Maggie ne parvint pas à articuler un seul mot. Mon Dieu ! Un autre cadavre...

— Oui. Encore une prostituée, une jolie fille qui avait un gamin de quatre ans. C'est affreux, hein ? Il nous faut vraiment rester ensemble, toutes les trois. Ça me déplairait que tu te balades toute seule.

— Cette jeune femme... a-t-elle été mutilée ?

— Les journalistes ne l'ont pas dit. Ils ont seulement insisté sur la nécessité pour les femmes d'être très prudentes et de n'aller nulle part seules.

— Angie, si tu as dans l'idée de jouer les anges gardiens, je ne viendrai pas dîner avec vous. Mais je ne rentrerai pas à la plantation. Je dormirai en ville. Si vous voulez, vos copains flics et vous, vous pourrez me raccompagner.

— Entendu.

Angie avait vu juste : les deux policiers avec lesquels Cissy et elle avaient rendez-vous étaient d'humeur sombre. Le troisième cadavre avait été découvert la veille mais ils avaient tu l'information, ne comptant la divulguer qu'une fois la morte identifiée. Ils voulaient avoir prévenu les parents et relations de la victime avant de mettre les médias au courant.

— C'est vraiment moche, tout ça, commenta Angie. Mais vous n'y pouvez rien. Vous imaginer capables de réformer le monde relèverait de l'utopie, les gars.

— Sûr, acquiesça Jack. N'empêche, c'est une belle saloperie.

— Tous les assassinats sont des saloperies.

— C'est vrai. Le problème, c'est que Sean s'implique trop dans ceux-là, les deux prostituées et le maquereau. Heureusement que nous avons maintenant un début de piste.

— Ah bon ?

— Nous sommes censés ne rien dire, mais je peux quand même révéler que nous avons une description du tueur. Ça va aider, et ça permettra à Sean de souffler un peu.

— Une description ? demanda Maggie d'une voix sourde.

— Oui. Désolé, je n'ai pas le droit d'ajouter quoi que ce soit.

— Je comprends.

Le repas, qui s'était déroulé dans une ambiance morose, s'acheva.

— Maggie, annonça Jack, on va vous escorter jusqu'à votre immeuble.

En groupe, ils regagnèrent le siège de Montgomery's Enterprises. Sur le pas de la porte, Maggie les remercia tous et leur souhaita bonne nuit. Puis elle entra dans le bâtiment. Elle savait qu'ils attendaient dans la rue et qu'ils ne partiraient pas tant qu'elle n'aurait pas allumé les lumières. Elle le fit donc, puis s'adossa à la porte séparant la boutique de la cage d'escalier.

Elle se rendit compte qu'elle se mordillait la lèvre ; décidément, elle était trop nerveuse. À cause de l'absence de Sean Canady… Il lui manquait.

Et aussi parce qu'elle avait peur.

Bon sang ! Pas question de rester là à se morfondre. Dans son appartement, elle gardait un carnet d'adresses. Elle monta les marches deux à deux, déboula dans son bureau et ouvrit le carnet. Après avoir fébrilement consulté la page qui l'intéressait, elle regagna rapidement le rez-de-chaussée.

Puis elle ressortit de l'immeuble.

La nuit était noire. La période de pleine lune était terminée.

Elle se mit à marcher d'un pas pressé, en examinant au passage les visages des gens qu'elle croisait sur le trottoir.

8

Il rêvait, le savait, et pourtant il trouvait le rêve terriblement réaliste. Il essaya de le chasser, de se réveiller, mais sans succès.

Il était à cheval, sur une bête grise qui galopait à la vitesse du vent. Autour de lui résonnaient les claquements de sabots de la cavalerie. Tout dépendait de lui, de sa capacité à trouver et à faire reculer l'ennemi. Il sentait la chaleur de sa monture, celle du soleil, étouffante car il portait un chandail de laine. Tout à coup, il s'entendit crier. Un long hurlement puissant et sauvage qui le sidérait au point de…

Il se réveilla en sursaut, lutta contre les vestiges du rêve, et estima que, finalement, il n'était pas si étrange que cela : sans doute s'était-il imaginé dévalant au galop les rues de La Nouvelle-Orléans pour attraper le tueur.

Après s'être longuement étiré, il se rendit compte qu'il se trouvait sur le canapé, devant le téléviseur allumé. La vue de l'appareil en marche lui rafraîchit la mémoire. Lors du dernier bulletin d'informations, les journalistes avaient fait preuve de modération ; un vrai miracle, grâce auquel il n'y aurait pas de panique en ville. Évidemment, il fallait prendre en considération le fait que les morts étaient deux prostituées et un souteneur. La majorité de la population pensait que le tueur ne s'en prendrait pas aux gens « bien », mais peu importait. L'essentiel était que le calme perdure. Pour l'instant, les habitants estimaient que des créatures du péché avaient payé pour leurs fautes. Cependant, tôt ou tard, il y aurait un revirement de l'opinion. La Nouvelle-Orléans comprendrait que les victimes étaient des êtres humains méritant le pardon, et non le châtiment suprême infligé par un fou à coups de couteau. À partir de là, la cité tout entière s'insurgerait.

Pourvu que le dessinateur réussisse un bon portrait-robot! À cette heure-ci, il était encore à l'œuvre, en présence de Mamie Johnson.

Oui, pourvu que ça marche... se dit Sean en quittant le canapé.

Il alla prendre une bière dans la cuisine et regarda autour de lui. Le bâtiment dans lequel se trouvait son appartement lui appartenait. Vieux de cent cinquante ans, il était situé sur Conte Street, en plein centre-ville. Un immeuble bien conservé état non parce qu'il consacrait beaucoup de temps et d'argent à son entretien, mais parce qu'il louait le rez-de-chaussée à Danielle Bonnet, une restauratrice amie de sa sœur, qui avait fait de l'établissement la meilleure table cajun de La Nouvelle-Orléans. Reconnaissante envers Sean pour les six mois de loyer dont il lui avait fait cadeau lors de son installation, elle avait à cœur de faire réparer la moindre dégradation due au temps. Danielle veillait également sur Sean, lui envoyant une femme de ménage deux fois par semaine et lui faisant monter de délicieux plats. Grâce à elle, vivre en ville était plaisant. Il jouissait d'un havre dans lequel il se retirait avec bonheur pour fuir son travail et le monde.

— À ta santé, Danielle! dit-il à haute voix en levant sa bouteille de bière.

Il avala plusieurs longues gorgées. La fatigue le taraudait toujours, mais il avait encore du pain sur la planche. Les équipes techniques et Pierre lui avaient remis leurs conclusions : beaucoup d'empreintes relevées sur les lieux du crime, à savoir la chambre d'hôtel, mais aucune n'avait encore « parlé ». Le corps ne contenait qu'une infime quantité de sang, mais énormément de sperme, en revanche. Comment une telle tuerie avait-elle pu se solder par l'absence de sang dans la chambre ? se demandait Sean. Même après un nettoyage méticuleux, il aurait dû en rester des traces...

Tout en réfléchissant à ces anomalies, il se répéta qu'il devait se remettre au travail. Par exemple, il pourrait se rendre au bar de Mamie et s'y installer pour écouter, observer... ou alors, aller à l'hôtel et questionner de nouveau les employés...

À quoi bon ? Il était crevé et en plus, il aurait l'impression de tourner en rond comme un hamster dans sa roue. Ce dont il avait besoin, c'était de se reposer.

Ou d'être dans un bar, mais pour son plaisir, pas pour y enquêter.

Un coup de sonnette l'arracha brusquement à ses divagations. Qui venait troubler sa quiétude ? Il n'était pas d'humeur loquace et n'avait pas envie de compagnie.

Il alla ouvrir la porte sans faire l'effort de se chausser au préalable. Pieds et torse nus, les cheveux en bataille, les deux premiers boutons de son jean défaits et sa bouteille de bière à la main, il tira le battant.

En découvrant Maggie Montgomery sur le seuil, il n'en crut pas ses yeux.

— Je... je suis juste passée vous dire que j'étais désolée, bredouilla-t-elle en rougissant.

Il ne recula pas, ne l'invita pas à entrer.

— Oh ? se borna-t-il à lâcher.

— Je suis au courant, pour la troisième victime, poursuivit-elle.

— Vous l'avez fait ?

— Quoi ?
— C'est vous qui avez fait ça ?
— Fait quoi ?
— Tué cette fille.
— Non ! Bien sûr que non !
— Alors pourquoi êtes-vous désolée ?
— La mort de tout être humain me désole, ainsi que le fait qu'un tel drame vous rende l'existence difficile.

Il cilla. Bon sang, qu'elle était belle ! Ce soir, elle portait du blanc, une robe sans manches assez courte pour bien mettre en valeur ses longues jambes bronzées. Le contraste entre le blanc et le noir de jais de ses cheveux faisait naître des reflets dorés sur ses longues mèches. En plus, elle sentait délicieusement bon.

Tout à sa contemplation, il faillit ne pas se rendre compte qu'elle s'apprêtait à repartir.

— Attendez ! Pourquoi êtes-vous venue ici ? Dites-moi la vérité.

— Quel charmant accueil ! Pas de : « Entrez, vous êtes la bienvenue, je vais vous offrir un verre de vin ou une bière »...

— Vous n'avez pas de mémoire : vous m'avez demandé de partir de chez vous, l'auriez-vous oublié ?

— Si vous devez être désagréable, ce n'est pas la peine de...

— Je ne suis pas désagréable. Je vous demande ce que vous êtes venue faire ici.

— Eh bien... je vais être franche. J'ai songé au sexe... mais si vous êtes trop occupé ou bien content en compagnie de votre bière, je vous ferai signe à un meilleur moment...

— Aucun moment ne peut être meilleur que celui-ci ! s'exclama Sean en tendant le bras.

Il prit Maggie par la taille et l'entraîna à l'intérieur. Quelques instants durant, il tâtonna, cherchant à l'aveuglette une table sur laquelle poser sa bouteille de bière. Cela fait, il enlaça étroitement la jeune femme, si vivement que tous deux vacillèrent et se retrouvèrent par terre.

La passion le rendait fou, se dit-il en glissant la main sous sa jupe. Grand Dieu ! Elle ne portait pas de sous-vêtements !

Il sentit le désir monter en lui, tel un raz-de-marée. Quand la main de Maggie se referma autour de son sexe palpitant, il émit un gémissement. Tant pis pour les préliminaires : il n'était pas en état de jouer les amants délicats ! Il allait la prendre là, tout de suite, sans douceur, mais avec une fièvre tellement brûlante qu'il se demandait comment il avait réussi à survivre sans cette femme jusqu'à aujourd'hui.

Londres, automne 1888

Récemment arrivée à Londres, l'héritière américaine Megan Montgomery habitait un appartement sur Saint James's Place. Elle avait pour voisins Peter et Laura Austin, un médecin et sa femme.

Tous deux étaient charmants et accueillants. Megan passait beaucoup de temps avec eux. À la fin du printemps, elle était très liée avec Laura. Elle lui parla de la maison ancestrale de La Nouvelle-Orléans, puis de la tradition familiale qui voulait que toutes les héritières Montgomery passent quelques années de jeunesse en Europe avant de regagner la plantation au bord du Mississippi et d'en prendre les rênes.

Sa mère avait quitté la Louisiane pendant la guerre de Sécession, traumatisée par la mort d'un ami très proche. Elle avait fait la connaissance du père de Megan lors de vacances dans le Yorkshire, en Grande-Bretagne.

Megan expliqua qu'elle connaissait New York, Chicago, San Francisco, mais n'était pas retournée à La Nouvelle-Orléans. Maintenant que ses deux parents étaient morts, elle n'allait pas tarder à rentrer chez elle.

En retour, Laura lui avait raconté sa vie : fille sans fortune d'un pasteur, elle avait grandi entourée d'affection mais sans argent. Peter, lui, venait d'une famille riche et aurait pu nourrir de grandes espérances. Il avait épousé la jeune femme, optant pour l'amour au détriment de la fortune. Un ami qui sillonnait l'Europe avait prêté aux Austin son appartement de Saint James's Place pour trois ans. Ce logement donnait au couple une apparence de gens très aisés alors qu'ils étaient pauvres comme Job.

— Tu comprends, Meg, Peter est un excellent médecin, mais il préfère soigner les miséreux plutôt que les aristocrates. Il veut aider, et ceux qui ont besoin de lui sont légion dans le West End.

Le cœur de Meg avait vibré : elle avait tant vu de souffrances pendant la guerre... Elle ne s'était pas attendue à en découvrir d'aussi profondes dans l'Angleterre victorienne.

Laura accompagnait souvent son mari lors des consultations gratuites qu'il donnait. Lorsque arriva l'été, elle était enceinte, et son état ne lui permettait plus de suivre Peter. Elle risquait d'être contaminée dans les dispensaires par Dieu seul savait combien de virus et de microbes. Il en allait de la vie du futur bébé. Meg se proposa donc pour la remplacer.

Laura accepta et Megan commença à suivre Peter dans tous ses déplacements. Ce fut une épreuve, car elle découvrit des salles communes aux fenêtres cassées où les mères et leurs enfants survivaient au milieu de la saleté et des rats. Ces femmes-là, par désespoir, se tournaient vers la prostitution pour gagner quelques sous. Elles buvaient du gin, comme les hommes, pour oublier leur condition.

Peter était un saint homme, se dit Megan. La journée durant, il recevait des patients à son cabinet de Saint James's Place puis partait faire la tournée des taudis, des bars où l'on avait besoin de lui à l'issue de bagarres. Il distribuait aux mères célibataires les jouets que ses clients, informés de ses activités bénévoles, déposaient à son cabinet.

Un soir, alors que la grossesse de Laura était très avancée et se révélait difficile, il parla à Megan, lui disant qu'elle était belle et bonne et méritait l'amour d'un homme. Jamais elle ne rencontrerait de partenaire, ne se bâtirait un avenir, si elle s'obstinait à vivre dans l'ombre d'un médecin impécunieux qui se consacrait aux pauvres.

— J'ai déjà aimé, dit Meg en souriant.

— Et ?

— Et il est mort.

— Un autre viendra…

— Non. Je n'en veux aucun autre. Croyez-moi, Peter, c'est la vérité. Je suis plus âgée que vous et je sais ce que je désire. Je suis heureuse de travailler avec vous et d'aider Laura.

— Megan, si vous persistez à rester à mes côtés, votre réputation finira par en souffrir !

— Je n'ai cure de ma réputation. Je suis américaine, et fortunée. Je n'ai rien d'une femme victorienne. La société telle que la souhaite votre reine est absurde et cruelle ; elle laisse trop de gens de côté. La misère y côtoie la richesse et personne ne semble le voir ni s'y intéresser, mis à part quelques êtres d'exception comme vous. Peter, je suis heureuse de vous assister et d'être l'amie de Laura.

Ce soir-là, ils se trouvaient dans un pub et discutaient devant une pinte de bière. À vrai dire, Peter en avait bu plus d'une. Megan le regardait, navrée qu'il fût abattu et déprimé, quand elle ressentit un besoin impératif de se lever et de sortir du pub. Un ordre venu d'elle ne savait où et auquel elle se découvrit incapable de ne pas obéir…

Dans la rue, en dépit du brouillard et de la chiche clarté des lampadaires à gaz, elle aperçut immédiatement un homme.

Grand, mince, en habit et haut-de-forme, il était manifestement très élégant et tenait à la main une sacoche de médecin. Comme c'était étrange… de loin, il ressemblait à Peter.

À y mieux regarder, se rendit-elle compte, il n'avait rien en commun avec le gentil médecin. Il s'était rapproché d'elle sans qu'elle l'ait vu marcher.

— Ne voilà-t-il pas un ange de compassion ? dit-il en lui caressant la joue.

Meg eut soudain froid. Le froid de la mort, songea-t-elle en frissonnant. Les doigts de l'homme s'attardaient sur sa joue, glacés et vibrant d'une force stupéfiante.

— Viens avec moi, ordonna-t-il.

— Non. Je vous méprise, ne le savez-vous pas ? Allez hanter un autre lieu.

— Tu t'offres un homme marié, Megan ?

— C'est un ami. L'amitié est un concept qui vous est étranger.

— Détrompe-toi. En revanche, toi, tu ne te connais guère.

— Je connais tout, à commencer par moi-même. Mes forces et mes faiblesses n'ont aucun secret pour moi. Et je ne veux pas être comme vous.

— Nous sommes pourtant semblables. Les fauves tuent pour survivre, nous faisons de même.

— Nous n'avons rien en commun avec les animaux sauvages ! Vous êtes un être cruel. Je refuse tout contact avec vous.

— Peut-être pourrais-tu me changer, Megan ? Sais-tu qu'à nous deux nous serions en mesure de métamorphoser le monde qui nous entoure ? Le cours de l'Histoire en serait modifié.

— Je n'aspire qu'à une chose, rétorqua Megan. À vivre normalement, à avoir mon propre foyer.

Elle tourna les talons et fit quelques pas. Il la rappela sévèrement.

— Reste là ! Je te parle !

Elle l'ignora. En un éclair, il fut sur elle, bouillant de rage. Il la projeta contre un mur. Sa force était phénoménale ; celle de Megan aussi, mais bien piètre en comparaison.

Il plaqua le tranchant d'une lame sur sa gorge.

— Qu'y a-t-il chez moi qui te déplaise, Megan ? Lucian t'a fait plier sous sa volonté, et pourtant tu es toujours amie avec lui. Ne pourrait-il en aller de même avec moi ? Je pourrais te soumettre par la force qui me vient de tant de décennies de vie… T'obliger à apprendre mes lois et à t'abîmer au plus profond de toi-même pour que, enfin, tu comprennes ce que tu es vraiment. Tu saurais alors que ceux de notre espèce sont aussi nécessaires que les vautours, les hyènes, les loups… Qu'ils ont leur place dans la nature, et qu'il existe une infinité d'humains prêts à recevoir avec gratitude notre baiser de la mort !

— Lâchez-moi.

— Je puis te tuer. Te couper la tête.

— Alors, Lucian et les autres seraient contraints de vous détruire.

— Lucian est notre souverain actuellement, mais mes forces décuplent de jour en jour. Ce cher Lucian a perdu le goût du sang. Il s'efforce de faire de notre groupe une association d'intellectuels pédagogues ! Ne t'y trompe pas, il chutera de son piédestal. Les humains tuent du bétail pour se nourrir, nous, nous tuons des humains.

— Laissez-moi partir !

La voix de Peter retentit soudain.

— Megan ? Où êtes-vous ?

Le brouillard se mua subitement en tourbillon puis reprit son apparence cotonneuse habituelle.

Megan était de nouveau seule.

Elle courut vers Peter, lui raconta qu'elle avait perçu des plaintes dans la rue et était allée voir ce qu'il se passait, mais n'avait rien vu de particulier.

— Rentrons, dit Peter. En chemin, nous trouverons bien un fiacre à héler. Auparavant, je vais m'assurer que tout va bien. Attendez-moi ici quelques instants.

Il s'éloigna dans la nuit brumeuse. Megan le perdit de vue quand il contourna l'immeuble. Elle patienta, jusqu'à ce qu'au terme de quarante-cinq minutes l'affolement et la peur la gagnent. Elle partit à grands pas dans la direction empruntée par Peter et le trouva, effondré contre la façade d'une maison. Immédiatement, elle scruta sa gorge, ne distingua rien. Elle l'allongea et ne se détendit qu'au moment où elle l'entendit respirer régulièrement.

— Megan, mon amie... Je vous ai abandonnée en ce lieu malfamé ! Je me suis évanoui. Que m'arrive-t-il ? J'ai trop travaillé, sans doute. La fatigue...

— Vous sentez-vous mieux ?

— Oui, assura Peter en se relevant. Partons. L'aube va se lever. Si Laura se réveille, elle sera très inquiète.

De retour à Saint James's Place alors que le soleil pointait, Megan se coucha et s'endormit aussitôt. Des forces d'une puissance inouïe s'imposèrent alors à son esprit. Dans son sommeil, elle vit Lucian, fou de colère. Sa fureur était tournée contre Aaron Carter.

— Les jeux auxquels tu te livres sont de funestes défis lancés au destin, Carter ! Depuis des siècles, nous respectons des règles, la première étant que nous permettions aux nôtres de mener la vie qu'ils ont choisie ! Nous les laissons en paix ! Plie-toi à nos lois concernant Megan ! Oublie-la ! Le monde est vaste et nous ne sommes que quelques dizaines de milliers de notre espèce. Il y a de la place pour chacun d'entre nous.

— Nous pourrions être infiniment plus nombreux ! rétorqua Carter.

Lucian secoua la tête.

— Non. Nous serions plus nombreux s'il n'y avait pas de règles, mais nous n'aurions alors plus de quoi nous nourrir.

— Lucian, tu te fais des illusions si tu t'imagines être en mesure de changer des loups en agneaux.

— Les loups périraient, s'ils dévoraient tous les agneaux ! Nos lois ont été écrites par les anciens, et elles sont pourtant de plus en plus d'actualité. Le monde est en mutation. Les nouvelles technologies arrivent et nous devrons nous adapter si nous voulons survivre. Je t'avertis donc, Carter : je ne supporterai pas que nos dissensions affectent notre communauté. Elles doivent rester sans conséquences, et ce sera le cas si tu respectes nos lois. N'oublie pas non plus que celui d'entre nous qui fait du mal à l'un de ses semblables est châtié par les autres. Ils l'envoient en enfer !

— Lucian, tu as eu ce que tu désirais ! Pourquoi pas moi ?

— Chaque nouvel élément du groupe doit avoir un mentor. J'ai été celui de Megan. Désormais, elle est un individu à part entière, à même de faire ses propres choix.

— Tu en as décidé ainsi parce que tu es le souverain, Lucian ? Un souverain autoproclamé qui, je le répète, a eu ce qu'il désirait !

— Je suis le roi parce que je sais faire la différence entre le désir et les excès. J'ai vécu si longtemps parce que je sais que même dans notre communauté, il faut être sain d'esprit. Souhaites-tu mettre à l'épreuve ma santé mentale, Carter ? Veux-tu me combattre ? Viens, je t'attends...

Lucian s'était exprimé calmement. Maintenant, le sourire aux lèvres, il levait les mains, invitant Carter à l'affronter.

Carter recula, pointa l'index sur Lucian puis sur Megan en criant :

— Le jour viendra où tu me trouveras sur ton chemin, Lucian ! Et je ne me déroberai pas. Quant à toi, Megan, ton jour aussi viendra !

Sur ces mots, il disparut.

— Merci, Lucian, murmura Meg.

— Il est parti, mais il reviendra. Megan, je t'aime.

— Tu m'aimes ? Non. Nous sommes incapables d'aimer. C'est ton corps qui parle, pas ton cœur. Tu n'as d'attirance envers moi que sensuelle.

Lucian éclata de rire.

— Peut-être n'est-ce que cela, en effet. Mais le fait est là : je tiens beaucoup à toi, Megan.

— Lucian, je voudrais que tu saches...

— Oui, Megan ?

— Alec...

Lucian parut étonné : la jeune femme n'avait pas mentionné Alec depuis une éternité.

— Je t'écoute, Megan.

— Alec croyait en l'amour. C'était avant que... que je sois devenue ce que je suis. Il pensait que nous pourrions passer notre vie...

— Tu as une vie, coupa Lucian.

— Je parle d'une vie normale, qui s'achève sur la mort. Alec disait que l'amour était le plus puissant pouvoir qui existât, que la seule vraie liberté était d'aimer.

— C'était un romantique. Un poète. Un amateur de contes de fées. Et qu'est-il arrivé ? Il a trépassé. Au temps pour le joli mythe de l'amour.

Une pause, un sourire, puis :

— Méfie-toi d'Aaron Carter, Megan. Il est extrêmement fort.

— Sans doute. Mais je le suis aussi.

Le samedi matin, Maggie et Sean se réveillèrent ensemble. Ils prirent le café dans la cuisine, et Sean se délecta de ce qu'il voyait : la jeune femme vêtue en tout et pour tout de sa chemise à lui, sa somptueuse chevelure en liberté sur les épaules.

— Sean, je n'en reviens pas.

— De quoi ?

— Ton réfrigérateur : il est tellement bien garni…

— Oh ! c'est Danielle qui s'en occupe !

— Danielle ?

— L'amie de ma sœur qui tient le restaurant au rez-de-chaussée. Je la connais depuis tellement longtemps que bien qu'elle soit ravissante, je ne pourrais l'embrasser autrement que sur la joue : j'aurais l'impression de commettre un inceste.

Il avait éprouvé le besoin de rassurer Maggie, constata-t-il, amusé. Sans doute parce qu'elle avait froncé les sourcils en l'entendant énoncer un prénom féminin.

— Ça t'ennuie que je prépare deux ou trois bricoles pour le petit déjeuner ? Une omelette, du gruau d'avoine et des beignets ?

— Le paradis… Vas-y. Pendant ce temps, je prendrai ma douche.

— Es-tu censé aller quelque part, ce matin ? Au bureau… ou à la morgue ?

— Non. Je crois que je vais passer la journée dans un bar.

— Hein ?

— Je t'expliquerai pendant que nous déjeunerons.

Quelques minutes plus tard, fraîchement rasé, en chemise et en jean, Sean parlait de la dernière victime entre deux bouchées d'omelette.

— Finalement, le portraitiste est arrivé à rendre une bonne image du tueur, grâce à Mamie Johnson. L'homme a dîné dans son bar-restaurant. Ensuite, à sa demande, Mamie a organisé une passe. Elle a envoyé Bessie à l'hôtel où il devait l'attendre. Elle a été tuée là et ensuite jetée dans le bayou.

— Mais comment cet homme a-t-il réussi à sortir un corps dégoulinant de sang de l'hôtel sans se faire remarquer ?

— Aucune idée.

— Peut-être ce client n'est-il pas l'assassin. Bessie a pu avoir un autre visiteur après son départ.

— Maggie, qu'essaies-tu de faire ? De ruiner mes déjà minces espoirs ?

Sean avala une gorgée de café puis reprit :

— J'ai envisagé cette hypothèse, Maggie. Mais ça ne m'empêchera pas de déclencher des recherches de grande envergure dans toute la ville à partir du portrait-robot.

— Moi aussi, j'ouvrirai l'œil. Tu pourras me donner une copie du portrait ?

— Bien sûr. D'ailleurs, tous les habitants de La Nouvelle-Orléans devraient en avoir une.

Il se leva, sortit de la cuisine et alla ouvrir la porte palière. Il ramassa ses journaux sur le paillasson.

— Voilà, dit-il en revenant.

Il étala les quotidiens sur la table. Les gros titres sautaient aux yeux, ainsi qu'un visage en noir et blanc et une question : « Avez-vous vu cet homme ? »

Maggie se pencha sur l'un des journaux. Elle inclinait tant la tête en avant que Sean ne pouvait voir son regard, et cela le troubla : il avait l'impression qu'elle le lui cachait volontairement.

— Tu le connais ? demanda-t-il après un temps.

Elle secoua la tête sans la relever.

— No... non.

— Bon. Que dirais-tu de passer la journée avec moi ? Une journée normale.

Elle redressa finalement la tête. Quelque chose d'indéfinissable dans son expression intrigua Sean.

— Qu'entends-tu par « une journée normale », Sean ?

— Eh bien, marcher au gré de notre inspiration dans le Vieux Carré, admirer les maisons, prendre un café au lait à une terrasse, respirer le parfum des fleurs, s'asseoir au bord du fleuve... puis vers midi aller boire un verre chez Mamie Johnson. Ensuite, pourquoi ne pas regarder du sport à la télé du bar et nous offrir un long et élégant dîner...

Il s'interrompit, puis demanda :

— Alors ? Qu'en dis-tu ?

— Nous allons essayer de voir cet homme, c'est ça ?

— Oui.

— Tu sais, à mon avis, lui aussi aura lu le journal. À l'heure qu'il est, il a déjà dû filer.

— Je ne crois pas.

— Pourquoi ?

— Je pense qu'il joue au chat et à la souris avec la police. Il retire une grande partie de son plaisir du fait que nous faisons les matamores comme si nous étions sur le point de lui mettre la main au collet, alors qu'en réalité nous sommes dans une impasse. Maggie, si ce que je te propose te déplaît, tu peux rentrer à ta plantation et lézarder au soleil toute la journée, mais sache que j'aimerais bien que tu viennes avec moi.

— Mmm. Je ne suis pas fana des bains de soleil, et je déteste l'idée que tu te balades sans moi.

— Ah bon ?

— Je crains que pas mal de femmes ne sautent sur l'occasion pour tenter de te séduire... et, franchement, faire l'amour avec toi est trop excitant pour que je laisse une seule chance à une autre.

Sean tendit la main par-dessus la table et prit celle de la jeune femme. Il la serra, puis se leva brusquement. Une fraction de seconde plus tard, il prenait Maggie dans ses bras, lui ôtait sa chemise... Le canapé du salon semblait les attendre. Il étendit Maggie sur les coussins avant de se débarrasser de son jean.

Bon sang, le sexe avec elle, c'était vraiment fabuleux !

Le sexe ? Pas seulement. Mon Dieu ! dans quel piège était-il tombé ? Il avait le cœur plein d'elle... et en retour, qu'avait-il ? Même gémissante de plaisir, elle demeurait lointaine, énigmatique.

Ils firent l'amour en hâte, mais avec une fièvre sensuelle étourdissante. Lorsque leurs corps se séparèrent, il n'y eut pas de plage de sérénité : Maggie se leva immédiatement et annonça qu'elle allait prendre une douche.

Très rapidement, elle fut de retour dans le salon, dans sa robe blanche de la veille.

— Tu es prêt, Sean ?

— Accorde-moi quelques minutes.

— Cinq, pas davantage.

Il reprit une douche puis se rhabilla le plus vite possible : il ne supportait pas de perdre Maggie de vue, même cinq petites minutes.

Il avait peur qu'elle ne disparaisse, qu'elle se dissolve dans l'air, comme un lambeau de brume chassé par la brise.

9

Ils se promenèrent une heure durant à travers les rues étroites, sous les balcons de fer forgé. Ils prirent un café sur Prince Street puis marchèrent jusqu'à Jackson Square où ils jetèrent des miettes de pain aux oiseaux.

Leur discussion portait sur l'histoire de La Nouvelle-Orléans, et ils évitaient d'en aborder les épisodes sanglants.

Lorsqu'ils arrivèrent devant la statue de l'ancêtre de Sean, ils levèrent les yeux sur lui.

Le capitaine Sean Canady était en uniforme de Confédéré. La plaque de marbre sur le socle portait sa date de naissance et celle de sa mort, survenue lors la prise de La Nouvelle-Orléans, sa ville qu'il avait défendue héroïquement. L'Histoire gardait de lui la mémoire d'un homme épris de justice.

— Impressionnant, n'est-ce pas ? demanda Sean à Maggie.

— Il te ressemble tant qu'on dirait ton double.

— Tu trouves ?

— Oui. Tu ne crois pas aux fantômes, n'est-ce pas ?

— Non, mais si le capitaine revenait nous hanter, ce serait sous la forme d'un esprit bienfaisant.

— Je suppose. Il faudrait qu'il en soit ainsi, en tout cas. Les esprits malins sont si nombreux...

— Pourquoi dis-tu cela, Maggie ?

— À cause des meurtres. Ces corps vidés de leur sang, atrocement mutilés... Le dernier aurait été sorti d'un hôtel sans que personne le remarque ? C'est tout de même bizarre.

— Si seulement la clé du mystère pouvait se trouver là... Des esprits mauvais qui tueraient des humains, voilà qui me simplifierait la tâche. Oui, c'est ça : il y a un démon en ville, et je vais le démasquer. Ensuite la justice s'occupera de lui. Ou plutôt, un exorciste...

— Je ne pense pas que ce soit si simple, Sean...

Un cri s'éleva, interrompant soudain Maggie.

Une femme blonde venait de jaillir de l'un des clubs de jazz à l'angle de la rue voisine. Elle portait des sandales, un débardeur et une minijupe. Du sang coulait de son avant-bras. Tout en reculant, elle regardait avec horreur l'homme barbu aux cheveux sombres qui la suivait.

Il tenait le col d'une bouteille brisée à la main.

— Oh, merde ! s'exclama Sean. Maggie, ne bouge pas de là.

Sean sortit son revolver du holster et pointa le canon sur l'homme. Celui-ci était penché sur la fille qui avait perdu l'équilibre et reculait en rampant sur le trottoir.

— Coupe-la, Ray ! Coupe cette salope ! hurla un petit homme dont les lèvres retroussées comme celles d'un animal enragé montraient des dents gâtées.

De ses cris, il encourageait le barbu à déchiqueter la fille avec son arme improvisée.

Des passants s'arrêtèrent, mais restèrent prudemment à l'écart de la scène. La fille évoquait un petit oiseau terrorisé, mortellement menacé par un rapace.

— Stop ! hurla Sean.

Le dénommé Ray l'ignora. Le nabot, en revanche, lui lança :

— Occupe-toi de tes oignons, mec ! Cette nana, elle est à moi et elle a fait plein de conneries. Ray va se charger d'elle… De chouettes marques sur la figure qu'il va lui faire… Sur les nichons aussi !

La fille sanglotait. Sean nota les marques de piqûres à la saignée de ses bras. Une junkie, qui devait se prostituer pour se payer son poison.

Négligeant le barbu à la bouteille, il la prit par le bras et essaya de la relever mais elle était aussi flasque qu'une poupée de chiffon. Il la traîna afin de la mettre hors de portée du barbu ; celui-ci s'avança.

— Un pas de plus et tu reçois une balle ! lui dit Sean.

L'autre ne parut même pas entendre. Sean tira alors en l'air.

— Lâche cette bouteille et ne bouge plus !

— Mon petit gars, tire-toi de mon chemin ! riposta l'homme pas le moins du monde impressionné.

— Dis-lui qui t'es, Ray ! glapit le nabot. Dis-lui et puis taille cette pute !

Ray sourit. Une grimace démoniaque, songea Sean.

— Tu ne sais pas qui je suis, mon petit gars. Je suis le diable, je suis Dieu, je suis invincible !

— Ouais ? Et moi, je suis le lieutenant Canady et si tu ne m'obéis pas à la seconde, tu es un homme mort.

— T'es un dur, hein ? C'est ça, lieutenant de mes deux ? Dommage que j'aie pas le temps de jouer avec toi. Faut que je m'occupe de cette colombe.

L'homme fit un nouveau pas. Sean tira une deuxième fois en l'air, puis visa le genou du barbu.

— Tu veux être estropié à vie, Ray ?

Mais d'où sortait donc ce voyou qui semblait se moquer totalement de recevoir une balle ? Il se rapprochait inexorablement. Dans une fraction de seconde, il n'aurait qu'à tendre le bras pour atteindre la fille…

Sean tira. Dans le genou, comme annoncé. Sidéré, il vit le barbu vaciller un peu mais rester debout. C'était incompréhensible ! Personne ne pouvait tenir sur ses jambes avec une balle dans la rotule.

Ce type-là, si.

Il approcha la bouteille de la gorge de la fille.

Sean n'hésita plus. Il pressa la détente, presque à bout portant, et un projectile se ficha dans la poitrine de Ray.

Il dirigea son regard noir sur Sean qui eut l'impression de recevoir un jet d'acide dans les yeux. La balle devait être dans son cœur et pourtant il ne tombait pas…

L'homme s'effondra enfin. Les pupilles couleur d'encre se révulsèrent, le blanc des globes oculaires apparut puis les paupières se fermèrent.

Il gisait à présent sur le ciment.

Sean posa l'index sur sa jugulaire et ne sentit plus de pouls. Avoir tué un homme aurait dû le choquer profondément, mais ce qui le bouleversait le plus, c'était de sentir sous son doigt une peau aussi froide que de la glace.

Des sirènes résonnèrent soudain. La police arrivait. Sean se redressa sans cesser de fixer le mort. D'où diable cet individu tenait-il une telle résistance physique ?

Il ramena enfin son attention sur la fille.

— Ray est parti, gémit-elle, mais ça changera rien ! Rutger va me tuer ! J'ai aucune chance ! Vous devez vous dire que ce gringalet peut pas me faire de mal, monsieur le policier… C'est pas vrai ! Il m'a déjà tabassée et vous imaginez pas avec quelle force !

— Mon petit, sortez du circuit infernal dans lequel vous vous êtes fourrée et ce type ne pourra plus rien contre vous.

— Je voudrais bien, mais il me laissera pas partir et... Ô mon Dieu... il est là !

Sean se retourna et vit le petit homme devant les curieux amassés. Les poings serrés, il posait alternativement sur Sean et sur la fille des yeux brillant d'une lueur meurtrière.

Des policiers en uniforme l'entourèrent et lui passèrent les menottes.

— Pourquoi m'arrêtez-vous ? glapit-il.

— Incitation au meurtre, lui dit Sean.

Un agent lut ses droits à Rutger puis, avec ses collègues, le poussa sans douceur vers l'une des voitures pie. Une femme policier prit la fille par les épaules et lui dit qu'on allait la conduire à l'hôpital : la bouteille cassée de Ray avait fait des dégâts sur son avant-bras et sa main.

Estimant sa sinistre et juste tâche accomplie, Sean se détourna et se trouva face à Maggie. Il sursauta en la découvrant livide, le regard voilé, étrange. Elle semblait pétrifiée devant le cadavre de Ray.

— Il est mort, Sean ?

— Tout ce qu'il y a de mort, oui.

— Tu en es sûr ?

— Sans l'ombre d'un doute.

— Où va-t-on l'emmener ?

— À la morgue, où il sera autopsié.

— Oh... Une autopsie ? Pourquoi ?

— Parce qu'il n'est pas mort de mort naturelle, je te le signale.

Un instant, Maggie resta coite, puis elle s'approcha de la fille que soutenait toujours la femme policier et effleura d'une caresse la joue mouillée de larmes de la junkie.

— N'ayez pas peur. Vous avez désormais une possibilité de vous en sortir. Ne la laissez pas échapper.

— J'ai la trouille !

— Il ne faut pas. La police empêchera ce type, Rutger, de vous faire du mal. Quittez la ville dès que possible, et recommencez votre vie de zéro.

Étonné, Sean vit la fille sourire à Maggie.

— Je vais essayer, mademoiselle.

— Vous y arriverez, assura Maggie. Comment vous appelez-vous ?

— Callie Sewell. J'ai toujours pensé que les anges gardiens existaient. Peut-être que j'en ai un et qu'il va veiller sur moi… Vous êtes policier, mademoiselle ? Je vous reverrai ?

— Non, je ne suis pas policier mais nous nous reverrons.

Maggie étreignit la main sanguinolente de la jeune droguée puis suivit Sean qui se dirigeait vers sa voiture.

— Ce Rutger, ils vont le garder longtemps en prison, Sean ?

— Le plus longtemps possible. Ils vont demander à la fille de faire une déposition bien salée et bien solide et… Maggie, arrête ! Tu viens de te toucher les lèvres avec les doigts ! Ils sont couverts du sang de cette fille ! Dieu sait combien de virus elle peut avoir !

Maggie balaya la remarque d'un geste mais quelques instants plus tard, dans la voiture, elle s'essuya les lèvres avec un mouchoir en papier.

— Callie sera à l'hôpital, Rutger en cellule et Ray à la morgue, dit-elle comme pour elle-même alors que Sean démarrait.

— Oui, et nous, ce soir, nous dînerons chez Mamie Johnson. Jack nous accompagnera.

L'élégance de l'établissement de Mamie Johnson étonna Maggie. La décoration n'était ni vulgaire ni ostentatoire, mais apaisante et charmante. Autant dans le restaurant que dans le bar, des lumières douces éclairaient les tables et les chaises de bois noble finement travaillé. Dans de grands aquariums, des poissons tropicaux allaient et venaient paisiblement. Un bar d'acajou poli, de la verrerie étincelante, des nappes immaculées... L'endroit était vraiment agréable.

Sean l'avait conduite vers un compartiment dans la partie bar, et ils s'étaient assis face à face sur des banquettes. Un emplacement stratégique : de là, ils voyaient tous ceux qui entraient ou sortaient.

L'allure de Mamie Johnson acheva de sidérer Maggie. Elle était en parfaite adéquation avec le cadre, c'est-à-dire aussi élégante, et n'avait rien d'une maquerelle. Quoique, soupçonnait Maggie, se mettre tout à coup à parler le langage de la rue devait lui être aussi facile qu'à un canard de nager. Son bar-restaurant mettait la barre très haut sur le plan des tarifs. Le vin, par exemple, valait une fortune. La moindre bouteille sur la carte était millésimée ; Sean commanda un bourgogne de 1976.

Maggie observa son expression. Il avait les traits tirés, marqués par la fatigue, et cela la désolait. Pourquoi cet homme l'émouvait-il autant ? Peut-être parce qu'il était courageux ; il fonçait droit vers le danger, prêt à se battre jusqu'à la mort pour une bonne cause.

Il leva les yeux vers elle et sourit.

— Un sou pour tes pensées, Maggie.

— Eh bien... Penser que Mamie Johnson vend des êtres humains me fait un drôle d'effet.

Un mensonge... À cet instant, Mamie Johnson n'occupait absolument pas son esprit.

— En dépit des apparences, Mamie n'est pas une mauvaise femme. Elle ne force personne à faire quoi que ce soit. Ses... demoiselles sont toutes volontaires, et elle ne leur prend qu'une très modeste commission.

— Sean, serais-tu l'un de ces policiers qui s'accommodent de la prostitution ?

— Je suis un flic conscient de l'impossibilité de mettre un terme au plus vieux métier du monde. À La Nouvelle-Orléans, nous avons les boîtes à sexe les plus hard du pays. Tout ce qu'on peut espérer, c'est qu'elles ne deviennent pas d'infects bouges.

— Quand même, n'es-tu pas censé mettre cette dame sous les verrous ?

— Je l'ai déjà coffrée plusieurs fois. Ce dont j'ai besoin, dans l'immédiat, c'est de lui parler. C'est grâce à elle que le portrait-robot a pu être réalisé.

Il souriait toujours et Maggie se sentit fondre. Les fossettes qui creusaient ses joues, ses yeux clairs qui scintillaient… il était irrésistible.

Elle était en train de tomber amoureuse de lui ! Mon Dieu ! il fallait arrêter ce processus à tout prix : Sean était… Sean Canady.

Regarder ailleurs, cesser de scruter son visage… voilà ce qu'elle devait faire pour chasser l'émotion qui la gagnait.

Elle se tourna vers la salle et laissa ses yeux errer sur les clients. Tiens, le crépuscule était tombé, se dit-elle en découvrant les fenêtres sombres. La lune allait se lever. Elle serait pleine.

Londres, fin de l'été 1888

Dans le West End, les meurtres étaient monnaie courante, mais rarement commis gratuitement : bagarres d'ivrognes, vols tournant mal, maris qui battaient leur femme, conséquences de la haine, de la jalousie ou de la passion. Parfois, des prostituées mouraient, assassinées par un de leurs clients. Rien de très surprenant, donc.

Jusqu'au mois d'août 1888, où Londres devint le théâtre de bien étranges événements. Plusieurs bustes de femmes furent découverts dans la Tamise. Quatre en tout, sauvagement lardés de coups de poignard.

Il n'y eut pas de mouvement de panique dans la ville, mais un malaise s'installa. Même lorsque l'identité de la dernière victime fut établie : il ne s'agissait pas d'une catin, mais néanmoins d'une femme de basse extraction, Martha Tabrum. Les journaux rapportaient qu'un boucher s'en était pris à elle, mais des témoins l'avaient vue se promener dans la rue en compagnie d'un soldat.

Ces meurtres perturbaient Peter; il ne voulut plus que Megan l'accompagne dans le West End. Elle lui assura qu'elle ne rechercherait pas la compagnie de soldats. Il céda donc, mais à contrecœur.

Le 31 août, une autre femme, Polly Nichols, fut assassinée, la gorge tranchée en sus d'autres mutilations : le tueur lui avait ouvert l'abdomen et arraché les viscères.

La presse se mit à spéculer. La plupart des journalistes estimèrent que la mort de la dernière victime était sans rapport avec les assassinats précédents. Le fait que toutes ces femmes aient été des miséreuses vivant dans des taudis ou des catins n'y changeait rien, selon eux : le *modus operandi* du tueur dont le nouveau cadavre portait les sinistres marques était différent. Pour les journalistes, il y avait plusieurs coupables.

Megan continua à assister Peter, contre l'avis de Laura, qui priait son mari de cesser ses soins dans le West End. Elle le pensait en danger, lui aussi. Tous les soirs, le médecin et sa collaboratrice bénévole allaient de bouge en maison de tolérance, soignant les prostituées et s'efforçant de convaincre les femmes qui n'avaient pas encore sombré de tenir bon. Mais quand on a besoin de quelques sous pour manger, avoir un toit sur sa tête ou nourrir un enfant et que la vie est impitoyable pour une femme seule, il est difficile de ne pas finir par basculer, constatait Megan, navrée.

Le temps passant, elle se lia avec quelques-unes de ces pauvres créatures et apprit à connaître leur passé. Certaines avaient relativement bien démarré dans la vie, avec un mari, comme les deux dernières victimes, Martha et Polly. Hélas ! l'alcool et la misère, les mariages rompus, avaient tout saccagé.

La mort de Polly fut le facteur déclenchant de l'ire de l'opinion publique. Les politiciens furent pris à partie, la police et son incurie aussi. Les âmes bien-pensantes de l'Angleterre victorienne s'émurent, exigeant que des actions soient entreprises car, leur semblait-il, ces assassinats avaient été traités par les policiers comme de la poussière que l'on balaie pour la cacher ensuite sous un tapis.

Son travail auprès de Peter passionnait Megan : tant d'enfants, tant de femmes avaient besoin de soins ! À cause du tueur qui rôdait, ces gens méritaient plus que jamais que l'on s'occupe d'eux.

Le samedi 8 septembre, le corps d'Annie Chapman fut découvert. Elle avait eu trois enfants dont l'un était décédé à l'âge de douze ans, un mari qui l'avait quittée puis était mort. Se prostituer était sa seule issue pour survivre.

Exercer le plus vieux métier du monde dans le West End lui avait coûté la vie.

Les journaux parlèrent d'un mystérieux homme appelé « Tablier de cuir », un maniaque du couteau. La police ne réussit pas à lui mettre la main au collet : il disparut.

L'humeur de Peter s'assombrit soudain. Lorsque Megan lui demanda ce qui n'allait pas, il lui avoua craindre de perdre la raison. Il se trouvait dans le quartier chaque fois qu'un meurtre avait été commis. Ne se pouvait-il pas qu'il fût devenu fou et eût eu des trous noirs ? Qu'avait-il fait pendant ce temps ? Megan argua qu'elle était avec lui, mais il lui démontra qu'au moment où les femmes avaient été tuées ils n'étaient pas ensemble. Par exemple, elle œuvrait dans un dispensaire alors que lui rendait visite à telle ou telle prostituée malade.

— Voyons, Peter, c'est impossible ! Vous auriez été couvert de sang et...

— Les victimes ont été vidées de leur sang après la mort, Megan. On les a étranglées au préalable. Le sang ne jaillit pas d'un corps sans vie.

— Vous êtes ridicule, mon ami. Pourquoi auriez-vous fait une chose pareille ?

— Je ne sais pas... Je ne sais pas... gémit-il. Oh ! Megan... un soir, en sortant de l'un de ces trous noirs, j'ai trouvé un couteau à côté de moi. Du sang maculait mon manteau ! J'ai paniqué. Je me suis lavé dans l'arrière-cour d'un boucher et j'ai déposé le couteau au milieu des siens, sur son billot. Mon Dieu ! si jamais ce boucher était suspecté, je...

— Je n'ai pas entendu parler d'une enquête conduisant à un boucher, alors rassurez-vous, Peter. D'autant que vous n'avez rien à voir avec tout cela.

— Mais peut-être à force de voir ces pauvres femmes, ai-je perdu la tête, peut-être me suis-je dit qu'elles seraient mieux dans l'autre monde... Ou alors je ne supporte plus ce dont je suis témoin jour après jour.

— Peter, si vous aviez une seule seconde cru qu'elles seraient mieux au ciel, vous auriez supprimé ces malheureuses avec charité... d'un seul coup de couteau droit dans le cœur. Quoi qu'il en soit, cette discussion est superflue : vous avez trop de sens moral pour vous estimer juge de qui doit vivre ou mourir. Ajoutons que même si vous souffriez d'accès de démence, vous ne vous livreriez pas sur ces malheureuses à des actes de barbarie tels que l'éviscération ou le démembrement. Alors je vous en prie, Peter, cessez de dire des inepties.

— Megan, j'ai peur.

— Allons, reprenez-vous. La rumeur publique va bon train. Tout le monde est suspecté, les étrangers, les sages-femmes, les membres de la famille royale… La police n'ayant guère d'informations à fournir à la presse, celle-ci divague à partir de spéculations émises par les prostituées terrorisées. Écoutez-moi, Peter : vous êtes un excellent médecin et un homme bon. Pas un tueur !

Le médecin acquiesça d'un hochement de tête. Il garda le silence pendant un moment puis demanda :

— Mais alors, que m'arrive-t-il ? Que se passe-t-il ?

— Je ne saurais trop vous suggérer de consulter un confrère.

Megan éprouvait soudain une étrange certitude : il fallait qu'elle continue à se rendre dans le West End. Au début, elle l'avait fait pour aider les filles perdues. Maintenant, elle voulait y aller pour attraper le tueur. Elle ne supportait pas que l'on tuât les malheureuses qu'elle connaissait, ni que Peter sombrât dans le désespoir.

Dans tout le West End, une seule femme avait assez de pouvoir et de force pour capturer le tueur : elle.

10

Mamie Johnson apporta elle-même le plateau de hors-d'œuvre à la table de Sean et Maggie.

— Mes enfants, vous avez là les meilleures écrevisses à la nage de toute la Louisiane ! Puis des escargots au beurre et à la sauce au vin, des lamelles d'alligator frites, des crevettes et des beignets d'oignons... Ah oui, des patates à la mode cajun aussi... Vous allez avoir besoin d'un autre verre !

— Tout cela semble délicieux, commenta Sean.

— Où est votre amie ?

— Aux toilettes. Avez-vous revu notre homme ? J'ai noté plusieurs hommes grands et bruns en costume...

Mamie secoua la tête.

— Notre homme n'est pas parmi eux. Vous savez quoi ? J'ai une drôle d'impression. Je suis sûre que s'il posait les yeux sur moi, je le sentirais. Soyez tranquille, lieutenant, vous pouvez compter sur mon aide.

— Très bien. Merci, Mamie. Nous avons diffusé le portrait-robot dans la presse. Comme ça, les femmes se garderont de ce salaud.

— Les putes, vous voulez dire.

— Les femmes, et les hommes aussi : n'oublions pas que la deuxième victime était un...

— … mac.

— J'allais dire un homme, Mamie.

— Un mac !

— OK. Un sale fumier qui méritait peut-être d'être tué.

Mamie sourit.

— Vous savez quoi, lieutenant ? Je vous aime beaucoup.

— Merci.

— Et je me fais du souci pour vous.

— Ah bon ?

— Nous sommes à La Nouvelle-Orléans, dit Mamie en prenant l'accent cajun. Que vous le vouliez ou non, le fait est là : il y a dans l'air du mauvais et du bon. Plein de vibrations positives et négatives qui affectent tout le monde : les Blancs, les Noirs, les descendants des Français comme des Anglais. En ce moment, ce sont les vibrations négatives qui l'emportent, et je me fais donc du souci pour vous.

— Mamie, je suis flic, j'ai une arme, et je suis assez grand pour veiller sur moi-même.

— Vous êtes aussi intelligent et sain d'esprit. N'empêche, je voudrais que vous alliez voir une femme du nom de Marie Lescarre.

— Et pourquoi ça ?

— Parce qu'elle a eu une vision.

— Oh ! c'est une prêtresse vaudou qui va essayer de m'extorquer une somme rondelette pour rien, hein ?

Mamie s'assit en face de Sean et posa sur lui un regard attristé.

— Mon garçon, vous avez besoin d'un coup de main, et vous le donner n'est pas dans mes compétences. Amenez votre petite amie avec vous.

— Maggie ? Que vient faire Maggie là-dedans ? Quelque chose de mauvais la menace-t-elle ?

— Pas du tout. C'est une très belle jeune femme,

peut-être un peu trop confiante en elle-même… À moins que ce ne soit à cause de cette confiance que…

— Que quoi ?

— Ne vous énervez pas, lieutenant. Je ne dis pas que votre petite amie a du mauvais en elle, au contraire : j'ai l'impression qu'il y a une bonne aura autour de sa ravissante tête. Mais quand même, il y a un truc qui ne va pas.

— Mamie, c'est grâce à vous que je suis enfin sur une piste solide. Celle d'un mauvais homme. S'il y a du mal quelque part, c'est dans cet homme.

— Voyez quand même Marie Lescarre. Vous la trouverez sur Jackson Square au crépuscule. Elle y vend ses huiles et onguents. C'est légal, elle a une patente.

Tout à coup, Mamie avait accéléré le débit de ses paroles. Sean se demanda pourquoi puis comprit : Jack arrivait. Manifestement, elle ne tenait pas à ce qu'il l'entende.

— Mon petit, asseyez-vous et mangez, lui dit-elle avec un grand sourire. Je vais demander au serveur de vous apporter de la bière et du vin.

Jack s'installa, prit le temps de manger une lamelle d'alligator puis annonça :

— Il faut que je te dise, Sean…

— Oui ?

— Deux trucs. Le premier, c'est que Rutger a été libéré.

— Quoi ?

— Eh oui ! Il a un avocat particulièrement malin, qui a clamé qu'il attaquerait la police pour arrestation arbitraire parce que son client n'avait fait qu'assister à la bagarre entre Ray et Callie. Le résultat c'est que, de peur d'avoir les bœufs-carottes sur le dos, le chef a ouvert la porte de la cellule et l'oiseau s'est envolé en toute légalité.

— Oh ! merde.. Quel est le deuxième truc ?

— Maggie...

— Eh bien, quoi, Maggie ?

— Je ne sais pas vraiment, mais... tu devrais peut-être lui conseiller d'être prudente.

— Pourquoi ? Que se passe-t-il ?

— Elle fait le tour de l'établissement. À mon avis, elle cherche le type qu'a décrit Mamie.

— Mais non. Elle est allée se repoudrer le nez.

— Elle a pris la direction des lavabos, oui. Moi, j'étais en train de téléphoner. Elle ne m'a pas vu. Elle regardait partout, l'air concentré. Il faut que tu lui dises de faire gaffe. Ce mec est dangereux, Sean.

— Je le lui dirai... Tiens, la voilà.

Maggie s'assit à côté de Sean. Il se tourna vers elle et la douceur de son sourire le fit fondre.

— Alors ? Tu as vu quelque chose, Maggie ?

— Par exemple ?

— J'ai eu l'impression que tu fouinais dans les salles.

Il ne voulait pas révéler que Jack l'avait observée.

— Oh... Oui, je jetais un coup d'œil. Au cas où l'homme du portrait-robot aurait été là.

Elle lui avait répondu sur un ton calme, comme s'il s'agissait d'une conversation normale, et voilà qu'il se sentait nerveux, inquiet.

Mamie disait Maggie dotée d'une aura... Cette aura, était-elle protectrice ? Oh ! bon sang, quelle question idiote ! Il n'allait tout de même pas se mettre à croire en toutes ces fariboles de vaudou, en leurs rituels impliquant des sacrifices...

Il songea soudain aux gouttes de sang qui couraient jusqu'à la porte de l'immeuble de Montgomery's Enterprises. À cet instant, Maggie trempait une lamelle d'alligator frit dans une sauce cocktail écarlate.

Il frissonna.

Rutger marchait d'un bon pas dans la rue en balançant les bras. À chaque mouvement, il frôlait sa poche, satisfait d'y sentir son couteau.

Les flics l'avaient relâché ! Grâce à Old Iggy, son avocat, qui ne crachait pas sur l'argent de la drogue. Sur celui du sang non plus. Marrant, tout ça... La fille allait être à lui, maintenant que Ray avait cané, cette diablesse de Callie qui était prête à tout pour un fixe. Elle le suppliait jusqu'à ce qu'il lui donne de quoi se le payer mais jusque-là, elle tapinait pour le compte de Ray. Désormais, ce serait pour le sien. Super ! Ces abrutis de flics s'imaginaient qu'ils allaient la protéger et qu'elle se désintoxiquerait... Ils la connaissaient mal, la petite garce. Pour une dose, elle ferait n'importe quoi à ce bon vieux Rutger. Elle prendrait aussi tous les clients qu'il lui enverrait, et n'aurait pas intérêt à rechigner. Quoique, une fois qu'il aurait bien imprimé sa marque à coups de couteau sur ses jolies fesses, elle ne serait plus en état de faire la fine bouche. Il ne la punirait pas aussi sévèrement qu'elle le méritait, mais il ne resterait quand même pas les bras croisés : elle lui avait joué un vilain tour, cette salope. Bon sang, ce qu'il avait hâte de voir son expression quand il lui raconterait en détail ce qui l'attendait... songea-t-il en souriant.

Le dîner terminé, Sean et Maggie sortirent du restaurant et se mirent à marcher le long du trottoir. Sean eut la sensation que leurs pas bien accordés les amenaient tout naturellement chez lui. Il n'invita pas Maggie, elle ne lui demanda pas où ils allaient. Ils cheminèrent main dans la main comme s'ils suivaient un fil d'Ariane conduisant à l'appartement de Sean.

À peine le seuil franchi, Sean verrouilla sa porte et prit Maggie dans ses bras. Il réussit à la déshabiller puis à ôter ses propres vêtements sans la détacher de lui. Dès qu'ils furent nus, il l'embrassa fiévreusement. Dans ce qui évoquait une danse lente et sensuelle, il la guida jusqu'à sa chambre.

Le lit les accueillit, mais Sean prit son temps. Il allait lui faire l'amour, oui. Après s'être gorgé du spectacle de sa beauté. Il ne se lassait pas de contempler son visage, son corps parfait.

— Sean…

— Mmm ?

Sa langue jouait avec celle de Maggie.

— Sean, je suis en train de tomber amoureuse de toi.

Il s'écarta un peu, de façon à pouvoir river ses yeux aux siens.

— Moi, je t'ai aimée à la première seconde où je t'ai vue.

Leurs bras se nouèrent, leurs jambes s'entremêlèrent et ils firent l'amour avec une passion torride qui dépassa en intensité tout ce qu'ils avaient imaginé possible.

Il se réveilla et se sentit désorienté. Où se trouvait-il, pour avoir aussi froid ? Il était transi jusqu'aux os. Sans doute avait-il dormi longtemps, sinon il n'aurait pas eu cette sensation de sortir de ténèbres glaciales.

En se concentrant, il perçut de vagues bruits lointains. Il bougea et se rendit compte qu'il était étendu sur une surface métallique plane. Il prit une profonde inspiration et crut étouffer : quelque chose l'empêchait de respirer ! Un… un drap, que l'on avait remonté sur sa figure, comprit-il.

Sa perception de ce qui l'entourait s'affina lentement. Il y avait des lampes aveuglantes, mais elles ne perçaient l'ombre que sur une circonférence de taille réduite, à quelque distance de lui.

De l'eau coulait. On avait ouvert un robinet.

Il fallait qu'il se lève, même si dans l'instant l'effort lui paraissait difficile. Mais il allait réussir : ne faisait-il pas toujours ce dont il avait envie ? Sa force lui octroyait tous les pouvoirs, y compris celui de briser un crâne entre ses mains si ça lui chantait.

La mémoire lui revint peu à peu. Le flic... Un flic lui avait tiré dessus. Il devait donc se trouver à l'hôpital, et il était affamé. De la viande ; il voulait de la viande. Crue. Non, ce n'était pas cela. Il avait besoin d'autre chose...également rouge... Du sang, voilà !

Bien qu'empêtré dans le drap, il se débrouilla pour s'asseoir. En regardant autour de lui, il découvrit une grande salle avec des tables violemment éclairées au-dessus desquelles, au bout d'un fil, pendait un objet noir et rond. Un microphone. Pour quoi faire ? Dans ce qu'il voyait, quelque chose n'allait pas.

Perplexe, il se gratta le ventre. Ça alors, il était nu ! On ne mettait pas des malades nus dans des lits, à l'hôpital ! À moins qu'il ne soit dans un établissement catholique et que ce soit la coutume... Mmm... une bonne religieuse bien fraîche et pure...

L'idée lui donna une érection tellement époustouflante qu'il se mit à rire, mais son hilarité fut de courte durée : il avait trop faim pour s'amuser.

De nouveau, il balaya la salle du regard. C'était bizarre, ces instruments de chirurgie sur des plateaux d'inox à côté de chaque table. Et cette espèce de scie... ces écarteurs qui ressemblaient à de gigantesques forceps...

Il les fixait quand la porte s'ouvrit sur une femme en blouse blanche. Jeune, jolie, proprette... Une étudiante en médecine ? Il posa les yeux sur sa gorge. Quelle merveille ! Il entendait battre son pouls.

L'envie de courir l'embrasser s'empara de lui... Un long baiser sur le cou et ensuite il mordrait la jugulaire... Le sang en sourdrait et il le boirait goulûment.

Un froissement de tissu l'arracha à son fantasme. Il porta de nouveau son regard sur la fille et n'en crut pas ses yeux : elle avait ôté sa blouse et était nue ! Oooh... un rêve. Il devait être mort et se trouver au paradis. Une sacrée ironie. L'étudiante était un ange qui s'avançait vers lui, cernée de brume ou de légers nuages.

Son excitation se dissipa quelque peu lorsqu'il vit flotter dans les prunelles de la fille une inquiétante lueur de colère. Se pouvait-il que celle qu'il prenait pour un ange eût lu dans ses pensées et les désapprouvât ? Peu importait : il se sentait incroyablement fort, encore plus que lorsqu'il avait affronté le flic.

— Viens, bébé, viens vite ! Donne-moi ce dont j'ai besoin ! s'écria-t-il d'une voix enrouée de désir.

Il ne put retenir un feulement à l'instant où elle se rapprocha de lui : son cou aux veines palpitantes lui mettait les nerfs à vif. De cette fille, il voulait du sexe et du sang.

— Non, je ne crois pas que je vous donnerai ce que vous souhaitez, repartit-elle d'un ton ferme. Vous n'êtes qu'une brute vicieuse.

Quoi ? Lui qui s'estimait incroyablement fort, il avait affaire à... aussi fort que lui ? Pire... à plus rapide ! Il n'eut pas le temps de réagir : elle s'était déjà emparée de la scie.

La lame vibra quand la fille mit l'appareil en marche. Il ne disposa que d'une fraction de seconde pour comprendre ce qu'elle s'apprêtait à faire, pour se rendre compte qu'elle le décapitait, l'envoyant sans espoir de retour en enfer.

Rutger ne se pressa pas. Il entra dans l'hôpital à minuit et se dirigea vers la maternité. Là, personne ne s'inquiéterait d'un homme installé dans la salle d'attente. Il but du café en regardant la télévision ; le journaliste pérorait sur le tueur dont le portrait-robot avait été largement diffusé. Un type super, ce tueur, qui savait y faire avec les filles indisciplinées, songea Rutger.

Peu avant l'aube, il se glissa dans une lingerie où il enfila une blouse de médecin, coiffa un calot et cacha le bas de son visage derrière un masque. Puis il traversa les différents services, répondant d'un hochement de tête au salut des infirmières qu'il croisait. Il pénétra dans l'une des infirmeries où il prit une seringue qu'il remplit d'un puissant sédatif ; après avoir regardé sur un tableau le nom des patients et leur numéro de chambre, il continua son chemin.

À son arrivée à la chambre de Callie, il constata qu'il avait bien préjugé : on n'avait pas déployé les grands moyens pour la protéger. Un seul policier se trouvait devant sa porte. Appuyé au mur, il somnolait.

— Bonjour, docteur, lui lança le flic.

— Bonjour. Comment va ma patiente ? demanda Rutger en s'approchant de l'homme.

Il serrait la seringue entre ses doigts.

— Eh bien, elle va...

Le policier n'acheva pas : Rutger lui avait planté l'aiguille dans le bras. Le type vacilla puis s'affala par terre. Rutger se pencha sur lui, le prit par les épaules et le traîna dans la chambre.

Bien. Maintenant, il s'agissait de faire vite. Un vrai médecin risquait de débarquer à tout instant.

Il ferma la porte, se précipita sur Callie qui dormait, probablement sous hypnotiques, et lui enfonça une chaussette dans la bouche : même bourrée de somnifères, elle aurait pu se réveiller et crier... Qu'elle se réveille donc, maintenant...

Avec un sourire mauvais, il la secoua. Elle écarquilla les yeux en le reconnaissant et, comme prévu, essaya de crier. La chaussette remplit parfaitement son office.

Rutger sortit son couteau de sa poche.

— Me voilà, bébé ! Je vais pas te tuer, mais après ce que je t'aurai fait, tu regretteras de pas être morte !

Callie poussa un long gémissement étouffé. Il leva le couteau, prêt à la frapper au visage, quand il sentit de l'air glacé, puis une présence derrière lui. Il se retourna.

Le flic ! Comment était-ce possible ? Il l'avait sonné pour le compte, non ? Manifestement pas, puisque le type le regardait en souriant.

— Dites-moi, toubib, c'est un nouveau traitement que vous vous préparez à administrer ?

— T'aurais pas dû te relever, mec ! Maintenant, je vais être obligé de te trouer la peau !

Éberlué, Rutger vit les mains du flic se tendre vers lui, se poser sur ses épaules... Il grimaça lorsqu'elles les agrippèrent.

— Rutger, celui qui va trouer la peau de l'autre, ce n'est pas toi.

Le flic le souleva aussi aisément que s'il n'avait pas pesé plus lourd qu'un chat ! Il... il ouvrit la bouche et agita la langue ! Oh ! merde, un flic pédé ! Il allait l'embrasser. Il se penchait vers sa bouche et... Non. Vers son cou. Pour le mordre.

Rutger voulut hurler mais le seul son qui sortit de sa gorge fut un gargouillis. En quelques secondes, il perdit conscience puis on n'entendit plus dans la chambre qu'un étrange bruit : des déglutitions avides.

Dès que Rutger fut vidé de son sang, le « policier » le laissa tomber par terre.

Pendant ce temps, Callie s'était débattue sans prêter attention à ce qui se passait près d'elle en s'efforçant d'arracher les perfusions, mais du sparadrap retenait ses poignets aux montants du lit. La chaussette lui bloquait toujours la bouche, la rendant muette.

Désespérée, elle chercha Rutger du regard… et le vit sur le linoléum. À côté d'elle, sur la chaise destinée aux visiteurs, était assis un agent en uniforme. Il se rendit compte qu'elle le regardait. L'air embarrassé, il porta les doigts à ses lèvres et les essuya.

— Excusez-moi, dit-il.

Il se leva, alla pousser du bout du pied le corps de Rutger dans un coin puis se baissa. Horrifiée, Callie suivit des yeux ses gestes d'une rapidité époustouflante : il attrapa la tête de Rutger et l'arracha.

Désormais, Rutger gisait par terre en deux morceaux.

Callie sentit un froid glacial s'emparer d'elle : le policier revenait vers le lit.

Son cheval galopait ventre à terre. Les sabots arrachaient des mottes de terre du champ de bataille. Les canons tonnaient sans répit et l'odeur de la poudre envahissait l'air, mêlée à celle de la mort.

Il rejoignit ses hommes et leur cria de se mettre sous le couvert des arbres. Ils lui obéirent et il songea, en regardant leurs visages, qu'il les reconnaissait mais avait oublié leurs noms. Ils dépendaient de lui. Le danger pouvait venir de n'importe quel côté, il aurait dû ne songer qu'à cela, et pourtant il pensait à son aimée. Ô mon Dieu, que cette journée finisse, qu'il aille la retrouver ! Il fallait qu'il la voie, la touche, entende sa voix. Il puisait son courage en elle.

Le canon se déchaîna de nouveau. Une fraction de seconde plus tard, la terre tout autour de lui explosait et...

Sean se réveilla. Les yeux grands ouverts, il resta immobile, fixant le plafond. Le souvenir vague d'un rêve planait dans sa mémoire. Il se rappelait l'intensité du songe, mais plus du tout le sujet. Il s'agissait plutôt d'un cauchemar, lui semblait-il. Sinon, il ne se serait pas senti aussi mal à l'aise. Sans doute s'était-il agité en dormant. Pourvu qu'il n'ait pas dérangé Maggie... Il se tourna sur le côté, tendit le bras.

Le lit était vide.

Où était Maggie ? s'interrogea-t-il avec anxiété. Avait-elle finalement décidé de passer la nuit dans son appartement, afin de se préparer sans hâte le matin venu ? Mon Dieu ! pourvu qu'elle n'ait pas eu cette idée... En aucun cas elle ne devait se déplacer seule dans cette ville où rôdait un tueur psychopathe.

— Maggie !

Elle était partie, et pourtant il n'avait pu se retenir de l'appeler.

— Sean ?

Interdit, il la vit soudain sur le seuil de la salle de bains, nue, les cheveux coulant en vagues sur les épaules, un verre d'eau à la main. Dans la lumière, ses cheveux évoquaient un long voile brillant.

— Oh ! bon sang ! Maggie... s'écria-t-il en tendant les bras.

Elle s'approcha de lui et il prit son visage entre ses mains. Elle lui sourit puis le contourna, marcha avec grâce jusqu'au lit et posa son verre sur la table de chevet.

— Maggie, tu m'as fichu une de ces trouilles ! Je te croyais partie.

— Je suis là, Sean.

Elle se glissa entre les draps et il la rejoignit pour l'étreindre passionnément. Maggie lui caressa les joues, le front, fit courir ses doigts dans ses mèches en désordre tout en le fixant droit dans les yeux.

— Tu sais, Sean, je t'ai menti.

— Oh ?

— Je ne suis pas en train de tomber amoureuse de toi.

— Tu… tu n'es pas…

Sean sentit son cœur manquer plusieurs battements.

— Je t'aime déjà, Sean, mais…

Il relâcha son souffle.

— … j'ai peur. J'ai tellement peur !

— Il ne faut pas. Je suis là, Maggie. Je t'aime.

Il la serra contre lui tout en la berçant, sans parler. Sinon, il aurait dû lui avouer être effrayé lui aussi ; la crainte de la perdre le tenaillait. D'où lui venait cette crainte, il l'ignorait. En revanche, il savait qu'à aucun prix il ne la laisserait partir.

Londres, septembre 1888

Les journaux se déchaînaient, faisant de la surenchère dans les hypothèses circulant dans les rues. Le médecin légiste de la police pensait que l'assassin d'Annie Chapman possédait des connaissances en anatomie grâce auxquelles il avait pu réaliser l'éviscération de la victime avec une telle précision. La presse parlait d'un monstre doté de la capacité de s'évanouir dans le brouillard de la nuit. Les gens à l'esprit rationnel, eux, pensaient plutôt à un boucher, ou à un chirurgien, voire à un étudiant en médecine qui se procurait des organes pour les vendre à la faculté.

La police avait interrogé quelques suspects, dont George Pizer, surnommé « Tablier de cuir », qui avait par le passé menacé des prostituées avec un couteau. La piste Pizer ne mena nulle part : l'homme avait des alibis en béton pour chacun des meurtres.

D'autres personnes mises en cause n'évitèrent le lynchage que grâce à la protection des autorités.

Le secteur de White Chapel vivait dans la terreur. La nuit, ses rues étaient désertées.

Le temps passa. Les articles continuaient à paraître dans les journaux et les comités de vigilance patrouillaient toujours dans le West End mais, peu à peu, les femmes recommencèrent à sortir : elles avaient besoin de gagner leur vie.

La pièce de Robert Louis Stevenson, *Docteur Jekyll et Mister Hyde,* était jouée sur une scène londonienne. Peter amena Laura et Megan y assister et les deux femmes apprécièrent le talent des acteurs. Peter s'en réjouit, mais pas longtemps : il apprit que les comédiens qui tenaient les rôles avaient été interrogés par la police. Curieusement, cela le déprima, et son regain de tristesse affecta profondément Megan. Jamais elle n'avait évoqué auprès de Laura les appréhensions et les doutes de Peter, mais Laura aimait son mari. Elle se rendait compte qu'il s'enfonçait dans la dépression. Pensant qu'il travaillait trop dur, elle lui demanda de prendre une semaine de repos. Cela ne servit à rien. Au terme des sept jours au calme chez lui, il reprit ses consultations, toujours aussi las. Megan s'inquiétait. Elle refusait de lui laisser faire quoi que ce soit sans sa présence à ses côtés. Elle savait Peter innocent et espérait qu'Aaron Carter avait trouvé un autre lieu à hanter.

Jusqu'au jour où le tueur sévit de nouveau à deux reprises, le 30 septembre à l'aube. À un moment où Peter était sorti pour chercher un fiacre.

Ensuite, le médecin avait disparu.

Il s'était rendu de très bonne heure avec Megan chez un couple dans le dénuement, les Charlton, dont l'un des quatre enfants était très malade. Ses soins terminés, Peter était parti en quête d'un fiacre. Megan l'attendit chez les Charlton jusqu'à ce que son anxiété devienne insupportable : où était Peter ? Elle prit congé et alla à la recherche de son ami.

Elle courut dans les rues envahies de brouillard que la clarté des lampadaires perçait à peine, en hurlant le nom de Peter.

À force de sillonner le quartier, elle confondait les rues uniformisées par le brouillard, ne distinguait que des silhouettes, des ombres mouvantes. Elle erra au hasard jusqu'au moment où elle entendit crier :

— Un meurtre ! Encore un meurtre !

Elle se dirigea d'après les voix et arriva devant un groupe indistinct. En s'approchant, elle vit des gens et des policiers qui formaient un cercle de sécurité autour d'un corps.

— Une autre femme ! lança quelqu'un.

— Assassinée !

— La gorge tranchée !

— Elle était encore chaude quand on l'a trouvée !

— Le tueur l'a taillée en quelques minutes ! Les policiers étaient dans le coin.

— C'est pour ça qu'elle a que la gorge coupée. Le salaud, il a pas eu le temps de faire plus.

Megan fit demi-tour. Tout en s'engageant dans une rue adjacente, elle songeait à Peter. Le malheureux… Il doutait de sa santé mentale… À juste titre ? Pouvait-il avoir tué cette pauvre fille ?

Non. Elle connaissait Peter. Il était la bonté incarnée, il n'y avait pas une once de mal en lui.

Si seulement elle avait su où il se trouvait…

11

Le son ne fut pas plus fort qu'un frémissement, mais il réveilla Sean en sursaut. Il gardait son 38 sur la table de chevet et se savait capable de se réveiller en une fraction de seconde et d'être opérationnel, performance dont il tirait fierté. Toutefois, depuis quelque temps, il était moins prompt à s'arracher aux bras de Morphée; il dormait plus profondément qu'auparavant et faisait des cauchemars. Peut-être devait-il suivre les conseils de Mamie Johnson et aller voir cette prêtresse vaudou.

Il se rendit compte que Maggie était à l'origine du léger bruit : elle s'était glissée hors du lit. Il se rallongea et l'observa, toujours aussi émerveillé par sa beauté. Lui faire l'amour lui traversa l'esprit mais il chassa l'idée : c'était le matin et il fallait se lever.

— Une aiguille qui tombe par terre et tu te réveilles, lui dit-elle quand elle se rendit compte qu'il la regardait. Je vais préparer du café.

— Je ne me réveille plus aussi facilement. Je dois vieillir.

— Oh! allons, tu es aussi jeune qu'un bouton de rose!

Elle survola du regard le drap qui couvrait une protubérance.

— La preuve que tu es bien fringant, Sean...

— Une partie bien précise de mon corps l'est, oui, mais nous n'avons pas le temps de nous en servir : le boulot nous attend.

— Nous pourrions tout de même prendre quelques minutes sur les heures de travail, suggéra Maggie en posant la main sur le drap.

Il gémit de plaisir.

Maggie s'étendit sur lui, repoussa le drap et le guida en elle. Elle bougeait, la tête renversée en arrière, une expression extatique sur les traits quand Sean ressentit une étrange impression : il ne voulait pas être dominé.

Sans rompre l'union de leurs deux corps, il la fit basculer et pesa sur elle.

Elle noua les bras autour de sa taille et, ensemble, ils suivirent le chemin qui conduisait à la jouissance. Un dernier cri, un ultime râle de plaisir et ils se séparèrent, ne s'accordant que quelques minutes pour se reprendre. Après quoi, ils quittèrent le lit et gagnèrent la salle de bains.

— Hé ! j'y vais la première, Sean. Je suis l'invitée, non ? Et puis, c'est toi qui nous as mis en retard. Tu n'avais qu'à ne pas être aussi... somptueusement réveillé.

— Tu n'étais donc pas d'accord pour ce charmant intermède ?

— Je n'ai fait qu'acte de politesse envers mon hôte.

— Ben voyons !

En riant, ils entrèrent en même temps dans la cabine de douche mais ne s'autorisèrent pas de fantaisies : ils étaient en retard. Ils se lavèrent puis se séchèrent en hâte, firent l'impasse sur le café, décidant d'en acheter deux gobelets dans la rue, et quittèrent l'appartement.

En premier, avait déclaré Sean, ils iraient voir Callie.

Ils roulèrent donc vers l'hôpital ; plus ils s'en rapprochaient, plus Sean se sentait nerveux. Il essaya de se raisonner : allons, Callie était sous bonne garde. S'il y avait eu le moindre incident, le policier de faction aurait téléphoné.

Il se gara dans le parking de l'établissement et, flanqué de Maggie, entra dans le bâtiment à grands pas pressés.

— Pourquoi courons-nous, Sean ? Y a-t-il une raison ?

— Non, assura-t-il sans pour autant ralentir.

Devant la chambre de Callie, il trouva un jeune policier, Frank Ducevny, assis sur une chaise. Il bavardait avec une infirmière qui manifestement lui avait apporté un café.

Sean le salua, lui présenta Maggie, puis lui demanda comment allait Callie.

— Il paraît qu'elle a été agitée toute la nuit. Elle a fait des cauchemars.

— Le manque. C'est une droguée.

— Ah ! En tout cas, quand je l'ai vue ce matin à 5 heures, elle était calme et gentille, mais elle m'a dit avoir vu une foule de démons pendant son sommeil.

— Elle a encore un long parcours d'obstacles à faire avant d'être sevrée.

Sean poussa la porte. Callie était tranquillement assise dans son lit. Son visage était pâle, mais ses yeux clairs scintillèrent quand elle reconnut ses visiteurs.

— Hé ! salut ! Merci d'être venus !

— Alors, Callie, comment allez-vous ? demanda Sean.

— Ça a été dur. J'ai fait de sales rêves, et Rutger était dedans. Mais le toubib m'a dit que c'était normal, que j'aurais des hallucinations pendant un bout de temps. Parce que c'étaient des hallucinations, hein ? Si Rutger était venu, je serais plus là.

— Un policier est resté toute la nuit devant votre porte, n'est-ce pas ? s'enquit Maggie.

— Ouais. Lui aussi était dans mes rêves... C'était bizarre, mais je veux plus y penser. Vous savez quoi ? Ma mère m'a téléphoné ! Elle va venir me chercher cet après-midi et m'emmener dans une clinique, qu'elle paiera, pour me faire désintoxiquer.

Des larmes noyèrent soudain les yeux de la jeune fille.

— Ma mère... Ma maman va venir...

— C'est super ! dit Maggie, qui s'était approchée de Callie.

Elle lui caressait le dos en lui murmurant des paroles d'encouragement sous le regard de Sean, qui s'était adossé au mur. Mamie Johnson avait raison : Maggie avait une bonne aura.

Pourquoi, alors, lui semblait-il que quelque chose n'allait pas ? se demanda-t-il.

Il n'eut pas le loisir de s'attarder sur la question. Une infirmière venait d'entrer.

— Lieutenant Canady, un appel pour vous dans mon bureau.

— Qui me demande ?

— Le Dr Pierre LePont, à la morgue.

Sean sortit de la chambre, l'estomac serré. Quelques secondes plus tard, il soulevait le combiné.

— Pierre, ne me dis pas que nous avons un nouveau cadavre !

— Non. Juste un truc bizarre. J'ai l'impression d'être dans un film d'épouvante.

— Pourquoi ? Que se passe-t-il ?

— Sur l'une de mes tables de dissection, j'ai un type qui a été tué deux fois.

— Hein ?

— Tu as bien entendu. Le client, le dénommé Ray, était là hier matin, prêt pour l'autopsie, bien tranquille et bien mort. Tué par balle.

— Et ?

— Et on dirait que quelqu'un est venu et a de nouveau tué le type.

— Tu divagues !

— Effectivement, tout ça ne tient pas debout. Mais c'est pourtant la vérité : on a coupé la tête de cet homme. Sean, quand peux-tu venir ici ?

— Je serai là dans un quart d'heure.

Maggie voulait l'accompagner à la morgue, mais il refusa et tint bon en dépit de son insistance. Il chargea Frank de la conduire à Montgomery's Enterprises dès l'arrivée de la relève.

Pourquoi était-il aussi déterminé à aller seul dans l'antre de Pierre LePont ? Il n'en avait pas la moindre idée. Il aimait follement Maggie, elle était la meilleure chose qui lui soit arrivée de toute sa vie, mais Mamie Johnson avait raison : un truc clochait et il n'arrivait pas à mettre le doigt dessus. Encore que… À bien y réfléchir, ne soupçonnait-il pas Maggie de connaître le tueur et de le protéger ? Non. Mais peut-être le connaissait-elle sans le savoir. Dans l'une ou l'autre des hypothèses, mieux valait la laisser dans l'ignorance de l'évolution de l'enquête.

Il pénétra dans la morgue. Immédiatement, Pierre le conduisit auprès du cadavre.

Tous deux fixèrent un moment le corps sans mot dire.

— Je ne pige pas, dit finalement Sean.

— Mmm. J'aimerais bien avoir des tuyaux à te donner.

— Tu es sûr qu'il était mort quand on te l'a amené la première fois ?

— Sean, tu es un flic, tu lui as tiré dessus... Tu sais très bien qu'il était tout ce qu'il y a de plus mort !

— Oui, je le sais. Je suppose qu'un élément important nous échappe. Cette décapitation... elle fait peut-être partie d'un rituel satanique... Je vais parler aux employés qui étaient présents dans tes locaux après l'arrivée du type, et ensuite j'organiserai une réunion avec mes gars et ceux du FBI. On parlera de ça et on verra bien ce qu'il en sortira.

Sean passa les deux heures suivantes à interroger les membres du personnel. Le gardien de nuit jura qu'il n'avait pas bougé de devant la porte de 2 heures à 5 heures du matin. Quant aux manutentionnaires en charge des corps livrés la nuit, ils n'avaient remarqué aucun étranger dans le bâtiment.

Des techniciens du laboratoire d'analyses débarquèrent et se mirent en quête d'empreintes de doigts et de pieds, sans résultat. La scie électrique qui avait servi à trancher la tête était parfaitement propre. Le responsable de l'équipe dit à Sean :

— Nous allons étendre les recherches à la salle des autopsies, mais je te fiche mon billet qu'on ne trouvera que les empreintes des gens qui travaillent là habituellement.

Sean quitta la morgue et rejoignit sa voiture en compagnie de Pierre, qui avait manifestement envie de lui parler sans témoins.

— Je n'y comprends rien, Sean. Non que ce soit impossible que quelqu'un soit entré à l'insu du garde : il pouvait être aux toilettes. Quant aux employés, ils se trouvaient peut-être dans d'autres parties de la morgue... La salle où était notre client a dû être vide à un moment quelconque. N'empêche, c'est vraiment bizarre.

— On ne peut pas mieux dire. En tout cas, merci de m'avoir prévenu. Tiens-moi au courant, Pierre.

Sean se mit au volant et démarra. Une heure plus tard, il était assis dans la salle de conférences du commissariat avec ses hommes et les agents du FBI. Il récapitula les éléments de l'affaire, ajoutant l'étrange histoire du cadavre décapité à la morgue. L'un des inspecteurs précisa que la dernière victime, une prostituée découverte près de Jackson Square, n'avait pas eu la tête coupée et que son souteneur, arrêté, avait avoué être l'auteur du meurtre.

— Les aveux sont parfois des mensonges, mais nous n'allons quand même pas mettre la mort de cette fille, Shelley Mathews, au crédit du tueur en série. Manny, quel est votre avis ?

Manny Garcia était le profileur du FBI.

— Eh bien, je commence à me faire une idée de la personnalité de l'homme, mais c'est sans garantie. L'expérience m'a appris que mes analyses ne relevaient pas d'une science exacte. L'Étrangleur de Boston, que l'on croyait un solitaire, menait en fait une vie de famille tout ce qu'il y a de plus normale. Dans notre affaire, je m'intéresse surtout aux décapitations. C'est de ce rituel qu'il faut trouver les raisons. Selon moi, le tueur n'est pas un psychopathe mais un sociopathe, c'est-à-dire qu'il est sain d'esprit, parfaitement lucide, conscient de faire du mal, mais il se sent supérieur aux autres membres de notre société et de ce fait autorisé à commettre ses exactions. Le sexe est son moteur. Tous ces meurtres ont un lien avec le sexe : nous avons chaque fois trouvé du sperme, et les mutilations visent les parties génitales des femmes.

— Pourquoi décapiterait-il ses victimes ? demanda Sean.

— Ça, c'est vraiment troublant. Est-ce lui qui le fait, ou quelqu'un d'autre qui agirait après son passage, pour se conformer à un rite satanique ? Nous avons aussi peut-être affaire à plusieurs meurtriers.

En effet, le souteneur, Beale, ne colle pas dans le tableau. Bien qu'il ait eu un rapport avec les prostituées...

— Revenons aux décapitations.

— J'avoue ne pas avoir de théorie précise, en dehors, comme je vous l'ai déjà dit, d'un rite satanique.

Sean repoussa sa chaise et se leva.

— OK, les gars. On continue avec le peu qu'on a. On essaie de voir s'il y a une connexion entre les prostituées assassinées et le cadavre décapité de l'homme de la morgue. Et on se concentre sur le portrait-robot élaboré grâce à Mamie Johnson. Allez-y, sillonnez la ville, ouvrez l'œil et interrogez à tout va. Dépêchez-vous, avant que toute La Nouvelle-Orléans ne nous traîne dans la boue en nous traitant d'incompétents.

Tous les hommes quittèrent la salle, sauf Jack et Manny Garcia, que Sean retint d'un geste de la main.

— Maintenant que nous sommes seuls, Manny, dites-moi si vous n'avez vraiment rien d'autre. Une impression, un vague soupçon...

— Eh bien... je n'ai rien de tangible...

— Mais ?

— Juste des comparaisons qui me sont venues à l'esprit.

Il ouvrit son ordinateur portable et l'alluma. Il entra un code et un texte apparut sur l'écran.

— Lisez ça, Sean.

Le corps a été trouvé allongé sur le dos, la tête tournée vers l'épaule gauche. Les intestins ont été placés au-dessus de l'épaule droite, des viscères posés entre le corps et le bras gauche, apparemment sciemment...

— C'est la description de notre inconnue du cimetière, Manny.

— Non, Sean. C'est celle de l'une des victimes de Jack l'Éventreur, à Londres en 1888. On lui attribue entre sept et neuf meurtres et on ne l'a jamais identifié.

— Oh !

— Je crois que notre tueur copie le plus célèbre meurtrier de l'histoire.

— Ça ne vaut que pour les prostituées. N'oublions pas le mac et le cadavre décapité à la morgue.

— Oui, mais je vous répète que les meurtres et les décapitations sont peut-être l'œuvre de deux personnes différentes. Le souteneur entre dans le schéma puisqu'il était en rapport direct avec les prostituées. Écoutez, le dossier de Jack l'Éventreur est à la disposition de n'importe qui. Cette affaire est désormais dans le domaine public. Je ne sais combien de bouquins ont été écrits sur le sujet. Pourquoi n'envisagerions-nous pas un tueur moderne qui se servirait des effets dramatiques du passé ? Dans tout le pays, il y a des types qui adorent s'affubler de capes noires et de hauts-de-forme. À La Nouvelle-Orléans particulièrement. La nuit, des promenades touristiques sont organisées avec pour thème « À la recherche des vampires ». Cette ville est une invite pour les jobards. De là à ce que l'un d'eux se prenne pour l'Éventreur ou joue son rôle, il n'y a qu'un pas.

— Comme je vous le disais tout à l'heure, Manny, tout peut nous aider. Y compris ce parallèle entre le tueur de Londres au XIXe siècle et le nôtre. Mais j'ai lu pas mal de trucs sur cette vieille histoire, et si ma mémoire est bonne, nous sommes face à deux différences de taille.

— Lesquelles, Sean ? Les têtes coupées ? Mais l'Éventreur les leur coupait quasiment : il entaillait en profondeur la gorge de ses victimes.

— Cette différence-là, oui, bien que d'après vous elle soit minime. Je songe à une deuxième : le sang. Les victimes de l'Éventreur baignaient dans leur sang, alors qu'autour des nôtres il n'y en avait pas. Le tueur de La Nouvelle-Orléans semble les... vider.

— Les rapports des médecins de l'époque indiquent qu'il manquait du sang. Comme si une certaine quantité avait été prélevée.

Sachant Sean à la morgue, Maggie se sentait nerveuse. Il l'avait fait conduire sur son lieu de travail, où elle s'était changée avant de s'installer dans son bureau, mais elle ne parvenait pas à se concentrer. L'épouse d'un sénateur attendait un projet de robe de bal, qui se réduisait pour l'instant à l'état d'esquisse : Maggie n'arrivait pas à trouver l'inspiration.

Angie entra alors qu'elle crayonnait vaguement sur son bloc. Après avoir jeté un coup d'œil sur la feuille, elle comprit que Maggie n'allait pas bien.

— Doux Jésus ! Maggie, qu'est-ce que c'est que ça ?

Maggie cilla et regarda le dessin.

Il ne représentait pas une robe, mais une venelle sombre dans laquelle gisait une silhouette de femme manifestement morte.

Horrifiée, elle repoussa le feuillet.

— Maggie, d'accord, j'aime beaucoup Sean Canady, dit Angie, il est sexy et je t'ai poussée à le voir. Mais de grâce, ne t'implique pas dans ces histoires horribles de femmes assassinées dont il s'occupe ! Vu l'influence que leur fréquentation a sur ton esprit, reste à distance des flics !

— Sean n'y est pour rien, protesta Maggie.

— Si. Tout a commencé quand il a débarqué ici pour nous apprendre que des traces de sang conduisaient à la porte de Montgomery's Enterprises.

Maggie fronça les sourcils. Cissy et Angie étaient ses meilleures amies, mais elle n'avait pas la moindre envie de les entendre lui dire que sa relation avec Sean lui détraquait les idées.

Les meurtres avaient bel et bien eu lieu, impossible de faire l'impasse là-dessus et, quoi qu'en dise Angie, elle se sentait obligée de s'impliquer.

— Tu sais quoi, Angie ? dit-elle d'un ton qu'elle espérait normal et posé. Je pense que j'ai besoin de faire une promenade. Je vais aller boire un verre quelque part. Un truc alcoolisé ou un café, je ne sais pas encore. En revanche, je sais qu'à mon retour je dessinerai une superbe robe de bal pour Mme Smith.

— Maggie, tu ne devrais pas sortir seule.

— Il fait jour. Je ne risque rien, assura Maggie en se levant.

Elle étreignit brièvement Angie puis quitta son bureau. Au rez-de-chaussée, elle traversa la boutique, soulagée que Gema et Allie fussent trop occupées avec des clientes pour la questionner.

Une fois dans la rue, elle prit une direction au hasard. Du moins le pensa-t-elle jusqu'à ce qu'elle se rende compte qu'elle marchait vers le bar-restaurant de Mamie Johnson.

Il était 4 heures de l'après-midi. Une heure correcte pour commander un Manhattan. Maggie s'assit donc au bar et examina les hommes présents. Elle savait son regard tellement glacial qu'aucun d'entre eux n'oserait l'aborder.

Cinq minutes après son arrivée, quelqu'un prit le tabouret à côté du sien : elle en entendit crisser les pieds quand on le tira. Elle se retourna, tout en sachant qui elle allait découvrir : Mamie Johnson.

C'était bien elle qui lui dit en souriant :

— Je vous attendais.

— Vraiment ? Et pourquoi donc ?
— Je ne sais pas.
— Parfait, parce que moi, je ne sais pas ce qui m'a poussée à venir.
— J'ai fourni toute l'aide possible pour que la police arrête le tueur, mais à mon avis, il ne remettra pas les pieds ici. Il lit les journaux, comme tout le monde, et a dû voir son portrait. Il se doute bien que je le guette, et il ne prendra pas le risque de revenir chez moi pour me liquider : il y aurait trop de témoins.
— Mmm. S'il cherche une certaine catégorie de femmes, il ira la chercher ailleurs.
— Oui, mais où ?
Maggie détailla son interlocutrice. Très belle, vraiment, avec sa peau couleur de cuivre, ses dents d'un blanc éclatant et son allure accorte.
— Ma jolie, dans cette ville, il y a une centaine d'endroits où il pourrait aller.
— Oui, mais je pense qu'il aimait ce que vous lui… donniez. Des compagnes qui avaient de la classe.
— Je ne suis pas la seule à fournir des *escort girls*. Ce ne sont pas des putains que nous envoyons aux hommes intéressés, mais des… accompagnatrices, parfaites pour les esseulés.
Maggie garda pour elle son opinion. Que les clients soient riches ou pauvres, offrent aux filles du champagne ou une bière bas de gamme, elles finissaient par se plier aux souhaits de ceux-ci. Un lit les attendait invariablement, et parfois elles y subissaient sévices et pratiques perverses.
— Sean tient à être au courant de ce que les clients vous demanderont, Mamie. À mon avis, la police va placer une… une chèvre. Une femme flic qui se fera passer pour une *escort girl*.
— Je m'en doutais.

— Mamie, si un client vous appelle, pourriez-vous me prévenir en premier ?

Mamie fronça les sourcils.

— Mon petit, ignorez-vous ce que ce malade a fait aux filles ? Vous n'êtes pas bien costaude et...

— Je suis plus forte que je n'en ai l'air.

— Ô mon Dieu ! s'exclama Mamie en secouant la tête.

— Mamie, écoutez-moi. Je ne veux pas qu'une autre femme soit tuée, martyrisée...

— Ces femmes étaient des catins !

— Oh ! allons, vous ne me ferez pas croire que vous jugez les catins ! Moi, je ne le fais pas. Je ne juge personne, et je veux aider à épargner des vies. Je... je sais peut-être qui a commis ces abominations. Quelqu'un qui m'en voudrait personnellement, qui aurait un compte à régler avec moi.

— Non ! Il n'est pas possible que vous acceptiez de vous sacrifier ! Je n'avale pas cette histoire comme quoi vous auriez un contentieux avec un cinglé, mademoiselle Montgomery. Il y aurait donc un homme auquel vous auriez joué de sales tours ? Pourquoi ce monstre qui s'en prend aux prostituées en aurait-il après vous ? Je ne vois pas le lien.

— Je n'ai joué de sales tours à personne, Mamie. J'ai simplement un ennemi.

— Parlez-en à Sean !

— Impossible.

— Pourquoi ?

— Il ne comprendrait pas et ne me croirait pas.

— Alors parlez-moi.

— Non. Vous ne me croiriez pas non plus.

Mamie fixa longuement Maggie, puis vida d'un trait le verre de cette dernière avant de faire signe au barman de remettre ça.

— Mon petit, je viens du bayou. J'ai le vaudou dans le sang, même si je ne ressemble pas à ceux qui le pratiquent. Parlez-moi, je suis à même de tout entendre. Vous voulez que je vous aide, alors parlez.

— À ce moment précis de mon existence, j'aimerais vraiment que vous me croyiez, oui.

— Je vous écoute.

— Vous êtes prête à m'écouter… mais garderiez-vous le secret ? Mamie, c'est vrai que j'ai besoin de votre aide. Mais il faudrait que je puisse vous faire confiance.

— Allez, déballez-moi tout. Je ne suis peut-être qu'une vieille cocotte, mais je vous jure que j'ai un cœur d'or… et que je sais rester muette comme une tombe.

Maggie exhala un long soupir puis commença à raconter.

L'après-midi passa. Mamie écouta, dubitative d'abord, incrédule ensuite.

À la fin du récit de Maggie, elle était sidérée.

12

La mère de Callie était venue chercher la jeune fille à l'hôpital. À cette heure-ci, les deux femmes étaient en route pour Denver. Une chance, songeait Sean : Rutger s'était débrouillé pour sortir de prison. Il semblait s'être évaporé, mais cela n'avait plus guère d'importance dans la mesure où Callie était désormais hors de sa portée.

Une bonne chose, même si maintenant il ne restait plus de piste à suivre. Autant recommencer à sillonner la ville et à poser des questions à droite et à gauche.

Ses pas conduisirent Sean à Jackson Square, où proliféraient les marchands ambulants et les camelots. Parmi eux, il vit immédiatement Marie Lescarre, la prêtresse vaudou amie de Mamie Johnson.

Il se dirigea vers elle.

Deux jeunes filles, des touristes, lui posaient des questions sur les philtres d'amour.

Avec sa peau noire et ravinée comme l'écorce d'un chêne noueux, Marie Lescarre semblait aussi âgée que Mathusalem. Étonnamment, sa voix était agréable, chantante, avec des accents du Vieux Sud, et des mots français émaillaient son discours. Elle expliquait à ses clientes que ses potions étaient à base d'herbes aromatiques dont l'odeur attirait irrésistiblement les hommes.

Pendant que les filles payaient le philtre, Sean examina l'éventaire : brûle-encens, herbes, pierres prétendument dotées d'un pouvoir magique…

Marie Lescarre se tourna vers lui dès que ses acheteuses se furent éloignées.

— Lieutenant Canady, bonjour.

— Oh… Mamie vous a parlé de moi ?

— Je savais que vous viendriez.

Sans que Mamie ait dit quoi que ce soit ? Juste une intuition ? Bon, inutile de discuter ce point, estima Sean à part lui.

— Vous êtes Marie Lescarre ?

— Vous le savez bien, dit la vieille femme en souriant, révélant des dents superbes, étonnantes compte tenu de son âge.

Quel gri-gri ou brouet magique lui avait-il permis de conserver une denture dans cet état ?

— Votre nom, est-ce un pseudonyme ? Il se rapproche étrangement de celui de la prêtresse vaudou la plus célèbre de La Nouvelle-Orléans, Marie Laveau.

— Marie est le prénom catholique le plus répandu qui soit. Quant à Lescarre, c'est le patronyme de mon défunt mari.

Sean sentit ses joues s'empourprer. Il avait soudain l'impression de s'être moqué de cette femme, de s'être comporté comme un gamin.

— Allons, ne rougissez pas, lieutenant. Vous êtes un homme plein de bonté.

— Mmm, merci, dit-il sans pour autant parvenir à chasser l'embarras qui l'avait gagné : si cette femme disait vrai, si Mamie Johnson ne lui avait rien dit, comment avait-elle su d'emblée qui il était ?

Les journaux ! Sa photo et son identité avaient été largement diffusées dans leurs pages.

— Ainsi, vous êtes venu à moi, lieutenant.

— Sur les conseils de Mamie.

— Êtes-vous là pour rire du vaudou ?

— Non. Je tente tout pour arrêter la vague de meurtres.

La femme parut satisfaite ; elle hocha gravement la tête puis déclara d'un ton navré :

— Vous êtes en danger.

— Je suis un flic. Un flic est toujours en danger.

Cette fois, Marie Lescarre secoua la tête.

— Vous êtes une très vieille âme, lieutenant. Très, très vieille.

— Écoutez, Marie...

— Vous, écoutez-moi. Nous voyons tous ce qui est noir et ce qui est blanc. Il y a la nuit et il y a le jour. Le Mal et le Bien, mais ces deux antithèses-là, on ne peut les voir. En ce moment, dans cette ville, il y a lutte entre le Mal et le Bien.

Il hésita, s'étonnant lui-même de la question qu'il s'apprêtait à poser.

— Maggie Montgomery... est-elle le Mal ?

À son grand soulagement, Marie secoua de nouveau la tête.

— Non, mais soyez prudent : elle n'est pas ce qu'elle semble être.

— Est-elle une adepte du vaudou ?

Marie éclata de rire.

— Non, pas du tout !

— Bon. Maintenant, Marie, dites-moi...

— Rien, lieutenant. Il n'y a rien que je puisse ajouter. Dans cette ville, la magie a toujours été latente, le Bien et le Mal très actifs. Soyez prudent, je vous le répète. Regardez bien en face la Bête et gardez à portée de main l'arme requise. Ayez l'esprit ouvert, c'est le plus important. Les légendes sont basées la plupart du temps sur des faits réels. Vous croyez en Dieu, n'est-ce pas, lieutenant ?

— Oui. Je viens d'une vieille famille catholique.

— Vous ne Le voyez pas, vous ne Le connaissez pas mais vous savez qu'Il existe. La foi, c'est croire en ce que l'on ne voit pas. Mais en ce monde il y a tant de choses qui échappent à l'œil nu et existent pourtant… La Terre n'est pas plate, des hommes ont marché sur la Lune… Tout est possible. Regardez le ciel, la nuit… Le noir et blanc, le rouge de notre sang… et prenez ceci : c'est magique.

La main osseuse de la vieille femme plaqua un petit objet dans celle de Sean. Il referma ses doigts autour de la chose.

— Je ne peux accepter. Je dois vous payer.

Peut-être était-elle l'une de ces folles qui pratiquaient le vaudou, mais elle était vieille et certainement très pauvre.

— Prenez, lieutenant.

— Combien vous dois-je ?

— Rien. C'est un cadeau.

Sean soupçonna Mamie Johnson d'être de mèche avec la vieille femme. Mamie procurait des « escortes » à ceux qui en demandaient et Marie Lescarre fournissait aux clients les philtres qui exacerbaient leur potentiel sexuel.

La vieille femme le regarda une dernière fois puis se détourna : un jeune couple se penchait sur ses huiles et lotions parfumées.

Sean resta un instant sans réaction. Il s'était conduit comme un idiot, un gogo. Qu'est-ce qui lui avait pris ? Il était venu interroger une prêtresse vaudou ! Et elle lui avait remis un gri-gri… Une patte de lapin ? Une patte de poulet ?

Il écarta les doigts et découvrit une croix d'argent d'environ cinq centimètres accrochée à une longue chaîne. Cela le fit sourire. Quoi d'étonnant, finalement, à ce que Marie lui ait offert un tel symbole ? Il avait mentionné son ascendance catholique française.

Il commençait à s'éloigner quand Marie le rappela.

— Lieutenant !

— Oui ? dit-il en se retournant.

— Mettez-la.

Sean passa la chaîne autour de son cou. Pourquoi pas, après tout ? Marie ne lui avait pas donné une stupide amulette. Il pouvait bien porter une croix.

Mais quand même… Il était un policier un peu macho et… Et alors ? Un flic avec une croix, où était le problème ? Si ça ne lui faisait pas de bien, cela ne lui ferait en tout cas pas de mal. D'ailleurs, bizarrement, il se sentait un peu plus en sécurité, maintenant que la croix d'argent se trouvait sur sa poitrine.

Il quitta Jackson Square et se rendit compte quelques minutes plus tard qu'il empruntait la rue menant au bar-restaurant de Mamie Johnson. Eh bien, puisqu'il était là, autant entrer…

Il s'assit au bar et commanda un sandwich et un Coca. Mamie ne fut pas longue à venir s'installer à côté de lui.

— Je n'ai pas revu l'homme, lieutenant. Et je pense qu'il ne remettra pas les pieds ici.

— Mmm. Peut-être que si. À mon avis, il s'imagine trop bon pour être pris. Il va vous défier, et nous aussi. Il va parier que nous ne sommes pas assez rapides pour l'attraper. Mamie, vous n'avez pas peur, n'est-ce pas ?

— Pour être sincère, si, j'ai un peu peur. Serez-vous assez rapides pour l'attraper s'il me tombe dessus ?

— Des policiers en civil sont ici en permanence pour veiller au grain, Mamie.

— Je m'en doutais. Vous allez fiche mon commerce en l'air !

— Oh, oh ! Oubliez-vous que je suis policier ? Que votre commerce, je pourrais le faire fermer ?

— Vous ne le ferez pas. Mon cuisinier est excellent.

— Exact, confirma Sean en mordant dans son sandwich au rosbif. Mamie, j'ai vu votre amie Marie Lescarre sur Jackson Square.

— Ah bon ?

— Elle a su immédiatement qui j'étais.
— Évidemment. C'est une prêtresse vaudou.
— Balivernes ! Quoi qu'il en soit, je porte la croix qu'elle m'a donnée.
— C'est bien, vous allez en avoir besoin. Les croix repoussent le Mal. Mon garçon, vous auriez intérêt à croire qu'il existe des forces occultes. Vous voulez du pain à l'ail ? Ça vous ferait du bien.
— Je préfère le rosbif.
— N'empêche, vous devriez manger de l'ail. Et aussi l'emmener quelque part ce soir.
— Hein ? Qui donc ?
— Votre petite amie. Sortez-la. Dans un joli restaurant italien et mangez beaucoup d'ail.
— Mamie, Mlle Montgomery vous déplaît ?
— Non, je la trouve très bien.
— Alors pourquoi voulez-vous que j'aie une haleine qui empeste l'ail ? Ça arrêterait net une relation qui commence à peine ! Je sais à quoi est censé servir l'ail, j'ai vu des films d'épouvante. Ne me dites pas que vous pensez la ville envahie de vampires !
— Soyons humbles. Remettons nos certitudes en question, lieutenant.
— Nous parlions d'un vrai tueur, pas d'un monstre de cinéma ou de BD que l'ail neutraliserait. Combien vous dois-je, Mamie ?
— Offert par la maison.
— J'aimerais mieux payer.
— Laissez tomber. Ce repas était peut-être votre dernier.

Sean regarda la tenancière et s'étonna de voir tant de sollicitude et d'affection sur ses traits. Spontanément, il l'embrassa sur la joue.
— Ne vous en faites pas pour moi, Mamie : je porte la croix de votre copine.
— Mmm.

— Vous vouliez que j'aille voir la vieille prêtresse vaudou, je l'ai fait. En retour, j'aimerais que vous acceptiez de garder sur vous quelque chose que moi, je vais vous donner.

— Et c'est ?

— Une montre. Enfin, ça a tout l'air d'en être une, mais en fait il s'agit d'une alarme, un bip. C'est le FBI qui a mis ce gadget au point. Vous la mettez au poignet et au moindre problème, vous appuyez sur le cadran, qui fait office d'émetteur. Je ressentirai immédiatement une vibration sur mon bip, qui est le récepteur.

Mamie éclata de rire.

— Mon chou, je pourrais vous faire vraiment vibrer sans avoir besoin d'une montre si vous le vouliez... Mais ça ne vous intéresse pas, n'est-ce pas ? Votre petite amie vous fait assez vibrer comme ça. Elle est vraiment extra, cette jeune personne.

— Il est indéniable qu'elle sort du commun.

— Ne tombez pas trop amoureux, lieutenant.

Sean descendit de son tabouret et dit au revoir à Mamie sans relever son étrange conseil.

Il sortit du restaurant et remonta dans sa voiture d'où il appela Maggie. Elle lui demanda de lui raconter ce qui s'était passé après qu'il l'eut laissée à l'hôpital avec Callie. Il raconta succinctement son passage à la morgue, sans mentionner le cadavre décapité ni sa discussion avec Marie Lescarre.

Maggie lui manquait, se rendit-il compte. Il ne l'avait quittée que depuis quelques heures et brûlait d'envie d'aller la retrouver mais il lui semblait soudain important de mettre de la distance entre elle et lui.

— Je vais finir très tard, ce soir, Maggie.

— Oh...

— Attends. Si tu es un oiseau de nuit...

Il s'interrompit, troublé par l'image qu'il venait d'employer. Un oiseau de nuit... Dans une ville hantée de créatures qui ne s'animaient qu'après le crépuscule... Pour ne rien arranger, il y avait cette histoire de vampires suggérée par Mamie. Les vampires et les adeptes du vaudou s'entendaient très bien ; tous appartenaient au monde des ténèbres.

Et le tueur aussi, qui avait commis ses meurtres lorsque le ciel était noir.

— Appelle-moi dès que tu seras libre, Sean. Quelle que soit l'heure, OK ?

— Entendu.

— Sean ?

— Oui ?

— Je t'aime.

Il se sentit fondre.

— Je t'aime aussi, Maggie.

Il raccrocha et démarra. Après une hésitation, il prit la direction de la plantation Oakville. Lorsqu'il y arriva, il vit tout de suite son père assis sous la véranda, en train de se balancer doucement dans son vieux rocking-chair.

— Salut, papa ! lança-t-il en sortant de sa voiture.

— Salut, fiston. Content que tu sois là, mais qu'est-ce qui t'amène, en plein milieu de semaine ?

Sean gravit les marches du perron et rejoignit son père.

— Une bière ? lui demanda Daniel Canady tout en le fixant d'un air intrigué.

— Ouais.

Daniel se pencha vers la glacière posée par terre à côté de lui et prit une bouteille de la bière qu'il brassait lui-même. Sean en avala immédiatement une longue gorgée : elle était sacrément bonne.

— Alors ? Quel est le problème ? s'enquit Daniel.

— J'ai besoin de réponses.

— Tu as besoin d'experts en criminologie, de types capables d'utiliser les dernières techniques en la matière.

— J'ai tout ça, papa. Et j'ai autre chose, qui laisse ces gens-là démunis.

— Raconte.

Sean parla du cadavre dont on avait coupé la tête à l'intérieur même de la morgue, de Mamie et ses histoires d'ail, de Marie Lescarre et de la croix.

— Intéressant, dit Daniel lorsque Sean se tut.

— Effectivement. Alors ? Est-ce que tout ça t'évoquerait quelque vieille histoire, même très ancienne ?

Daniel hocha la tête.

— Super, papa ! De quoi s'agit-il ?

— De Jack l'Éventreur, dont l'ultime meurtre remonte à novembre 1888.

— Jack Delaney, ou Pierre LePont, je ne sais plus, m'en a déjà parlé et j'ai moi-même jeté un œil à un monceau de littérature traitant du sujet.

— Tu sais donc qu'il n'a jamais été identifié. On a suspecté je ne sais combien de gens d'être l'Éventreur, y compris le petit-fils de la reine Victoria, le duc de Clarence, et…

— … et ces suspects ne se trouvent pas à La Nouvelle-Orléans de nos jours, papa.

— Attends. Le bruit qui a le plus couru, c'était que l'Éventreur était le produit de la crasse, de la pauvreté et du brouillard du West End. Ces ingrédients réunis auraient donné naissance à un monstre, à un esprit du Mal.

— Parfait. Je vais dire à mes supérieurs que nous cherchons une créature maléfique faite de brouillard et d'autres trucs. Papa, tu n'as pas d'autre hypothèse ? Quelque chose d'un peu plus réaliste ?

— Nous sommes à La Nouvelle-Orléans, fiston.

On dit que des zombis errent la nuit dans les plantations abandonnées, ainsi que dans le quartier français. Et puis il y a aussi…

— Quoi ?

— Une seconde, je sollicite ma mémoire. Ah ! voilà… Ce type emprisonné en 1909. Un retardé mental du nom de Josh Jurgen. Il a été jugé pour le meurtre d'une prostituée, mais sa mère autant que lui ont clamé qu'une goule avait tué la fille. Personne ne l'a cru et le verdict du tribunal a été une condamnation à mort. On a mis Jurgen au secret dans une cellule en attendant le jour où la sentence serait exécutée et la veille de ce fameux jour, le jeune gars s'est pendu. Il s'est débrouillé pour faire un nœud coulant si serré que… que la corde lui a sectionné la tête.

— Il se serait décapité tout seul ?

— Oui. Incroyable, hein ? Mais j'ai autre chose : la mère de Jurgen était la meilleure amie de la mère de Mary Montgomery, l'arrière-arrière-grand-mère de Maggie. Mary a témoigné en faveur du garçon lors du procès, mais malgré le prestige de cette dame, Jurgen a été condamné à la peine capitale. Mary a eu le droit de lui rendre visite dans sa cellule la veille de l'exécution. Elle est la dernière à l'avoir vu avant qu'il ne se sectionne la tête en se pendant.

Sean ressentait un léger malaise. Il avait l'impression que tout le monde s'efforçait de lui faire comprendre qu'un mauvais sort affectait la famille Montgomery.

Or, ne se disait-il pas lui-même qu'il y avait quelque chose de bizarre chez Maggie ?

— La région des bayous regorge d'histoires de fantômes, fiston.

— Merci de me le rappeler.

— La pleine lune fait sortir les loups-garous, si l'on en croit les légendes. Mais les légendes ont toujours une base logique. On sait que la pleine lune a un effet sur la personnalité. D'où l'adjectif « lunatique ». Tous les médecins urgentistes te diront qu'ils ont dix fois plus de blessés à la suite de rixes lors des nuits de pleine lune que d'habitude.

— Voilà une information qui va m'être d'un grand secours, railla Sean.

— Je fais de mon mieux pour t'aider, fiston.

— Bon. Continue.

— Cette ville a d'autres travers. Le culte des vampires, entre autres.

— Super.

— Cette croix que t'a donnée la vieille Marie... Elle est en argent. Je me demande de quoi elle a peur pour toi : des loups-garous, ou des vampires ?

— Oh ! papa...

— Les Montgomery, et un Canady si je ne me trompe, ont tué un homme autrefois. Ils le prenaient pour un vampire. L'autre soir, lors du barbecue, on en a parlé. Quelqu'un a dit que l'homme avait été tué parce qu'il était français, mais ça ne tient pas debout, surtout à La Nouvelle-Orléans. Quoi qu'il en soit, depuis, les gens pensent que les Montgomery, et les Canady aussi, ont quelques gouttes de sang de vampire dans les veines. Hé ! ne fais pas cette tête... On ne peut pas avoir que des héros dans la famille, quoique ce soit bien d'en compter dans notre lignée.

— Je suis bien content.

— Sean, tu es déçu. Je voudrais vraiment t'aider. Je te déballe donc tout ce qui me vient à l'esprit. Cette histoire de Jack l'Éventreur, tu la connaissais. Souviens-toi de ce voyage que nous avons fait en Europe à la fin de ta dernière année de collège. Nous sommes allés à Londres et la promenade guidée de nuit dans le West End, sur les traces de l'Éventreur, nous l'avons faite. Nous avons pu constater qu'il existait dans Londres, même de nos jours, des secteurs tellement sinistres que l'on se prend facilement à croire en l'existence de monstres issus du brouillard et de la décrépitude. Mais ça ne concerne pas que Londres. Toutes les villes ont leur monstre, les archives historiques en attestent. On y lit un nombre incalculable de témoignages. Des gens auraient vu des morts sortir de leur tombe… Ce qui a dû se passer, c'est que la médecine étant ce qu'elle était, c'est-à-dire peu de chose, on enterrait vivantes des personnes simplement évanouies. Et puis, même après la mort, le corps fonctionne encore un moment : les cheveux et les ongles poussent, par exemple. Dans le cas des vampires, je pense qu'on a enseveli des hommes ou des femmes encore en vie, puis on a rouvert la tombe pour une raison X. Les corps inhumés ne s'étaient pas encore décomposés, mais la mort avait fait son œuvre par asphyxie. Les malheureux étaient restés allongés et immobiles pendant l'agonie, ce qui a fait descendre le sang dans les extrémités. Les corps étaient intacts et les visages, que l'on découvrait en retirant la terre, livides à cause du déplacement du sang. D'où la légende des vampires.

— Tu essaies de m'expliquer qu'un phénomène naturel est à l'origine de la légende des vampires…

— Oui. Ajoutons à ça que nombre de gens se sont pris pour des vampires et l'ont clamé haut et fort. Au XVIe siècle, Élizabeth Báthory, une comtesse hongroise, clamait qu'elle en était un; elle a tué je ne sais combien de jeunes filles pour boire leur sang. Dans les années 1920, on trouve des hommes qui en ont assassiné d'autres, toujours pour leur voler leur sang. Des êtres crédules, des fous, il y en a eu pléthore, et je ne vois pas pourquoi cela se serait arrêté avec l'ère moderne. Tu devrais peut-être considérer ton problème de cadavres décapités et vidés de leur sang sous cet angle.

Sean se leva et tapota l'épaule de son père.

— Merci, papa. Tu m'as donné un bon coup de main. Vraiment.

— J'aurai au moins essayé, dit Daniel en souriant. Tu t'en vas déjà ?

— Bien obligé. Il y a trop de cadavres dans le coin, en ce moment.

Il remonta dans sa voiture et repartit vers la ville. Tout en conduisant, il réfléchissait à ce que lui avait raconté son père, ainsi qu'à ce qui s'était passé depuis le matin. Il approchait du quartier français quand il se rendit compte que le récepteur d'appel connecté à la montre donnée à Mamie Johnson vibrait dans sa poche.

Il prit le petit appareil, enclencha la fonction GPS et visualisa le plan qui apparut sur le cadran. Bon sang ! Mamie se trouvait dans une ruelle près de Bourbon Street !

Il se dirigea en trombe vers ce secteur, transpirant un peu plus à chaque tour de roue qui le rapprochait de Bourbon Street. Il arriva enfin dans le quartier, se gara et se rua hors de la voiture.

En courant, il gagna la ruelle, une venelle en fait, bordée d'immeubles à l'abandon aux ouvertures condamnées. Quelques boutiques étaient néanmoins encore en activité et une ou deux maisons manifestement occupées par des familles miséreuses.

Pour un peu, il se serait cru à Londres, dans le secteur de White Chapel.

Là où sévissait Jack l'Éventreur.

Londres
9 novembre 1888

Megan ne retrouva Peter qu'à 5 heures du matin, affalé contre un mur au fin fond d'une venelle obscure. Il était assis, les yeux rivés sur ses mains tournées vers le ciel. Ses paumes étaient couvertes de sang.

— Peter, vous n'avez pas fait ça, vous n'avez pas tué cette femme ! s'écria Megan en s'agenouillant auprès de lui.

— Pourquoi êtes-vous si affirmative ? Comment sauriez-vous que je ne suis pas un monstre ?

— Je le sais, c'est tout.

— Comment le pourriez-vous ?

— J'ai déjà vu des monstres, Peter. Vous n'en êtes pas un. Vous n'avez tué personne.

Il se mit à rire, un rire rauque proche de l'hystérie qui effraya Megan.

— Il y a eu deux meurtres, cette nuit, reprit-il après s'être un peu calmé. Une femme est morte à George's Yard, l'autre sur Mitre Square. Vous n'avez pas entendu ce que l'on raconte sur la deuxième… Mon Dieu ! ce qu'on lui a fait… Un carnage. Elle a été tellement mutilée qu'elle en était méconnaissable !

Il recommença à rire puis se mit à pleurer. Megan l'attrapa par les épaules, le secoua et l'obligea à se relever.

— Vous n'y êtes pour rien, Peter !

— Je… je ne me crois pas capable de commettre une telle atrocité, mais le problème, c'est que j'ignore où je me trouvais et ce que j'ai fait. Je n'ai aucun souvenir, mais regardez mes mains, Megan ! Regardez-les !

Elle le prit par le bras, l'obligeant à marcher, et le ramena chez lui dans l'aube naissante qui chassait les ombres redoutables des petites rues.

La première victime, apprit Megan par les journaux, s'appelait Liz Stride, une prostituée d'origine suédoise. Elle n'avait pas été mutilée.

En revanche, la deuxième, Catherine Eddows, avait subi infiniment pire que Polly Chapman. Un boucher semblait s'être acharné sur elle, rapportait la presse. Il l'avait découpée comme s'il s'était agi d'un porc : estomac ouvert, viscères arrachés... organes disparus. Moins de deux kilomètres séparaient les deux victimes, ce qui les plaçait sur des secteurs différents. L'enquête sur la mort de Liz dépendrait de la police métropolitaine, celle de Catherine de la police municipale. Immédiatement, les juridictions s'allièrent et formèrent des groupes de recherches. Un morceau de tablier blanc ensanglanté fut retrouvé, et on découvrit une phrase tracée à la craie sur un mur de brique : *Les Juifs sont coupables de toutes les fautes du monde.*

Dans la crainte qu'elle ne déclenche des émeutes antisémites, les autorités firent immédiatement effacer la phrase, mais nombre de gens l'avaient lue. Les conjectures allèrent bon train, bien que nul ne sût si le tueur était bien l'auteur de ces mots.

De retour chez lui, Peter sombra dans la terreur, puis se laissa peu à peu convaincre de son innocence par Megan. Galvanisé, il décida de se prouver à lui-même qu'il n'était pas un assassin.

L'un des grands journaux de Londres révéla avoir reçu une lettre juste avant les deux derniers meurtres. Elle émanait d'une personne qui s'identifiait comme « Le tueur » et commençait par « Cher patron ». L'auteur parlait de la stupidité de la police et de l'efficacité de son couteau. Il promettait d'envoyer la prochaine fois l'une des oreilles de sa victime à la rédaction et signait « Jack l'Éventreur ». Une deuxième lettre avait suivi, dans laquelle il annonçait un double assassinat.

Ensuite, il y eut d'autres envois, bien pires que les lettres. L'un des destinataires fut George Lusk, le responsable de l'un des comités de vigilance. Il reçut un petit colis contenant un rein. Le tueur disait avoir gardé l'autre pour le manger. Des pathologistes se penchèrent sur le rein et conclurent qu'il était bien humain et semblait avoir appartenu à une femme.

Londres devint folle de peur et de colère.

Peter se cloîtra, passant des heures les yeux rivés au plafond. Megan, elle, se mit à sillonner les rues à la recherche de Jack l'Éventreur.

Le mois d'octobre passa. Laura tomba malade et Peter dut s'arracher à son marasme afin de soigner son épouse, qui souffrait d'une méchante grippe alors qu'elle était enceinte. Ayant plus ou moins retrouvé son équilibre mental, il ne tarda pas à se rendre compte que Megan sortait seule la nuit.

— Au nom du Ciel, que faites-vous, mon amie ?

— Je vous sauve de la folie.

— Ce sera au prix de votre vie ! Je vais venir avec vous. Je le dois.

— Je ne serais pas libre d'agir à ma guise, Peter. Restez chez vous. Si vous êtes à mes côtés, je n'aurai aucune chance de faire des rencontres, de parler avec des hommes.

Il se mit en colère, lui dit qu'elle n'était pas de taille à affronter le monstre, qu'elle serait obligée de fréquenter des pubs malfamés et de se faire offrir à boire pour lier conversation. Megan lui assura qu'elle ne courait aucun danger, qu'elle était jeune et forte, et ne buvait pas.

Ce soir-là, pourtant, elle but une bière en compagnie de Peter, tout en discutant des meurtres, de l'enquête, et de l'intérêt morbide et passionné que les journaux portaient à l'affaire.

— Depuis qu'ils ont publié les lettres de l'Éventreur, la police est noyée sous une avalanche de confessions. De la part de mythomanes, croit-on, mais peut-être parmi ces missives y a-t-il les aveux du tueur.

Cette possibilité réconforta Peter. Il conclut un accord avec Megan : il allait recommencer à travailler et à reprendre confiance en lui. Ils chasseraient le tueur ensemble.

Octobre fut calme. L'Éventreur ne sévit pas, mais Megan et Peter n'interrompirent pas pour autant leur quête. Ils parcouraient inlassablement les rues du crépuscule à l'aube.

Le vendredi 9 novembre était le jour de la parade du maire. Le nouveau Lord-Maire de Londres se rendrait en grande pompe jusqu'à son bureau sur le Strand après avoir traversé toute la ville en cortège.

Peter et Megan parlaient de cela le soir même tout en marchant dans les rues de White Chapel. Il faisait froid et des lambeaux de brouillard flottaient dans l'ombre.

Ils entendirent soudain un appel ténu.

— Au meurtre !

— Mon Dieu, Megan ! Restez près de moi ! s'écria Peter avant de se mettre à courir.

Megan le suivit mais le brouillard forma soudain un écran opaque et elle perdit Peter de vue.

Jusqu'au matin, elle courut dans tout le quartier en criant son nom, en pure perte. Le soleil se levant, elle se résigna à rentrer chez les Austin.

La porte de leur maison était ouverte, découvrit-elle à son arrivée. La peur l'assaillit immédiatement ; elle s'immobilisa et écouta. Ce léger bruit... qu'était-ce ? Des sanglots !

Elle se précipita dans l'appartement et trouva Peter agenouillé devant le canapé. Laura était allongée sur les coussins, inerte, le visage d'une blancheur de neige.

— Elle est morte, dit Peter entre deux sanglots.

Megan était effondrée : ils avaient laissé seule la jeune femme malade et enceinte et son état s'était aggravé. Elle avait quitté ce monde sans son mari à ses côtés… son mari qui aurait peut-être pu la sauver, ou lui tenir la main quand la vie la fuyait.

— Oh ! Peter…

— Je suis maudit. Je suis de nouveau sorti d'un trou noir les mains ensanglantées ! Dieu m'a puni d'avoir donné la mort en m'enlevant la créature qui m'était la plus chère.

— Non, Peter, non ! Pour la paix de votre âme immortelle, cessez de croire cela !

— Que savez-vous donc de l'immortalité de l'âme ? demanda-t-il amèrement.

— Que c'est ce qu'il y a de plus important en nous ! Peter, Laura est désormais auprès du Seigneur, et vous n'êtes en rien responsable de son départ. Il faut que vous continuiez à aider votre prochain.

Les yeux pleins de larmes, Peter contempla longuement sa femme, puis demanda :

— Megan, pourriez-vous m'apporter du brandy ? J'ai besoin de retrouver des forces.

Megan partit à la cuisine. Elle entendait Peter répéter comme une mélopée :

— Laura, ma Laura, ma bien-aimée… Laura…

Elle remplissait un verre quand elle perçut un autre son. Une détonation. Lâchant le verre, elle se précipita au salon.

Il y avait un pistolet par terre.

Peter gisait, mort, sur la poitrine de sa femme.

Il s'était tiré une balle dans la tête.

Le lendemain, l'annonce de la découverte d'un nouveau cadavre, celui de Mary Jane Kelly, relégua les articles concernant le nouveau maire de Londres en dernière page.

Mary Jane avait vingt-cinq ans et était irlandaise. On l'avait tuée dans la chambre qu'elle louait sur Miller Square. L'assassin avait pris tout son temps, la défigurant, l'éviscérant puis mettant en scène les différentes parties détachées du corps.

Megan apprit la nouvelle alors qu'elle se rendait à la poste pour expédier un télégramme à la famille des Austin. Elle était furieuse contre elle-même : elle s'était révélée incapable d'empêcher Peter de se suicider, et la mort de cette jeune inconnue, Mary Jane, la bouleversait.

Au crépuscule, seule et le cœur brisé, elle prit la direction de Miller Square.

Il y avait foule dans les rues; des curieux et des gens effrayés. Elle s'arrêta devant la maison théâtre du dernier drame en date et leva les yeux vers la façade.

Soudain, elle se sentit observée et se retourna.

Il était là, vêtu d'une cape noire et d'un chapeau haut de forme, debout dans une cour déserte, à quelques mètres. Quand leurs regards se croisèrent, il souleva très courtoisement son chapeau.

Elle marcha droit sur lui.

— Que faites-vous ici ?

— J'observe les conséquences de mes travaux manuels.

Meg inspira profondément pour contenir sa fureur.

— De quoi parlez-vous ? demanda-t-elle d'une voix vibrante de haine.

Elle connaissait la réponse, mais voulait l'entendre de sa bouche.

— Allons, Megan, ne me dis pas que tu ne comprends pas ! Tu sais depuis le début que tout cela est mon œuvre ! Quand je pense que tu n'as à la bouche que des mots comme innocence et respect de la vie humaine… Tu condamnes sans appel ceux qui commettent des meurtres, mais qu'étaient ces femmes ? Des moins que rien, de pathétiques épaves, qui seraient de toute façon mortes rongées par l'alcool, le désespoir, la syphilis...

— Vous les avez massacrées !

— Je sais que le résultat n'est pas joli, mais je les ai toutes étranglées au préalable, ma chère. Elles n'étaient plus des êtres humains quand je les ai découpées. Seulement des cadavres pendant que je me livrais à mes petits jeux.

— Vous ne les avez pas tuées parce que vous aviez faim !

— Je les ai tuées parce que je suis une bête. Comme toi.

— Vous avez fait tout cela pour que Peter se croie coupable au point d'en devenir fou. Vous l'avez hypnotisé et amené à penser qu'il était l'auteur de ces atrocités.

Megan marqua un temps puis enchaîna :

— Dieu me pardonne, je me moque de ce qu'ils me feront... mais je vais vous tuer !

Il n'eut pas le temps de réagir. Animée d'une fureur destructrice, elle était déjà sur lui, le ravageant à coups d'ongles et de dents.

Il hurla ; elle prit alors conscience de sa propre sauvagerie. Elle était en train de commettre le péché le plus grave, celui qui lui vaudrait d'être exécutée par les siens : elle avait déjà presque détaché la tête du corps...

Elle décida toutefois que rien d'autre n'avait d'importance, qu'elle ferait face au châtiment infligé par ceux de son espèce. Elle allait le tuer, oui, et si elle mourait ensuite, quel soulagement !

Elle déchiquetait les chairs quand des bras l'enserrèrent et l'obligèrent à reculer, à lâcher sa proie. Qui... Lucian ? Oui, Lucian.

— Ne fais pas ça, Megan ! Arrête ! Il est grièvement blessé, il lui faudra des siècles pour se rétablir !

Meg ferma les yeux. Sa vie se résumait à un gouffre sans fond dans lequel elle tombait, une chute vertigineuse qui ne cesserait jamais.

Un son s'éleva, un rire démoniaque.

Aaron Carter se moquait d'elle, la menaçait d'effroyables représailles.

Puis le rire perdit de son intensité, sembla s'éloigner… et se tut enfin.

13

Mamie Johnson ne partageait pas l'opinion de Sean et Maggie : le tueur ne reviendrait pas au restaurant, elle en était sûre.

Cette certitude mise à part, elle ne nourrissait que des doutes : le monde n'était certainement pas ce qu'il semblait être et elle ne savait que penser de la fantastique histoire que lui avait racontée Maggie Montgomery.

Mamie ne se sentait pas en danger. Elle vivait dans le ventre de cette ville étrange, La Nouvelle-Orléans, et faisait partie de ses entrailles. Rien ne pouvait l'effrayer, excepté la pauvreté. Elle l'avait connue dans son enfance, sa jeunesse, à ne manger que du riz qu'elle partageait avec ses sept frères et sœurs dans un taudis ; elle avait entendu des bébés hurler de faim des nuits entières.

Non, elle n'était pas effrayée. Personne ne s'en prendrait à elle, qui appartenait à cet univers glauque, ténébreux, de la cité.

Il était tard quand elle quitta son établissement, très tard. Les rues étaient étonnamment calmes, vides. Sans doute parce que les gens avaient peur du tueur. Ils se calfeutraient chez eux ou dans les hôtels. Les patrons des clubs de jazz allaient faire grise mine ; tout le commerce pâtirait rapidement de cette peur générale.

Tout en marchant sur le trottoir, elle leva les yeux vers le ciel. Quelle nuit bizarre ! Des nuages cachaient la lune, une brume mouvante voilait les façades, les lampadaires…

Elle ne put se retenir de frissonner. Mieux valait se presser et… Des pas, elle entendait des pas dans son dos.

Elle se retourna, ne vit personne, décida que sa nervosité lui jouait des tours et se remit à marcher.

Toutefois, par précaution, elle obliqua dans une ruelle entre deux vieux immeubles. On ne la suivrait pas là. Ce raccourci, elle le connaissait depuis toujours, elle s'esquivait par cette sorte de passage secret étant enfant.

Les pas résonnèrent de nouveau dans la nuit. Elle se rappela alors la montre donnée par Sean Canady, pressa sur le cadran et se mit à courir. Un renfoncement dans une façade lui parut parfait pour se cacher et regarder derrière elle.

Se plaquant contre le mur, elle scruta la venelle.

Seigneur ! Il était là. Elle n'aurait pas dû s'en étonner.

Elle le vit tel que dans son souvenir : aussi grand, mince et beau, en chemise et pantalon noir. Sous ses cheveux couleur de ténèbres, son visage était blafard. Cette chevelure aile de corbeau, était-ce naturel ? Ne se serait-il pas teint ?

Question superflue, se dit-elle. Il était là pour la tuer.

— Salut, Mamie.

— Euh… Bonsoir, dit-elle d'une toute petite voix.

Elle le contourna et repartit. Si elle gagnait du temps, peut-être réussirait-elle à…

— Hé ! Mamie ! s'écria-t-il en lui agrippant le bras.

Il l'attira contre lui et elle perçut sa force inouïe.

Crier, il ne lui restait que cela à faire.

Elle ouvrit la bouche, mais il la bâillonna immédiatement de la main.

— Vous m'avez trahi, Mamie, dit-il en riant.

Il se pencha et lui lécha la joue d'un air gourmand.

— Mmm... C'est doux, sucré... comme du chocolat au lait. Je vais me régaler de vous dévorer, Mamie.

Pétrifiée d'horreur, elle sentit ses dents courir sur sa gorge.

— Plus sucré qu'un bonbon... murmura-t-il. Vous n'avez pas été gentille avec moi. Vous avez donné mon portrait aux flics au moment où je commençais vraiment à m'amuser. J'étais l'homme invisible, et voilà que vous vous en êtes mêlée...

Il écarta légèrement la tête et Mamie vit luire des crocs.

Elle sut qu'elle allait mourir.

Sean mit l'alarme électronique à hauteur de ses yeux. Mamie ! Dans un coin paumé du Vieux Carré !

Il alerta Jack pour qu'il fonce là-bas avec une équipe.

Sean se précipita aussi, bien que son instinct lui dît qu'il n'arriverait pas à temps. Pourtant, il ne se trouvait pas loin de la ruelle.

Il se mit à courir en hurlant le nom de Mamie.

L'angoisse et la crainte avaient ramené Maggie au restaurant de Mamie Johnson. Assise au bar, elle buvait un verre de vin offert par Sam, le jeune et sympathique barman.

— Je suis content de vous revoir, mademoiselle Montgomery. Je suppose que vous cherchez Mamie ?

— Oui.

— Elle est partie il y a à peine quelques minutes.

— Oh zut !

Maggie sauta à bas de son tabouret. Elle était déçue d'avoir manqué Mamie, mais il y avait autre chose : elle ressentait une peur lancinante, et ce depuis des heures. Maintenant, elle connaissait les raisons de cette peur : elle s'inquiétait pour Mamie.

— Je vais essayer de la trouver, dit-elle au barman.

— Attendez, mademoiselle Montgomery. Mamie est en sécurité, dans ce secteur de la ville, mais vous.... Eh bien...

— Qu'essayez-vous de me dire? Que Mamie ne risque rien parce qu'elle est noire, alors que moi qui suis blanche, je cours un danger par ici en pleine nuit?

— Euh... oui.

— Ne vous en faites pas pour moi.

Sans laisser au barman le temps de protester, Maggie se dirigea vers la sortie.

— Bon sang, attendez! entendit-elle le jeune homme crier. De sales trucs se sont passés et...

Tout en lançant ses avertissements, Sam s'était rué vers la porte que Maggie venait de franchir.

Un homme de haute taille aux cheveux noirs l'arrêta.

— Ne bougez pas, mon jeune ami. Je vais m'occuper d'elle.

Il avait rivé son regard dans celui du barman qui tout à coup se sentit désorienté : que faisait-il sur le seuil de l'établissement? Il n'avait aucun souvenir de ce qui l'avait amené là.

— Vous savez qui je suis, n'est-ce pas? demanda l'homme d'une voix envoûtante.

Il avait coincé Mamie contre un mur à l'angle d'un immeuble, de façon à se trouver dans le noir. D'une main il la bâillonnait et de l'autre il lui caressait la carotide. Il semblait se réjouir de son pouls emballé, savourer le flux rapide du sang sous son pouce.

Soudain, il lui enserra le cou tout en continuant à lui lécher le visage. Puis sa bouche dériva vers son cou et Mamie se raidit : il lui plantait les dents dans la gorge !

Elle eut l'impression que des lames de stylet s'enfonçaient dans sa chair et sentit ses jambes se dérober sous elle. Jamais elle n'avait eu aussi peur.

— C'est curieux, ne trouvez-vous pas, Mamie ? L'Éventreur a traversé le temps… ce vieux Jack, si célèbre pour ses horribles mises en scène *post mortem*… J'insiste bien là-dessus : *post mortem* ! Car Jack n'était pas un sadique. Il tuait sans les faire souffrir ses victimes avant de jouer avec leur corps. Il était miséricordieux, ce brave Jack… Mamie, savez-vous vraiment qui je suis ?

Elle essayait de hocher la tête quand elle entendit crier son nom.

Ô mon Dieu ! Sean Canady l'appelait ! Elle reconnaissait sa voix puissante !

Le tueur aussi l'entendait. Son sourire s'élargit, sa prise sur la gorge de Mamie se resserra.

Non, elle ne voulait pas mourir ! Elle devait tenter quelque chose et… Mordre cette saleté de main qui l'étouffait, mordre jusqu'à en arracher la chair…

Faisant appel à toute l'énergie qui lui restait, elle enfonça les dents aussi profondément que possible, atteignant l'os…

Le tueur retira vivement sa main.

— Salope ! gronda-t-il.

Mamie hurla, un hurlement à briser le cristal, incroyablement strident, que seule une femme élevée dans ce quartier pouvait pousser.

Il lui reprit vivement la gorge et serra. Il savait que sa vision devait se brouiller, qu'un écran noir était tombé devant ses yeux. Un bref instant, il relâcha son étreinte de façon qu'elle distingue le couteau pointé sur son visage, une belle lame de douze centimètres extrêmement effilée.

Alors qu'il s'apprêtait à frapper, un ordre claqua.

— Lâchez ça!

À partir de là, tout se passa très vite. Il leva la main sans hésiter.

— Lâchez ça!

Il abaissa la main. Dans la même seconde, une détonation claqua.

Un coup tiré en l'air, comprit-il. Une ridicule sommation.

Le couteau plongea vers le cou de la femme… et une balle se logea dans le poignet du tueur mais ses doigts ne s'ouvrirent pas. D'autres balles furent tirées, et Mamie sentait son agresseur tressauter à chaque impact.

Cependant ce maudit couteau était toujours là, de plus en plus proche… Mamie avait l'impression de regarder un film dont les images passaient au ralenti. Elle entendait son assassin gronder. Il restait debout, farouchement déterminé à achever ce qu'il avait commencé. Enfin, après ce qui parut une éternité, il tomba. Non à cause des balles reçues, se rendit compte Mamie, qui recouvrait une vision normale depuis que le tueur l'avait lâchée, mais parce que quelqu'un s'était jeté sur lui.

Deux hommes s'affrontaient au sol en un combat furieux, rugissant, ahanant. Les coups pleuvaient, produisant des sons sourds quand ils atteignaient la chair, des craquements secs lorsqu'ils frappaient l'os.

Elle reconnut Sean Canady. Horrifiée, elle le vit coincé contre le mur par le tueur, lequel se baissait pour récupérer son couteau. Sean se redressa, mais il semblait désorienté; sa tête avait dû heurter la pierre. Il s'ébroua. Le tueur profita de la situation pour lui expédier un direct du droit dans le plexus. Le souffle coupé, Sean s'effondra.

Puis il reprit sa respiration, cilla, chassant les taches noires qui flottaient devant ses yeux et regarda l'homme. Bon sang ! Comment un type de ce calibre pouvait-il être aussi fort et résistant ? Il n'avait pas la corpulence de Conan le Barbare, et pourtant il portait des coups d'une puissance surhumaine. Pis, les blessures par balle ne semblaient même pas avoir amoindri cette puissance !

Il examina son visage. Curieux… il lui semblait connaître cet homme qui le fixait en retour, comme si lui aussi savait à qui il avait affaire.

Un sourire se forma sur ses lèvres.

— Salut, cadavre, dit-il à voix basse.

L'adrénaline afflua dans les veines de Sean. En un éclair, il fut de nouveau sur ses pieds et donna un violent coup de tête dans l'estomac du tueur, le déséquilibrant. Son arme… où était son pistolet ? Perdu quelque part dans l'ombre. Il ne lui restait que ses poings pour arracher Mamie aux griffes du tueur.

Bien que couvert de sang, l'homme affichait une forme terrifiante. Sean repartait à l'attaque lorsqu'un cri jaillit :

— Stop !

Le tueur n'en tint aucun compte.

— Stop, espèce de fumier !

Sean se crut victime d'une hallucination : Maggie ? C'était bien Maggie qui remontait la ruelle en courant ? Ô mon Dieu…

— Va-t'en, Maggie ! Pour l'amour du Ciel, va-t'en !

Trop tard. Les traits déformés par la haine, le tueur s'était tourné vers Maggie. À l'instant où elle arriva sur lui, il la précipita par terre. Il tenait toujours son couteau.

Sean tenta de s'interposer entre Maggie et l'assassin mais ce dernier ne lui laissa aucune chance. Il lui décocha un coup de poing à la mâchoire qui l'expédia à plusieurs mètres. Sonné, la tête vibrant d'élancements, Sean ne se remit pas tout de suite debout. Il vit Maggie, manifestement décidée à se battre avec le tueur, se relever.

Au prix d'un effort qu'il douta un instant de pouvoir accomplir, Sean se releva. Il se préparait à se jeter de nouveau sur le monstre quand une main le retint. Il se retourna et découvrit un homme grand, élancé, en chemise et pantalon noirs.

Ce fut cet inconnu qui se lança dans la mêlée à sa place, engageant avec le tueur un corps à corps d'une brutalité inouïe.

Une pensée traversa fugacement l'esprit confus de Sean : le flic, c'était lui. Il lui incombait de voler au secours de Maggie. Ce civil n'avait pas à intervenir !

— Maggie ! cria alors le tueur à ce moment-là.

Maggie... Il la connaissait donc ? À peine formulée dans ses pensées en déroute, la question s'effaça. Les deux hommes se battaient, il fallait en profiter pour écarter Maggie d'eux.

Sean la prit par le bras et l'entraîna. Des sirènes résonnaient dans le lointain ; les renforts arrivaient.

Et le tueur persistait à appeler Maggie par son prénom...

Sean regarda la jeune femme droit dans les yeux. Il lut dans les siens de la frayeur... pour lui. De l'amour aussi. Infiniment d'amour.

— Prends Mamie et emmène-la, Sean !

— Viens, Maggie !

Dans un premier temps, elle résista, puis jeta un coup d'œil aux deux hommes qui se battaient. Elle soupira lourdement mais obéit. Ce fut elle qui se chargea de Mamie.

Sean resta en arrière. Les deux hommes, le tueur et l'inconnu, s'étaient relevés. Ils parurent se concerter du regard avant de se mettre à courir. Sean voulut les poursuivre mais, au détour de la ruelle suivante, ils avaient l'un et l'autre disparu.

Les voitures de police étaient arrivées. Des agents en uniforme en descendaient, arme au poing. Sean leur indiqua la direction prise par le tueur, leur demanda d'être prudents, car le monstre était doté d'une force et d'une résistance exceptionnelles, puis ordonna qu'ils forment de petits groupes et entament des recherches dans tout le Vieux Carré.

En principe, se dit-il, ils devraient attraper le tueur.

En principe…

Pourquoi pressentait-il un échec ? Sans doute parce que l'homme n'avait réagi normalement à aucun moment. Criblé de balles, il aurait dû être en train d'agoniser. Or, il avait détalé à une vitesse sidérante.

Et cet autre homme qui était intervenu, d'où sortait-il ? Et pourquoi avait-il filé avec le tueur ?

La tête basse, Sean s'approcha de la voiture dans laquelle on avait assis Mamie Johnson. Elle tremblait de tous ses membres, ses vêtements étaient en lambeaux et ses cheveux poissés de sueur.

Maggie se tenait auprès d'elle, appuyée à la portière ouverte, essayant apparemment de la réconforter.

D'une main ferme, Sean l'attira à l'écart du véhicule.

— Qu'est-ce qui t'a pris, Maggie ? demanda-t-il d'une voix vibrante de colère.

— Pardon ? fit Maggie d'un ton égal.

La colère de Sean se mua en fureur.

— Bon sang ! Tu as déboulé au beau milieu d'une bagarre dans laquelle un tueur se déchaînait… Tu te prends pour Wonder Woman, ou quoi ?

— J'avais peur qu'il te tue, Sean.

— Je suis un flic. Je suis payé pour prendre des risques et…

— S'il vous plaît, ne vous disputez pas ! s'écria Mamie.

— Nous devrions conduire Mme Johnson à l'hôpital, dit Jack qui venait de les rejoindre.

— Ah non ! fit Mamie en souriant. Je ne vous laisserai pas m'enfermer où que ce soit. Je dormirai dans mon lit, chez moi, entourée de gens que je connais depuis des années, ceux qui travaillent dans mon bar.

— Mamie, le tueur a probablement déjà été capturé, remarqua Jack. Vous n'avez pas besoin de gardes du corps. En revanche, de soins médicaux, si. Votre gorge est salement tuméfiée et...

— Pas d'hôpital, mon jeune ami.

— Le médecin de la police doit être par là, dit Sean en s'éloignant. Je vais lui demander de jeter un coup d'œil aux hématomes de Mamie.

L'endroit grouillait de flics, se dit-il en louvoyant entre les voitures et les agents. Le tueur allait quand même échapper à la nasse tendue. On ne retrouverait pas non plus le deuxième homme, c'était certain. Enfin, lui, il en était sûr. D'où lui venait cette conviction, il l'ignorait.

— Fils de pute ! hurla-t-il au beau milieu de la rue.

— Hé ! Sean, qu'est-ce que tu as ?

Jack avait couru jusqu'à lui. Il semblait inquiet.

— Il y avait un deuxième homme, Jack. Un type qui s'est battu avec le tueur. Il a disparu avec lui.

— Qui était-ce ?

— Aucune idée. Il a surgi comme par magie... et s'est éclipsé de la même façon.

— Oh... Sean, nous avons un autre meurtre sur les bras.

— Quoi ?

— Ça remonte à une heure environ.

— Une autre prostituée ?

— Non. Un cadavre en pièces détachées.

— Et merde !

— La tête et le buste ont été remontés du fleuve par un bateau de pêche.

— On sait qui c'est ?

— Ouais. Rutger Leon, le type qui s'en était pris à la jeune droguée, Callie je-ne-sais-plus-quoi. Il avait menacé de revenir pour s'occuper d'elle.

— On n'a que le buste et la tête ?

— C'est tout ce qu'ont laissé les gentilles petites bêtes du bayou.

Sean haussa les épaules. Difficile de se désoler pour un salaud du calibre de Rutger Leon...

Le puzzle se compliquait d'heure en heure, se dit-il avec consternation. Il était composé d'un tueur qui assassinait des prostituées selon le *modus operandi* de Jack l'Éventreur, d'un cadavre qui avait été décapité *post mortem*, et d'un vaurien comme Rutger Leon dépecé.

Bon sang, quel cauchemar ! Et ce tueur qui passait entre les mailles du filet... Si ses collègues l'avaient attrapé, songea Sean, ils l'auraient déjà ramené ici.

— On le trouvera peut-être plus tard, dit Jack qui avait sans doute perçu le désarroi de Sean.

— Compte là-dessus ! riposta amèrement ce dernier avant de tourner les talons et de rejoindre la voiture où l'attendait Maggie.

— Qui étaient ces hommes ? interrogea-t-il sans préambule. Et ne me dis pas que tu ne comprends pas ce que je te demande ! Qui était-ce ?

— Je... eh bien, je...

— Maggie, il t'a appelée par ton prénom !

— Euh... il...

— Ne me mens pas, Maggie !

— Hé ! Sean, cool !

Jack lui avait attrapé le bras, ce qui eut l'effet escompté : Sean se calma immédiatement. En apparence du moins, car au fond de lui grondait une fureur dévastatrice. Maggie lui cachait un horrible secret, elle fréquentait d'autres hommes ! La jalousie lui rongeait le cœur comme de l'acide. Pour couronner le tout, il avait peur pour elle parce qu'elle couchait avec un assassin.

— Maggie, parle ! lui intima-t-il après avoir délibérément tourné le dos à Jack.

— Cet homme, c'est… un vieil ami. Je l'ai connu en Europe. Il vient juste d'arriver à La Nouvelle-Orléans.

Un vieil ami ou un ancien amant ?

La jalousie instillait son poison dans l'âme de Sean.

— Comment se fait-il que tu sois venue dans cette ruelle, Maggie ?

Il la vit froncer les sourcils. Dans ses yeux d'ambre brillait maintenant une lueur de colère. Elle regarda Mamie, toujours assise dans la voiture. Sean se crut la proie d'une hallucination : Mamie hochait la tête. Quelle question muette Maggie venait-elle de lui poser ? Une question indubitablement comprise par Mamie, qui y avait répondu.

— Écoute-moi, Sean : j'ai eu un pressentiment. J'étais sans nouvelles de toi depuis des heures, et je me faisais du souci pour Mamie, alors je suis allée à son bar. Sam m'a appris que Mamie venait juste de partir. Je suis sortie du bar et j'ai entendu crier. Voilà. C'est aussi simple que ça.

Jack s'approcha de Sean et lui souffla à l'oreille :

— Vas-y doucement, mon vieux. Tu la traites comme une criminelle !

Sean repoussa son collègue de la main. L'explication de Maggie tenait la route, mais il n'y croyait pas.

— Ton ami d'Europe, que faisait-il dans le coin ?

— Je ne sais pas. Demande-le-lui.

— Je le voudrais bien, mais il a disparu. En compagnie du tueur !

Un agent en uniforme se dressa soudain devant Sean, l'obligeant à détourner son attention de Maggie.

— Lieutenant, nous avons passé le secteur au peigne fin, sans résultat.

— Continuez les recherches. Le portrait-robot est bon : j'ai vu le visage de l'homme. Affichez-le partout et prévenez tout le monde que ce type est extrêmement dangereux. Que les habitants de la ville ne s'amusent pas à jouer les chasseurs, OK ?

— Bien, lieutenant.

— Si vous avez besoin de moi, vous me trouverez au commissariat : je vais m'occuper des dépositions... celles de ces deux dames. Jack, amène-les à mon bureau. Je prends ma voiture.

Deux heures plus tard, Sean faisait raccompagner Mamie à son bar-restaurant. Elle avait décrit en détail ce qui lui était arrivé, dit que le tueur voulait se venger d'elle à cause du portrait-robot que sa description avait permis d'établir, et qu'elle ne doutait pas qu'il l'eût tuée sans l'intervention de Sean. Elle le remerciait de l'avoir sauvée mais, non, elle n'avait rien à ajouter qui pût servir pour l'enquête.

Sean ordonna que l'on place un garde devant son établissement pour la nuit, ce qui sembla laisser Mamie indifférente. Au cours de sa déposition, elle déclara avoir faim et commanda au planton du pain à l'ail, des *linguini* à l'ail et une salade avec des croûtons frottés d'ail.

En quittant le poste, Mamie lança à Sean un coup d'œil disant clairement qu'il serait un sale type s'il s'en prenait à Maggie Montgomery.

Au temps pour elle : il avait bien l'intention de faire cracher la vérité à la jeune femme.

Maggie était assise dans son bureau, visiblement irritée. Après avoir fait les cent pas dans la pièce, elle s'était résignée à se poser sur une chaise mais elle ne cessait de croiser et décroiser ses jambes.

— Qu'attends-tu de moi, Sean ? demanda-t-elle quand il l'informa que, maintenant que Mamie était partie, il allait se consacrer à elle.

— La vérité.

Le commissariat s'était vidé. Jack était allé rejoindre l'une des équipes qui quadrillaient la ville.

— Je t'ai dit la vérité, Sean.

— Partiellement. Je la veux toute.

Maggie soupira.

— J'ai eu un pressentiment. Il fallait que je voie Mamie.

— Vous vous entendez comme larrons en foire, toutes les deux. Cela me semble d'autant plus bizarre que c'est toi qui m'as rappelé qu'elle faisait commerce de chair humaine.

— Mamie est peut-être une maquerelle, mais c'est une femme bien. Peu importe ce qu'elle fait pour gagner sa vie : elle ne mérite pas de finir entre les mains d'un tueur !

— Exact. Mais toi, tu étais prête à risquer ta vie pour elle ?

— Je n'ai pas risqué ma vie. J'ai vu qu'il t'attaquait et...

Une fêlure avait soudain marqué la voix de Maggie, qui se tut. Sean sentit une vague d'amour et d'émotion le submerger. Il se hâta de chasser ces sentiments qui parasitaient sa lucidité et sa détermination.

— Cet homme, reprit-il sèchement, donne-moi son nom, son adresse.

Stylo en main au-dessus de son bloc, il attendit. Maggie garda le silence.

— Alors ? Nom, adresse, répéta-t-il impitoyablement.

Maggie ferma brièvement les yeux, prit une profonde inspiration et lâcha :

— Lucian.

— Lucian quoi ?

— Lucian DeVeau. Je ne sais pas où il loge actuellement. Lorsqu'il est passé à la boutique, l'autre jour, cela faisait une éternité que je ne l'avais pas vu.

— Est-ce un vieil ami ou un ex-petit ami ?

Il n'avait pu s'empêcher de poser la question qui le torturait. Maggie allait le remettre à sa place, c'était sûr.

— Ce détail est-il pertinent dans un rapport de police, Sean ?

— Non, mais il a de l'importance pour moi.

— Mmm. Puis-je rentrer chez moi, maintenant ?

— Tu éludes, hein ? Je vois. Ce type est donc un vieil amant. À quand remonte la rupture ?

— À des années. Je te le jure, Sean : des années.

— Combien ?

— Je ne sais plus !

— Bon, passons à autre chose. Pourquoi Mamie s'est-elle gavée d'ail ?

Maggie resta interdite.

— Oublions ça, grommela Sean. Allez, on s'en va.

— Ensemble ?

— Oui.

— Tu as été très dur avec moi, Sean, et je...

— Je suis flic et je te raccompagne, Maggie. Tu as besoin de protection.

— Il y a d'autres policiers.

— Ouais, mais celui qui va t'escorter, c'est moi. Partons.

Il se leva, ouvrit un tiroir du bureau et en sortit un chargeur neuf qu'il engagea dans son pistolet.

Quelques minutes plus tard, Maggie à ses côtés, il prenait la direction de la plantation Montgomery : il préférait que la jeune femme finisse la nuit dans la maison de famille au bord du Mississippi plutôt qu'en ville.

Il entra avec elle dans le vestibule et la pria de monter dans sa chambre et de n'en pas bouger pendant qu'il inspectait les pièces et vérifiait que toutes les issues, portes comme fenêtres, étaient solidement verrouillées. Il n'omit aucun réduit, aucun placard et, finalement rassuré, regagna le hall et s'arrêta sous le portrait de Magdalena.

Il lui restait l'étage à inspecter. Là où se trouvait Maggie... qui prenait une douche : il entendit le bruit de l'eau qui coulait en montant l'escalier. Dès qu'il approcha de sa porte, il huma son parfum... L'envie d'aller la rejoindre sous la douche s'empara de lui.

Il résista quelques instants avant de capituler : le désir qui le tenaillait était plus fort que sa volonté.

Bon sang, se dit-il en s'introduisant dans la pièce, il perdait vraiment les pédales. C'était à se demander s'il ne valait pas mieux qu'il démissionne de la police et se fasse interner !

Un brin de raison lui restant néanmoins, il renonça à se glisser dans la salle de bains. Il s'allongea sur le lit de Maggie et ferma les yeux, le pistolet posé sur la poitrine.

Quelques instants plus tard, il s'assoupissait.

Il avait chevauché, combattu, tué des ennemis, triomphé d'eux. Bien qu'il se sentît las, il ne pouvait aller se reposer. La bataille était finie, mais il devait secourir les blessés, les protéger de l'assassin.

Il galopait donc de nouveau, sale, affamé, assoiffé, pensant sans répit à elle. C'était vers elle qu'il aurait voulu courir. Impossible : l'assassin le poursuivait, déterminé à en découdre. Eh bien, il l'affronterait, le réduirait à merci, mais il essaierait de ne pas le tuer. Ce serait difficile : il était si fort, cet adversaire impitoyable... Le vaincre sans lui prendre la vie relevait de la gageure.

Il s'arrêta et attendit, prêt pour l'affrontement.

Ce fut alors qu'il distingua un visage familier. Dans la même seconde, un élancement fulgurant le déchira. La douleur lui coupa le souffle.

Il allait mourir... et elle était là ! Sa bien-aimée, son ange, qui le serrait dans ses bras, les yeux noyés de larmes. Il se rendit compte que son cœur ralentissait ses battements. L'agonie approchait. Il allait quitter ce monde sous le regard désespéré de son amante et celui, luisant de férocité, de son ennemi mortel.

La dernière vision qu'il aurait serait celle de la figure du monstre.

Sean se réveilla en sursaut. Il s'était assoupi et avait fait un rêve dans lequel il était un soldat pris dans le maelström d'une guerre achevée plus de cent ans auparavant.

Il s'assit sur le lit et posa son pistolet sur la table de chevet de l'élégante chambre de Maggie.

Le rêve le tourmentait. Il y avait vu le tueur, s'était battu avec lui et avait perdu. Touché à mort, il allait rendre l'âme quand il s'était réveillé.

Cette affaire tournait à l'obsession : il en perdait la tête et ses supérieurs finiraient par s'en rendre compte. Un flic n'avait pas le droit de divaguer. Ces histoires de vaudou, Marie Lescarre, Mamie Johnson qui mangeait de l'ail et essayait de le convaincre d'en faire autant, la croix d'argent, et maintenant ce rêve dément qui ne le lâchait pas alors qu'il ne dormait plus... et voilà qu'il entendait la voix de son père, par-dessus le marché !

Il se pressa les tempes à deux mains, mais la voix résonnait toujours dans sa tête. Son père racontait qu'à chaque nouvelle génération un vampire revenait de l'étranger et s'installait dans la maison Montgomery. Longtemps auparavant, l'ancêtre de Maggie était tombée amoureuse de l'homme qu'il ne fallait pas. La famille l'avait abattu et l'aïeule de la jeune femme était partie.

Toutes les descendantes de cette Magdalena portaient le nom de Montgomery, une anomalie qui laissait Sean perplexe. Il y avait une énigme autour de Maggie. Elle n'était pas le tueur, il le savait, mais il demeurait persuadé qu'il y avait quelque chose de bizarre dans toute cette histoire.

Peut-être qu'une rapide fouille des effets personnels de Maggie lui fournirait quelques indications, se dit-il en se levant. Elle se trouvait toujours sous la douche ; il allait en profiter.

Il ouvrit les tiroirs de la commode, s'étonnant lui-même de son indiscrétion. Que cherchait-il, au juste ? Des preuves comme on en montrait dans les films mettant en scène des vampires...

Les vampires haïssaient les croix ; Maggie en portait une. Ils n'avaient pas de reflet, alors que l'image de Maggie apparaissait dans tous les miroirs. Ils dormaient le jour et vivaient la nuit. Maggie travaillait du matin au soir, marchait dans les rues ensoleillées... Les vampires couchaient dans des cercueils, et il était bien placé pour savoir que Maggie dormait dans un lit.

Un lit... Et si, sous ce lit ancien, haut sur pieds, était dissimulé un...

Sean se pencha puis s'accroupit, souleva le volant de la courtepointe qui tombait jusqu'au sol.

Maggie sortit de la salle de bains à cet instant-là.

— Qu'est-ce que tu fais, Sean ?

Il lâcha immédiatement le volant, se releva et s'assit au bord du matelas.

— Je regardais s'il y avait de la terre, répondit-il d'un ton égal.

Elle le fixa longuement, sourcils froncés, puis une expression moqueuse apparut sur son visage.

— Tu ne cherchais pas plutôt un cercueil, Sean ? Ou la terre qui aurait collé aux planches ?

Il se leva, croisa les bras sur sa poitrine et regarda Maggie droit dans les yeux.

— As-tu un cercueil, Maggie ?

— Non. Et toi ?

Elle soupira tout en secouant la tête d'un air navré.

— Bon sang, Sean ! Nous avons dormi ensemble. Tu sais pertinemment que je ne passe pas mes nuits dans un cercueil !

— Mmm. Maggie, mon père connaît un nombre incalculable de vieilles histoires et il y en a une qui a trait à ta famille : tes ancêtres ont fait placer des pierres tombales sur les sépultures des Montgomery. Connais-tu la raison de cette particularité ?

— Non, mais je suis sûre que tu vas me la donner.

Sean se sentait extrêmement mal à l'aise. Maggie se tenait devant lui, bien droite, ses longs cheveux coulant en cascade sur ses épaules, dans un peignoir blanc dont la soie soulignait les contours de son corps magnifique. Il se rassit sur le bord du lit.

— Eh bien, en Europe, et ailleurs aussi je suppose, on pensait que si les morts n'étaient pas bloqués sous terre par une lourde pierre, ils sortaient de leur tombe.

— Je ne possède pas de pierre tombale, lieutenant, repartit Maggie.

Le trouble de Sean s'aggrava. Il perdait vraiment les pédales, se dit-il en se renversant en arrière. Il se conduisait comme un cinglé !

De nouveau allongé sur le lit, il ferma les yeux. Il fallait à tout prix qu'il se reprenne. Maggie était une femme de chair et de sang, et lui un flic à l'esprit cartésien, bon sang ! Les fantômes, les zombis, les lutins, il n'y croyait pas ! Le surnaturel, c'était de la blague.

Comme les vampires.

Il rouvrit les yeux et se redressa. Maggie s'approcha alors de lui. À contre-jour, son peignoir était transparent. Elle tendit la main et lui prit le menton, l'obligeant à lever la tête.

— Sean, penses-tu que je suis un vampire ?

— Oh ! ne dis pas de bêtises !

Maggie, un vampire ? L'idée était absurde.

Pourtant, il avait bien cherché des parcelles d'humus sous le lit…

La jeune femme se détourna et, dans un friselis de soie, alla s'asseoir sur un fauteuil devant la cheminée, à l'autre bout de la pièce. Les fenêtres étaient hermétiquement closes ; le souffle d'air frais qui soulevait sa chevelure provenait du climatiseur.

Elle ramena ses jambes sous elle, révélant au passage des cuisses d'albâtre et, dans cette posture gracieuse qui stimulait soudain les sens de Sean, déclara :

— Je t'avais prévenu. Je t'avais dit qu'il valait mieux que nous ne sortions pas ensemble.

Il ne « sortait » pas avec elle : il l'aimait !

Quittant le lit, il se dirigea vers elle et s'agenouilla à côté du fauteuil.

— Maggie, tu me répéterais cet avertissement mille fois que cela ne changerait rien : je suis amoureux de toi.

— Le problème, c'est que tu ne me connais pas.

— Détrompe-toi, je te connais. J'ai même l'impression de te connaître de toute éternité. C'est comme si tu faisais partie de moi. Pour moi, t'aimer est aussi naturel que respirer. Ton sang est mon sang.

— Oh… vraiment ?

Il l'attira contre lui et, à travers la fine soie, perçut les frissons qui couraient sur sa peau. Il la touchait, le désir s'emparait de lui et elle s'enflammait. L'alchimie opérait toujours entre eux, bouleversante d'intensité.

Fébrilement, il écarta les pans du peignoir, dénuda les seins ronds aux pointes dressées, le ventre palpitant. De la langue, des doigts, il stimula le corps magnifique qui appelait le sien. Lorsqu'il sentit Maggie aussi ardente que lui, il la souleva dans ses bras et la porta jusqu'au lit.

Ils firent l'amour avec passion, transportés par une exaltation sensuelle qui la laissa, de longues minutes plus tard, le souffle court et le pouls en déroute.

— Alors ? À quoi tout cela rime-t-il ? demanda Maggie en souriant.

— Je ne sais pas.

— Je te croyais en colère contre moi.

— Je l'étais. Je le suis encore. Maggie, ne t'avise pas de refaire ce que tu as fait ce soir : sortir dans la nuit, t'attaquer au tueur… C'était de la folie. Il ne faut pas qu'il y ait de prochaine fois, sinon tu auras droit à la fessée, sale gosse !

— Sean, ce qui est arrivé ce soir était dû au hasard.

— Au hasard ? L'irruption de ce Lucian était due au hasard ?

— Je savais qu'il était en ville. C'est un vieil ami qui est passé me dire bonjour.

— Mmm. C'est vraiment fini ?

— Quoi ?

— Ton histoire avec cet homme.

— Il n'y a jamais rien eu de sérieux entre lui et moi.

— Réponds à ma question.

— Oui, c'est vraiment fini.

Il s'écarta d'elle de façon à voir son visage en entier. Jamais il n'avait éprouvé de sentiment aussi fort, aussi profond pour une femme. Jamais il n'en avait trouvé aucune aussi belle.

— Je suis soulagé que ton histoire avec ce Lucian appartienne au passé.

Du bout des doigts, il joua un moment avec sa toison sombre, puis lui tapota le ventre :

— Nous avons été plutôt imprudents, jusqu'ici. Je crois qu'il va falloir qu'on se marie.

Le sourire de Maggie s'évanouit.

— Sean…

— Mmm ?

— C'est entre autres pour cette raison que tu ne devrais pas m'aimer. Je… je ne peux pas avoir d'enfants.

Il sentit son cœur manquer plusieurs battements.

— Eh bien, nous n'en aurons pas… murmura-t-il après un temps.

— Mais tu veux des enfants !

— C'est toi que je veux.

— Mais…

— Maggie, nous pourrons adopter des enfants si tel est notre désir. Rien n'a d'importance, excepté l'amour que j'ai pour toi. Si tu n'es pas à mes côtés, plus rien dans la vie ne m'intéressera.

— Oh ! Sean…

Elle semblait profondément émue. Le sourire revint lentement sur ses lèvres. Elle se plaqua de nouveau contre Sean, chercha sa bouche et, d'un baiser torride, rouvrit la porte du septième ciel.

La nuit fut longue et ils dormirent très peu.

Il était amoureux, très bien, se dit Sean en se réveillant, mais de lourdes responsabilités pesaient sur ses épaules, il ne devait pas l'oublier. Le tueur était en liberté, une créature féroce qui, les jours passant, se révélait de plus en plus dangereuse.

Entre ses paupières mi-closes, il observait Maggie qui sortait lentement du sommeil. En dépit de la nuit de félicité qu'ils venaient de passer, elle semblait triste.

Elle s'assit et posa les yeux sur le soleil voilé par les rideaux.

Il se rendit compte qu'elle le savait éveillé et en train de la regarder.

— Sean ?

Elle avait prononcé son prénom dans un souffle.

— Oui ?

— Sean, je suis un vampire, énonça-t-elle calmement.

14

— Quoi ? fit-il, doutant d'avoir bien entendu.

Dans la lumière du matin, les soupçons qui avaient traversé son esprit la veille lui paraissaient ridicules.

— C'est la vérité, Sean.

Il se mit à rire.

— Il n'y a pas de cercueil sous le lit, Maggie ! Ton image se reflète dans les miroirs, tu manges et tu bois comme le commun des mortels et tu ne brûles pas au soleil.

Il attendait un rire en retour, se réjouissait de la plaisanterie qu'ils partageaient, mais l'expression de Maggie était fermée.

— Le soleil ne détruit pas les vampires, Sean. Nous sommes simplement plus faibles pendant la journée que la nuit. C'est après le crépuscule que notre force physique se décuple. Quant au cercueil, je n'en ai pas besoin car j'ai de nombreux traits humains, et ce à cause de…

— Arrête, je connais la suite, coupa-t-il gaiement, bien décidé à continuer le jeu. Tu as des traits humains parce que tu n'es qu'à moitié vampire. Tu es l'enfant de Magdalena et de son amant vampire. Une sang-mêlé, une métisse, c'est ce que tu es, non ?

— Sean, je n'ai pas de cercueil parce que je n'éprouve pas le besoin d'en avoir un. Je ne suis pas vraiment faible dans la journée grâce à mon père, qui m'a donné son sang juste avant que je ne pénètre dans le monde des ténèbres. Il avait des amis qui savaient tout sur les vampires. Il a donc su quoi faire pour éviter que je meure et revienne ensuite... sous une autre forme, en apparence la même mais... en apparence seulement. Réfléchis, Sean, pourquoi devrait-il y avoir un cercueil pour chaque vampire ? Ils dorment comme tout le monde, sur ce qui leur convient : un lit, un futon... peu importe, du moment que c'est confortable. Un cercueil n'est rien d'autre qu'une boîte dans laquelle on s'enferme pour être en sécurité. Quant à la lumière du jour... m'y habituer m'a pris des décennies. Je sais vivre au soleil, mais je connais mes limites. Tu ne me verras jamais sur une plage.

— Oh, Maggie ! Comment pourrais-tu être un vampire si tu ne te conformes pas à la légende ?

— La légende est faite de on-dit, et elle a été enjolivée au fil du temps. Il est vrai que la plupart des légendes reposent sur des faits : beaucoup de vampires dorment effectivement dans des cercueils, mais c'est parce qu'ils sont morts et ensuite revenus à la vie. Ils se sont alors réveillés dans leur cercueil et ces boîtes, dans leur esprit, sont devenues leur foyer. C'est ce passage entre la mort et la renaissance que je n'ai pas eu à franchir grâce à mon père. Je n'ai jamais été inhumée. La terre que tu cherchais sous le lit, je n'en ai jamais eu la moindre particule accrochée à mes vêtements parce que je ne la considère pas comme faisant partie de mon... chez-moi. Mon domaine est *sur* la terre et non dessous. C'est cette ville, la plantation... En revanche, quand je vais en Europe, j'emporte toujours de la terre d'ici et je la mets sous mon lit. Les vampires puisent leur phénoménale force dans la terre. La Nouvelle-Orléans présente des particularités par rapport aux autres villes. Pense aux cimetières, Sean. Les tombes sont sur pilotis et malgré cela sont régulièrement inondées ; des ossements sont emportés par le fleuve en crue. Et puis les humains pratiquent, faute de place, ce que l'on appelle les réductions de corps. Quelques années après un décès, on ouvre le cercueil et on pousse les restes du premier occupant pour faire de la place à un second. L'intégrité des corps est mise à mal. Ajoute à cela la chaleur torride de l'été, l'humidité… Les vampires ne peuvent donc se retirer et trouver paix et sécurité dans leurs boîtes. Cependant, dans des villes moins chaudes, quelques vampires se couchent dans leurs cercueils, leur dernière demeure. Ils élisent aussi parfois domicile dans des tombeaux de pierre, des mausolées.

— Maggie, je t'en prie…

— Navrée, Sean, mais il faut que tu m'écoutes jusqu'au bout.

Elle inspira profondément puis continua :

— L'absence de reflet dans les miroirs, c'est un mythe. Tous les vampires sont visibles dans une glace, ils mangent et boivent comme tout un chacun… toutefois, ils ont un appétit, disons, un peu spécial. Certains d'entre eux appellent ça leur « mauvais sort ». Cette immense faim, cette insatiable soif doivent être satisfaites.

De nouveau, Maggie s'interrompit. Elle posa un regard triste sur Sean.

— En 1841, il n'y a pas eu de bébé, reprit-elle d'un ton morne. Magdalena n'a pas eu d'enfant illégitime avec son amant français, mais le faire croire aux gens d'ici était la seule solution : mon père exilait la fille déshonorée et enceinte pour qu'elle accouche à Paris. Tout le monde y a cru. Lors de mon premier « retour », on m'a prise pour la fille de Magdalena. Je me suis présentée ainsi, ai dit que ma pauvre maman était décédée en France… et le tour a été joué. Mon père savait que je vivrais des siècles, que tous les vingt ans environ, je pourrais donc revenir à La Nouvelle-Orléans, m'y présenter en tant que symbole de la nouvelle génération de Montgomery... et rester dans cette ville jusqu'au moment où les gens s'étonneraient que je ne vieillisse pas. Il en est ainsi depuis 1840. Chaque fois, je suis repartie en Europe et les gens ont cru que l'héritière Montgomery, à l'instar de Magdalena, allait donner discrètement naissance à un bâtard, une fille invariablement, de père inconnu. Seulement, il n'y a pas eu de descendante de mère en fille, Sean. Magdalena, c'est moi.

Sean haussa les épaules. Quelle histoire à dormir debout ! Maggie lui mentait, bien sûr. Mais dans quel but ?

— Sean, je me rends compte que tu ne me crois pas. Pourtant, il le faut !

Dire qu'il avait commencé à penser qu'il perdait la raison... La folle, c'était Maggie ! Elle s'imaginait immortelle et ayant besoin de boire du sang pour survivre !

Il réussirait à la guérir. L'amour réaliserait ce qu'aucun psychiatre ne pourrait accomplir. Son problème résidait dans une crédulité anormale ; elle avait entendu trop de légendes et leur influence l'avait détraquée mentalement.

— D'accord, Maggie, tu es un vampire, et c'est cette soif de sang qui t'a amenée à commettre tous ces meurtres ? Très bien. L'ennui, c'est que le tueur je l'ai vu de mes propres yeux, et que ce n'est pas toi.

Maggie secoua la tête avec agacement.

— Oui, tu as vu le tueur et, effectivement, ce n'est pas moi ! Sean, accepte la vérité, ne rejette pas les évidences. Au fond de toi, tu es conscient qu'il y a quelque chose de bizarre dans ces meurtres. Les corps ont été vidés de leur sang. Les vampires existent bel et bien et j'en suis un. Dans un lointain passé, j'ai tué, mais dès la première fois, mon père a fait ce qu'il fallait pour que je ne devienne pas un prédateur. Il s'est procuré du sang pour moi. Chez des médecins, dans les hôpitaux, à la morgue… Ces dernières années, je me suis organisée auprès d'une banque du sang. Mes seules victimes ont été de petits mammifères. Des oiseaux, par exemple. Tuer me déplaisait et je l'ai néanmoins fait. J'ai achevé des hommes à l'agonie. J'ai même été très malade à cause de cela : au cours de la guerre civile, j'ai mordu un soldat mourant dont le sang était contaminé par celui d'un vampire qui était passé avant moi. Ce pauvre garçon en était devenu fou. Il fallait donc le rayer de la carte des vivants. Par contre, j'ai détesté devoir tuer ce gosse retardé… le fils de l'une de mes amies. Il était accusé d'un meurtre qu'il n'avait pas commis. Je lui ai évité la pendaison.

— Ah bon? Tu l'as transformé en vampire? demanda Sean en riant. Je crois que c'est comme ça que ça marche : un vampire mord une personne et celle-ci devient vampire.

— Je n'ai jamais créé de vampire. Nous avons pourtant le droit d'en faire deux par siècle.

— Deux par siècle, hein?

Maggie ne semblait pas se rendre compte que Sean se moquait d'elle.

— Oui, deux. Mais je m'en suis abstenue.

— Et pourquoi donc? Ça a l'air de te réussir, d'être vampire.

— J'ai perdu mon âme, Sean. Je ne souhaiterais pas cela à mon pire ennemi.

— Bravo. Tu as des scrupules. Euh… Cette guerre dont tu viens de parler, il s'agissait de la guerre de Sécession?

— Oui. J'ai tué l'homme qui avait causé la mort de ton ancêtre : le colonel Elijah Wynn. Je n'ai appris que plus tard que Wynn n'était pas totalement responsable. Le vrai responsable de ce drame était... Sean, il faut que tu me croies ! Il y a un autre vampire, un être redoutable...

— Des êtres redoutables, j'en ai côtoyé, au cours de ma carrière de flic.

— Tu ne comprends pas ! Bien sûr qu'il existe des humains ignobles, et des vampires ignobles également. La plupart d'entre eux limitent leur consommation de sang au strict minimum. Ce sont les plus vieux, ils sont las de donner la mort. Ils se débrouillent pour se nourrir sans s'en prendre aux humains, et se contentent d'animaux. Exactement comme les hommes mangent de la viande ! Les vampires se rendent souvent dans les prairies où paissent les troupeaux. Et puis, il y a les animaux sauvages.

— Tu vas dans le bayou et t'attaques aux alligators ?

— Ne dis pas de bêtises. Les sauriens et les reptiles sont des animaux à sang froid, et je viens de t'expliquer que je me servais de mammifères. Ils suffisent à apaiser la faim mais pas à nourrir correctement. Par chance, de nos jours, on trouve partout des banques du sang.

— Oui, heureusement, approuva Sean qui commençait à s'affoler : la santé mentale de Maggie était vraiment très atteinte.

Il l'attira contre lui et se mit à la bercer doucement tout en lui parlant à voix basse.

— Ma chérie, il faut que tu admettes être la victime d'illusions. Reviens sur terre, je t'en prie. Les êtres monstrueux existent, c'est vrai, mais ce ne sont que des humains mauvais. Je t'aime, Maggie. Je t'aime et ça, c'est une réalité. Nous allons trouver un praticien qui saura t'arracher ces idées bizarres de l'esprit et...

— Sean, la nuit dernière, tu regardais sous mon lit ! Depuis que tu me connais, tu as des soupçons, et maintenant que je te dis la vérité, tu refuses de l'entendre !

Il tressaillit. Les mots de Maggie l'avaient ébranlé. Tout à coup, il éprouvait un profond malaise : il avait… vu. Des choses étranges, qui le hantaient. Cet angoissant rêve de la nuit dernière le prouvait : il avait rêvé de la guerre de Sécession, du tueur…

Et alors ? Il était à cran, en ce moment, donc aisément impressionnable. Malgré tout, il restait un homme cartésien qui devait à tout prix arracher Maggie à son monde fantasmatique.

— Maggie, c'est impossible que…

Elle se redressa, prit son visage entre ses deux mains et l'obligea à la regarder droit dans les yeux.

— Pourquoi serait-ce impossible, Sean ? Ce n'est pas aussi fou que ça en a l'air, si tu y réfléchis. Peut-être s'agit-il d'une sorte de maladie… Tous autant que nous sommes, nous ignorons quand cela a commencé. Seule certitude : c'était il y a des siècles. Tu crois en la survie de l'âme, n'est-ce pas ? Tu penses qu'une fois le corps privé de vie, elle gagne un lieu de sérénité, au ciel ou ailleurs… alors pourquoi ne croirais-tu pas que certaines âmes sont prises au piège sur terre ? S'il y a des anges célestes, il peut aussi y avoir des démons. Je suis un vampire et je ne suis pas la seule.

— Maggie, si ces créatures existaient, la terre en serait remplie !

— Non, parce que d'une part les vampires peuvent être tués et que d'autre part nous avons des règles, des lois que nous respectons. Autrefois, les humains nous abattaient. Le temps passant, eux et nous avons appris à coexister, de la même façon que les hommes coexistent avec les lions, les tigres ou les coyotes. Nous ne nous reproduisions quasiment pas, sinon notre nombre eût été au moins égal à celui des humains et il en aurait découlé un affrontement sans merci, dont les vampires seraient sortis vainqueurs... et voués à l'extinction car en supprimant les hommes ils auraient aussi supprimé leur principale source de nourriture. C'est pour cela qu'il a été décidé que nous ne créerions que deux vampires par siècle. C'était le seul moyen de garantir notre survie. De nos jours, la plupart d'entre nous mènent une existence tranquille. Certains sont plus attentifs que d'autres quand il s'agit de choisir leur source alimentaire mais dans l'ensemble, tout le monde ignore que nous sommes là. Nous ne tuons pas les humains, nous sommes discrets, très modernes : nous avons su nous adapter aux bouleversements de la science. Nous sommes entrés dans l'âge de la technique de concert avec les humains.

— Ouais, c'est ça. Une ère toute neuve...

— Oh ! Sean... Tu te refuses à me croire ! Je t'en supplie, accepte ce que je viens de te révéler, sinon tu n'attraperas jamais le tueur !

— Le... Tu sais qui il est.

— Oui.

— Et c'est un vampire.

— Oui.

Sean se prit la tête entre les mains.

— Mon Dieu ! Tu as perdu l'esprit et je ne vais guère mieux que toi !

— Sean, fais un effort... Ouvre-toi à l'inimaginable, fais montre de largeur d'esprit !

— Attends, Maggie. Laisse-moi reprendre au début. Tu es un vampire, prétends-tu.

— J'en suis un.

— Tu es donc dotée d'une force surhumaine.

— Oui.

— Tu aurais pu me tuer n'importe quand.

— Oui, mais je...

Sean jaillit du lit.

— Prouve-le, Maggie ! Prouve-le-moi ! Fais quelque chose de convaincant ! Une performance hors norme. Viens, allez, viens !

Il tendait les mains, paumes tournées vers le ciel, agitant les doigts.

— Allez, viens te battre !

Comme elle ne bougeait pas, il la poussa brutalement en arrière. Elle vacilla. Il recommença et, à chaque impulsion, elle bascula, n'opposant aucune résistance.

— Arrête, Sean !

Il la prit par les épaules et la secoua. Elle se laissa faire, la tête bringuebalant de droite à gauche.

La rudoyer de la sorte le rendait malade. Elle était si belle ! Tout ce dont il avait envie, c'était de la serrer contre lui et de l'embrasser.

Il était devenu fou, et elle aussi !

Brusquement, il se calma.

— Le tueur est un vampire, Maggie ?

— Oui.

— C'est pour ça qu'il a une telle force, une résistance aussi sidérante ? C'est pour ça que lorsque je lui ai tiré dessus quasiment à bout portant, il n'est pas tombé ?

— Oui.

Seigneur ! S'il considérait l'histoire de Maggie sous cet angle, à savoir qu'il avait vraiment affaire à un vampire invulnérable, alors tout se tenait !

— Un vampire peut tuer, mutiler en quelques instants et sans la moindre difficulté, Maggie ?

— Oui. Il en a toujours été ainsi.

— Ce… ce monstre, tu le connais.

— Depuis longtemps, oui.

— A-t-il été ton amant ?

— Non, à la seconde où je l'ai rencontré, je l'ai haï.

— Il peut tuer en se servant simplement de son petit doigt.

— C'est exact.

— Comme tous les vampires.

— Oui, Sean.

— Tu pourrais donc me tuer d'une pichenette.

— Oui, mais je le ferai jamais.

— Ah… Et pourquoi ça ?

— Parce que je t'aime, Sean.

Sean ne sut que rétorquer. Il se rassit lourdement au bord du lit et posa les yeux sur Maggie. Il rejetait son histoire de toute son âme… et en même temps se sentait désorienté : il doutait. Non de l'existence du Mal : il l'avait bien souvent affronté. Mais le Mal était toujours le fait d'un humain…

Il avait fait l'amour avec Maggie. N'était-elle pas de chair et de sang ?

— M'aimes-tu vraiment ? demanda-t-il.

— Je t'aime.

— Ce n'est probablement pas la première fois que tu fais cette déclaration… Quel âge as-tu ?

— Je suis très vieille.

— Quand es-tu née ?

— Tu veux savoir quand je suis devenue vampire ?

— Non. Quand tu es venue au monde.

— En 1821.

— Tu dois utiliser de sacrément bons produits de beauté, dit-il en ricanant. Combien d'hommes as-tu aimés en tant d'années ?

— Avant toi, deux. Quoique le deuxième ne compte guère.

— Ah bon ? Et pourquoi ne compte-t-il pas ?

— Parce que je pense qu'il s'agissait de toi.

— Pfff… Quel délire ! Tu m'as connu et aimé…

Maggie quitta le lit et alla ouvrir une armoire. Elle en sortit un globe de verre avec de la neige à l'intérieur. Les flocons tombèrent sur deux petits personnages de plastique : un prince et une princesse issus d'un dessin animé de Walt Disney.

— Sean, je pense que lorsqu'une vie est interrompue prématurément, le Ciel donne une seconde chance à l'homme ou à la femme décédé. Je crois que tu es le Sean Canady que j'ai aimé pendant la guerre de Sécession.

La gorge de Sean se serra. Ce rêve, cette nuit... Il chevauchait en pleine bataille, il galopait vers la gloire... vers la mort.

Il secoua la tête en silence puis inspira profondément avant de lâcher :

— Non !

Il se tut de nouveau quelques instants puis reprit :

— Quel est le nom de ton premier amant ?

— Alec DeVereaux. Un comte français.

— Tu l'aimais et il t'aurait fait cela ? Changée en vampire ?

— Il m'adorait, et il était confiant. Sur une tombe, en France, est gravée cette phrase : *De l'amour viendra la liberté*. Il y croyait ; il était persuadé que son amour pour moi changerait tout, que son âme lui serait restituée grâce aux sentiments que nous partagions. J'en ai parlé à Lucian, qui m'a dit être convaincu de la véracité de la maxime.

— Lucian ? Le revoilà donc ? Lui aussi est un vampire, je parie.

— Oui.

— Et il est vieux comme Hérode.

— Il est beaucoup plus âgé que moi ; il fait partie des Anciens. Quant à Alec... mon père l'a tué. L'un de tes aïeux était avec lui, cette nuit-là, je ne sais lequel : il faudrait compter les générations. J'étais promise à cet homme, Robert Canady. Il a assisté à tout, quand mon père et ses amis ont tué Alec parce qu'ils savaient ce qu'il était : un vampire. Oui, Alec en était un, mais l'esprit du Mal n'était pas en lui.

— Pourtant, ce qu'il t'a fait… t'aurait fait… est démoniaque.

— Je t'ai raconté les circonstances de…

— N'en rajoute pas, Maggie. Je ne gobe pas un seul mot de cette histoire de dingue que tu m'as débitée.

— Sean, crois-moi ! Si tu me crois, il sera possible d'arrêter le tueur.

— Ce serait possible si j'avais une arme et un pieu, oui. Parce que c'est de ça que j'ai besoin, non ? D'un pieu, puisque le tueur est un vampire. Il faut lui perforer le cœur.

— Oui, c'est un vampire, un tueur bien entraîné qui a eu des décennies pour perfectionner sa méthode. Jack l'Éventreur, c'est lui.

— Oh ! Bon sang de bon sang, Maggie !

— Ne prononce pas mon prénom sur ce ton, s'il te plaît ! Ton scepticisme borné commence à me lasser, Sean ! Je vais tout reprendre de zéro et essayer d'être concise, de façon à faire entrer tous les éléments de l'histoire dans ta tête dure !

— Je ne…

— Écoute-moi ! Quand j'étais très jeune, je suis tombée amoureuse d'un comte français qui s'est révélé être un vampire. Mon père, avec l'aide de l'un de ses amis et sous les yeux de l'un de tes aïeux, l'a tué, et ensuite a fait en sorte de me sauver, moi, sa fille. Il a raconté autour de lui que j'étais enceinte et que, poussé par la honte, il m'envoyait mettre au monde à Paris cet enfant conçu en dehors du mariage. Inventer ce bébé permettait un tour de passe-passe : dans vingt ans, je pourrais revenir à La Nouvelle-Orléans et faire croire aux gens que j'étais la fille bâtarde de Magdalena ! Dans l'intervalle, à Paris, j'ai rencontré Lucian, le roi des vampires.

— Quel plaisir d'entendre reparler de ce brave Lucian !

— Tais-toi, Sean. Lucian a été mon mentor. Il m'a tout appris. Comment survivre, mais pas seulement cela : comment, aussi, mener une existence normale. Étant censée être l'enfant de Magdalena, j'ai gardé le nom de Montgomery et un beau jour je suis revenue en Louisiane, en pleine guerre de Sécession. J'ai fait la connaissance de Sean Canady. Je l'adorais, mais je ne lui ai pas dit ce que j'étais. Je comptais le faire à la fin de la guerre, pour qu'il comprenne pourquoi je ne pouvais pas l'épouser. Lors d'une soirée, nous avons rencontré un homme dont j'ai immédiatement compris qu'il était un vampire, un mauvais vampire, l'incarnation du Mal. J'ai refusé d'entretenir la moindre relation avec lui, mais il ne l'entendait pas ainsi et s'est mis à me poursuivre de ses assiduités. Il tuait sans vergogne, et s'amusait à... disons « imprégner » ses victimes.

— Qu'est-ce que c'est que ça ?

— Un vampire qui boit quelques gouttes de sang d'un humain fait de cet humain un vampire. L'opération est délicate. Il ne faut pas prendre trop de sang, sinon l'humain meurt ou devient dément. À partir de ce moment il, ou elle car il peut s'agir d'une femme, se mue en assassin forcené.

— Ça tombe sous le sens, ironisa Sean.

Maggie poussa un soupir irrité avant de reprendre :

— Ce vampire a lentement tué la fille du colonel Wynn et ensuite s'en est pris à lui. Il lui a saccagé le cerveau. À partir de cet instant, Wynn a commencé à massacrer des soldats blessés de la Confédération. Il était persuadé que l'un d'entre eux avait tué sa fille et qu'en les exécutant tous, avec un peu de chance, il châtierait finalement le coupable. Un soir, Sean Canady est parti à la poursuite de Wynn... J'ai suivi Sean, et Aaron Carter m'a suivie. Tout le monde s'est retrouvé mêlé dans une lutte à mort. J'étais tellement désespérée que j'étais prête à faire de Sean un vampire pour lui sauver la vie… mais je suis intervenue trop tard.

Sean se dit que lorsque Maggie le regardait, elle devait avoir l'impression qu'il portait un masque de plastique caricaturant une expression d'incrédulité.

— Attends, Maggie… J'ai l'impression d'avoir loupé un chapitre. La guerre de Sécession s'est achevée et cet Aaron Carter est allé à Londres, où il est devenu Jack l'Éventreur ?

Elle hocha la tête.

— J'aurais dû m'en douter, railla Jack.

Maggie crispa les mâchoires et parvint à contenir son irritation.

— J'ai retrouvé Carter à Londres, où il m'avait fallu repartir sous prétexte d'y mettre une nouvelle petite bâtarde au monde. J'allais être obligée de rester près de vingt ans en Europe avant de réapparaître à La Nouvelle-Orléans, en me faisant passer, sous le nom de Montgomery, pour la nouvelle héritière.

— Tout à fait logique.

— À Londres, je suis devenue très amie avec un médecin et son épouse… Tout à l'heure, je t'ai dit qu'à mon avis les gens dont la vie avait été interrompue prématurément revenaient… Eh bien, je crois que ton coéquipier, Jack Delaney, est mon ami le médecin et qu'Angie est sa femme Laura.

— Oh mais oui ! Pourquoi pas ? Si nous croyons aux vampires, il n'y a pas de raison de ne pas croire aussi en la réincarnation.

— Sean, je sais que les vampires existent. En revanche, je ne sais rien de la réincarnation. C'est juste une impression, basée sur le fait que l'univers est peuplé d'âmes bonnes et mauvaises, mais aussi jeunes et vieilles.

— Maggie, crois-tu en Dieu ?

— Oui.

— Te penses-tu damnée ?

— Je l'ignore. Je prie pour que ce ne soit pas le cas. Sean, si personne n'arrête Aaron Carter, beaucoup de gens seront tués. On découvrira de plus en plus de corps martyrisés. Nombre d'hommes et de femmes auront l'esprit détruit par Aaron. Il a rendu fou le colonel Wynn, et plus tard mon ami le médecin. Le malheureux s'imaginait avoir tué les prostituées lors de passages à vide, les trous noirs comme il disait… Il a fini par se suicider. Le lendemain de sa mort, j'ai rencontré Aaron qui m'a avoué en riant être à la base de tout. Il avait ensorcelé le médecin. Il se réjouissait aussi de mettre la police en échec. J'ai failli le tuer de mes mains. Si Lucian ne s'était pas interposé… je l'aurais tué et ensuite ceux de mon espèce m'auraient abattue parce que nous n'avons pas le droit de nous entre-détruire. J'ai grièvement blessé Aaron et il lui a fallu plus d'un siècle pour guérir. Maintenant, il est de retour, en pleine santé, doté de cette force sidérante caractéristique des vampires, et toujours méchant et vicieux. Il recommence à tuer, c'est son jeu favori. Sean, songe au *modus operandi* du tueur, rappelle-toi ce qu'ont subi les dépouilles. Crois-tu qu'il existe un seul imitateur capable de reproduire les massacres d'Aaron ? Non, Sean, il n'y a pas plusieurs tueurs s'inspirant les uns des autres. Il y en a un seul, et c'est Carter. Regarde la vérité en face et accepte-la, si étrange et déstabilisante soit-elle.

Maggie s'interrompit, le temps d'étudier le visage de Sean, puis s'écria d'un ton désespéré :

— Tu penses que je délire ! Oh non ! Tout est vrai, m'entends-tu ? Vrai ! Que va-t-il arriver si tu persistes à douter ?

Elle s'assit à côté de Sean qui la regarda : quel malheur qu'une si belle jeune femme aux yeux d'ambre, à la chevelure sombre, accorde crédit à de si abracadabrantes histoires !

Bouleversé, il lui caressa la joue puis effleura ses lèvres d'un baiser.

— Je vais prendre une douche, m'habiller et aller au boulot, Maggie.

Il se leva et se dirigea vers la salle de bains. Sur le seuil, il s'arrêta et lança :

— Peut-être qu'à l'heure qu'il est le tueur fou a été arrêté…

— Non. On t'aurait appelé sur ton *pager* si c'était le cas, et tu le sais bien. Le tueur n'a pas été attrapé, Sean.

Que répondre à cette objection ? Rien, car Maggie avait raison. Jack l'aurait immédiatement contacté.

Sean entra dans la salle de bains et se plaça sous la douche. De l'eau froide, voilà ce dont il avait besoin pour chasser le cauchemar dans lequel il se sentait englué.

Lorsqu'il revint dans la chambre, il trouva Maggie habillée, prête pour sa journée de travail : tailleur bleu, chemisier de soie blanche, maquillage sophistiqué et chevelure ramenée en un chignon strict.

— Il y a du café à la cuisine, lui dit-elle en quittant la pièce.

Il s'habilla puis se rendit à la cuisine où s'activait la ronde et rose Peggy, la gouvernante. Elle accueillit Sean avec le sourire et lui servit du café. Maggie était à table, une tasse à la main, le quotidien du jour sous les yeux.

Sean déjeuna sans mot dire puis suivit Maggie lorsqu'elle lui dit qu'il était temps de partir. Une fois dans la voiture, il demanda :

— Peggy, c'est un vampire, elle aussi ?

Maggie lui lança un regard réfrigérant.

— Bien sûr que non. C'est une personne adorable qui s'occupe merveilleusement de moi. Les vampires aussi ont besoin qu'on veille sur eux…

— C'est sûr qu'ils ont leurs petits moments de faiblesse…

Maggie haussa les épaules puis poursuivit :

— La famille de Peggy est au service des Montgomery depuis des lustres.

— Elle vole des pochettes pour toi dans les réserves de la banque du sang ?

— Je l'achète, ce sang, mon cher.

Un sourire aux lèvres, Maggie ajouta :

— Tu es tellement sot que tu mériterais que je te morde la gorge.

Sean resta coi : plaisantait-elle ou était-elle sérieuse ? Peut-être envisageait-elle de le mordre pour le convaincre.

— Maggie, je ne sais plus où j'en suis. Le vrai, le faux… je ne parviens pas à démêler l'un de l'autre. Ce que j'aimerais par-dessus tout, c'est ne pas avoir à m'inquiéter pour toi.

— Il faut que tu réfléchisses à ce que je t'ai dit. Que tu y réfléchisses vraiment, Sean. Promets-moi que tu le feras.

— Promis. Et toi, en retour, jure-moi que tu n'interviendras plus pour me sauver ou pour sauver quelqu'un d'autre. Reste à distance du tueur, qu'il soit un être humain ou un… un monstre.

Ils étaient arrivés devant l'immeuble qui abritait Montgomery's Enterprises. Sean se gara. Maggie resta assise sur le siège, mains posées sur les genoux.

— Sean, j'essaie de t'aider et…

— Arrête, Maggie ! Je t'aime. Tu es peut-être folle, mais je le suis aussi. Si tu tiens vraiment à m'aider, fais ce que je te dis : ne prends aucun risque.

Elle se raidit soudain, manifestement en colère.

— Tout ce que je t'ai dit est vrai !

— Nous sommes en plein délire. Ces cadavres mutilés, ce corps décapité à la morgue qui…

— C'est moi.
— Pardon ?
— C'est moi qui ai décapité Ray. Je suis allée à la morgue pour lui couper la tête.
Sean crut défaillir : Maggie, une scie à la main, tronçonnant le cou d'un mort ?
— L'image est épouvantable, n'est-ce pas, Sean ? Tu m'aimes encore, après cet aveu ? Peut-être vas-tu me croire : j'ai décapité Ray parce qu'il était imprégné. Te rappelles-tu, quand tu lui as tiré dessus ? Il n'est pas tombé. Aaron venait de faire de lui un vampire. Le processus était à peine entamé, mais il n'allait plus tarder à être efficient. Le décès de Ray n'était que temporaire. Tu le croyais mort, le médecin légiste aussi, mais je savais qu'il n'en était rien. Quand je suis arrivée à la morgue, il commençait à se reprendre. Je ne pouvais pas laisser un homme comme lui devenir immortel.
Sean se remémora le matin où il avait cru Maggie partie... Il l'avait appelée et elle était sortie de la salle de bains. Il venait à peine de se réveiller. S'était-elle absentée pendant qu'il dormait ? Non, bien sûr que non !
— Je ne te crois pas, Maggie.
— Tu t'y refuses ! C'est pourtant vrai que je peux me déplacer aussi vite que la lumière. Chez les vampires, l'esprit est supérieur à la matière, Sean. Appelle ce prodige de la télékinésie si tu veux... Mentalement, il est épuisant. Je ne me sers donc que rarement de ce don. Néanmoins, je l'ai utilisé pour me rendre à la morgue. Ray était prêt pour la dissection... et il reprenait vie. Il allait se lever et vider de leur sang tous les médecins, les étudiants, les techniciens. Aaron a décapité ses victimes, mais il n'a pas tué Ray. Toi si, avec tes balles, mais sa mort n'était que temporaire. Son sang infecté devait lui permettre de ressusciter

et ensuite de se livrer à sa folie meurtrière dans la ville.

— Tu as parlé de Jack l'Éventreur, Maggie. Très bien. Cependant, tu as omis un détail : ses victimes, il ne les décapitait pas.

— Parce que Aaron voulait que Peter se croie fou. À Londres, en 1888, il y a eu maints autres meurtres, qui n'étaient pas le fait d'Aaron Carter, et Peter a commencé à se dire qu'il était l'auteur de tous. Les pauvres filles étaient mutilées selon une procédure chirurgicale. Carter est un pervers très malin. Un autre genre de mutilations n'aurait peut-être pas alarmé Peter. Il ne se serait pas imaginé coupant la tête de quiconque, même en état de démence passagère. En revanche, jouer du scalpel, si. L'intelligence de Carter est remarquable, et d'autant plus redoutable. Il a laissé les corps en évidence à dessein, pour démolir Peter, et m'atteindre par la bande parce que le médecin était mon ami. Sinon, personne n'aurait retrouvé le moindre cadavre.

— Revenons au présent. Ta théorie ne tient pas debout : Anthony Beale, le mac, ne colle pas dans le tableau : c'est un homme. Les gouttes de son sang conduisaient chez toi. Comment expliques-tu ça ?

— Je n'ai tué ni Beale ni personne d'autre, pas même Ray. Il était déjà mort. Je l'ai seulement empêché de revenir à la vie en tant que vampire.

— Alors qui a assassiné Beale ? Et Rutger Leon ?

— Rutger est mort ?

— Oui. On a retrouvé son corps hier. Enfin… son buste et sa tête.

— Carter n'avait aucune raison de tuer Rutger. Cela n'aurait rien eu d'excitant pour lui. Ses goûts sadiques l'auraient poussé à le laisser en vie pour qu'il puisse martyriser Callie. La mort de Beale, en revanche, semble bien être l'œuvre de Carter. Mais avec lui, comment être sûr ? Peut-être s'est-il offert un extra avec Rutger…

Sean sortit de la voiture, la contourna et ouvrit la portière côté passager.

— Descends, Maggie. Il faut que j'aille travailler. Je dois faire un saut à la morgue pour jeter un coup d'œil aux restes de Rutger et ensuite, j'ai une réunion avec les équipes qui sont sur l'enquête.

Maggie mettait pied à terre quand Sean ajouta :

— Lors de la réunion, faut-il que je conseille à tous les hommes de s'acheter des croix ?

— La tienne est très jolie, dit Maggie d'un ton acerbe.

— Elle ne te dérange pas ?

— Pas le moins du monde. J'ai toujours adoré l'art religieux… et je vais à l'église. Je prie. Cela amusait énormément Lucian. Certains vampires sont affaiblis par la proximité de croix, mais en porter une n'est qu'une protection illusoire car ils finissent par surmonter leur répulsion. Une croix permet juste de bénéficier d'un peu de temps, avant que le vampire se reprenne. Euh… L'eau bénite. Elle cause des brûlures, surtout durant la journée. La lumière du jour amoindrit la force des vampires.

— Et l'ail ? C'est un mythe ou ça marche ?

Sean vit Maggie hésiter. Elle se demandait sans doute s'il se gaussait d'elle ou s'il était sérieux.

— Mange de l'ail, Sean. Le plus possible, parce que l'ail passe dans le sang. Si un vampire te mord, ça le rendra malade comme un chien.

— Ah ! Le pieu droit dans le cœur… vrai ou faux ?

— Vrai. Le vampire meurt à condition d'aller bien droit au cœur et que le pieu soit en bois.

— La décapitation tue aussi ces… créatures ?

— Oui.

— Parfait. J'ai désormais des informations très intéressantes à fournir aux gars des équipes. Je vais leur apprendre qu'ils pourchassent un vampire... et ensuite, ils me feront interner d'office.

Maggie le regarda froidement.

— Sean, je t'ai tout dit. J'ai risqué ma vie, et tout ce que j'ai obtenu, c'est que tu te moques de moi.

— Je ne me moque pas de toi.

— Pfff... Tu ne m'écoutes même pas.

— Mais enfin, mets-toi à ma place ! Te rends-tu compte de ce que tu m'as dit ? Tu as un sérieux problème et... Dans l'immédiat, il est secondaire parce que la réalité est là, et bien là : un tueur se balade dans la ville.

— Tu ne l'attraperas jamais si tu ne m'écoutes pas.

— Maggie, tout ça me semble relever de la plus haute fantaisie, mais rien n'a changé : je t'aime et le monstre, je l'attraperai. Je ferai mon boulot de flic et ensuite, nous organiserons notre avenir ensemble, ma chérie.

— Nous n'avons pas d'avenir, dit Maggie en secouant tristement la tête. Sauf si tu me crois.

Elle pivota sur ses talons et se dirigea vers l'entrée de Montgomery's Enterprises. Sean l'appela, en vain.

Elle ne se retourna pas.

15

Sean entra dans son bureau, à peine conscient de la cacophonie ambiante : sonneries de téléphone, bruyante agitation autour de lui... Tous ses collègues, dans les compartiments de la grande salle des inspecteurs, carburaient à l'adrénaline.

Il se laissa tomber dans son fauteuil et riva son regard sur le mur en face de lui.

— La nuit s'est mal passée, hein ?

Jack Delaney se tenait sur le seuil avec une expression empreinte de sympathie.

— Depuis combien de temps n'avons-nous pas eu une bonne nuit, Jack ?

— Eh bien... quand on ne met pas une frontière entre vie privée et vie professionnelle, on...

— Jack, écoute, coupa Sean. Tu as fait des recherches sur ce Jack l'Éventreur et tu as trouvé des similitudes entre notre affaire en cours et les atrocités commises par ce monstre. En dehors de ça, que sais-tu des vampires ?

— Attends... Il y a le film *Nosferatu*, les acteurs sont Bela Lugosi et Christopher Lee... L'autre film, avec Brad Pitt et Tom Cruise... Ah oui ! *Entretiens avec un vampire*... J'aime bien ce genre de trucs gothiques.

— Je ne parlais pas de cinéma, Jack.

— La légende, alors ? L'auteur, Bram Stoker... Non, ça, c'est de la littérature. En revanche, le prince roumain Vlad Dracul aurait, paraît-il, vraiment tué en les empalant un nombre sidérant d'ennemis, et de gens de son peuple aussi. De là à penser qu'il buvait leur sang, il n'y a qu'un pas qui a été vite franchi par ses contemporains. Mais tout ça, c'est du domaine de la légende. En tout cas, moi, j'adore ces trucs depuis que je suis gamin, et je ne sais pas pourquoi. Toutes ces histoires me fascinent, celle de Jack l'Éventreur aussi. À tel point que j'ai l'impression que ça a eu une influence sur ma personnalité.

Sean tressaillit en se rappelant les paroles de Maggie. Selon elle, Jack était la réincarnation de son ami le médecin londonien… Ce Peter, ensorcelé par un vampire… Non, cette idée était plus que stupide ! Elle était dingue et il ne devait pas lui accorder le moindre crédit.

— L'Éventreur a sévi à une époque où la technologie en matière d'investigations n'existait pas, Jack. C'est pour ça qu'on n'a jamais élucidé le mystère de l'identité du monstre de White Chapel.

— Notre technologie du XXIe siècle est très performante et pourtant on n'a pas fait mieux pour l'instant que les flics londoniens en 1888.

— Mmm. Un point pour toi.

— Tu sais ce qui est le plus passionnant dans tout ça, Sean ? C'est le fait que la légende des buveurs de sang ait perduré si longtemps. Elle a traversé les siècles et on la retrouve dans à peu près toutes les cultures. Pense à Adam, qui aurait eu une femme avant Ève : Lilith. Elle a mangé ses enfants… Comme nous descendons tous d'Ève, nous sommes les proies des cannibales issus de Lilith. Dans la Grèce ancienne, on a Lamia, une favorite de Zeus. Elle buvait le sang de ses jeunes amants. La déesse Héra s'est débarrassée d'elle. En Chine, il y a eu un démon appelé Giang Shi. Sur des poteries de la Syrie antique, on a découvert des motifs peints représentant des vampires en pleine action et…

— Arrête, Jack ! Tu prépares une thèse sur les vampires, ou quoi ?

— C'est toi qui m'as demandé ce que je savais du sujet, alors je te raconte… Pourquoi cette question ? Tu songes à un vampire parce que les cadavres du mac et des prostituées ne contenaient plus de sang ?

— Je ne crois pas aux vampires, mais je peux croire en l'hypothèse d'un fou qui se prendrait pour l'un de ces monstres ou s'imaginerait être la réincarnation de Jack l'Éventreur.

— Un mec qui se prendrait pour un vampire est aussi dangereux qu'un vrai vampire…

— Un vrai vampire… Selon toi, ils existent donc, les vampires ?

— Euh… Je…

– Jack, nous sommes à La Nouvelle-Orléans, la cité où règne le vaudou, où l'on balade des touristes la nuit en leur parlant de magie noire et autres âneries. Alors je te demande ton aide puisque, apparemment, tu en connais un bout sur la question.

— Eh bien, dans les films, pas tellement ceux d'aujourd'hui mais ceux qui datent des années 1930 et jusqu'aux années 1960, on trouve des points communs : les vampires dorment le jour, le soleil les brûle à mort, et pour les tuer il n'existe que deux moyens : la décapitation ou un pieu enfoncé dans le cœur. Mais… attends, laisse-moi réfléchir… Ce sont les victimes qui ont été décapitées. Même si elles avaient été contaminées par morsure, elles n'ont eu aucune chance de devenir des vampires à leur tour, du moment qu'on leur avait coupé la tête. À moins que…

— Oui ?

— Que le vampire les ait décapitées exprès… pour être sûr qu'elles allaient vraiment mourir et ne se métamorphoseraient pas en vampires. Il a bu leur sang. Donc ses victimes auraient pu devenir comme lui !

Sean soupira. Vraiment, il était passé de l'autre côté du miroir : quelle discussion surréaliste !

— Jack, fais quelques recherches, s'il te plaît. Fouine dans l'histoire de La Nouvelle-Orléans. Essaie de trouver quelque chose sur un homme du nom de Aaron Carter. Période : la guerre de Sécession.

— OK. Je devrais peut-être porter une croix et manger de l'ail…

— C'est ça. Mange de l'ail, acquiesça Sean en souriant jaune.

— Il me faut aussi de l'eau bénite ?

— Non, ça peut attendre. Quand tu en auras besoin je te le dirai.

À peine Maggie était-elle entrée dans son bureau que le téléphone sonnait.

— Montgomery's Enterprises, bonjour.

— Ai-je bien Mlle Montgomery elle-même en ligne ?

Maggie sentit un frisson glacé la traverser. Cette voix…

— Aaron, sois maudit !

— Chérie, nous sommes déjà maudits, toi autant que moi !

— Que veux-tu ?

— Toi, ma belle. Juste toi.

— Aaron, nous nous haïssons.

— Faux, Maggie. Tu as seulement l'impression de me haïr. Tu es une petite garce, mais une superbe, sublime petite garce. Tu me défies depuis si longtemps… Je te veux sous ma coupe. Qui sait ? Tu m'obsèdes tellement que je pourrais peut-être me montrer gentil avec toi. Évidemment, je commencerai par te châtier pour tout ce que tu m'as fait subir mais ensuite… Oh ! Maggie, je te veux !

— Si tu m'avais, cesserais-tu ces massacres, Aaron ?

Le rire de Carter la fit trembler.

— Bien sûr que non, ma beauté. Au contraire. Je t'enseignerais la vie telle qu'on peut la mener quand on détient le pouvoir. J'assume pleinement ce que je suis : un grand prédateur, un buveur de sang nocturne. Je ferais de toi mon double, et tu découvrirais enfin ce que veut vraiment dire « vivre ».

— As-tu jamais été humain, Aaron ?

— Intéressante question. Je l'ai été, oui, et ici, c'est mon territoire. Je suis chez moi, et ce bien plus que toi.

— Étais-tu un tueur, quand tu étais humain ?

— Que voilà une deuxième intéressante question ! Sommes-nous des tueurs quand nous mangeons de la viande ? Non. Nous sommes supérieurs à l'animal, c'est tout. Les bêtes sont là pour nous servir. Nous nous nourrissons d'elles lorsque nous sommes humains. Les vampires se nourrissent des humains car ils sont au sommet de l'échelle des espèces.

— Aaron, je ne…

— Écoute-moi, petite sotte : les humains sont bornés, ils ne conçoivent que ce que leur esprit aux capacités limitées leur permet d'assimiler. Ils sont incapables de voir ce qu'ils ont sous les yeux lorsque le concept échappe à la norme. Songe à ton pauvre Sean… Je vais l'avoir, tu sais. Ce sera mon deuxième Canady. Il sera une proie tellement facile… Qu'il se refuse à croire en notre existence fait de lui la victime idéale.

— Laisse Sean tranquille, Aaron, et je viendrai à toi ! Quand ? Où ? Dis-moi.

— C'est moi qui viendrai à toi, ma jolie Maggie, et ce au moment où tu t'y attendras le moins. Peut-être, auparavant, discuterons-nous encore. Peut-être t'accorderai-je une petite chance…

— Si tu fais du mal à Sean, je te tuerai, Aaron, je t'en fais le serment.

— Maggie, mon amour, que te voilà devenue forte ! Tu ne me tueras pas et il est possible que je t'épargne, juste pour le plaisir de te savoir là, l'éternité durant. Tu me distrais, Maggie.

— Aaron !

— Au revoir, mon amour.

— Aaron…

— Rappelle-toi, Maggie : cinq jeunes catins. C'est ainsi qu'ils ont compté, autrefois. S'ils avaient su… Quoique, après tant de temps, même moi j'ai perdu le compte. Mais il y a une chose que je n'ai pas oubliée : qu'est-il arrivé après les deux premiers meurtres ?

— Quelle importance ? Où que tu sois passé, Aaron, tu as semé la mort et la désolation.

— C'est dans la nature profonde de la Bête. Je t'apprendrai, le moment venu. Tu nies depuis trop longtemps ce que tu es, ma belle, ce qu'Alec DeVereaux a fait de toi. Tu as faim, je le sais… Maggie, je répète la question : qu'est-il arrivé après les deux premiers meurtres ?

— À Londres ? Je ne…

— Ici, à La Nouvelle-Orléans !

— Oh ! Je ne saisis pas. Tu es l'auteur de cinq assassinats, Aaron.

— Il me fallait la petite Callie ! Je me moquais totalement du souteneur… Il était juste en travers de mon chemin. Un hasard. Il cherchait la petite pute que j'avais eue… La fille du cimetière. Elle devait travailler pour lui et il se demandait où elle était passée. Bref, le souteneur, c'était un incident de parcours… qui a bien étanché ma soif. Mais revenons à cette mignonne Callie. Il me la fallait ! Nous la rechercherons peut-être ensemble un jour… Alors ? La réponse à ma devinette ?

— Après les deux premiers... Non, je ne vois pas ce que...

— J'en ai supprimé deux autres dans la même nuit. Un coup double.

— Toute la ville grouille de flics, Aaron ! Et quoi que tu prétendes, tu n'es pas indestructible !

— Les policiers non plus. Je vais tuer un autre Canady : nous ne voulons pas que ce minable entre dans notre univers, n'est-ce pas ? Nous ne lui offrirons pas l'immortalité... Je vais faire un nouveau coup double. Tu verras, Maggie, un beau doublé. Patiente et tu verras.

— Aaron, ne...

Maggie entendit un déclic puis le sifflement de la tonalité.

Aaron Carter avait raccroché.

Pierre, le médecin légiste, et Sean, reculèrent de façon à avoir une vue d'ensemble de toutes les tables métalliques sur lesquelles gisaient les cadavres.

L'inconnue du cimetière, Bessie Girou, Anthony Beale, Rutger Leon et Ray.

— Alors ? demanda Pierre.

— Je cherche d'autres points de perforations. Comme ceux que nous avons trouvés sur Beale.

— D'accord, mais je ne vois pas ce que...

— Pierre, je crois que notre dingue se prend pour un vampire.

— Ah.

— Nous savons que Beale porte ces traces. Je regarde Rutger, toi tu jettes un œil sur Ray... Ensuite, j'examine Bessie et toi l'inconnue.

— D'accord.

Sean recula encore. Il se sentait très mal à l'aise dans cette morgue trop tranquille. Il avait prévu d'y venir aussitôt après avoir laissé Maggie à Montgomery's Enterprises, mais la réunion au QG de la police s'était éternisée, et ensuite il avait dû remettre son rapport au chef Daniels. Il n'était ressorti des locaux qu'au crépuscule et l'équipe en charge de la morgue à cette heure-ci se réduisait à une petite poignée de techniciens. Un silence angoissant régnait donc dans la salle, mais qu'il n'y eût pas de témoins pendant que Pierre et lui cherchaient des marques de crocs sur les cadavres était une bonne chose.

Il se pencha sur les corps, sur ce qui avait été des êtres humains. Quelle pitié ! Ces chairs mortifiées et glacées avaient été vivantes.

Il cilla pour accommoder sa vision.

Les marques étaient là. Au nombre de deux.

Il redressa la tête et eut soudain une étrange impression. La salle semblait s'agrandir, les murs s'éloigner... Du coin de l'œil, il distingua comme de la brume qui s'insinuait entre les deux vantaux clos de la porte.

Bon sang, il était vraiment épuisé ! Il avait des hallucinations. Cette brume, on aurait dit celle qui montait du Mississippi quand la température tombait, au crépuscule et... Il ne s'agissait pas de brume mais bel et bien de quelqu'un : l'un des assistants de Pierre, apparemment. Un jeune homme en blouse blanche se tenait derrière le légiste.

Comment avait-il pu entrer aussi discrètement ? Même Pierre ne s'était rendu compte de rien. Concentré sur son travail, il n'avait manifestement pas encore noté la présence du jeune homme.

— Nous n'avons pas besoin d'aide, lui lança Sean.

Pierre sursauta puis se tourna vers l'assistant.

— Non, nous n'avons besoin de personne, confirma-t-il. Pourquoi êtes-vous là ? Et puis... qui êtes-vous ?

Le pouls de Sean s'emballa tout à coup. Ce visage… cette silhouette élancée… ces traits réguliers et durs… ce petit sourire vicieux… Oh ! bon sang !

— La ferme, le vieux !

L'ordre avait claqué comme un coup de fouet. À la seconde où il le lança, l'homme projeta son poing sur la poitrine de Pierre, qui heurta le mur où se trouvaient les tiroirs réfrigérés avant de s'effondrer sur le carrelage. Sous l'impact, deux tiroirs s'ouvrirent. Un bras livide glissa du compartiment. La main d'un cadavre ballotta quelques instants avant de s'immobiliser au-dessus de la tête de Pierre.

— Si vous l'avez tué… gronda Sean en voyant Pierre sans connaissance.

— Il n'est pas mort, coupa l'homme. Je n'aime pas la viande morte. Le sang froid ressemble à du vin piqué. Mais oublions donc ce monsieur, lieutenant Canady ! N'avez-vous pas une petite impression de déjà-vu ?

Sean observait l'homme avec effarement et horreur. Il venait de porter à Pierre un coup d'une violence inouïe et pourtant son souffle était parfaitement paisible. Les bras maintenant croisés, il regardait Sean en hochant doucement la tête.

— Sean Canady… Nous revoilà face à face. Je suis Aaron Carter, lieutenant… Je vous le précise au cas où vous n'auriez pas compris que j'étais de retour. Oh ! j'ai eu d'autres noms, au fil des années… Jack l'Éventreur, l'Homme à la hache, la Mort… mais je m'égare. La Mort, c'était à Paris. Une délicieuse ville. Les Français sont exquis. Ils sont très émotifs, leur sang est donc sucré et bien chaud. C'est pour cette raison que j'adore La Nouvelle-Orléans : elle est peuplée de descendants de Français. De surcroît, elle regorge de créatures savoureuses… Cette petite Bessie, par exemple… Et puis, il y a les suppôts de

Satan, comme Ray, et ceux qui sont tiraillés entre l'ombre et la lumière. Notre chère Maggie en fait partie. Nous trouvons également de la graine de héros dans votre genre, Canady. Je vous ai tué, autrefois, mon ami. Vous auriez dû rejoindre l'au-delà et n'en jamais sortir ! La réincarnation ne serait-elle donc pas un mythe ? Intéressante question métaphysique…

Pendant que Carter pérorait, Sean l'observait. Était-il vraiment un vampire vieux de plusieurs siècles, ou un homme à la force herculéenne dopée par quelque drogue psychotrope ?

Peu importait. Il était un tueur, et cela seul comptait.

— Bienvenue à la morgue, Carter. Il se pourrait bien que vous séjourniez ici plus longtemps que vous ne l'imaginez.

— Belle preuve de bravoure que cette réflexion, Canady. Vous, les Sudistes, êtes toujours aussi fiers et confiants en vous ! Lieutenant, j'avais prévu de vous tuer sous les yeux de Maggie, mais je n'ai pu résister à la tentation de vous abattre ici même et ensuite de vous dépecer sur une table d'autopsie.

Sean plongea la main dans la poche de sa blouse et en sortit son 38. Il eut soudain l'impression que Carter se déplaçait. L'impression seulement, car le mouvement avait été si rapide que son œil n'avait pu le capter. Alors qu'il s'apprêtait à appuyer sur la détente, Carter était sur lui et tentait de le désarmer.

La puissance physique de Carter était sidérante. Nul doute qu'il pourrait lui briser les doigts un à un comme s'il s'agissait d'allumettes.

Il ne fallait pas lui en laisser le temps.

Sean tira.

Il toucha sa cible. Au ventre, lui sembla-t-il, mais Carter ne tomba pas, ne se roula pas par terre en hurlant de douleur tout en maintenant son abdomen perforé. Il resta debout et se mit à rire puis, d'un simple revers de la main, envoya le revolver de Sean à l'autre bout de la salle. Une fraction de seconde plus tard, il enserrait la gorge de Sean.

Il le souleva par le cou, l'étouffant à moitié. Éperdu, Sean essaya à deux mains de faire céder cet étau qui l'asphyxiait. Sans succès.

Tout souriant, Carter se pencha vers son visage et l'embrassa sur les lèvres. Sean distingua non pas des crocs jaunâtres mais une denture d'une blancheur sans défaut aux canines fines et acérées, ne huma pas une haleine fétide mais un parfum de bonbon mentholé.

Sa vision déjà floue acheva de se brouiller. Il se sentait partir ; il allait mourir.

Avec l'énergie du désespoir, il rassembla le peu de forces qui lui restaient et décocha un coup de genou dans l'aine de son adversaire, qui hurla, le lâcha et s'effondra à genoux.

Carter se releva toutefois à la vitesse de l'éclair. Ses pupilles avaient maintenant la forme longitudinale de celles d'un reptile et scintillaient de fureur.

— Lieutenant, je vais trancher vos organes sexuels à la scie électrique et vous les enfoncer dans la gorge… avant que vous mouriez, noyé par votre propre sang !

Un flux d'adrénaline déferla dans les veines de Sean. D'un direct au menton, il expédia Carter à plusieurs mètres puis se rua vers un balai posé dans un coin de la pièce. Il en fracassa l'extrémité contre un tiroir métallique et se retrouva armé d'un pieu bien pointu.

Carter se jeta sur lui.

Sean l'attendit, pieu pointé droit sur le cœur.

Le vampire s'immobilisa immédiatement.

Les portes de la salle s'ouvrirent à cet instant à la volée sur Jack Delaney.

— Les mains en l'air ! ordonna-t-il à Carter qui se tourna vers lui.

— Vous avez envie de tirer quelques coups de sommation, Doc ?

— Mains en l'air. Il n'y aura pas de sommation. Je vais vous descendre. Je ne suis pas médecin mais flic !

Riant de nouveau, Carter avança vers Jack qui fit feu. Il vida tout son chargeur, ne manquant pas une seule fois sa cible... Carter se borna à reculer avant de s'arrêter, bien campé sur ses jambes.

— Nous nous reverrons, messieurs ! s'écria-t-il avant de courir vers la porte, bousculant Jack au passage.

Sean s'élança à sa poursuite mais, lorsqu'il déboula dans le couloir, il ne vit qu'un lambeau de brume. Il stoppa sa course.

— Merde... c'est pas vrai... Je n'ai pas vu ce que j'ai vu... dit Jack qui l'avait rejoint.

Comme Sean restait muet, Jack reprit :

— Ça alors... Truffé de plomb et il galope comme un lapin... Bon sang, ce type, je le hais... Je le hais tellement que ça me sidère. Je ne comprends pas pourquoi il me fait un tel effet.

— C'est un tueur de sang-froid, le vice incarné.

— Oui, mais quand même... Jamais je n'ai éprouvé de haine aussi violente.

Sean tapota l'épaule de son collègue et ami.

— Bon timing, mon gars. Comment ça se fait que tu sois arrivé pile ?

— Au QG, on m'a dit que tu étais allé à la morgue. Je voulais te voir parce que j'ai trouvé des trucs très intéressants sur Aaron Carter. Toute son histoire.

Toute la journée, Maggie avait vainement tenté de joindre Sean au téléphone. À chaque appel au poste de police, on lui répondait que Sean était très occupé et qu'il lui avait laissé un message : il la verrait dans la soirée.

Elle doutait que ce fût le cas et, terrifiée, se disait qu'il ne vivrait pas jusqu'au soir. Il ne la croyait pas et, à partir de là, ne pourrait se protéger de Carter. Sean restait persuadé qu'une balle bien logée viendrait à bout du vampire. Mon Dieu !

Assise derrière son bureau, elle se tenait la tête à deux mains quand elle perçut un changement dans l'air, comme un souffle, une brise anormale à l'intérieur d'une pièce fermée. Des doigts se glissèrent soudain dans ses cheveux.

— Mauvaise journée, hein, ma chérie ? Je t'avais avertie, pour les mortels. Mais ton cher Canady, tu peux le sauver si tu le désires, tu le sais.

Maggie leva les yeux vers Lucian. Il ne se riait pas d'elle, comprit-elle à son expression.

Avec sa chemise de soie et son pantalon noirs, il était probablement l'homme le plus élégant de la ville. Arrogant et sûr de lui, et malgré cela sympathique.

— Aaron est un monstre, Lucian. Pourquoi ne pouvons-nous le tuer ?

— Nous sommes tous des monstres, l'aurais-tu oublié ? Comment le condamner parce qu'il est un prédateur alors que nous appartenons à la même race ?

— Nous ne sommes pas le même genre de prédateurs que lui !

— Oh ! Maggie, ma douce Magdalena ! Ne te rappelles-tu donc pas ce qu'était notre vie avant qu'il y ait des banques du sang ? La faim nous rendait fous… Tu n'as pas oublié avoir tué. Tu souhaites de toute ton âme chasser ce souvenir, mais tu n'y parviens pas.

— Oui, seulement en ce temps-là, il y avait la guerre ; les hommes s'entre-tuaient, la rage et la passion dominaient tout… Mais la cruauté d'Aaron dépasse tout ce que l'on peut imaginer chez le pire des hommes ou la plus féroce des bêtes.

Lucian s'assit sur le coin du bureau. Il tendit la main, la posa sur le front de Maggie puis repoussa doucement ses mèches en désordre.

— Maggie, je ne devrais pas me soucier de toi, de ce qui t'arrive. Pourquoi ne t'envoyé-je pas au diable ? Tu n'es plus mon amante et pourtant... Je suis désolé, ma chérie, mais je ne puis tuer Aaron et tu ne le peux pas non plus, tu le sais. Quoique...

— Oui ?

— Une partie de nos règles concerne la frontière ténue entre la vie et la mort. Ce sont les humains qui tuent les vampires. Nous, nous ne détruisons pas nos semblables.

— Et alors ?

— Alors, nous ne tuerons pas Aaron, mais cela n'empêche pas qu'il soit tué. D'un coup de pieu ou par décapitation. J'ignore qui a créé Aaron. Je suppose que son mentor était si nuisible qu'il a été supprimé peu de temps après avoir imprégné son élève. À mon avis, Aaron est originaire de La Nouvelle-Orléans, tout comme toi qui emportes une poignée de ta terre natale lorsque tu voyages en Europe. Et tu reviens inexorablement ici. Aaron fait de même, selon moi. La première fois où tu l'as rencontré, c'était dans cette ville. Même si nous sommes tous capables de supporter la lumière du jour, nous avons besoin d'un havre où nous reposer quand le soleil est au zénith. Il faudrait découvrir où est le havre d'Aaron. Si nous nous introduisions chez lui pendant qu'il dort...

Les battements de cœur de Maggie s'accélérèrent. Lucian avait raison. Il fallait procéder à des recherches sur Aaron Carter. N'avait-il pas dit être un parent éloigné des Wynn ? Cette famille l'avait accepté en son sein, l'avait laissé faire la cour à Lilly, qui était morte puis revenue à la vie sous la forme d'un vampire, mais cela sa famille l'ignorait. Où se trouvait-elle ? Cela faisait des années qu'elle n'avait plus entendu parler de Lilly, songea Maggie. Depuis le jour où le colonel Elijah Wynn, devenu fou, s'était mis à assassiner ses propres soldats blessés sur les champs de bataille, persuadé que parmi ceux qu'il exécutait se trouvait l'homme responsable de la perte de sa fille bien-aimée.

— Lucian, je…

— Tu ne dois pas le tuer, Maggie, n'oublie pas cela !

— D'une manière ou d'une autre, je vais débarrasser la terre d'Aaron Carter. Si tu dois me condamner pour cet acte, eh bien, tant pis. Qu'il en soit ainsi !

— Maggie, Maggie, ne te sacrifie pas pour les autres !

La jeune femme avait rarement vu Lucian tendre. Passionné, oui, sensuel, exigeant aussi, mais pas tendre. Or, il l'était en cet instant : il se pencha sur elle et l'embrassa sur le front.

— Ah… Tout ce que tu parviens à me faire, Maggie, murmura-t-il avant de disparaître.

16

Pierre fut conduit à la morgue à l'hôpital en protestant comme un beau diable : il allait très bien. Simplement, il était honteux de s'être fait mettre K-O si facilement. Il ajouta en plaisantant que d'ordinaire les gens faisaient le voyage de l'hôpital vers la morgue, et non le contraire.

— Comment ce salaud est-il entré ?

Sean ouvrit la bouche puis la referma… Il n'y avait pas d'explication.

Il laissa Pierre aux mains des médecins urgentistes et regagna son bureau après avoir dit à Jack, qui restait avec les inspecteurs chargés de faire un rapport sur les événements, de l'y rejoindre dès que le dossier d'enquête serait rempli.

Une note l'attendait sur son bureau. Elle émanait de Gyn, qui lui recommandait de ne pas travailler trop tard et l'informait que du café était au chaud. Il remplit une tasse, se posa dans son fauteuil pour la boire… et sursauta lorsqu'il découvrit soudain Lucian assis sur une chaise en face de lui.

— Bonsoir, lieutenant.

— Vous m'avez fait peur !

— Oh ! je suis navré ! Pardonnez-moi.

— Mmm. Je suis content de vous voir. Nous vous avons cherché…

Un sourire se dessina sur les lèvres de Lucian, éclairant son beau visage aux traits patriciens.

— Vous a-t-elle tout raconté ?
— Raconté quoi ?
— Ce qu'elle est.
— Je ne sais pas de quoi vous parlez.
— Vous mentez, lieutenant, mais ça n'a pas d'importance. Nous évitons en principe de divulguer la vérité. Pour nous protéger, bien sûr, mais aussi parce que lorsque nous la révélons, les gens la prennent mal.
— Ouais, ils sont incrédules. Comment pourriez-vous remédier à ça ?
— Lieutenant, si vous ne voulez pas de mon aide, je…
— Oh si ! J'en veux. J'ai hâte d'entendre ce que vous avez à m'apprendre.
— Je m'en doutais. Néanmoins, je ne m'attarderai pas sur mon passé personnel, car il n'a guère d'importance dans l'affaire qui nous occupe.
— Parce que c'est fini ? Entre vous et… et elle ?
— Oui, c'est fini.
Le sourire de Lucian se fit lumineux.
— Comme tout cela est charmant… Je pense que vous l'aimez vraiment, et que c'est réciproque.
— Et vous, l'aimez-vous toujours ?
— Je l'aime autant qu'un être de mon espèce peut aimer. Lieutenant, je suis venu en ami. Son ami à elle.
— Vous ne couchez plus ensemble ?
— Nous n'avons pas fait l'amour depuis des années.
— Combien d'années ?
— Des dizaines.
— Je n'en crois rien. D'ailleurs, je ne crois pas un mot de toute cette histoire.
— Vraiment ? Permettez-moi de penser le contraire, lieutenant. Si vous le souhaitez, je peux vous fournir des éléments qui achèveront de vous convaincre. Ce

ne serait pas inutile, dans la mesure où je vous trouve en petite forme. Vous avez de nouveau rencontré Aaron, n'est-ce pas ? Voyons, que pourrais-je vous dire de décisif… Ah ! j'y suis : la police a récemment découvert un cadavre mutilé, celui de Rutger Leon.

Sean resta bouche bée : la nouvelle n'avait pas été communiquée aux journaux.

— Que savez-vous du corps de Leon ?

— Eh bien, qu'il a été dépecé et que c'est moi qui m'en suis chargé.

— Vous ?

— J'avais très faim. Maggie a dû vous parler des banques du sang, mais parfois elles ne nous suffisent pas. Nous ressentons un manque… Bref, j'essaie de le satisfaire en me servant de ceux qui ne méritent pas un autre sort. Rutger Leon était venu à l'hôpital pour y torturer cette petite Callie. J'ai décidé de l'en empêcher. Quel épisode amusant ! J'ai emprunté les vêtements du policier de garde, puis je suis entré dans la chambre… Ensuite, j'ai rhabillé le policier inconscient. À son réveil, il n'a évidemment eu aucun souvenir de ce qui lui était arrivé.

Sean se passa la main sur le visage. Il était devenu fou ; il était passé dans la Quatrième Dimension !

— Pourquoi êtes-vous là, DeVeau ?

— Pour vous aider à sauver la vie de Maggie.

— Comment ça ?

— Elle va essayer de tuer Aaron Carter. Elle va le piéger et l'abattre. Je l'ai adjurée de ne pas le faire, mais elle ne veut rien entendre. Pourtant, il le faut absolument : elle est forte, mais Carter l'est plus encore. Elle ne se rend pas compte à quel point, au fil du temps, il a accru sa puissance. Plus grave : si par miracle elle parvenait à ses fins, je serais obligé de la condamner à la peine capitale. C'est la loi chez les nôtres. Une loi aussi ancienne que nous tous : en aucun cas nous ne devons nous entre-tuer. Si je devais accorder l'impunité à Maggie, je déclencherais une rébellion parmi nous, et le chaos s'installerait dans nos groupes.

— Pourquoi me racontez-vous ça, DeVeau ?

— Parce que vous êtes un mortel. Vous, vous pouvez tuer Carter.

— En m'y prenant comment ?

— Bonne réponse. Vous n'avez pas dit : « Je suis officier de police, pas meurtrier. » Lieutenant, trouvez Carter avant Maggie et munissez-vous d'une épée.

— Soyez sérieux. Je ne vais pas me balader l'épée au côté !

— Dans ce cas, procurez-vous un très long couteau effilé et, lorsque l'occasion se présentera, tranchez-lui la tête.

— Je n'ai pas la moindre idée de l'endroit où il est ! Comment pourrais-je lui trancher la tête ?

— Ah ! Je constate avec satisfaction que vous m'écoutez, que vous n'ironisez pas. Vous désirez donc que tout cela finisse. Reste à débusquer Aaron.

Lucian fit une pause, puis ajouta :

— Je pense qu'il est originaire de cette ville.

— Vous n'en êtes pas certain ?

— Non. Ma seule certitude est qu'il aspire à prendre ma place, mais souhaite par-dessus tout se venger de Maggie. C'est sa priorité. Je ne viens qu'ensuite sur sa liste. Carter, comme tous les vampires, doit dormir quelques heures dans la journée. Trouvez-le à ce moment-là. Il sera moins puissant que la nuit. Oubliez les tirs de sommation. Enfoncez-lui le couteau droit dans le cœur ou, plus sûr, un pieu de bois, et ensuite, coupez-lui la tête. Faites-le par amour pour Maggie.

La sonnerie du téléphone de Sean retentit, mais il ne réagit pas.

— Lieutenant… On vous appelle.
— Hein ? Oh… oui.
Sean fit pivoter son fauteuil, tournant le dos à Lucian, puis décrocha. Jack était en ligne.
— J'arrive, Sean. Quelle affaire dingue ! Personne, tu m'entends ? Personne n'a vu ce type entrer à la morgue, et encore moins la quitter. Il s'est évanoui comme de la brume chassée par le vent. Qu'est-ce que tu dis de ça ?
— Je dis que c'est dingue. Arrive, Jack. Le plus vite possible.
Il raccrocha et imprima une rotation au fauteuil, prêt à continuer à discuter avec Lucian.
La chaise était vide.
Lucian s'était évaporé dans l'air. Comme Carter à la morgue.
Sean demeura pétrifié jusqu'à l'arrivée de Jack, un quart d'heure plus tard.
— Ça va, Sean ? Tu as l'air tout drôle.
— Oh ! si, ça va… Un type qui était devant moi disparaît comme par enchantement, une rafale de balles ne lui fait ni chaud ni froid… À part ça, ça va, oui. Et toi ?
— J'ai trouvé une histoire sur un dénommé Aaron Carter, dit Jack en ouvrant son carnet de notes. Les Carter possédaient une plantation en amont de la tienne, au bord du fleuve. La première génération était composée de gens bien. L'ancêtre, Grayson Carter, était très populaire, autant parmi les Blancs que les Noirs. Il avait l'esprit très ouvert et embauchait des gens de toutes origines ethniques. Il est mort en 1747. Son fils Aaron, seize ans, lui a succédé. Il n'était que le cadet mais l'aîné, Steven, était retardé mental. Quand Aaron en a pris les rênes, il est resté à la plantation. Cependant, lorsque Aaron s'absentait pour vendre son coton, on entendait d'effroyables cris sur le domaine la nuit et des voya-

geurs de passage disparaissaient... Jusqu'au jour où la jeune et belle fille d'une servante noire a disparu elle aussi. Un groupe de voisins, alerté, est venu à la plantation et devine ce qu'ils ont trouvé ?

— Je ne sais pas. Aaron Carter endormi dans une tombe ?

— Non. Aaron, à cette époque, était humain. Les voisins ne l'ont pas trouvé du tout. À la place, ils ont découvert des esclaves et des serviteurs morts, abominablement mutilés. Des morceaux de corps étaient éparpillés dans tout le sous-sol, des malheureux de toutes origines et de toutes couleurs. Son frère Steven les enlevait, s'amusait d'eux et quand il en était fatigué, il les tuait. Plusieurs pièces dans l'aile qu'occupait Steven ont été le théâtre de douzaines de massacres.

— Qu'est-il arrivé ensuite ?

— Steven a été puni. On l'a attaché par les pieds et fait brûler. Toute la maison y est passée. Lorsque Aaron est revenu, il était profondément affligé, autant pour les gens assassinés que pour son frère. Il a donné de l'argent aux familles des défunts, celles qu'il connaissait tout au moins, puis a fait édifier une chapelle sur les ruines de la bâtisse. Ensuite, il est parti pour l'Europe, le plus loin possible de l'horreur dont il se sentait responsable.

— Fin de l'histoire ?

— Non. Elle a deux fins. Une, rationnelle, où Carter est revenu de Paris nanti d'une épouse, d'un petit garçon en bas âge et d'une fillette. La mère de la jeune fille assassinée, tu te rappelles, la servante, l'aurait supprimé pour venger son enfant. Cette femme était très versée dans tous ces trucs de magie noire, de vaudou, et avait soi-disant le pouvoir de faire disparaître les gens. Elle croyait que c'était Aaron, et non Steven, qui avait violé et massacré sa fille. En retour, elle lui a envoyé une femme superbe qui lui aurait fait perdre la tête. Quoi qu'il en soit, plus personne n'a revu Aaron et plus tard, pendant la guerre de Sécession, son petit-fils est arrivé d'une plantation qu'il gérait dans les îles. Il s'est fiancé à une fille Wynn, dont il était un cousin éloigné : Mme Wynn mère descendait de la fillette qu'Aaron avait eue à Paris. Elle avait hérité de la plantation Carter et s'était mariée avec un homme du nom de Dixon, lequel s'occupait de la plantation. Ils avaient reconstruit la maison brûlée. Le couple Dixon est mort au tournant du siècle, sans descendants. La maison est donc tombée en ruine, les champs de coton sont devenus des friches, mais curieusement la propriété n'a jamais été mise en vente.

Sean leva la main pour demander une pause à Jack. Il avait besoin de réfléchir.

Au nord d'Oakville, il y avait des hectares de terres à l'abandon et une grande bâtisse en piteux état, et ce depuis aussi loin que remontaient les souvenirs de Sean. D'après son père, les taxes afférentes au domaine délaissé étaient ponctuellement payées, ce qui expliquait qu'il n'y ait pas eu vente de bien vacant et sans maître par l'État de Louisiane. Vingt ans plus tôt, quelqu'un avait fait poser une clôture autour de la propriété afin de tenir au large les curieux et les adeptes du vaudou qui s'y livraient à des cérémonies les nuits de pleine lune.

— Tu sais quoi, Jack ? Nous aurions l'air sacrément ridicules si nous attendions qu'il fasse jour pour débarquer munis de pieux et d'eau bénite sur l'ancienne plantation Carter-Dixon.

— Pas d'accord. Pas après ce que j'ai vu aujourd'hui : un homme qui semblait totalement démoniaque, que je pouvais toucher et qui s'est évaporé comme une bulle de savon. Ces histoires de vampires... Tous ces films que j'ai regardés... Dans les scénarios, on retrouve une constante : le vampire sort la nuit. Les chasseurs vont le chercher avant qu'il se réveille, sinon après il est trop tard. Il faut le clouer dans son cercueil, ou là où il s'était couché, avec un pieu que l'on enfonce droit dans le cœur. Si on loupe le moment où il émerge, il sort, part dans les ténèbres et va semer la mort sur son chemin.

— Jack, ces vampires-là ne dorment pas dans la journée.

— Ces vampires-là ? C'est-à-dire ? Ceux auxquels nous avons affaire ?

— Bon, il faut d'abord accepter qu'il y ait vraiment des vampires... Cela fait, nous pouvons considérer qu'Aaron Carter en est un et non un psychopathe classique. Ce mec pense qu'il est Jack l'Éventreur, ainsi qu'une flopée d'autres tueurs en série qui ont sévi au cours du siècle passé. Je ne sais pas si nous arriverons à le liquider dans sa propriété, mais tant qu'à tenter le coup, mieux vaut se munir des bonnes armes.

Comme Jack le fixait avec des yeux écarquillés, Sean éprouva le besoin de se justifier.

— Je me rends bien compte que tout ça semble dément. Nous ne pouvons évidemment pas demander le concours d'une force d'intervention. Celui que nous pourchassons est un monstre, humain ou pas, qui va tuer encore et encore. Nous devons l'arrêter. Les pistes qui nous conduiraient à lui se résument à celle-ci : sa propriété.

— Juste une remarque, Sean.

— Je t'écoute.

— Nous irons là-bas au crépuscule. Nous trouverons le type et l'abattrons avant que la nuit soit complètement tombée. Pas question de lui lire ses droits ni rien de ce genre. On va l'empaler, et on fera ça efficacement : pas question qu'il ressorte un jour de son cercueil.

— Tu as dit qu'Aaron Carter avait fait bâtir une chapelle en mémoire de son frère. Il faut trouver cette chapelle, et aussi le cimetière de la famille. Je pense qu'il dort dans la chapelle ou dans une tombe. Nous irons en fin d'après-midi. Non que je gobe toute cette histoire, mais… Et merde ! Je n'arrive pas à croire que c'est moi qui dis ça, mais je vais passer chez moi et fabriquer des pieux à partir de mes vieilles battes de base-ball.

— Des manches à balai feraient aussi bien l'affaire.

— Il faudrait qu'ils soient en frêne. Le frêne est un bon bois, bien solide.

— Où est la chapelle ? Elle doit être en ruine…

Sean s'apprêtait à répondre quand la porte s'ouvrit sur Maggie. Il se leva d'un bond et s'avança vers elle, inquiet de la voir si pâle.

— La chapelle n'est pas en ruine, dit-elle.

— Comment le sais-tu ?

— J'ai essayé de retrouver Aaron Carter. J'ai examiné les archives des taxes foncières. Un chèque arrive deux fois par an de Paris, au nom de A. Carter. Il est destiné à l'entretien de la chapelle sise sur les terres Carter-Dixon. Sean, je vous accompagne, Jack et toi.

— Non ! s'écrièrent en chœur les deux hommes.

— Tu ne comprends pas, Sean. Je peux vous aider !

— Maggie, nous reparlerons de tout ça demain, OK ?

— Que s'est-il passé à la morgue ? Le porte-parole de la police a été très vague quand il s'est exprimé devant la presse. Il a néanmoins dit que l'agresseur avait « disparu ». Que tu l'avais truffé de balles, mais qu'il était parti quand même.

— C'est vrai, il est parti.

— Il s'agissait d'Aaron ! Et il s'est volatilisé.

— Allons, Maggie, les gens ne se volatilisent pas.

— Un vampire, si.

— Maggie, les gouttes de sang qui conduisaient jusque chez toi…

— Aaron a fait en sorte qu'elles amènent la police dans mon immeuble. Pour que je sois suspectée.

— Pourquoi aurait-il fait ça ?

— Parce que je suis moi-même un vampire et qu'il ne loupe pas une occasion de me créer des ennuis.

— Maggie, objecta Sean d'un ton patient, tu portes une superbe croix d'or, tu vas à l'église…

— Je ne supporte pas l'idée d'être damnée. Aaron, lui, s'en moque. Il est impossible de le supprimer en employant des moyens classiques. L'eau bénite l'affaiblira un peu, mais c'est tout. Reste l'ail.

— Peut-être devrions-nous aller dîner dans un restaurant italien avant de nous lancer dans notre petite expédition, et manger de l'ail jusqu'à avoir une haleine à tuer les mouches à trois pas.

— Oui, il faut manger des plats à base d'ail, dit Maggie. Nous allons dîner chez moi, à la plantation. Je ferai la cuisine. Mais ce n'est pas moi qui mangerai l'ail, c'est vous deux. Vous passerez la nuit à la maison et je serai auprès de vous au matin.

— Non, Maggie,

— Oh si ! Je serai là. Nous ne nous séparerons pas. Aaron veut ta mort, Sean. Quant à vous, Jack, il vous tuera aussi pour le plaisir.

— Je lui ai tiré dessus, Maggie. Il doit être physiquement diminué.

— Il est parti de la morgue, donc il était effectivement blessé, mais pas aussi grièvement que vous l'imaginez.

— Quand même, le fait qu'il soit amoindri devrait nous laisser quelques chances.

— Peut-être, concéda Maggie.

Sean s'approcha d'elle, la prit par les épaules et l'embrassa sur le front.

— Entendu, Maggie, nous venons dîner, Jack et moi, et nous avalerons des tonnes d'ail. Mais auparavant, je dois m'occuper de deux ou trois trucs et Jack a besoin d'aller faire quelques courses. Accorde-nous une petite heure, et nous sonnons chez toi.

— Tu vas vraiment venir ? demanda Maggie d'un ton anxieux.

— Je te le jure.

Maggie le fixa un moment droit dans les yeux puis s'en alla.

— Sean… Maggie est vraiment un vampire ? demanda Jack, manifestement sidéré.

— C'est ce qu'elle prétend.

— Eh bien ! Bon, qu'est-ce qu'on fait ?

— Tu t'occupes des achats de munitions : balais, eau et croix bénites.

— Si ça se sait en haut lieu, Sean, on sera virés vite fait bien fait.

— C'est pour ça que nous n'allons pas requérir d'équipe d'intervention.

— Ouais. Pendant que je ferai mes emplettes, toi, tu te charges de quoi ?

— J'irai à la pharmacie.

— Hein ?

— Acheter des somnifères.

— Sean, qu'est-ce que tu vas…

— Écoute, je n'arrive pas à faire la part du vrai et du faux dans cette histoire, mais je suis sûr d'une chose : Maggie ne viendra pas avec nous.

Jack soupira puis sortit du bureau. Resté seul, Sean ouvrit un tiroir et prit un chargeur neuf. Si les balles n'avaient pas tué le monstre, elles l'avaient momentanément neutralisé.

Il fit ensuite pivoter son fauteuil et leva les yeux vers le mur derrière lui : l'épée de l'un de ses ancêtres, son homonyme, soldat lors de la guerre de

Sécession, y était accrochée. Après une hésitation, il se leva et la décrocha.

— Vengeance… murmura-t-il en examinant la superbe pièce d'antiquité.

La main sur la garde, il s'étonna de sa réaction : tenir cette arme lui semblait étrangement familier.

Il secoua la tête pour chasser cette curieuse impression puis alla chercher dans un placard son grand sac de marin. Il glissa l'épée et plusieurs chargeurs de balles à l'intérieur avant de quitter son bureau.

Il descendit Royale Street. Bijouteries, boutiques de souvenirs et d'antiquités commençaient à fermer. Évidemment : 22 heures approchaient. Un fiacre chargé de touristes le dépassa ; les sabots de la mule claquaient sur le pavé.

La pharmacie se trouvait au bout de la rue, au rez-de-chaussée d'un bel immeuble ancien. Sean y acheta des comprimés qu'il savait dépourvus de goût. L'apothicaire le connaissant, il les lui donna sans exiger d'ordonnance.

La boîte en poche, Sean monta dans sa voiture et prit la direction de la plantation Montgomery. Tout en conduisant, il se fit la réflexion que la nuit était plus noire qu'à l'accoutumée. La période de pleine lune s'achevait et des nuages d'orage masquaient le ciel. À la radio, on annonçait pluie et vent en bourrasques pour le lendemain.

Sean se gara devant la maison familiale de Maggie au moment où s'achevait le bulletin météo. La jeune femme vint lui ouvrir la porte elle-même. Elle l'embrassa brièvement puis le regarda intensément.

— Alors, tu me crois ?

— Je vais aller à la recherche d'un vampire à l'aube.

Elle poussa un soupir de soulagement et le précéda jusqu'à la cuisine.

— À cette heure-ci, il ne s'agit plus d'un dîner mais d'un souper, remarqua-t-elle.

Une puissante odeur d'ail envahissait la pièce. Sean souleva le couvercle d'un faitout dont le contenu cuisait à gros bouillons. Il se pencha dessus, renifla et plissa le nez.

— Bon sang, Maggie, il va vraiment falloir manger ça ?

— Non. Ce n'est pas un plat mais une lotion dont Jack et toi vous badigeonnerez la gorge, la poitrine et les poignets demain matin... Vous en mettrez sur tous les endroits qu'Aaron pourrait mordre.

— Oh...

Maggie sortit un saladier du réfrigérateur.

— Tu peux t'occuper de la vinaigrette ?

— Sûr. Où est Peggy ?

— À Atlanta. Je l'ai envoyée voir sa sœur.

— Pourquoi ?

— Il valait mieux l'éloigner.

La sonnette de l'entrée retentit.

— Ce doit être Jack, dit Sean. Je vais lui ouvrir.

Son coéquipier se tenait sur le seuil, deux grands sacs de marin à la main.

— Tu as tout ? demanda Sean.

— Oui.

— Pose ça là et suis-moi dans la cuisine, Jack.

Maggie salua d'un sourire le nouvel arrivant.

— Alors, Maggie ? interrogea Sean. Pourquoi as-tu fait partir Peggy ?

— Par prudence et souci de préserver le secret. J'espère que tu as vraiment infligé de graves blessures à Aaron, parce qu'il m'a téléphoné pour me menacer. Il a l'intention de te tuer et de me torturer pendant un siècle.

Elle s'interrompit, le temps de verser des pâtes dans un plat.

— Aaron est en pleine crise. En dehors de ses cibles favorites, toi et moi, Sean, il va laisser sa fureur l'amener à se copier lui-même, c'est-à-dire qu'il va commettre des crimes conformes aux schémas de ceux dont il a été l'auteur dans le passé.

— Son idée, c'est de reproduire la série de Jack l'Éventreur, confirma Jack.

— Mon Dieu… Nous devrions nous lancer à sa recherche tout de suite! s'écria Sean.

Maggie blêmit :

— Oh non! Surtout pas la nuit! Il est trop fort!

Sean lança un coup d'œil à son coéquipier : Jack croyait-il en cette histoire?

— Au lever du jour, nous essaierons de trouver où il panse ses blessures, reprit Maggie. Sean, Jack, vous êtes certains de lui avoir logé tout un chargeur de balles dans le corps?

— Aucun doute, répondirent les deux hommes dans un bel ensemble.

— Bien. À table. Vous ne serez pas déçus, vous savez. Je suis un vrai cordon-bleu, paraît-il. Évidemment, en principe, je ne mets pas autant d'ail dans les pâtes. Tenez, Jack, ouvrez cette bouteille de vin.

— Il y a de l'ail dans le vin aussi? demanda Jack.

— Non.

— Et c'est vraiment… du vin? Pas du sang?

Jack faisait tourner la bouteille entre ses doigts, l'examinant d'un air soupçonneux.

— C'est du vin, et du bon. Les Montgomery ont une excellente cave, assura Maggie en remplissant trois verres.

Puis elle se retourna et ouvrit le réfrigérateur, en quête de parmesan. Pendant qu'elle était penchée sur le tiroir à fromage, Sean songea à mettre les pilules de somnifère dans son verre. Non, décida-t-il après un instant de réflexion. Il ferait ça plus tard. Ainsi, il garderait Maggie plus longtemps auprès de lui.

Ils s'assirent et commencèrent à manger. Maggie expliqua qu'Aaron devait être affaibli : les balles, plus la télékinésie pour disparaître de la morgue en une seconde, cela faisait beaucoup. Le déplacement de la matière exigeait une énorme énergie mentale. À cette heure-ci, il devait donc être en train de régénérer ses forces mais, au matin, elles lui feraient défaut, plus encore qu'aux autres vampires, à cause des blessures et des efforts psychiques de la veille.

— En plus, son acuité visuelle ne sera pas bonne.

— Maggie, tu y verras moins bien toi aussi, et tu manqueras de force, n'est-ce pas ? s'enquit Sean.

— Oui.

— Pourrais-tu nous resservir du vin ?

La décision de Sean était prise. Il attendit que Maggie lui tourne le dos pendant qu'elle coupait du pain sur le comptoir pour laisser tomber les pilules dans son verre.

— Maintenant, trinquons à notre victoire, dit-il.

Tous trois entrechoquèrent leurs verres puis les vidèrent.

— Nous avons besoin de dormir, dit Sean en tendant la main à Maggie.

— Je peux rester éveillée. Il faut ranger et…

— Montez vous coucher avec Sean, coupa Jack. Moi, je rangerai la cuisine puis je taillerai les manches à balai et… Oh ! je n'en crois pas mes oreilles… C'est vraiment moi, Jack Delaney, qui parle ? Je deviens dingue !

— Non, vous êtes parfaitement sain d'esprit, assura Maggie.

Jack fit la grimace.

— Vous êtes un vampire, et je vais passer la nuit sous votre toit… Allez, bonne nuit, Maggie, bonne nuit, Sean.

Sean prit la jeune femme par la main et se dirigea vers l'escalier. Ils commencèrent à gravir les marches puis Sean s'arrêta sous le portrait de Magdalena.

— Tu es un vampire, Maggie… murmura-t-il, et tu penses que je suis la réincarnation de mon lointain parent…

Maggie lui caressa la joue.

— Je suis un vampire, oui, et je t'aime depuis toujours. C'est… Excuse-moi, je n'ai pas les jambes bien solides, tout à coup.

Elle s'était agrippée à l'épaule de Sean.

— Je crois que c'est l'ail, souffla-t-elle. Une allergie.

— À l'odeur, parce que tu n'en as pas mangé.

Il la souleva dans ses bras et la porta jusqu'à son lit où il l'allongea avant de s'étendre tout contre elle. Il fit courir ses doigts sur sa joue. Sa peau était si belle, si douce. Opalescente et chaude. Les vampires étaient des créatures nocturnes. Maggie aurait dû être glacée, hideuse, son haleine fétide… Il n'en était rien. C'était une femme superbe.

— Fais-moi l'amour, Sean.

— Et l'ail ?

— Ne me respire pas dans la figure, fit-elle en gloussant.

Elle l'enveloppa de ses bras, glissa ses mains sous sa chemise, dans la ceinture de son jean. Il sentait son appétit sexuel dévorant. Le chagrin le submergea. Il lui mentait et peut-être, après cette nuit, ne la reverrait-il jamais…

Le désespoir attisa son désir. Fébrilement, il la déshabilla puis embrassa son corps, ses baisers se faisant plus voraces au fil des minutes. Elle répondait avec la même ardeur, n'évitant que le contact avec ses lèvres. Embrasés, gémissants, ils s'aimèrent, montèrent ensemble vers un paradis de sensations qui les laissèrent haletants et comblés.

— Je t'aime, Sean.

— Je t'aime, Maggie. Non, je t'adore et…

Il s'interrompit car elle ne l'entendait plus; elle dormait. Il la berça longuement dans ses bras, profita de son inconscience pour embrasser ses lèvres d'où ne s'échappait qu'un léger arôme de vin. Mon Dieu ! Et si elle était tuée d'un coup de pieu dans le cœur ? Que deviendrait-elle alors ? Un lambeau de brume que chasserait le vent, des cendres qui se disperseraient dans la brise ? Elle disparaîtrait, et jamais il ne saurait où elle avait été transportée. Il ne pourrait se recueillir sur son corps.

Il ne permettrait pas qu'on lui fasse du mal. Plutôt mourir. Il l'aimait tant que la vie sans elle ne l'intéresserait plus.

Et si elle ne mourait pas, que se passerait-il ? Ils vivraient ensemble le temps de son existence à lui, une bien courte existence au cours de laquelle il vieillirait alors qu'elle serait toujours une sublime jeune femme. Puis il quitterait ce monde. L'attendrait-elle, ensuite ? Espérerait-elle qu'il lui reviendrait, dans le corps d'un autre humain, à une autre époque ?

À moins qu'il ne finisse par être imprégné, comme elle disait... Il deviendrait alors un vampire. Comment vivaient ces derniers ? Surgissaient-ils dans le monde des humains de loin en loin ? Y passaient-ils quelques décennies pour s'effacer ensuite ?

Sean ne parvenait pas à concevoir cela. Tous ses efforts restaient vains.

Maggie étroitement serrée contre lui, il appuya sa tête sur l'oreiller. Demain à l'aube, il irait chasser un vampire, muni de pieux et d'eau bénite. Qu'il croie ou non en ces créatures n'y changeait rien : il allait s'engager dans une traque surréaliste.

S'il voulait réussir, il devait croire.

17

À l'aube, Jack vint réveiller Sean qui posa délicatement un baiser sur le front de Maggie, remonta les couvertures jusque sous son menton puis sortit à pas de loup de la chambre, soulagé qu'elle dormît profondément.

Les deux hommes descendirent à la cuisine où ils s'enduisirent de lotion à l'ail comme préconisé par la jeune femme. Tout en étalant le liquide sur leurs bras et leur cou, ils se firent la réflexion qu'ils étaient ridicules, mais continuèrent néanmoins à enduire les portions de peau que ne recouvraient pas les vêtements. Puis, leurs sacs de marin chargés d'armes sur le dos, ils quittèrent la maison.

Trouver la propriété Dixon-Carter ne posait pas de problème. Sean savait où elle se situait, mais distinguer le sentier qui y conduisait autrefois se révéla ardu car la végétation l'avait envahi. Après avoir marché un long moment, il grimpa sur une éminence et regarda autour de lui, espérant apercevoir la maison en ruine.

Elle était là, toute proche, partiellement dépourvue de toit. Du lierre et de la vigne vierge accrochés aux murs pénétraient à l'intérieur par les fenêtres brisées.

Sean et Jack la contemplaient en silence quand le ciel s'obscurcit.

— C'est pas vrai ! grommela Jack. Voilà qu'on va avoir droit à une tempête !

— Allons-y.

Ils traversèrent la friche qui avait été un magnifique jardin, et entrèrent dans la maison, pistolet au poing. Non que les armes à feu fussent très utiles face à un vampire… mais elles pouvaient altérer sa force, avait expliqué Maggie.

Le ciel était si bas et si noir qu'ils durent, après avoir franchi le seuil, allumer leurs puissantes torches. Sean dirigea le faisceau de la sienne droit devant lui, illuminant les vestiges d'un élégant escalier tournant. Des plantes grimpantes s'entortillaient autour de la rampe et soulevaient les marches.

Aux murs étaient encore accrochés des tableaux. Exactement comme Maggie avait laissé le portrait de Magdalena, Aaron Carter conservait le sien à mi-hauteur de l'escalier. Sean sursauta et faillit battre en retraite lorsque la torche éclaira ses yeux.

Aaron Carter à la fin du XVIIIe siècle était exactement le même homme que de nos jours.

— Mon Dieu ! murmura Jack en se signant. C'est… c'est bien lui.

— Ouais. Inspecte le rez-de-chaussée ; moi je m'occupe des chambres.

Manifestement à contrecœur, Jack disparut dans la première d'une série de pièces en enfilade. Sean commença à gravir les marches, veillant à ne pas poser le pied sur celles qui étaient pourries. Il progressait, taraudé par la désagréable impression de faire un vacarme d'enfer. Les vieilles planches craquaient, geignaient, grinçaient… et le bruit se répercutait en écho dans toute la maison.

Il atteignit enfin l'étage. Où chercher ? À droite ou à gauche à partir du palier ? Il se décida pour la gauche et s'engagea dans un long corridor où il louvoya entre les trous du parquet. Trois portes s'ouvraient sur le couloir, et il distinguait le ciel au-dessus des bâtis dormants : le toit avait disparu, du moins celui protégeant les vestibules. Les chambres sur lesquelles donnaient ces vestibules étaient-elles également livrées à tous les vents ? Oui, découvrit-il après avoir poussé la première porte. Et, Dieu merci, il avait eu le réflexe de baisser les yeux, sinon il serait tombé dans une cavité béante : il ne subsistait plus rien du plancher.

Sean passa à la deuxième porte. Dans cette chambre-là, les restes d'un élégant lit, de rideaux en lambeaux et d'armoires rongées par la vermine prouvaient qu'une femme en avait été l'occupante.

Il poussa la troisième porte et ne vit que des débris.

Bon, cette partie gauche de l'étage ne menait nulle part. Peut-être la partie droite serait-elle plus intéressante.

Sean revint sur ses pas, traversa le palier et s'enfonça dans le couloir. Une autre série de portes. Fermées. Pourquoi ? Qui se donnait la peine de fermer des portes dans une maison en ruine ? Ah ! cette partie de la bâtisse avait conservé son toit, constata-t-il après avoir poussé le premier battant.

Il leva le faisceau lumineux vers le plafond et retint à grand-peine un hurlement : une nuée de chauves-souris se mit dans l'instant à voleter dans la pièce, si près de lui qu'elles le frôlaient de leurs ailes noires.

— Sean ? entendit-il alors qu'il reculait et refermait vivement la porte, abandonnant les impressionnants squatters à leur domaine.

Jack l'appelait du rez-de-chaussée.

— Ce n'est rien ! lui dit Sean après avoir regagné le palier central. Seulement des chauves-souris.

— Oh ! On cherche un vampire et on tombe sur l'animal nocturne qui lui ressemble le plus…

— Continue à chercher, Jack.

L'inspection du premier étage n'ayant rien apporté d'intéressant, Sean redescendit l'escalier et marcha vers l'aile opposée à celle que fouillait Jack. Il approchait de la première pièce quand il perçut un bruit. On bougeait. On... on respirait.

Il serra les dents et poussa la porte d'un coup de pied, brandissant son arme. À la seconde, une silhouette se rua sur lui, faisant vaciller la torche dans sa main mais pas le pistolet. Pourtant, Sean ne tira pas; un instinct l'avait retenu d'appuyer sur la détente.

Il ne regretta pas d'avoir contrôlé ses réflexes : l'agresseur était une femme. Il l'agrippa par les épaules, sentit des os frêles entre ses doigts. Une petite personne menue qui se débattait comme un beau diable, griffant, mordant, criant de terreur.

Une galopade retentit dans le grand vestibule. Un instant plus tard, Jack était là. Il darda le faisceau de sa torche sur le visage de la femme.

— Merde ! s'exclama Sean, c'est Jeanne !

— Jeanne Montaine, l'amie de Bessie Girou.

Il la lâcha.

— Jeanne, calmez-vous ! Je suis Sean Canady, le policier ! Tout va bien, Jeanne !

Non, ça ne va pas ! hurla la femme hystériquement.

Sean voyait avec consternation son joli visage maculé de poussière, ses cheveux noirs emmêlés.

— Vous avez beau être des flics, ça n'a pas d'importance, vous ne le comprenez pas ? Il va vous tuer, il va me tuer, il m'a dit que si je ne le protégeais pas, il me tuerait... et que le petit y passerait aussi ! Il aime le sang frais... Le petit... il est ici. Pour le sauver, je dois vous supprimer et...

Sean comprit tout de suite. Le petit, c'était Isaac, le fils désormais orphelin de Bessie. Jeanne adorait le garçonnet; elle s'occupait de lui et l'aimait comme son propre enfant.

Carter ne s'était manifestement pas contenté de la mère... Il s'était aussi occupé du gamin.

— Jeanne, il ne vous arrivera rien, au petit non plus, nous sommes là et…

Sean s'interrompit : vraiment, il ne leur arriverait rien ? Non, rien. La mission d'un policier était de sauver les gens en danger ! Il ne faillirait pas.

— Où est-il, Jeanne ?

La jeune femme ne répondit pas mais Sean perçut un geignement. Le son provenait de l'autre côté du lit. Il balaya la chambre du rayon aveuglant de sa torche, sans parvenir à chasser les ombres qui semblaient bouger, se dissoudre puis se reformer à chaque déplacement du rai lumineux.

Suivi de Jack, il s'avança doucement vers le lit et baissa les yeux. L'enfant était là, recroquevillé dans la ruelle.

— Viens, mon garçon, viens, dit Jack.

— Il s'appelle Isaac, dit Sean, et…

Le gamin jaillit si vite de sa cachette que Sean bondit en arrière.

— Isaac ! Je…

L'enfant ouvrait la bouche, montrant les dents, rugissant comme un chien enragé. Il tendait les mains en avant, toutes griffes dehors, essayant d'atteindre Sean au cou. Avec l'aide de Jack, après avoir repoussé Jeanne qui tentait de s'interposer, il bloqua le petit être en furie.

Ce fut comme s'il avait actionné un interrupteur. Isaac mollit entre ses bras et se mit à sangloter. Entre deux sanglots, il bredouilla :

— Mon ventre… mal…

— Bon Dieu, mais qu'est-ce qu'il se passe ? s'écria Jack, effaré.

Jeanne s'était effondrée sur le sol souillé et pressait son propre ventre à deux mains.

— Le… le monstre… Il dit qu'il n'a fait qu'embrasser Isaac avant qu'il s'endorme, énonça-t-elle d'une voix atone. Ce n'était qu'un petit baiser… mais il lui a pris un peu de sang. Il a expliqué que la prochaine fois, il le viderait totalement, sauf si nous sommes gentils avec lui, si nous le servons. Il nous a amenés ici de force.

Et imprégnés... songea Sean. Tout au moins Isaac. Le petit garçon était imprégné, selon la formule employée par Maggie et Lucian. C'était ce qui arrivait à une victime lorsqu'un vampire ne lui prélevait qu'une infime quantité de sang. Était-il encore possible de sauver cet enfant ? Oui, si Aaron Carter était tué.

Dans le cas où Carter ne mourrait pas, faudrait-il alors planter un pieu dans le cœur d'un gosse de quatre ans ? Lui couper ensuite la tête pour qu'il ne revienne pas d'entre les morts ? Seigneur...

Tout en s'interrogeant, Sean entendit claquer une porte, un vantail très lourd. Celui de la porte d'entrée.

— Non... non... ! gémit Jeanne.

— Silence ! intima Sean.

Jack prit dans ses bras Isaac, qui était redevenu un inoffensif bambin, Sean releva Jeanne et, sans bruit, tous se dirigèrent vers le grand hall.

Au bas de l'escalier se tenait un homme. La pénombre due aux nuages noirs empêchait de distinguer ses traits.

Sean darda le faisceau de sa torche sur le visage de l'homme mais la lumière se refléta sur du métal brillant, aveuglant Sean en retour. Il cilla, les yeux douloureux, et réussit à accommoder sa vision.

— Jésus, Marie, Joseph ! s'exclama Jack.

Sean relâcha son souffle mais son pouls qui martelait ses tympans ne se calma pas tout de suite.

Pierre LePont, le médecin légiste, se trouvait là, brandissant un grand crucifix d'argent. La torche avait illuminé la croix.

— Merde, Pierre, tu vas nous fiche les yeux en l'air, avec ton truc ! lança Sean.

— Nous chassons des vampires, n'est-ce pas ?

— Euh... c'est possible, répondit prudemment Jack.

— Tu crois que je ne suis pas capable de faire la différence entre un vrai mort et un type qui ne l'est qu'à moitié quand j'en vois un, Jack ? demanda Pierre. Le décapité de la morgue, il n'est devenu un macchabée qu'une fois sa tête coupée ! Sans ça, il se serait barré !

Sean ne sut que répliquer. Pierre était effectivement très bien placé pour déterminer ce qui était un vrai cadavre.

— OK, Pierre. Tu vas nous donner un coup de main. Viens fouiller avec moi les pièces qui restent. Notre monstre est peut-être éveillé et la lumière du jour ne le transformera pas en poussière. Il est possible que l'eau bénite le blesse et que ta croix le repousse, mais rien n'est moins sûr. Tu as de l'ail ?

Pierre écarta le col de sa chemise : il portait un collier de gousses d'ail.

— Bon. Viens.

Sean abaissa sa torche, n'éclairant que le sol afin que Pierre ne se prenne pas les pieds dans un madrier ou une lame de parquet disjointe.

À cet instant, la foudre tomba à proximité de la maison, ébranlant les vieux murs.

— Dépêchons-nous, intima Sean à Pierre.

À eux deux, ils eurent vite inspecté les pièces restantes. Deux d'entre elles n'avaient plus de parquet ; la dernière en possédait encore un mais était vide, à l'exception des tentures en lambeaux agités par le vent annonciateur de la tempête.

Ils revinrent dans le hall.

— Qu'est-ce qui va se passer si Isaac a de nouveau faim ? demanda Jack avec inquiétude.

— L'ail t'a protégé de lui. Espérons que son pouvoir est de longue durée.

— Donnez-moi Isaac, je vous en prie, dit Jeanne. Je me suis reprise. Ça ira.

— Vous êtes sûre ? Vous ne me paraissez pas en super-forme.

— Si, ça va, assura-t-elle en dégageant son visage de ses mèches folles. Et puis Isaac n'a de crises que quand il voit des inconnus. Avec moi, il est toujours gentil.

Après une hésitation, Jack lui remit l'enfant. Pour l'instant, il paraissait normal. Terrifié, mais calme.

— Jeanne, savez-vous où il se cache ? demanda Sean.

— Non.

Elle secouait la tête avec tant de véhémence que Sean comprit qu'elle mentait et ne révélerait rien. Inutile d'insister.

— Il ne nous reste plus qu'à trouver nous-mêmes le cimetière de la famille Carter.

Autrefois, la maison avait été magnifique. Une demeure de riche planteur avec salle de bal, bibliothèque, fumoir, somptueuse salle à manger. Maintenant vide, en ruine, elle n'était plus qu'un fantôme du passé.

Suivis de Jeanne et de l'enfant, les trois hommes contournèrent l'escalier : la plupart des maisons de planteurs étaient bâties sur le même plan : cachée sous l'escalier central se trouvait une porte donnant sur l'arrière.

Effectivement, il y en avait une, que Sean poussa. Elle s'ouvrait sur une cour et, au-delà, les terres.

Ils sortirent. La tempête prenait de plus en plus d'ampleur. De gros nuages noirs couvraient le ciel ; le tonnerre grondait dans le lointain et la lumière, bien que ce fût le matin, était crépusculaire.

Une ambiance parfaite pour une visite dans la nécropole privée de la famille Carter…

Le cimetière se situait dans un enclos de murs, non loin de la maison. Les grilles rouillées pendaient lamentablement, retenues aux piliers branlants par un seul gond.

Le groupe pénétra dans le périmètre. Des anges aux ailes tronquées par l'érosion et des madones en prière gardaient les tombes recouvertes de lichen verdâtre. Les branches de grands chênes formaient une voûte au-dessus de la nécropole, la plongeant dans une ombre glauque.

Ils s'avancèrent en file indienne, Pierre récitant le *Je vous salue Marie*. Le vent sifflait entre les statues et les colonnes surmontées de chérubins aux faces rongées par les intempéries. Une allée traversait les tombes. À son extrémité, le caveau de la famille Carter semblait les attendre.

Autrefois, une porte de chêne doublée de barreaux fermait la petite chapelle. Les barreaux avaient été arrachés, mais la porte était toujours là. Sean la poussa. Un coup de tonnerre éclata à peu de distance, comme si la pression de sa main l'avait déclenché.

Le faisceau de la torche éclaira huit cercueils posés sur des étagères, de part et d'autre de la travée.

— On y va ? demanda Sean à voix basse.

Jack ouvrit son sac et en sortit plusieurs paires de lourdes pinces. Pierre en prit une.

— Jack, restez avec la dame et le petit garçon. Je suis plus habitué que vous au spectacle de restes humains.

Jack interrogea Sean du regard. Celui-ci acquiesça d'un signe de tête puis s'empara lui aussi de pinces et s'attaqua au premier cercueil. Le couvercle au bois ravagé par les termites joua immédiatement, révélant des fragments d'ossements et une épaisse couche de poussière grisâtre.

Sean entendait Pierre s'activer derrière lui, mais les craquements du couvercle qu'il forçait ne masquaient pas les halètements de Jack. Lui-même entendait son sang frapper comme un gong dans ses tympans.

Dans le cercueil qu'il ouvrit reposait ce qui avait été un homme. Des lambeaux de chair parcheminée subsistaient sur les mains et la tête. Il portait un habit dont on se rendait encore compte qu'il avait été élégant. Sean estima le cadavre datant de la seconde moitié du XVIIIe siècle.

Le contenu du cercueil suivant lui arracha une exclamation horrifiée : le squelette était décapité et un morceau de bois pointu sortait de sa cage thoracique, à l'emplacement du cœur.

— Pierre, viens voir.

Le légiste s'approcha.

— Celui-là, il est vraiment mort.

Le quatrième cercueil recelait une femme bien préservée. Chevelure intacte, peau à la finesse de vélin... Elle était manifestement morte récemment. Sean eut l'impression de la reconnaître. Oui, il l'avait déjà vue. Mais où ? Et surtout, quand ?

Mon Dieu ! Ça y était, il se rappelait... Il l'avait aperçue sur Jackson Square. Elle tirait les tarots, près de Marie Lescarre ! Il se penchait sur elle lorsque ses paupières battirent. Sean fit un bond en arrière, réprimant un hurlement.

Elle tendit les bras en gémissant :

— Lieutenant... Lieutenant... aidez-moi...

Ô Dieu... Aaron s'était muni de... de provisions. Il avait prévu de tuer cette femme quand sa faim se ferait trop dévorante !

Il fallait la sortir de là, se dit-il en revenant vers elle.

— Non, ne fais pas ça ! intima Pierre.

Sean comprit immédiatement : la jeune femme venait d'entrouvrir les lèvres, découvrant des crocs d'un blanc éclatant. Il sentit les mains fines mais d'une force surprenante s'accrocher à ses épaules. Il la repoussa violemment dans le cercueil et rabattit le couvercle. Le chêne étouffa à peine ses cris de rage.

— Ne me faites pas de mal ! lança-t-elle tout à coup d'une voix plaintive dénuée de toute colère. Je suis vieille, très vieille, j'erre depuis si longtemps… Je ne tue pas…

— Vous alliez me planter les crocs dans le cou !

— Il veut vous tuer, le savez-vous ?

De nouveau, mais cette fois avec d'infinies précautions, Sean écarta le couvercle, puis le maintint à deux mains. Cette femme paraissait tellement vivante, normale… quand elle gardait les lèvres serrées. On aurait dit Maggie. Lui perforer le cœur, serait-ce un assassinat, ou était-elle déjà morte ?

À peine s'était-il posé la question qu'elle se jeta de nouveau sur lui. Il eut beau appuyer de toutes ses forces sur le couvercle, elle était infiniment plus puissante que lui.

Jack se rua sur la jeune femme, pointant droit sur son cœur un morceau de manche à balai aiguisé. Il l'enfonça à travers les côtes.

Le hurlement de la femme dépassa en intensité le pire des coups de tonnerre.

Elle resta dressée, fixant à tour de rôle ses agresseurs qui dardaient sur elle des yeux écarquillés d'horreur. Elle avait dit être très vieille… elle le devenait de seconde en seconde. Sa peau se ratatinait, jaunissait, ses chairs se rétractaient, se collant à l'ossature du visage, sa stature se déformait, ses épaules se voûtaient… La métamorphose était effroyable, mais aucun membre du groupe ne bougea. Tous restèrent à bonne distance, à observer l'épouvantable phénomène.

Jusqu'au moment où un claquement résonna.

Tous se retournèrent d'une seule pièce.

Aaron Carter venait de sortir du dernier cercueil au fond du tombeau. Il souriait.

— Les grands chasseurs de vampires ont tué une débutante ! Bravo, vraiment.

— La tireuse de tarots, une débutante, hein ? La pauvre petite... Combien de morts a-t-elle à son actif ? railla Sean.

— Oh ! au cours de ce siècle, elle n'a pas passé beaucoup de temps à La Nouvelle-Orléans. Depuis qu'elle est arrivée, elle traîne dans les rues des bas quartiers en quête de SDF, de clochards... Mais vous l'avez déjà vue, Canady. Il y a des années, elle était l'une des plus fraîches, des plus ravissantes jeunes filles qui soient. Ah ! quelle pitié...

— Vous avez le cœur brisé, Carter. J'en suis navré.

Sean sentait la rage monter en lui.

— Elle m'aimait, me protégeait, poursuivit Carter. Que vous l'ayez tuée aggrave vos dettes vis-à-vis de moi. Vous allez payer, et le prix fort, je vous le garantis. Elle ne comprenait pas pourquoi j'étais aussi attaché, enfin... façon de parler, à Maggie. Mais vous, vous comprenez, n'est-ce pas ?

— Oui, je comprends.

— Ce soir, vous serez mort et Maggie sera mienne.

— Je n'ai pas l'intention de mourir.

Carter déplaça son regard vers Pierre.

— Je vais me débarrasser d'abord de ce vieux bonhomme et ensuite, du jeune type, votre coéquipier. Votre complice. Je le connais depuis des lustres. Il me connaît aussi... Il a perdu la tête, autrefois, n'est-ce pas, toubib ?

— Fumier ! Salaud ! s'écria Jack.

— Arrête, lui lança Sean. Il cherche à te mettre hors de toi !

Jack ne parut pas l'entendre. Avoir abattu un vampire lui donnait du cœur au ventre et il avait soudain trop confiance en lui, se dit Sean avec effroi.

Jack se rua sur Carter, pieu en avant, en hurlant de rage.

— Non ! cria Sean. Il faut qu'on soit…

« Tous les deux » voulait-il dire.

Trop tard. D'un simple revers du bras, le vampire avait projeté Jack à travers le tombeau. Il heurta un mur puis s'effondra sur le sol. Sean mit immédiatement Carter en joue et tira, vidant son chargeur dans le corps du monstre tout en sachant que les balles ne feraient que le ralentir.

Carter marcha droit sur lui. Sean laissa alors tomber son arme et s'empara du pieu lâché par Jack mais le vampire le lui arracha des mains avant qu'il n'ait eu le temps de s'en servir, et se jeta sur Sean.

Une lutte d'une brutalité inouïe s'engagea. Pierre essaya de venir à la rescousse, mais Carter le repoussa si violemment qu'il brisa le cercueil contre lequel il s'écrasa. Comme Jack, il s'affala par terre, entraînant étagères et cercueils dans sa chute. Le choc des planches sur sa tête acheva de l'assommer : il ne bougea plus.

Sean n'accorda qu'un bref regard à Pierre, mais le fait que Carter ait fait de même lui donna la possibilité de se reprendre, même si le vampire n'avait pas desserré la prise de sa main de fer sur son épaule. Lorsque Carter ramena ses yeux sur lui, Sean s'était reculé, et la longueur du pieu le séparait de son ennemi. Quelques centimètres de bois… sa vie dépendait de ces quelques centimètres de bois que Carter saisit et, de toute sa force herculéenne, commença à repousser. La bouche ouverte, il montrait ses crocs. Des griffes jaillirent de ses doigts. Sa main droite maintenait le pieu et la gauche s'avançait vers la gorge de Sean.

Il riait ! Le vampire riait, se réjouissant de ce combat à mort... Sean commençait à perdre espoir quand soudain Carter cessa de rire. Sa force déclina ; il plissa le nez, grimaça...

L'ail ! L'odeur de l'ail l'affaiblissait !

Sean ne laissa pas échapper son avantage. Il fondit sur Carter, le pieu visant le cœur. Le vampire fit un bond en arrière mais le mur le bloqua ; il porta la main à sa poitrine, toussant, écumant, puis se mit à trembler. La respiration rauque, difficile, il cessa de s'agiter et darda des yeux luisants de haine dans ceux de Sean.

— Tu paieras, Canady ! Tu paieras ! Tu n'imagines pas combien ton petit tour va te coûter cher !

Sur ces mots, il se précipita hors du tombeau, bousculant Sean sur son passage.

— Carter ! hurla-t-il en s'élançant à sa poursuite.

Il faisait presque aussi sombre hors du tombeau qu'à l'intérieur. Les nuages noirs étaient descendus, plongeant le paysage dans la grisaille, et il pleuvait.

— Carter !

Le vampire avait disparu.

Sean eut l'impression qu'une tornade s'enroulait autour de lui. La force du vent le fit vaciller ; il lui semblait que des poings furieux le martelaient.

— Tu vas mourir, Canady, pourriture !

D'où venait cette voix vibrante de rage ? Du vent, comprit Sean.

L'esprit était plus fort que la matière, avait expliqué Maggie... Un vampire pouvait se déplacer par télékinésie...

La tornade propulsa Sean contre la façade du tombeau puis se dissipa aussi vite qu'elle s'était manifestée. Sean perdit l'équilibre et sa tête alla frapper les vieilles pierres. Une douleur térébrante lui transperça la nuque et tout devint flou autour de lui. Était-ce le ciel qui s'assombrissait de plus en plus ou sa vision qui le trahissait ?

Il sombra dans un monde de ténèbres avant d'avoir trouvé la réponse.

Maggie perçut une sonnerie lointaine et étouffée. Un... téléphone ? Où se trouvait l'appareil ? Elle se sentait tellement fatiguée... Le chercher serait au-dessus de ses forces, songea-t-elle vaguement tout en tendant la main vers la table de chevet.

Ses doigts rencontrèrent le combiné et se refermèrent dessus. Elle l'amena lentement à son oreille.

— Aa... allô ?

— Maggie, ma chérie !

Ce fut comme si elle recevait une décharge électrique. Instantanément arrachée à sa léthargie, elle s'assit dans le lit, regarda la pendulette puis la fenêtre.

Il faisait jour et Sean était parti !

— Aaron ?

— Oui, Maggie, ma chérie, c'est moi.

— Où est Sean ?

— Le petit amant ?

— Réponds-moi ! Et ne t'avise pas de plaisanter, sinon je te raccroche au nez !

— Ma poupée, si tu fais ça, un autre Canady y passera, gloussa Carter.

Maggie se mordit si fort la lèvre qu'elle sentit le goût du sang envahir sa bouche.

— As-tu un... Canady avec toi en ce moment, Carter ?

— Mmm. Peut-être.

— As-tu Sean ?

Elle était sur le point de pleurer. Bon sang ! il fallait qu'elle se maîtrise, qu'elle cesse de trembler...

Où était Sean ? Il s'était débrouillé pour la mettre hors-jeu afin de lui sauver la vie, et pour quel résultat ? Aaron était vivant ! Il semblait en pleine forme, ivre d'un mortel désir de vengeance !

— Où es-tu, Carter ?

— Où je suis ? Eh bien, je me reposais chez moi et tout à coup, j'ai été dérangé par tes petits camarades.

— Qu'est-il arrivé ?

— À tes amis ? Rien, pour l'instant. Ils se sont montrés très déplaisants, tu sais. Ils ont détruit ma ravissante jeune création, Lilly Wynn. Quoique, au fond, je m'en moque : elle n'était là que pour se substituer à toi, ma belle Maggie.

— Elle était ta descendante, espèce de fou ! Où est Sean ?

— J'imagine qu'il est en train de courir vers toi… L'ennui, c'est qu'il ne réussira pas à te rejoindre.

— Pourquoi ?

— Parce que tu vas venir à moi. Tout de suite.

— Ah bon ? Et comment m'y contraindras-tu, Aaron ?

— En te révélant où je me trouve et qui j'ai avec moi.

Maggie serra les poings. Cet immonde jeu du chat et de la souris la mettait au supplice.

— Où es-tu, Aaron ?

— À Oakville, la plantation Canady.

Maggie eut la sensation que son cœur se glaçait.

— Tu n'as pas…

— Pour le moment, je n'ai pas fait grand-chose, ma jolie. Je me suis arrêté au passage à Montgomery's Enterprises pour y récupérer Mlles Chocolat et Épices… Angie et Cissy, je crois. Ne t'avais-je pas prévenue que je comptais réussir un doublé ? Quant au père Canady, je l'ai envoyé faire un gros dodo d'un bon coup sur le crâne. Tout ce petit monde va on ne peut mieux pour le moment, Maggie, mais si tu n'es pas ici dans trente minutes, je m'occuperai des filles. Je commencerai par elles. Je me livrerai à l'une de mes plus peaufinées imitations de Jack l'Éventreur. Ah ! ce sera comme au bon vieux temps... Ensuite, avec l'ongle de mon petit doigt, je ferai un joli trou dans la carotide de Daniel Canady et je le viderai de son sang jusqu'à la dernière goutte. Puis je le découperai et je déposerai un morceau de son misérable corps dans chaque pièce de la maison, pour que son fiston ait le plaisir de reconstituer le puzzle. Évidemment, dès que possible, je tuerai Sean le flic. Si sa jeune sœur avait l'idée de se montrer entre-temps avec ses enfants, je m'occuperais aussi d'elle... Elle serait ma dernière victime selon le *modus operandi* de Jack... Ma Mary Kelly.

Maggie transpirait sous l'effet de la fureur. Maudit Sean, qui lui avait donné un somnifère ! Il fallait qu'elle en fasse immédiatement céder les effets, et qu'elle aille s'attaquer à Aaron.

— Je vais te tuer, Carter.

— Non, mon amour. Cette fois, tu feras ce que j'ordonnerai. Oh ! le compte à rebours a commencé... Tes trente minutes courent déjà. Allez, je vais être magnanime : je t'en accorde trente-cinq. Je sais qu'il y a de la circulation.

Le sifflement de la tonalité s'éleva soudain du combiné. Carter avait raccroché.

18

Mamie Johnson était au désespoir. Elle se sentait désormais en sécurité. La police veillait sur elle… au lieu de la coller en cellule comme autrefois. Le renversement de situation l'avait amusée pendant un moment. Jusqu'à ce matin, en fait. Jusqu'à ce qu'elle ait reçu l'appel.

Libby Warren, tenancière d'un bordel en bordure d'autoroute à une trentaine de kilomètres à l'est de la ville, avait disparu. Son barman disait l'avoir vue en compagnie d'un homme grand et mince à la peau très blanche, portant des lunettes Ray-Ban. Elle était partie avec lui, après avoir demandé au barman de contacter Mamie Johnson, qui connaissait la fille qu'il fallait exactement à l'homme aux lunettes noires.

Mon Dieu ! quelle erreur elle avait commise ! Jamais elle n'aurait dû écouter Maggie avec autant d'indulgence. La jeune femme lui avait raconté être un vampire, dit que l'homme aux Ray-Ban en était un aussi, et expliqué qu'elle seule pouvait le combattre. Mamie s'était laissé convaincre que Maggie et personne d'autre n'était en mesure d'abattre l'homme, qu'il fallait immédiatement la prévenir s'il se manifestait ou se montrait.

Il ne s'était pas montré à Mamie, mais à Libby. Et maintenant, ce monstre avait probablement tué Libby.

Le barman n'avait pas passé le coup de fil tout de suite. Mieux valait ça, somme toute : Mamie aurait, comme convenu avec cette dernière, envoyé Maggie, qui serait peut-être morte à cette heure-ci.

Quelle histoire horrible ! songea-t-elle en soupirant. Puis elle réfléchit : que fallait-il faire en priorité ? Prévenir Sean Canady.

Elle téléphona au quartier général de la police. La standardiste refusa de lui dire où se trouvait le lieutenant. Et Jack Delaney ? demanda-t-elle. Même refus. Elle essaya donc de le joindre à Oakville, chez son père. Le téléphone sonna dans le vide. Restait le bip.

Sean ne la rappela pas.

Eh bien, il ne lui restait plus qu'à sortir de chez elle et partir en quête de Sean Canady. Seulement, toute une escouade surveillait son immeuble et, sans l'accord du policier en poste dans le restaurant, elle n'avait aucune chance de s'éclipser.

Elle alla donc trouver l'agent chargé de veiller sur elle, un jeune homme de vingt-cinq ans environ, aussi grand et athlétique que le basketteur Mike Jordan, au teint cuivré sublime, et le pria de la conduire au QG.

— Madame, on m'a demandé de ne pas vous laisser quitter le restaurant, sauf ordre contraire de la part du lieutenant Canady.

— Mais c'est justement ce que je veux faire : joindre le lieutenant Canady !

— Il se manifestera tôt ou tard, soyez patiente, madame.

Comprenant qu'elle n'arriverait pas à ses fins, Mamie se résigna et reprit son calepin. Maggie... Elle allait téléphoner à Maggie, qui saurait sans doute où était Sean. Probablement avec elle...

La jeune femme décrocha tout de suite. Mamie se crispa quand elle entendit sa voix tendue, la sécheresse de son intonation. Manifestement, Maggie était sur les nerfs et attendait l'appel de quelqu'un d'autre.

— Mamie ? Qu'y a-t-il ?

— Mon petit, je voulais vous apprendre que Carter a certainement tué une autre personne. La tenancière d'un établissement au bord de l'autoroute. J'essaie de joindre le lieutenant Canady et...

— Je sais où est Carter, coupa Maggie. Je pars le retrouver à la minute.

— Comment ? Mais, Maggie...

— Je vous en prie, dites à Sean que je l'aime.

— Maggie ! Où est Carter ?

— Sean et Jack sont allés le traquer chez lui, dans l'ancienne plantation Dixon-Carter. Je crois qu'ils sont encore en vie, mais Carter a pris le père de Sean et mes amies Cissy et Angie en otages à Oakville. Il faut que j'y aille, Mamie. Restez avec les policiers, ne prenez pas de risques !

— Attendez ! Vous ne pouvez pas aller là-bas toute seule ! Affronter ce fou sans...

— Inutile d'insister, Mamie : je pars. Ce drame doit s'arrêter. Je dois y apposer un point final.

— Non, s'il vous plaît, attendez !

— Je ne peux pas perdre de temps. Je n'ai répondu au téléphone que parce que je pensais qu'Aaron rappelait. Au revoir, Mamie.

— Mon petit, laissez-moi vous aider !

— Priez pour moi.

— Je peux vous envoyer la police ! Des dizaines de policiers !

— Non. Si je ne suis pas seule, Aaron tuera immédiatement l'un des otages.

Mamie cherchait quel argument pourrait amener Maggie à changer d'avis quand elle se rendit compte qu'elle n'entendait plus que la tonalité. La jeune femme avait coupé la communication mais elle avait dit où se trouvait Sean : dans la vieille maison de planteur en ruine.

— Inspecteur ? appela Mamie.

— Oui, madame ?

— Le lieutenant Canady souhaite vous parler, dit-elle en tendant le combiné au policier.

Le colosse s'approcha. Il n'eut pas le temps de comprendre ce qui lui arrivait : Mamie le frappa à la tempe avec le téléphone. Le beau, grand et solide flic s'effondra sans même pousser une plainte.

— Désolée, murmura-t-elle avant de se glisser vers la sortie de secours du restaurant en attrapant son imperméable au passage.

Dans la ruelle, elle se trouva dans une lumière grise, sous la pluie, et seule : les policiers s'étaient regroupés sous le porche de l'établissement, bien au sec. Mamie remonta la capuche de l'imperméable sur sa tête, et marcha courbée en avant pour que personne ne voie son visage. Elle monta dans la voiture de son barman, dont elle savait qu'il laissait toujours les clés sur le contact, démarra et quitta le quartier français. Dès qu'elle fut sur l'autoroute, elle accéléra à fond.

Des gouttes d'eau tombaient sur sa figure… Donc il pleuvait. Pourquoi dormait-il sous la pluie ? Aucune idée. Il avait l'esprit confus. Ah ! quelqu'un essayait de le réveiller. On lui tapait sur les joues. Maggie ? Non, Maggie n'aurait pas frappé si fort. Alors qui…

— Lieutenant ! Lieutenant ! Revenez à vous, je vous en supplie ! C'est moi, Mamie Johnson ! Lieutenant !

Mamie ? La stupéfaction chassa la léthargie en un éclair. Sean se redressa, s'assit et grimaça : sa tête l'élançait mais il était soudain parfaitement lucide.

Aaron Carter. Ils avaient retrouvé Aaron Carter mais il s'était enfui.

Sean regarda autour de lui. Jack et Pierre gisaient par terre, sans connaissance. Jeanne était assise, prostrée, serrant contre elle le petit Isaac qui sanglotait.

— Vos amis sont vivants, lieutenant, dit Mamie. J'ai vérifié. Ils sont juste sonnés. Maggie est partie pour Oakville.

— Oakville ?

Sean se leva et dut agripper l'épaule de Mamie pour garder l'équilibre.

— Doucement, lieutenant. Voilà. Ça va aller.

— Ouais, ça va aller… Mamie, je vous charge de veiller sur tout ce petit monde. Je vais appeler le QG par radio. En attendant que les renforts arrivent, méfiez-vous du gamin : il peut se muer en chien enragé.

Sean attrapa l'un des sacs de marin et s'élança en courant à travers les tombes puis contourna la maison, en quête du sentier qu'ils avaient suivi à l'aller.

Mamie l'observa un moment puis se tourna vers Isaac. Elle se rendit compte qu'il émettait un étrange sifflement qui évoquait celui d'un serpent prêt à fondre sur sa proie.

— Ne t'avise pas de bouger, petit, sinon je te flanque une gifle qui t'enverra valdinguer en Chine !

Le sifflement cessa instantanément.

Mamie balaya du regard le tombeau, les cercueils brisés et celui qui était intact mais ouvert.

— Mon Dieu, murmura-t-elle, faites que les renforts arrivent vite. Très vite.

Il ne pleuvait plus mais le ciel plombé promettait de nouvelles averses, nota Maggie en arrivant devant la porte grande ouverte d'Oakville.

Elle se rua hors de sa voiture et gravit deux à deux les marches du perron. Elle ne ralentit pas en franchissant le seuil.

Pour arriver au plus vite chez les Canady, elle avait un instant envisagé d'utiliser la télékinésie, de se muer en brume et de reconstituer son enveloppe charnelle dans la maison même. Elle y avait renoncé : le processus l'aurait affaiblie ; or, il lui fallait disposer de toutes ses forces.

Des éclairs zébraient le ciel, illuminant par intermittence l'entrée de la demeure. Maggie frissonna ; elle avait l'impression de pénétrer dans l'antichambre de l'enfer.

Le vestibule était sombre, ce qui l'obligea à s'arrêter puis à reprendre sa progression d'un pas prudent : sa nyctalopie n'était pas efficiente dans la journée. Elle avançait donc prudemment quand elle trébucha contre un obstacle. Elle baissa les yeux et, horrifiée, découvrit un corps. Fébrilement, elle se pencha pour distinguer le visage.

Le cadavre n'était ni celui de Daniel Canady ni celui de Cissy ou d'Angie. Il s'agissait d'une inconnue en sous-vêtements luxueux maculés de sang, les pieds chaussés d'escarpins. Probablement la femme dont lui avait parlé Mamie... Ses jambes formaient un angle anormal par rapport à son buste et elle avait la gorge tranchée d'une oreille à l'autre.

Un feuillet était posé sur son ventre.

Maggie le prit et déchiffra :

Entraîne-toi, Maggie. Je l'ai placée là pour que tu satisfasses ton appétit. Je disposerai du corps ensuite. Cette jeune personne est mon cadeau de bienvenue, ma chérie. Je n'ai pas exercé mon art sur elle. Je le réserve à mes prochaines victimes. Tu as peur, n'est-ce pas ? Où sont tes ravissantes amies Chocolat et Épices ? J'adore ce mélange... J'ai vraiment hâte de le savourer.

Maggie refoula avec peine la bile qui lui montait à la bouche. Où se trouvaient Cissy et Angie ? Et Daniel Canady ? Quant à Aaron, était-il tapi quelque part, à la surveiller ?

Retirant ses chaussures pour se déplacer en silence, elle traversa le vestibule, passa devant l'escalier et inspecta la cuisine, le salon et la salle à manger.

Ce fut dans la bibliothèque qu'elle trouva Daniel Canady effondré sur son bureau, ce même bureau sur lequel il avait ouvert ses vieux livres, un soir. Il avait raconté des histoires de La Nouvelle-Orléans, et elle l'avait écouté, lovée dans les bras de Sean. Quel merveilleux souvenir ! Elle était amoureuse, ses sentiments étaient partagés, elle était heureuse…

Aaron était ici, à Oakville, à cause de cela. Fou de jalousie, il se vengeait. Elle était à l'origine du drame en cours. Ses amis, son amant et le père de celui-ci allaient mourir par sa faute. Mon Dieu ! Jamais elle ne se le pardonnerait.

Maggie ferma brièvement les yeux pour refouler ses larmes. Son père, Jason Montgomery, l'adorait au point de refuser de croire qu'elle pût être damnée. Pourtant, elle l'était, et entraînait ses proches dans la damnation.

Elle dut se faire violence pour s'approcher de Daniel dont elle ne voyait que le dos. Quand elle le toucherait, sa tête roulerait peut-être sur le parquet… Allons, du courage… un pas, un autre et… Dieu merci, son cou était intact !

Le contrecoup du choc nerveux et émotionnel la fit vaciller. Elle se retint un instant au bureau, puis posa la main sur le front de Daniel ; il était chaud. Une traînée de sang marquait son visage de la tempe à la mâchoire. Elle chercha son pouls : il battait.

Un soupir d'infini soulagement soulevait sa poitrine quand elle entendit un gémissement. Elle se retourna et découvrit, contre le mur, Cissy et Angie ligotées ensemble et bien vivantes, du moins en ce qui concernait Angie, car la tête de Cissy pendait lamentablement sur le côté.

Elle se précipita vers elles. Vite, les détacher, en espérant qu'elles seraient capables de marcher et...

À peine s'était-elle agenouillée auprès de ses amies qu'une rafale de vent glacé tourbillonna dans la pièce, soulevant les rideaux et les papiers sur le bureau.

— Maggie... fit une voix douce, Maggie... Maggie...

Le murmure était envoûtant, hypnotique.

— Magdalena... Megan... Meg... Mademoiselle Montgomery... Où suis-je ? Me vois-tu ? Où suis-je ? Viens te battre avec moi, ma chérie. Si tu l'emportes, ils vivront tous. Si tu perds, tu feras ce que bon me semblera et chaque jour de ton existence sera tellement douloureux que tu regretteras de n'être pas morte. Allez, Magdalena !

Elle scrutait fébrilement la pénombre. Où se trouvait-il ?

— Aaron, ceci est une affaire entre toi et moi !

— Faux. Canady est entre nous. Au fait, as-tu apprécié le cadeau que j'ai déposé à ton intention dans le vestibule ?

— Qui est-ce, Aaron ?

— Je n'en ai aucune idée. Une misérable créature qui s'est trouvée sur ma route, une rencontre de hasard. Elle avait des services à me proposer... Maggie, ton cher Sean Canady m'a très brutalement réveillé mais ensuite, j'ai su ce qu'il me restait à faire : je suis allé à Montgomery's Enterprises et j'ai cherché tes amies. J'avais tellement hâte de les emmener... et tellement faim. Je ne les ai pourtant pas mordues. Quelle force de caractère, n'est-ce pas ? Il fallait qu'elles soient intactes lorsque je les déposerais ici. Je devais m'emparer du vieux.

Sean Canady raisonne bien ; il ne sera pas long à comprendre où nous nous trouvons, toi, moi, son cher papa et tes copines… Pour apaiser ma faim et t'inviter à partager mon repas, j'ai ramassé en route la fille qui gît dans le hall. Tu sais, Maggie, je pensais à toi. J'ai donc eu beaucoup d'égards envers cette jeune personne. Je lui ai fait l'amour comme seuls les vampires savent le faire et elle a rendu le dernier soupir dans mes bras en geignant de plaisir.

— Je te hais, Aaron ! Je te hais parce que tu n'es qu'un immonde tueur de sang-froid !

— Nous le sommes tous, ma chérie. C'est dans notre nature, dans l'essence profonde de la Bête.

— C'est faux ! Nous ne sommes pas tous…

— Tsss, tsss… Tu as tué, Maggie.

— Seulement lorsque…

— Lorsque tu as fait justice toi-même et prononcé une sentence de mort ? Toi, l'enfant du démon, tu t'es prise pour Dieu ? Tu penses donc pouvoir être juge et jurée à la fois ?

— Je crois en Dieu, Aaron !

— Dieu t'a abandonnée. Que t'imagines-tu ? Que tu bénéficieras de sa clémence parce que le sang que tu bois maintenant vient de la Croix-Rouge ? repartit Aaron en riant.

— Tu n'es qu'un dément ! Brutal, cruel, et tu es un monstre depuis bien longtemps. Tu en étais déjà un quand tu étais humain !

— Tu nous considères donc comme des monstres, Maggie ? Mais nous sommes de magnifiques créations ! Nous représentons le sommet du pouvoir maléfique. Les plus grands des prédateurs, voilà ce que nous sommes. Mis sur terre pour tuer, déchiqueter, démembrer… nous nourrir des humains. Je t'ai déjà dit tout cela. Si tu nies ces évidences, tu n'es qu'une naïve petite sotte.

— Je refuse d'être un monstre.

— Quel dommage ! Mais peut-être une noble cause te fera-t-elle changer d'avis... Viens à moi, ma chérie, et demande-moi pardon. Je crois que j'aimerais assez te voir à genoux. Supplie-moi, et promets-moi de m'apporter un goût de ce paradis auquel tu crois si fort. Si tu le fais, j'épargnerai les filles et le vieux Canady.

— Aaron, je... je ferai ce que tu voudras. Laisse-moi d'abord détacher mes amies...

Elle s'accroupit et chercha à dénouer les liens. Aaron s'était servi des collants des deux jeunes femmes et les avait étroitement serrés. Pendant que ses doigts s'acharnaient sur les nœuds, Maggie fixait Angie, essayant de lui communiquer de l'espoir. Les yeux que son amie rivait dans les siens luisaient de terreur.

Elle sentait le Nylon se relâcher lorsqu'un souffle d'une violence inouïe l'expédia à l'autre bout de la pièce.

— Non, Maggie. Je n'ai pas encore décidé de libérer quiconque.

— Je t'ai dit que j'acceptais tes conditions !

— Mmm. Viens, Maggie.

— Où es-tu ?

L'anxiété la tenaillait. La force de Carter était sidérante. Animée d'une rage meurtrière parce qu'il avait tué ceux qu'elle aimait, elle l'avait frappé, autrefois. Elle l'avait attaqué sans songer une seule seconde aux conséquences. Carter avait mis des années à guérir mais il était sorti de cette épreuve encore plus puissant, plus sûr de lui. Désormais, il la manipulait, l'amenant à croire qu'elle pouvait sauver ses amis, son amant... Il exerçait sur elle une terrifiante emprise mentale.

— Où es-tu ? répéta-t-elle.

Il fallait le faire sortir de la bibliothèque. Ainsi,

Angie, Cissy et Daniel auraient-ils une chance de se libérer eux-mêmes.

Maggie se dirigea vers la porte et atteignait le seuil lorsque Carter éclata de rire. Elle se retourna. Ayant repris son apparence humaine, Carter se tenait à côté de Daniel Canady. Il lui avait soulevé la tête en l'attrapant par les cheveux et pressait une lame d'une douzaine de centimètres sur sa gorge.

— Tu te rappelles tout ce que j'ai fait, Maggie ? Avec un couteau exactement semblable à celui-là…

— Je me le rappelle, Aaron. C'était il y a bien longtemps. Tu voulais que je croie Lucian coupable des meurtres. Mais je le connaissais trop bien pour tomber dans le panneau.

— Eh oui. J'espérais que tu en conclurais que ton cher Lucian était revenu aux sources, ne reniait plus ce qu'il était et serait désormais un bon roi pour ceux de notre espèce. À tes yeux, je n'aurais alors plus rien eu de repoussant, puisque les actes de Lucian et les miens auraient été similaires.

— Tu n'auras jamais rien en commun avec Lucian, Aaron. Je ne penserai jamais que vous vous ressemblez.

— Tu t'imagines donc que ton cher Lucian n'a jamais massacré aucun être humain ? Reviens sur terre, Maggie ! Oh… à propos de revenir sur terre, si tu ne te décides pas très rapidement sur la conduite à tenir, le vieux Canady va passer l'arme à gauche. Je sens déjà l'odeur de la mort en lui.

— Aaron, s'il te plaît…

— Dépêche-toi, Maggie. À ta place, je serais très prudente. Peu importe ta force actuelle : elle est inférieure à la mienne. N'envisage pas de te jeter sur moi pour m'empêcher de tuer ce vieillard, tu échouerais lamentablement.

— Qu'attends-tu de moi ? Dis-le.

— Je croyais avoir été très clair : je te veux agenouillée.

Maggie obéit.

— Bien. Maintenant, avance vers moi à genoux et dis-moi que tu es désolée. Je veux entendre que tu regrettes tout le mal que tu m'as fait au cours des décennies passées.

Mon Dieu ! il ne bluffait pas. Si elle ne s'exécutait pas, il tuerait Daniel, Angie et Cissy ensuite... Comment gagner du temps ?

Elle se mit à progresser très lentement.

— Libère les otages et je quitterai cette maison avec toi.

— C'est très vilain de mentir, ma chérie.

— Je ne mens pas. Je ferais n'importe quoi pour qu'ils aient tous la vie sauve.

— Comme c'est grand et généreux ! Voyons si tu es sincère. Avance encore, jusqu'à mes pieds... Bien. Maintenant, lève-toi et embrasse-moi... Donne-moi un baiser brûlant de passion, un avant-goût de ce que tu m'offriras ensuite...

Maggie se remit debout. Aaron n'avait pas bougé ; il maintenait toujours la lame sur la gorge de Daniel.

Ravalant sa répulsion, elle posa brièvement les lèvres sur celles de Carter. Sa bouche était glacée, elle avait un goût de sang qui aurait dû l'exciter. C'était cela, son idée, comprit-elle. Il voulait qu'elle perde la tête, qu'elle le morde.

— Tu as faim, Maggie ? murmura-t-il.

— Oui.

— Pourquoi ne tuerais-tu pas Canady ?

— Parce qu'on m'a appris à ne pas tuer.

— Un très mauvais enseignement. Embrasse-moi encore, délecte-toi de la saveur du sang.

— Lâche Daniel. Jette ce couteau.

— D'accord.

En une nanoseconde, le couteau se déplaça de la gorge de Daniel à celle de Maggie, qui se rendit compte que Carter pouvait la décapiter sans effort d'un seul mouvement si l'envie lui en prenait.

— Allez, Maggie, fais-le. Mords, sinon ton joli cou en souffrira !

De sa main libre, il la pressait contre lui.

— Si tu me tues, d'autres me vengeront, Aaron. Lucian te...

— Le règne de Lucian est arrivé à son terme, ne le comprends-tu pas ? S'il était encore roi, il serait déjà intervenu ! Lucian n'a plus de puissance sexuelle, plus de pouvoir. Moi, j'ai consacré les cent dernières années à accroître ma force. Je ne crains pas le jugement de Lucian. Si je te tue, je tuerai Lucian aussi et ensuite, mon règne commencera. Ne m'oblige pas à en arriver à de telles extrémités, Maggie !

Les yeux rivés dans ceux d'Aaron, elle exhalait un long soupir quand un ordre claqua, lancé par une voix qui la remplit de terreur car elle n'émanait pas d'un vampire mais d'un vulnérable et bien-aimé humain.

— Laisse-la, saloperie !

Sean était là.

19

Être un flic qui avait connu tant d'horreurs au fil des années ne l'avait pas blindé, songea Sean en se penchant sur le corps de la malheureuse jeune femme abandonné dans le vestibule.

Un goût de bile dans la bouche, il examina l'inconnue. Peu à peu, la peur prit le pas sur son malaise : celui qui avait fait ça détenait son père. Maggie aussi probablement : il avait vu sa voiture devant le perron.

La maison était silencieuse et sombre. Les lumières n'étaient pas allumées et, dehors, de gros nuages noirs tourbillonnaient dans un ciel qui virait étrangement au pourpre.

Sean prit une profonde inspiration en essayant de réunir tout son courage. Il se surprit à prier, lui qui ne l'avait jamais fait. Il avait envie de hurler, d'appeler Maggie, Daniel… Il resta muet. Sa seule chance contre Carter résidait dans l'élément de surprise.

Il entra dans la maison ténébreuse dont il avait depuis longtemps mémorisé le plan des pièces, les endroits où se trouvaient les meubles. Sans bruit, il traversa la cuisine, la salle à manger, le salon… Il approchait de la bibliothèque quand il perçut une voix. Quelqu'un parlait. Carter ! Et il s'adressait à Maggie d'un ton à la fois autoritaire et enjôleur.

Il s'immobilisa et écouta.

Maggie essayait de négocier la survie de Daniel.

Sean se rapprocha. Il était prêt, dans la mesure où être prêt à affronter un adversaire comme Carter n'était pas que simple vue de l'esprit...

À pas de loup, il marcha jusqu'à la bibliothèque, prit son 38 et bondit dans la pièce.

Aaron pressait un couteau sur la gorge de Maggie.

— Laisse-la, saloperie !

Carter poussa Maggie sur le côté tout en la maintenant d'une main. Il leva l'autre au-dessus de la tête de Daniel.

— Que je la laisse partir, sinon quoi, Sean Canady ? demanda-t-il en riant. Maggie, ma belle, dis-lui que les balles ne me font ni chaud ni froid...

Maggie restant coite, il ordonna :

— Dis-le-lui, sinon c'est lui que je vais égorger !

— Sean... Je t'en prie, va-t'en. Pars, Sean, pars...

— Tu as entendu, le flic ? Elle te dit de t'en aller. Si tu ne disparais pas, je te tue à mains nues, lentement... Très lentement.

Sean évalua la situation. Carter était flanqué de Maggie d'un côté, de Daniel de l'autre, et il les maintenait tous deux solidement. Contre un mur, Angie et Cissy étaient recroquevillées. Seule Angie semblait consciente... et ses doigts s'activaient autour des liens qui entravaient Cissy. Donc, elle s'était libérée et s'occupait de son amie, ce que ne semblait pas avoir remarqué Carter.

Sans se presser, il leva son arme, ajusta la tête de Carter et tira posément. La balle entra droit dans le front du vampire. La détonation fut si violente que Maggie cria.

L'impact projeta Carter en arrière. Un instant, Sean crut bénéficier d'un avantage. Illusion : Carter se ressaisit immédiatement et se jeta sur lui. Maggie réagit à la vitesse de l'éclair : elle prit l'un des lourds volumes de Daniel et frappa Carter à la face. Sa force stupéfia Sean, qui vit vaciller le vampire. Il lui vida son chargeur dans la poitrine. La fumée et l'odeur de cordite envahirent la pièce. Sean se précipita vers Carter mais quand il tendit les mains, à l'endroit où se trouvait son ennemi une fraction de seconde auparavant, il n'y avait plus personne.

— Maggie ! cria-t-il.

Il referma ses bras autour d'elle. Elle lui effleura la joue du bout des doigts, puis se tourna vers Daniel.

— Ton père est assommé, Sean… Tu ne devrais pas être ici ! Je…

— Aide-moi, Maggie ! Mon père, Angie, Cissy… Vite !

Il se précipita sur les deux femmes. Angie avait détaché Cissy, qui dodelinait de la tête.

— Ça va ? demanda-t-il.

Comme Cissy acquiesçait, il continua :

— Sortez d'ici aussi vite que vous le pourrez, et appelez le QG. Il nous faut de l'aide. Nous disposons de quelques minutes, le temps que Carter se reprenne. Pouvez-vous conduire, Angie ?

— Oui, oui !

— Alors allez au quartier général ! Nous devons rester ici avec mon père ! Dépêchez-vous ! Prenez la voiture de Maggie !

Sean souleva son père, le porta jusqu'au canapé et l'y allongea.

— Maggie, où est Carter ? interrogea-t-il après avoir cherché le pouls de Daniel.

— Je ne sais pas !

— Il n'est pas en train d'agoniser, n'est-ce pas ?

Question inutile, il le savait, mais un reste de logique l'avait poussé à la poser.

— Non, Sean, il ne mourra pas.

Un long éclat de rire venant des tréfonds de la maison ponctua la réponse de Maggie.

— Sean…

La jeune femme le regardait et dans ses yeux d'ambre il lisait la peur qu'elle éprouvait pour lui. Il aurait voulu la rassurer, mais comment l'eût-il pu alors qu'elle murmurait :

— Il est toujours là. À peine blessé.

Le grondement d'un moteur s'éleva. Une voiture démarrait, s'éloignait... Au moins, Cissy et Angie étaient-elles saines et sauves.

Et Carter de retour... sous la forme d'un souffle de vent d'une violence irréelle.

Il s'enroula autour de Sean, qui eut soudain l'impression d'être pris au piège par de monstrueux tentacules. Il se rendit compte qu'il s'agissait d'une paire de bras, ceux de Carter qui avait repris forme humaine. Respirer exigeait de Sean un effort qui l'épuisait. Il haletait, à moitié asphyxié par l'étreinte létale et l'odeur qui s'échappait de la bouche de Carter : son haleine empestait la pourriture.

— Tu es un homme mort, Canady. Je vais te dépecer !

Carter l'expédia contre le mur. Le choc lui fit presque perdre connaissance. Il glissa jusqu'au sol, secoua la tête, tentant désespérément de chasser le voile noir qui s'abattait sur ses rétines. Sa vision s'éclaircit et il distingua Carter, impressionnante silhouette sombre, large et menaçante.

— Aaron, c'est à moi que tu veux du mal ! cria Maggie.

Elle s'efforçait de l'attirer vers elle, de l'éloigner de lui, comprit Sean.

N'obtenant pas de résultat, elle changea de tactique et se propulsa contre Carter, si prestement que Sean crut apercevoir des étincelles. Carter encaissa l'impact sans broncher et se mit à rire, un rire qui évoquait l'explosion de la foudre.

— Penses-tu pouvoir me détruire encore, ma jolie ? N'as-tu pas deviné que tout ce temps que j'ai consacré à me guérir, je l'ai mis à profit ? Je me suis gorgé de sang, petite innocente ! Je voulais être sûr que le jour où nous nous retrouverions face à face, je serais invincible ! Oui, j'ai bu du sang, je me suis enivré de sang, baigné dedans...

Ses mains s'étaient serrées autour du cou de Maggie. Il la souleva de terre, les doigts bloqués sur ses carotides. Les hurlements de rage de la jeune femme faiblissaient ; elle luttait avec une énergie qui s'amoindrissait de seconde en seconde.

Épouvanté, Sean réussit à se relever. Il rechargea son pistolet qu'il n'avait pas lâché et vida son chargeur à bout portant dans le corps de Carter. Il aurait voulu viser la tête ou le cœur mais ne put prendre ce risque de peur d'atteindre Maggie.

La dernière balle se logea au creux des reins du monstre.

Il lâcha Maggie et disparut de nouveau.

Sean n'eut pas le loisir de reprendre son souffle, de profiter de cet infime répit. Carter lui envoya des ondes négatives qui l'assaillirent sous la forme de doigts glacés aux ongles tranchants qui le soulevèrent jusqu'à mi-hauteur du mur avant de le laisser tomber en lui imprimant une poussée brutale. Il s'écrasa sur le parquet et, le temps de quelques battements de cœur, ne fut plus qu'une masse de douleur, une pauvre chose pantelante et gémissante. Les ténèbres le cernaient, il perdait connaissance quand l'image de Maggie s'imposa à son esprit. Le flux d'adrénaline qui déferla dans ses veines lui rendit toute sa conscience.

La jeune femme se relevait en chancelant. Mû par une énergie venue d'il ne savait où, Sean se mit debout et se précipita vers elle.

— Où est-il, Maggie ? Où est-il ? demanda-t-il en la serrant dans ses bras.

— Je... je ne sais pas mais... il va revenir.

— Écoute-moi, Maggie ! Il n'y a qu'un moyen de le vaincre, et tu le connais...

— Non !

— Si, il le faut. Tu dois le faire. Tu dois me changer en l'un des tiens.

— Non, Sean. Laisse-le m'emmener. Peut-être alors t'épargnera-t-il.

— Il me tuera et te torturera jusqu'à la fin des temps. Il aura eu le dessus sur toi, sur moi, et cela le rendra encore plus fort. Nous n'avons pas le choix, mon amour...

— Je t'aime trop, Sean.

— Fais-le, je t'en supplie !

— Cela ne servirait à rien ! Si tu étais un vampire, tu ne pourrais pas le tuer, tu serais damné... La damnation est éternelle, Sean. Il n'existe pas de pardon, pas de...

Un rugissement la fit taire. Carter riait, encore et encore. Sean leva les yeux et vit une forme sur le mur, une ombre qui peu à peu prenait les contours d'un corps d'homme.

— Maggie, au nom du Ciel, fais-le ! Tu nous sauveras, mais tu sauveras aussi des dizaines de vies...

Il raffermit son étreinte, amenant le visage de la jeune femme contre son cou. Il sentit des larmes mouiller sa peau.

— Maintenant, Maggie.

— Non.

— Contente-toi de m'imprégner, comme l'est le petit Isaac. Cela me donnera de la force mais ne fera pas de moi un vrai vampire.

— Je... je ne sais pas si... Les humains qui sont imprégnés deviennent fous la plupart du temps. Ils se mettent à tuer...

— Je t'en conjure, Maggie, fais-le ! C'est notre dernière chance.

Il perçut un lourd soupir qui s'acheva sur un sanglot, puis quelque chose de froid et de pointu qui se pressait sur sa gorge... dans sa gorge... Il eut l'impression qu'une coulée de glace pétrifiait ses artères, ses veines et se crut sur le point de défaillir jusqu'au moment où une énergie féroce monta en lui. La glace fondit, se mua en feu. Il dompta la force que Maggie envoyait en lui, la fit sienne.

Il bondit sur ses pieds à l'instant où Carter achevait sa métamorphose.

Sean le regarda. Carter le défiait, ricanant, le couteau à la main.

— Allez, allez, mon petit, viens jouer, minable !

Il se mit à tourner autour de Sean, accélérant les rotations à chaque passage devant lui. Soudain, il projeta la jambe en l'air et son pied atteignit Sean à la tête, l'envoyant valdinguer contre le mur.

Sean ne put retenir un cri. Il perdit l'équilibre, se retint au mur et se redressa instantanément.

Sans être imprégné, il en aurait été incapable, se dit-il en un éclair. Maintenant, il était à égalité avec Carter.

Celui-ci s'avançait vers lui en faisant des moulinets avec le couteau.

Maggie s'abattit sur son dos. La vision d'un tigre sautant d'une branche sur une proie traversa l'esprit de Sean. Le parallèle s'accentua lorsqu'elle enfonça des ongles soudain anormalement longs dans la chair de Carter, déchiquetant la chemise en même temps que la peau, les muscles.

D'un revers du coude Carter se débarrassa d'elle, la projetant à plusieurs mètres, sans cesser d'avancer.

Il s'immobilisa devant Sean qui, s'attendant que Carter parle, baissa sa garde. Mais l'autre lui décocha un coup au menton qui l'expédia à travers la porte ouverte dans le couloir, juste en dessous d'un tableau représentant le Sean Canady mort pendant la guerre de Sécession. Son envol déclencha l'hilarité de Carter.

Des larmes de douleur plein les yeux, Sean secoua la tête puis resta le souffle suspendu : quelqu'un se tenait à côté de lui.

Lucian. Il tenait le sac de marin qu'il posa par terre.

— Votre épée. Prenez-la : vous avez la force, maintenant. Servez-vous de votre épée, Canady.

Sean plongea la main dans le sac et en sortit l'épée du défunt lieutenant de cavalerie.

— Allez, viens, mon garçon, viens… l'appelait Carter.

L'épée au côté, Sean retourna dans la bibliothèque. Carter l'y attendait, faisant passer son couteau d'une main à l'autre comme un jongleur.

— Je suis las de ce jeu, Canady. Il est temps d'en finir.

Carter fondit sur lui. Tout alla très vite et pourtant Sean eut l'impression que la scène se déroulait au ralenti. Il ne bougea pas avant que seule la longueur de l'épée le sépare de Carter. Alors, il la leva et l'abattit aussi violemment qu'il eût donné un coup de pioche dans de la terre dure. Il se découvrit une force inconnue. Dans les yeux de Carter, l'incrédulité succéda à l'inquiétude à l'instant où le métal s'enfonçait dans sa chair, brisant les côtes au passage, et pénétrait dans le cœur.

Il tituba lorsque Sean retira l'épée dans un bruit d'aspiration, la souleva au-dessus de sa tête, puis la fit tourner dans un grand moulinet…

D'un coup, Sean trancha le cou de Carter.

Le vampire s'effondra et sa tête roula jusqu'au pied du bureau.

— Sean ! s'écria Maggie en se jetant dans ses bras.

Il l'étreignit fébrilement. L'émotion lui avait coupé les jambes et la jeune femme ne semblait guère en meilleur état que lui. Enlacés, ils se laissèrent tomber sur le parquet.

— Ô mon Dieu ! Sean, tu l'as fait...

— L'assassin a été exécuté.

— Tu ne comprends pas !

— Maggie, il n'y aura plus de tueries, tu ne seras plus menacée. À nous maintenant de vivre le mieux possible, d'être heureux.

Des sirènes de police hululaient ; les voitures approchaient d'Oakville. Sean se remit debout et sortit de la bibliothèque, en quête de Lucian.

Mais Lucian avait disparu.

Quelques minutes plus tard, les policiers envahissaient la maison, accompagnés d'ambulanciers et d'un médecin qui pansa la tête meurtrie de Sean.

Il voulut s'expliquer, raconter, mais la douleur dans son crâne était tellement térébrante qu'il ne parvint pas à trouver ses mots. Les efforts qu'il fit pour arriver à parler l'épuisèrent au point qu'il perdit connaissance.

Les jours s'écoulèrent. Daniel passa quelques nuits à l'hôpital. Il souffrait d'une commotion cérébrale qui ne laisserait pas de séquelles, tout comme Sean qui partagea la chambre avec son père.

Les journaux et la police encensèrent Maggie et Sean : ils avaient débarrassé La Nouvelle-Orléans de l'émule de Jack l'Éventreur.

La dépouille de Carter fut amenée à la morgue où quelqu'un la vola et la remplaça par un squelette décapité. Pierre LePont n'en fut avisé qu'à sa sortie de l'hôpital où lui aussi avait été admis. Il ne sembla pas étonné qu'on eût procédé à ce bizarre échange. Il y eut une enquête, qui n'aboutit pas. Personne ne retrouva le cadavre de Carter.

Une analyse au carbone 14 du squelette permit de le dater : il avait deux cents ans.

La vie reprit son cours en ville. Les meurtres en série disparurent de la première page puis de la totalité des journaux.

Sean se regardait dans un miroir tous les jours. Son apparence ne changeait pas, constatait-il, et il aimait toujours l'ail.

Une angoisse sourde le tenaillait toutefois : il craignait de devenir fou. Il ne reprit le travail que parce qu'il se savait sous la surveillance permanente de Maggie et de Jack, qui s'en était tiré à bon compte avec une simple bosse au sommet du crâne.

Maggie s'installa dans l'appartement de Sean et leurs moments de loisirs, ils les passaient à Oakville ou à la plantation Montgomery. Ils se ressaisissaient lentement, et ils attendaient.

Un après-midi, Sean se rendit à Montgomery's Enterprises. Lorsqu'il entra dans la boutique, Cissy lui apprit que Maggie était en rendez-vous à l'extérieur et lui suggéra de l'attendre dans son bureau…

Assis sur une chaise, il regardait les croquis accrochés au mur quand il se rendit soudain compte qu'il n'était plus seul : Lucian était confortablement installé dans un fauteuil.

Sean sentit un frisson glacé courir le long de son dos. Il avait tué un vampire après que Maggie eut bu son sang. Lucian était-il venu lui dire qu'il allait devoir l'affronter en un combat dont il ne sortirait pas vivant ?

— Lieutenant, vous me semblez en pleine forme !

— Vraiment ?

— Oui.

— Lucian, si vous êtes là pour me dire que je suis devenu un vampire et que le fait que j'en aie tué un autre me vaut une sentence de mort, allez-y. Mais laissez Maggie en dehors de tout ça, je vous en conjure !

— C'est moi qui vous ai donné l'épée, n'est-ce pas, lieutenant ? Carter voulait me détrôner, ce qui équivaut à de la haute trahison. Donc justice a été rendue. Mais parlez-moi de vous. Vous sentez-vous différent ?

— C'est-à-dire ? demanda Sean, les sourcils froncés.

— Ne vous inquiétez pas, lieutenant : personne ne va venir vous tuer. Aucune sentence de mort n'a été prononcée à votre encontre.

— Et pour Maggie ?

— Pour Maggie non plus. Lieutenant, vous n'êtes pas un vampire. Vous n'êtes même pas imprégné.

— Comment cela, même pas imprégné ? Je sais bien que Maggie n'est pas allée jusqu'au bout, mais le fait est là : elle a bu mon sang !

Avec le risque qu'il devînt dément… Sean ne songeait qu'à cela depuis plusieurs semaines et s'étonnait de se sentir si normal. Au point qu'il commençait à penser que Maggie et lui avaient simplement affronté un tueur tout ce qu'il y avait de plus humain, aussi mortel que n'importe quel quidam.

— Vous ne comprenez vraiment pas, lieutenant. Je vais donc vous expliquer. Si vous avez été imprégné, cela n'a duré qu'un très court laps de temps. Cet échec, ou ce prodige, à vous de choisir, vient de la nature très spéciale de Maggie. Elle a toujours été différente des autres vampires parce que son père s'est battu pour la garder en vie. Elle n'a jamais été déclarée officiellement morte, jamais été enterrée et pas une seule fois elle n'a imprégné quelqu'un. Lorsqu'il lui est arrivé de tuer, il y a des lustres de cela, elle l'a fait avec miséricorde, et selon les règles en vigueur chez les vampires. Vous n'êtes pas un vampire. À croire que Dieu existe vraiment et qu'en fin de compte c'est Sa loi qui est appliquée. La foi serait donc le moyen de gagner la rédemption. C'était ce que pensait Alec. Je me rappelle la première fois où il a rencontré Maggie…

— Alec ? Celui qui a fait de Maggie un vampire ?

— Oui. Alec était fou amoureux d'elle et, dans cette affaire, il a mis en jeu sa vie à chaque instant. Maggie l'aimait aussi passionnément. Il était donc convaincu que leur couple aurait un bel avenir, que tout se passerait bien. Il croyait la maxime qui est gravée sur une tombe vieille de trois cents ans en France, celle d'un vampire : *De l'amour viendra la liberté*. Alec avait confiance. L'amour vrai et profond est salvateur, pensait-il. L'éternelle histoire de la Belle et la Bête. Allez savoir… Le pouvoir psychique de l'être humain est peut-être plus fort que tout. Il est possible que l'amour soit souverain. En ce qui me concerne, je pense qu'il existe un pouvoir supérieur qui nous gouverne, qu'il y a l'enfer et le paradis. Maggie n'a jamais perdu la foi, elle est toujours allée à l'église.

Lucian marqua une pause, le temps d'un soupir, puis continua :

— Maggie et vous êtes insensibles à mon autorité. Le fait que vous n'éprouviez pas le besoin de m'obéir m'amène aux conclusions suivantes : vous n'êtes pas imprégné et Maggie a peut-être trouvé la paix car elle ne m'entend même plus.

— Je donnerais n'importe quoi pour que cela soit vrai. Mais, si c'est le cas, que faites-vous ici ?

— Je suis venu vous dire adieu et vous présenter tous mes vœux de bonheur. Je ne tiens pas à revoir Maggie. Cela me ferait trop mal. Je l'ai… aimée, voyez-vous.

Lucian se leva.

— Ne perdez pas de temps à cogiter sur le passé, lieutenant, ni à chercher à distinguer la réalité du fantasme. Laissez l'imaginaire et les rêves de côté. Votre victoire sur Carter, vous l'avez remportée grâce à votre propre force, décuplée par l'amour que vous éprouvez pour Maggie. C'était la force d'un humain, et non celle d'un vampire. Elle vous aurait permis de soulever des montagnes.

Il marqua une pause puis ajouta :

— Vous êtes un homme bien, Canady. Essayez de chasser tous les mauvais souvenirs. Oubliez-moi aussi, mais sachez que je n'ai jamais été votre ennemi. Vivez votre vie et chérissez ce que le Ciel vous a donné.

Sean se mit debout et, après une hésitation, tendit la main à Lucian.

— Vous êtes un vampire… bien, dit-il. Un gentilhomme et un érudit, comme dirait mon père.

Lucian parut embarrassé. De toute évidence, recevoir des louanges et des paroles amicales de la part d'un mortel n'était pas monnaie courante pour le roi des vampires.

Il serra la main de Sean et un sourire éclaira son beau visage : avec les doigts, il forma le signe de *Star Trek*.

— Je vous souhaite une vie longue et prospère, Canady. Quant à moi, je vais continuer mon chemin en ce siècle plein de merveilles. Bon sang, ce que j'aime la télévision et le cinéma ! Cette époque a bien du bon. Au cours des siècles précédents, il n'y avait pas toutes ces avancées technologiques !

Sean éclata de rire.

— Sean ?

Maggie était de retour. Elle l'appelait.

Lucian s'évapora à la seconde. Sean secoua la tête, amusé : il n'était même plus surpris par le phénomène !

Il dévala l'escalier et retrouva Maggie dans la boutique. Elle avait le souffle court, les joues roses, et un immense sourire illuminait son visage.

— Maggie, qu'y a-t-il ? On dirait que tu as vu une pluie d'étoiles filantes en plein jour !

— C'est… c'est incroyable !

— Quoi donc ?

— Je veux dire que... c'est impossible ! Ça ne peut pas être vrai !

— Quoi, Maggie ? Dis-moi !

— Je suis enceinte !

Sean sentit son cœur s'emballer. Enceinte ? Jamais Maggie n'avait mentionné une telle possibilité. En fait, elle lui avait dit qu'elle ne pouvait pas avoir d'enfants. Et voilà qu'elle lui annonçait... Ô mon Dieu !

Elle le regardait, irradiant visiblement de bonheur, les yeux brillants de larmes de joie.

— Je croyais que jamais je ne... Oh ! Sean, tout a changé ! Je n'ai plus de force particulière, plus aucun pouvoir exceptionnel. J'attends vraiment un bébé. J'ai fait tous les tests, ils sont positifs ! Nous allons avoir un enfant ! Nous avons fait plus que survivre à toutes ces épreuves : nous sommes tous les deux... mortels. De simples humains mortels !

— Grâce à l'amour et à la foi.

Elle acquiesça d'un hochement de tête.

— Es-tu heureux, Sean ?

— Je me demande comment on pourrait l'être davantage. Je suis avec toi et bientôt nous aurons un petit être bien à nous... Et toi, Maggie, es-tu heureuse ?

Elle se nicha dans ses bras.

— Tellement béate de bonheur que je ne trouve pas de mots pour le dire.

— Mais nous allons vieillir et mourir un jour.

— Oui. N'est-ce pas merveilleux ? Nous vieillirons ensemble et la mort... eh bien, elle sera douce si nous sommes enterrés côte à côte.

— Le tombeau de la famille nous attend à Oakville, mais nous n'y reposerons pas avant longtemps. Nous allons d'abord profiter d'une très longue et très belle vie.

— J'ai un peu peur, tu sais. Un bébé… Quelle responsabilité !

— Je ne suis plus un gamin. À mon âge, on est mûr pour être père et ce sera à toi que je devrai cette grâce.

— Mon amour…

— Rentrons à la maison, Maggie.

Bras dessus, bras dessous, ils sortirent de la boutique sous le regard attendri de Cissy et d'Angie. Sur le trottoir, ils levèrent les yeux vers le ciel. La lune était pleine et dorée.

Ils allaient se marier… songea Maggie. Fonder une famille. Que Dieu en soit remercié !

Alors qu'ils marchaient serrés l'un contre l'autre, Sean se dit que la vie était un cadeau, un miracle que le Seigneur leur avait offert.

Ils en savoureraient chaque seconde.

Passion intense

NOUVELLE COLLECTION

Quand l'amour vous plonge dans un monde de sensualité

Le 10 mars
• *Passion à nu* d'Emma Holly (n° 7680)

Londres, 1875. Les parents de Merry Vance veulent qu'elle épouse Althorp, mais Merry, elle, tient à garder son indépendance. Lorsqu'elle est secourue un soir par le peintre Nicolas Craven, elle voit là son salut : un retentissant scandale éloignerait les vœux de mariage d'un aristocrate. Et si elle posait nue pour le séduisant artiste ?

Le 10 mars
• *Chloé l'impertinente* de Susan Johnson (n° 7681)

Chloé, exténuée après trois semaines de travail intense, n'aspire qu'à une soirée de détente. Par politesse, elle garde l'ascenseur pour un inconnu qu'elle qualifierait de sexy. Will, subjugué par la sensualité et le sens de l'humour de la jeune femme, propose de la raccompagner malgré l'heure tardive…

Découvrez la prochaine nouveauté de la collection

Le 15 avril
• *Séduction en ligne* d'Erin McCarthy (n° 7657)

Kindra Hill comble son vide affectif en échangeant des e-mails très chauds avec des correspondants anonymes. Jusqu'au jour où le beau Mack la surprend...

Jared et Candy travaillent ensemble, mais se détestent cordialement. Leur patron leur fait suivre une séance de thérapie de couple par Internet...

Halley Connors est terrifiée : elle découvre sur le site web de sa société une image d'elle entièrement nue. Evan Barrett, qui s'occupait de son site, lui promet de retrouver les coupables !

Ce mois-ci, retrouvez également les titres de la collection

Amour et Destin

Des histoires d'amour riches en émotions déclinées en trois genres :

Intrigue ***Romance d'aujourd'hui*** ***Comédie***

Le 3 mars *Romance d'aujourd'hui*

Dans ses bras

de Jill Mansell (n° 7568)

Lorsque Maddy Harvey, traiteur, accepte l'aide d'un séduisant jeune homme sans savoir qui il est, elle commet un crime impardonnable : son sauveur s'appelle Kerr McKinnon ! Depuis que le frère de Kerr a tué dans un effroyable accident la petite sœur de Maddy, leurs familles sont ennemies. La mère de Maddy préférerait détruire les siens de ses propres mains plutôt que de voir quelqu'un de son sang associé à un McKinnon. Mais Maddy pourra-t-elle lutter contre son attirance pour cet homme ?

Le 10 mars *Intrigue*

Un danger si proche

de Tina Wainscott (n° 7569)

Après le suicide de sa mère, la fillette Katie Malloy est placée en foyer. Elle grandit en tentant d'être une fille bien et aspire à une vie tranquille. Dix-huit ans plus tard, elle pense y être parvenue : épouse du vétérinaire local, Ben Ferguson, elle semble être heureuse. C'est alors que ressurgit Silas, son ami d'enfance télépathe, devenu écrivain, sur les traces d'un tueur en série dont il perçoit les pensées. Katie et Silas retrouvent cette attirance qui les unissait autrefois, et ce n'est pas pour plaire à tout le monde...

Le 24 mars *Comédie*

Rencontre du deuxième type

de Jane Heller (n° 7570)

Lynn Wyman est considérée comme la reine de la communication depuis qu'elle a inventé la méthode Wyman. Son but ? Enseigner aux hommes à dialoguer avec les femmes ! Mais, lorsque l'infidélité de son mari fait la une, sa crédibilité chute à une vitesse folle. Il lui faut trouver une solution, et vite ! Elle se met donc à la recherche d'un client célèbre susceptible de redorer son blason. Et elle choisit Brandon Brock, génie des affaires, bien connu pour son machisme. Lynn se donne six mois pour transformer le lion en agneau. Tout un programme !

ainsi que les titres de la collection

Aventures et Passions

Le 3 mars

L'espionne aux yeux d'or

d'Andrea DaRif (n° 7571)

Après la mystérieuse disparition de son père, miss Portia Hadley reprend l'enquête qu'il menait dans l'espoir de le retrouver. Pénétrant illégalement dans la maison de son ennemi, elle tombe sur Bradford, un espion du gouvernement qu'elle ne connaît que trop bien : jadis, ils avaient été surpris dans une situation compromettante dont le souvenir est encore vivace. Plongés au cœur des dangers du monde de l'espionnage, ils vont devoir faire équipe...

Le 10 mars

La belle scandaleuse

de Patricia Cabot (n° 7572)

Kate Mayhew appartenait à la bonne société anglaise jusqu'à ce que ses parents soient assassinés dans de mystérieuses circonstances. À présent, elle doit se contenter du rôle de gouvernante auprès d'Isabelle, fille rebelle du marquis de Wingate. C'est alors qu'un terrifiant personnage resurgit du passé de Kate et met en danger Isabelle. Kate et le marquis devront s'allier pour protéger la jeune fille – proximité qui ne peut les laisser indifférents...

Le 17 mars

Rendez-vous manqué

d'Amanda Quick (n° 4781)

Angleterre, XIXe siècle. Au cours d'un week-end réunissant toute la bonne société, miss Augusta Ballinger est surprise en train de fracturer un tiroir dans le bureau de leur hôte par le seul homme qu'elle sait ne pas pouvoir abuser par de belles paroles : Harry Fleming, comte de Graystone. L'homme est séduisant, certes, mais elle le trouve conventionnel et ennuyeux. Or voici qu'il la demande en mariage !

Le 24 mars

La messagère de la passion

de Jane Feather (n° 7573)

Après le mariage de ses deux sœurs, Chastity Duncan poursuit leur œuvre en continuant leur journal, *The Mayfair Lady*, et son courrier du cœur. Elle rencontre le séduisant Dr Douglas Farell, qui lui explique être à la recherche d'une femme riche pour l'aider dans son ascension sociale. Chastity le trouve odieux et lui présente la femme parfaite pour ses projets, riche, belle... et idiote. Pourtant, Douglas hésite : Chastity est bien plus attirante...

7683

Composition Chesteroc Ltd
Achevé d'imprimer en France (La Flèche)
par Brodard et Taupin
le 10 février 2005. 28238
Dépôt légal février 2005. ISBN 2-290-34414-1

Éditions J'ai lu
84, rue de Grenelle, 75007 Paris
Diffusion France et étranger : Flammarion